花
笙
STORY

让好故事发生

本作品改编自张巍同名原创剧本及影视剧《一念关山》

左阳 ◎ 著

中信出版集团 | 北京

目录

第十四章	朱衣卫中事如烟	001
第十五章	土地庙旁郎已非	020
第十六章	菟丝情蔓断素手	045
第十七章	玲珑骰子安红豆	069
第十八章	我本凌云木	098
第十九章	卿非故时人	118
第二十章	虎狼竟骠现	141
第二十一章	彩云终得归	163
第二十二章	杯酒祭忠魂	189
第二十三章	高塔问帝心	213
第二十四章	零蒙细雨话平生	237
第二十五章	机关算尽万事空	258
第二十六章	故人故心皆不再	280

朱衣卫中事如烟

安都。

梧帝果然如和李同光商议好的那般，在房梁上上了次吊。他喊得够大声，侍卫们及时赶来将他放下，未出什么纰漏。他又旋即闹起绝食，谁劝都不听，直到李同光出面，才肯再吃东西。

他身上还系着十万两黄金，安帝为此颇伤了些脑筋。得知他安分下来，安帝才略松了口气。

李同光回宫复命时，安帝看他的目光便越发欣慰慈祥，笑着拍了拍他的肩膀："你算是立了一功。"

李同光谦逊辞让道："臣不敢居功，臣与鸿胪寺诸官无非是一个唱红脸，一个唱白脸而已。"又露出些疑虑的表情，向安帝请示，"那以后梧帝永安塔示众之事，是否还要奉河东王之令继续进行？"

安帝当即道："全都停了。以后杨行远的一应供奉，比照五品官员之例，不得再有侮辱之举。"想到河东王做下的蠢事，安帝就气不打一处来，"呵，朕一路带着杨行远坐囚车回京，只是为了抚民扬威。老大那个蠢货，居然还在京城给朕来个变本加厉。他也不想想，杨行远怎么也算是个皇帝，要真把人给弄死了，朕还怎么拿捏梧国？后头几场大战，还指望着礼王带过来的那十万两黄金呢。"

李同光目光一闪，小心问道："圣上莫非又想对褚国用兵？"

安帝点头："等到入冬，水流干涸，正是渡河用兵的绝佳时机。"他自得道，"褚帝多半以为我们和梧国大战之后，国力必定空虚，殊

不知朕用兵从来不循常理……"

李同光犹豫良久，终还是跪地劝谏道："圣上，臣自知无状，但仍欲劝谏圣上暂罢兵事，让百姓多休养生息几年。"

安帝冷冷地盯着李同光："多嘴的言官，朕都已经杀了。"

李同光心下一寒，忙低头道："臣不敢。"

安帝目光阴鸷："朕当年不过是个不得宠的皇子，靠着手中的军功，才能斗败皇兄，走到如今的位置。你以后若还是想得朕重用，最好管住自己的嘴。别以为朕给你和初家赐了婚，你就有资格以重臣自居了。"

李同光急中生智，忙道："圣上误会了，臣是跟着您一路打上来的，怎么会不看重军功？臣盼着圣上别打褚国，其实只是想多积攒几年实力，好一鼓作气灭了宿国。毕竟母亲当年早亡，就是因为宿国背信弃义……"他说着便红了眼圈。

安帝这才缓和了颜色，安抚他道："起来吧。你娘的事，朕都记得。总有一天，朕要统一了这中原，让全天下都是我们李家的江山！"

李同光也神色激动："臣愿为圣上永效犬马之劳！"一叩到地，方才站起身来。

安帝终于满意了，眼含赞许地看着他，缓声微笑道："这才是朕的好外甥。对了，既然杨行远肯听你的劝，那你索性就再替朕办一件差事。这样等你回来，差不多也能赶上朕的五十圣寿，朕也好正式为你和初月赐婚。"

李同光忙道："请圣上吩咐。"

安帝却道："不着急，等朱衣卫把梧国使团的新消息呈上来再说。"便挥了挥手，示意李同光退下。

李同光忙行礼告退，恭敬地缓步倒退出殿门。

待走出殿后，他只觉手脚虚冷，长松一口气后，赶紧快步离开。朱殷上前迎他，见他背上竟已被冷汗浸透，不禁一愕，连忙为他披上披风，低声询问："您又惹圣上不高兴了？"

李同光点点头："好在最后总算圆了过来，也顺手给大皇子上了一记眼药，算是对他想挑起我和二皇子内斗的报复。"说着便又叹息道,"只是与褚国的战事,看来已然无可避免。"

朱殷道:"凭着您的武略与沙西部之助,您必能再立战功。容属下预祝主上步步高升。"

李同光面上却殊无喜色:"能升官固然好,只是一将功成万骨枯,百姓们,多半又得受苦了。"他长叹一声,越过宫墙,望向遥遥天际,"也不知道他到底想派我办什么差事,听口气,多半又得出京了。"

金沙楼。

金帮主人逢喜事,今日楼中宴飨贵宾。俊男美女、丫鬟仆役流水般穿行在檐廊下,将奇珍异果、水陆八珍源源不断地送上宴席。金帮主身旁女主事亲自把控菜品,不新鲜的不行,不是最好的也不行,务要令宾客得到最称心的招待。

昨夜忽然被请到金沙楼时,使团众人多多少少还有些疑虑,一夜过后早已毫不怀疑——金帮主同任姑娘绝对是真得不能再真的至交好友。自离开梧都之后,他们一路跋山涉水、风餐露宿,哪里想过还能享受到这么无微不至的盛情款待。酒足饭饱之后一个个在躺椅上躺得七歪八倒、舒服自在,一旁还有人服侍巾栉、打扇捶腿,简直乐不思蜀。

一时女主事笑盈盈地走进中庭,向众人一福,道是香花浴汤池已经备好,他们随时可去沐浴。

丁辉当即便跳起来要去,感慨道:"出京这么多天了,还是第一回过上这样的神仙日子!"众人纷纷爬起来,互相招呼着去洗沐。

孙朗舒舒服服地仰躺着,懒洋洋道:"我可不去,澡哪儿都能洗,可过两日离了颍城地界,很快就真的进安国了,哪还能像现在这样舒舒服服、大大咧咧地躺着?"

不料女主事当即回身抱出一只毛茸茸的小狗,恭敬地递过去:"那孙爷就先玩着这个,有什么事,只管吩咐他们。"

孙朗眼睛都直了,抱着狗爱不释手,声音都变了:"我的老天爷,这都给我想到了?如意姐,我们,不,宁头儿该是修了几辈子,才有福气遇见她啊!"

第十四章

金沙楼雅间深处的纱帐里，如意和金媚娘把着手，正亲密地轻声交谈着。自昨夜意外相逢后，她们便一直如此。从最初含笑带泪，到共语平生，除中间金媚娘喜不自胜地出门唤人，吩咐宴请贵客外，两人始终腻在一起，仿佛有说不完的话——不仅谈了别后各自的经历，也谈了如意加入使团的始末。

如意向如今这位大权在握的金沙帮帮主，打听她最关心的昭节皇后之死真相，以及朱衣卫梧国分堂灭门案的消息。之于前者，金媚娘倒可侃侃而谈，毕竟她深知昭节皇后对如意的重要性，即便在如意逃亡后，仍不忘收集被安国朝野刻意抹除的各路消息，但她查知的可能真凶与如意之前推测的并不相符；之于后者，金媚娘却所知甚少，而这也正好印证了如意之前的推测，灭门之事，授意者仅可能是现任的朱衣卫指挥使和左、右使三人之一，所以才会如此隐秘。

见两人彻夜深谈，宁远舟、于十三、钱昭、元禄心情复杂地面面相觑着，都不料事态会有眼下的发展。旁人还好些，于十三这一夜实在是受了太多刺激，从被追杀的负心汉骤然变成被弃若敝屣的下堂妇——还是一弃再弃，心中委实哀怨难平。他目光时不时就缠过去，人家却连眼角余光都不瞥过来一下。

钱昭实在有些看不下去，道："别那么幽怨，人家不想杀你，你就阿弥陀佛吧。"

于十三哀号道："我宁愿她想杀我，也好过她完全无视我。"

钱昭一指宁远舟："表妹也没理他啊。"

宁远舟赶紧收回目光，端起茶杯掩饰表情，大度懂事道："咳，久别重逢，肯定有很多私房话。"

却不防元禄面带同情，出言安慰："您就别强撑着了，这江南梅子挺酸的，尝一口？"

这孩子怎么这么多话！

雅间另一侧，一行美人正在为杨盈讲解安国人常饮的美酒。她们一面说着，一面将各色酒品在长案上一字摆开，最后总结道："安国人迎接贵客，常用这几种酒。梨花酿温和，白马醉最烈，常用来给人下马威。"

杨盈端起白马醉尝了一口，虽早有准备，却还是被呛得轻咳起来。

美人温和地一笑，举杯演示给她看："这么喝，既显得大气，又不会呛着。"又向一旁看着的杜长史敬酒："老大人也请。"

杜长史乐呵呵地点头："好，好。"

正说着，如意掀开纱帘，召唤众人道："我们聊得差不多了，你们进来吧。安国两位皇子的事情，媚娘知道不少。"

宁远舟四人忙起身走进内间。于十三哀怨归哀怨，却也知道自己早先做的是什么事，生怕再唤起金媚娘的仇恨，小心翼翼地走在最后。见金媚娘突然起身，他吓得一蹦老远，然而金媚娘只是上前向宁远舟行礼："宁堂主，媚娘之前言语狂放，多有得罪，还望海涵。"

宁远舟忙辞让道："不敢当。金帮主多礼了。"

金媚娘却坚持行完大礼，道："您是尊上的……朋友，媚娘自然得恭恭敬敬。"

一行人入座之后，宁远舟便看向如意："金帮主之前也在朱衣卫？"

如意在他身旁坐下，点头："她就是我一手从白雀带出来的绯衣使，之前叫琳琅，现在在江湖上用金媚娘这个名号。我之前跟你提过，就是她帮我从天牢里逃出来的。我能活到现在，也多亏了她。"

金媚娘忙道："不敢当尊上谬赞。属下的命是当年尊上从死人堆里扒出来的，能为尊上效力，是属下终身所愿。"

于十三心下哀怨又起，嘟囔道："说得还真好听，那以前和我在一起的时候，怎么从来没听你提过美人儿？"话音未落，忽见眼前银光一闪。于十三惊忙一避，那银刃寒光便擦着他鼻端险险劈过。金媚娘手持匕首，目光冰冷："不许对尊上无礼。"

于十三惊出一身冷汗，还未回嘴，已被钱昭按着头扔到角落里。在场之人都未把这一击当一回事，只当于十三活该。

宁远舟只平静地看向金媚娘，意有所指道："昔日的绯衣使，如今摇身一变成了金帮主。这中间的机缘，当真奇妙。"

金媚娘收了匕首，一哂："宁堂主不用绕着弯子说话。您放心，

金沙帮和朱衣卫如今只有合作,并无其他关联。当年尊上离开安都之后,朱衣卫没多久也发现了我的踪迹,四处追杀。我一狠心,舍了这脸,受了一身伤,才保住了这条命。后来遇到了沙老头子,他待我不错,帮我治好了脸,改换了大半容貌,我就依着金沙帮的名字改了姓,嫁了他,帮他把这份家业撑了起来。三年前,他旧伤复发去了,大伙儿便公推我继任。"

宁远舟这才点了点头,道:"难怪金沙帮这几年异军突起,绯衣使的手段,果然与众不同。"

"全赖尊上当初教导。"

如意微笑道:"我只懂杀人,可教不了你这些。你能有如今的成就,是你自己的本事。"

"属下没有客气。"金媚娘说着便指了指外间一行美人,道,"尊上不觉得她们行事有些熟悉吗?"

美人们还在笑盈盈地指点着杨盈安国美酒的品类和与安国贵族饮酒的技巧,不时从容关照着杜长史的兴致,不曾冷落席间任何一人,行止仪态周全又妥当,同早先在外接待客人时妩媚妖冶的模样截然不同。一人百面,在不同的场合都能做出恰当的应对,一举一动都收放自如、不着痕迹,显然是精心调教与打磨的结果。

如意不由得一顿:"她们也是白雀?"

金媚娘点头:"我的几个心腹,都是被卫中淘汰的白雀。卫中靠药物控制白雀,而尊上您很早以前就把解毒的方子给了我。也是您,教会了我得用尽一切法子自立,不能因为身陷泥淖,就放弃挣扎。所以,没有您,就没有现在的金沙帮。"

如意思索了片刻,问道:"她们知道我的身份吗?"

"属下守口如瓶。"金媚娘顿了一顿,又道,"而且,尊上您离开已经整整五年了,卫中的白雀差不多都换过两茬了,后来的指挥使又严禁提起您的名字,所以……"她没有继续说下去。

元禄有些惊讶:"五年换两茬?你们朱衣卫里,白雀换得这么快吗?"

金媚娘点了点头，随口道："不单是白雀，卫中能活上三十的，就已经很少见了。"

众人一时无言，都不由自主心生悲悯。于十三更是低声对宁远舟道："我上回说得没错吧？"

如意打破沉寂，道："说正事吧。媚娘，你把刚才跟我说的那些，再给他们说一次，不必保留。"

金媚娘恭敬地应了声"是"，便转向众人，说道："安帝膝下现有三子，除三皇子年纪尚幼外，已故淑妃所出的大皇子河东王和已故昭节皇后所出的二皇子洛西王，这几年都已经长大成人，是以都开始觊觎太子之位。大皇子倚仗的是其岳父汪国公，二皇子身后则有沙东部，但安帝现在应该还没有立储之心。这两位皇子都反对贵国赎回国主。不过大皇子生性贪财，或许可以有所突破。"

宁远舟听完，又道："允许我国赎回圣上是长庆侯的提议，他是我去职之前才开始冒头的。是以在我们六道堂的密档中，除了其人野心勃勃、智计百出之外，别的记载不算太多，不知金帮主可有其他增补？"

如意也问道："这个生擒梧帝的长庆侯是我走之后才冒出来的，近几年似乎很得圣心？"

金媚娘面带惊讶，脱口而出："尊上难道不知道？"

长庆侯虽年轻，却已是名扬四海，他的出身算不上什么机密。见如意不知，宁远舟奇道："我们之前没跟你提过吗？他是安帝的……"

金媚娘忽地察觉到宁远舟同如意坐得极近，举止言谈也极是亲密，立刻意识到了什么，忙打断宁远舟："还是让属下来说吧。长庆侯李同光之母出身皇族。尊上离开之后，他才跟随安帝攻打褚国，立下不少战功，之后才渐渐在朝堂上崭露头角。此人目中无尘，也不与任何朝堂派系结交，但私底下和安帝的初贵妃走得比较近。正因为他颇得安帝重用，又得了赐姓，所以两位皇子都对他颇为嫉恨。"

如意眼睛亮了一亮："他母亲也是出身皇族？那不是和鹭儿很像？"她说着便有些陷入回忆，"啊，说起来，我也好久没听到鹭儿的消息了，也不知道这些年他过得如何。"

金媚娘心情复杂,含糊道:"应该是不错吧。"

宁远舟目光一闪,却并未追问,只继续问起了其余的情报。

不知不觉便留到了傍晚,如意和使团一行人道别离开,金媚娘依依不舍地出门相送,把着如意的手挽留道:"尊上,您今晚就不能留在这里吗?金沙楼肯定比知府别院舒服。"

有人要抢她的师父,杨盈立刻心生警惕,站到如意身边,公事公办地推辞道:"多谢金帮主盛情,不过只怕不太方便,明早我们还要和知府议事呢。"

元禄瞟了一眼宁远舟,也道:"没错,多谢金帮主给了我们这么多有用的信息,我们可得回去好好合计一下才行。"

如意也道:"就算你说朱衣卫的人接近不了这一带,但梧国使团这么多人一直停留在金沙楼,总会引起他们的怀疑,毕竟以后你还是要继续开门做生意的。"

金媚娘见如意面色温和,对两个毛头小子口中着意强调的"我们"没有丝毫介怀,便也不再强求。她恭敬地道一声"是",便带着一众手下躬身相送。

待如意上了马车,宁远舟却停住脚步,貌似无意地向金媚娘问起:"鹭儿是谁?"

金媚娘却不答,只看他一眼,淡淡道:"宁堂主最好还是以后自己问尊上吧。"

回到别院后,天已沉黑。大致梳洗整备过后,使团众人各自回房睡去。如意独自翻上屋檐,坐在屋顶上,俯视着住所内外。夜凉如水,繁星满天。远处依稀可见寂寥灯火,近处则园林疏密错落,夜色深浅浓浓不一。沿墙偶有灯火映照处,依稀可见紫薇满树,枝影摇摇。

身后传来微微响动,如意回过头去,便见宁远舟正站在屋顶那一侧凝视着她。见如意回头,他便走上前来,问道:"睡不着?"

"有一点。我担心朱衣卫发现了我们跟媚娘见面的事,就索性上来盯一盯。"

宁远舟便到她身旁坐下，将手中的披风替她披上，道："我陪你。"

如意正要点头，却忽地想起些什么，一皱眉，挪身让开，淡淡道："不必了。"

宁远舟一怔。

如意道："你有空还是去陪金帮主吧，缠着我做什么？"

宁远舟有些无奈："金媚娘是你的手下，你这都不放心？啊，难怪她动不动就要和人春风几度，原来是跟你学的。"

"那裴九娘呢？"如意声音一冷，仰头追问道，"她为什么现在写信给你？你当真和她定过亲？"

宁远舟却不作答，只看着她，平静地反问道："你不高兴，为什么？"

"我没有不高兴。你别回避，直接回答我的问题。"

"不，你就是在不高兴。"宁远舟依旧看着她，一双黑瞳如月下江潭般清润有光，说道，"如意，认真想一想，告诉我，为什么？"

如意凝视着他的眼睛，不由得一怔。宁远舟越是平静，便越衬得她火气来得莫名。她确实说过，谁要和你有情爱牵绊？她一时理不清自己的心态，半晌才道："你答应我会跟我生孩子，所以我不希望你和别的女子有牵连。"

"可你之前说过，只要给你一个孩子就行，还说这样也不会伤害到别的女人。"

如意语塞。

宁远舟轻声道："你吃醋了。"

如意本能地反驳："我没有。"

宁远舟看着她，笑意渐渐泛上眼眸："好，你没有。"

宁远舟越是淡然，如意越是急于分辩："我真的没有。我只是……"她忽地抓住个借口，立刻一口咬定了，"我只是喜欢干净的男人，你以后可以和别的女人卿卿我我，可生孩子之前，就是不行。"

宁远舟轻声道："那你为什么就可以和别的男人卿卿我我呢？"

"我什么时候和别的……"

宁远舟道："那天你在金沙楼和那几个少年有没有这样，还有这

第十四章

样……"他模仿着那天如意和陪酒少年们亲密的举动,竟然一步不漏,"你都忘了?"

"那只是……"

"任如意,"宁远舟再次打断她,微微眯起眼睛,逼上前去,"你之前瞧上我,是觉得我武功高,个儿也高,长得也还算俊俏,可你知不知道,我的心眼其实很小?"

如意一时语塞。她这行为,确实有些只许州官放火,不许百姓点灯。她最讲公平,也不强词夺理,干脆直接认了:"好,最多我以后不那样了,可你也得老实告诉我裴九娘的事。"

宁远舟眸子里便又染上些笑意,一五一十道:"我跟她定过亲,义父生前做的主。但是因为我被削职充军,婚约就此作废,她另许了人家,现在估摸着已经成亲了。她也没有写信给我,那封假信是于十三出的主意,他说只有那样做,你才会吃醋,才会感同身受,才会明白我为什么看你跟别人喝酒会生闷气。"他笑看着如意,"你还有什么想问的?"

如意张口欲言,却不知说什么,最终只能闷闷地转过身:"没有了。"

宁远舟再度替她披上披风,如意心气难平,依旧躲开。宁远舟不依不饶,还要再披,两人索性来了一套小擒拿手的对招,你来我往,从屋顶一直打到院外。

两人手上招式不断,惊起树上栖鸟,扰得树下落花纷飞。却是宁远舟一招先得,将如意锁在怀中。

宁远舟心下欢喜,在她耳边轻声道:"知道吗?刚才看你生气,我其实心里很欢喜。你呀,不但招小郎君,还招小娘子。金媚娘和殿下,刚才为你都差点打起来了。"如意挣了挣,却没挣开。宁远舟轻笑道:"别费劲了,你让我吃了那么多回亏,终于也有今日了。"

如意便不再挣扎。宁远舟想她该是放弃了,便松懈了控制,正要同她再说些什么,却不料如意寻机猛地一用巧力,挣开束缚,反将他按在身下。

宁远舟被她压在花树上，一时间树摇花乱。如意眼中噙着得胜的笑意，飞快俯身在他唇上夺去一吻，便在纷飞落花中笑盈盈地看着他，赏足了他呆愣的表情，方悠悠道："不管什么时候，吃亏的都是你。"

她得意地正想起身，不料却被宁远舟一把拉回，脚下一绊，便跌进了宁远舟怀里。宁远舟扶住她的头，睫毛一垂，眸中便是一脉月映澄江似的潋滟水光。唇上传来柔软的触感，如意挣了几挣，那吻却越深越缠绵。

隔着胸口传来温热的体温和又促又沉的心跳声，万物忽地都寂静消散了，小小一方天地里就只有这一个人清晰存在着，是她想要和喜爱的。

东侧住房的墙上，有一扇窗子打开着。杨盈从窗内远远地看着两人相吻，又是脸红心跳，又是开心。

西侧住房的墙上，也有一扇窗子偷开了条缝，元禄、于十三、孙朗头叠着头，正透过那条缝，嘿嘿傻笑着，窥看着宁远舟和如意两人缠绵拥吻。钱昭面无表情地从他们身后走过去，一手拎着一个，将他们从窗户边拖走。

最后被拎走的元禄不忘打个手势示警杨盈，杨盈连忙缩回头去。

回到房中，杨盈捧着发烫的双颊，黑眼睛闪闪有光。她抑制不住兴奋，在房中乱跺着脚："他们真在一起了，太好啦，太好啦！"她在床上翻滚了一阵，又把两个枕头并排在一起，跷着脚趴在床上，指着枕头笑得开心，"远舟哥哥，如意姐；如意姐，远舟哥哥……青云，我；我，青云……"

渐渐地，她的声音低落下来，笑容也随之消失。她举起一个枕头，怅然看了半晌，将枕头紧紧抱在怀中，蜷起身来，喃喃道："青云，我马上就要真正离开梧国了，你在京城还好吗？我真的好想你。我其实很害怕，真的……"

她闭上眼睛，长睫微微湿润，便抱着那只枕头，不知不觉睡去了。

第十四章

011

拿到情报之后，使团便不再继续停留。

启程离开颍城别院那日，金媚娘盛装骏马，亲自率领手下纵马陪行在车边，护送使团出城。

金沙楼本就是城中最招摇的销金窟，金媚娘更是风华绝代的美人。如此声势，直引得满城百姓纷纷在路旁围观。自也有朱衣卫扮作平民混迹其中，观察着两边动向。

宁远舟与金媚娘并肩驱马前行。

宁远舟自不会拒绝这样的好意，但不免有些疑惑："金帮主如此大张旗鼓，难道不担心朱衣卫误会？"

金媚娘淡然一笑，照旧是艳光照人的一帮之主："不担心。"然而回头望向车帘后如意的侧影时，目光中便又流露出敬重与爱护来，"我与尊上商量过了，与其遮遮掩掩，不如郑重其事地送使团一程，反而能显得我们金沙帮手眼通天，能直接与贵国朝廷搭上线。这样安国人就能知道你们并不是孤立无援，多少有点顾忌。"

宁远舟也随之望向帘中倩影，微笑道："看来等以后到了安国，我们还得多多倚仗帮主了。"

金媚娘点头："尊上凡有所吩咐，我必无不从。"却又看向宁远舟，昂然道，"但是宁堂主，我丑话也说在前头，无论您与尊上的关系如何，都请您不要把她裹进营救贵国皇帝的风波里去。尊上毕竟还是安国人，您别让她左右为难。"

"放心，我与她早有约定。除了教授殿下，她不会参与使团其他事务。"宁远舟也并无二话，只是又想起如意的心结，不免一顿，语气随之一缓，道，"其实，我还想请你有机会多劝劝她，让她放下为昭节皇后报仇的执念。"

金媚娘眸光一凛，惊讶道："尊上连这个也告诉你了？我原以为她只是——"她突然正色，郑重地一拱拳，道，"宁堂主，媚娘想请您以后对尊上再好些，她之前的日子，过得实在是太苦了。至于您吩咐的那些事，我必定会办得妥妥当当。待会儿我就传信给安国的金沙楼，让他们全力相助，力保那些失散的六道堂分堂能尽快和你们接上头。"

宁远舟也有些讶异于金媚娘的郑重其事，缓缓道："多谢。"也看向金媚娘，直言道，"但对如意好，是我自己愿意做的事情，不需要任何条件来交换。"

金媚娘一时泪盈于睫，昂首道："希望您言出必行，否则，您就是金沙帮的敌人。"

宁远舟失笑："不劳金帮主出手，我若是有负如意，你觉得她这个朱衣卫最好的刺客，会放过我吗？"

金媚娘看着他，不觉也笑了起来。

于十三远远望着两人互动，不满地咕哝道："又哭又笑的，到底在搞些什么，也不怕美人儿大发雌威？"

有于十三不当人在先，何况还有金沙楼款待的情谊，孙朗当然是站在金帮主这边的，瞥他一眼，幸灾乐祸道："头一回遇上不把你放在眼里的女人，老于你心里挺不好受的吧？"

于十三能承认吗？

"滚！"

孙朗反倒不解，他现下这般吃味儿，当日为何反倒要逃："其实金帮主挺好看的啊，人又爽利，你以前不是最喜欢她那样的吗？"

"喜欢和娶是两回事。"于十三信马由缰，漫不经心地解释着，"我呀，天生就是个定不下来的浪子，一辈子想做的事，就是看最美的人，喝最烈的酒，交最好的兄弟。我要是一时想不通跟谁成了亲，肯定没两天就会往外跑，岂不是白害人家伤心吗？所以啊，待她们一时好就行了，千万不能追求天长地久，要不然海还没枯，我就先枯了。"

孙朗不以为然，抬手一指宁远舟："宁头儿之前也这么说，所以一直单着，定个亲也只是遵照老堂主的遗愿。可现在呢，还不是遇到如意姑娘就栽了。你呀，迟早也会遇到你的克星的。"

于十三却连丁点苗头都不想有，赶紧道："呸呸呸，别咒我啊，大吉利是！"

宁远舟和金媚娘说着话，忽然想起如意同朱衣卫的恩怨，便道：

"对了,如意说她设下陷阱,诱朱衣卫总堂的人去玉郎合县刘家庄的老家,此地距那里还有多远?"

金媚娘道:"合县也是颍城治下,七八个时辰就能赶到,等过了合县,就是原来安、梧两国的国境了。"

"还有一事想请教,前面路上不知哪里能方便买到一些不常见的药材,比如曼陀罗、乌头之类?"

"过了合县就是安国俊州,那边的药铺肯定有卖的,不过,这些药军中常用,他们未必会卖给你。倒是与合县相邻的褚国涂山镇,有好几个大药行,只是那里不是我们金沙帮的地盘……"

宁远舟眼睛一亮,道:"多谢,我们自己去就是。"说着便向金媚娘一拱手,"到长亭了,金帮主请留步吧。"

金媚娘点头,翻身下马,向着车中的如意深深一礼:"尊上,媚娘就此拜别,日后但凡有吩咐,无论哪一处金沙楼、金宝栈,您只要留下口信,媚娘便会火速前来。"

车中如意颔首。金媚娘再施一礼,翻身上马,呼哨一声,带着一众手下掉转马头,转身回城。她回马经过于十三身旁时,于十三犹有不甘,开口唤她:"媚娘,过去的事……"

金媚娘直接无视他,挥鞭策马。那马尾一扫,正好"啪"地甩在了于十三脸上。待于十三捂着脸再望过去时,她早已纵马去远了。

马蹄过处,浮尘渐渐落下。潜伏在道旁的朱衣卫们遥望着金媚娘一行人的背影,面色都有些凝重。

"这个金媚娘,倒是长袖善舞,哪一边都搭得上线。"珠玑说着便皱起眉头,向一旁的琼珠确认道,"那个男的,真的是六道堂之前的堂主宁远舟?"

琼珠点头道:"确凿无疑。"在许城驿站里,她曾扮作侍女近身接触过使团,也验证过情报真假,对此很是确信,"这边分堂有个老卫众之前是从梧都分堂转过来的,见过宁远舟。不过据他所说,这宁远舟早就被逐出堂中,罚去做只管生火做饭的火头军。跟着他的那几个

014

六道堂,也是没见过的生面孔,应该都是不被赵季重用之人。"

"原来只是些戴罪立功的边角料啊。"珠玑想了想,道,"算了,你还是把这些情况都一一回报总堂吧,一切自有尊上亲裁。"

"是。"手下顿了顿,又请示,"那玉郎那封信,该如何处置?"

珠玑却不怎么上心,随口道:"玉郎既然能把上百两黄金托付给那个绿衣女子交给家人,说明一定非常相信她。这女人,没准就是和他勾结的那个叫如意的褚国不良人。刘家庄离这里不远,我们明天带两个人去瞧一瞧。"

琼珠稍有些迟疑:"要不要多安排几个人?"

"怎么了?"

琼珠小心回禀道:"属下这几日奉您的命令详查许城那起盗匪突袭梧国使团案,结果有个外线说,那天他在街上,听到梧国礼王情急之中,叫了一声来救他的男子,开头好像是个'如'字。"

珠玑一凛。

琼珠道:"属下疑心,这个'如',是不是就是那个如意的'如'?"

珠玑也确有此疑问,只是不免疑惑:"如意怎么会跟梧国人混在一起?"思索片刻,突然明白过来,"不对,之前和我们接头,又在盗匪袭击时突然死掉的那个天玑分堂的琥珀,你是不是只远远见过一眼尸身?"

琼珠点头,她确实只远远看了一眼,尸首便被蒙上脸抬走送去处理了。处理尸体的是六道堂的人,她没能找到机会近前确认。

珠玑一惊,立刻意识到:"坏了,如意、琥珀、使团……我们好像中了一套连环计,有人在故布迷阵!"

日暮时分,使团抵达合县,入住合县的客栈。

杨盈一路上都没什么精神,下马车时无意中抬头,望见檐下挂着的鸟笼,神色便越发消沉起来。

使团众人忙着搬卸行李,往来于庭院中。她便一个人站在长廊屋檐下,呆呆地望着笼中不时扑腾一下的小鸟,任外间日落影移。

宁远舟远远望见，便走到如意身边，问道："殿下怎么了？"

如意道："离安国越近，她就越郁郁寡欢。劝了好几次都没用。"

这是无可奈何的事，宁远舟也无别的办法，只道："离乡之愁在所难免。她还小，再多给她些时间缓缓吧。"

如意点了点头，确实也只能等杨盈自己平复过来。她便转头问元禄："把你的雷火弹和连弩借一些给我。"

元禄摸了装备给他，猜到她是准备动手，却也不免疑惑："你要去刘家庄会朱衣卫了？信上不是说明天见面吗？"

如意接过东西，随口解释道："朱衣卫看到那封信后，多半会提前在清风观守株待兔，我自然得比他们更早一步。"

元禄忙道："我陪你去。他们肯定人多势众。"

"不必了，"如意掂掂手里的物事，"有这些在手，我一个人就足够了。"

元禄犹然不放心："可是……"

宁远舟拍了拍他的肩膀，安慰道："我和她一起去。"

如意都准备去牵马了，闻言又回过头来："不必了，这是我跟朱衣卫之间的私怨，你们六道堂别牵扯进来。"

宁远舟微笑道："不牵扯就不牵扯，我只是去褚国涂山镇买药，顺路送你一程而已。那儿正好和清风观一个方向。"

如意疑惑："买什么药？"

"暗器上要淬的毒药，还有迷药、伤药。本来我们也备了一些，但之前在天星峡都用得差不多了，在沿途的市镇也没有配齐。"他说着便快步跟了上去，扭头吩咐，"钱昭，我不在的时候，使团一切交给你。"

钱昭点头，一旁的孙朗闻言，忙也要跟上去："这么多药？那要不要我去给你打下手，多一个人……"话还没说完，已被钱昭拐着脖子，强行拖走："过来给我打下手。"

孙朗还要说什么，于十三已上前崩了他一脑门，小声道："蠢！老宁好不容易假公济私一回，你掺和个鬼啊！"

孙朗这才反应过来，忙噤声捂住了嘴。

宁远舟和如意换上便服，头戴斗笠，一道离开驿馆，并肩纵马飞驰而去。

用过晚饭，杨盈依旧没能打起精神。她坐在窗边，没精打采地托着脸颊，望着窗外的笼中之鸟，喃喃道："再过两天，孤听到的小鸟叫声，也都不再是梧国的声音了。"

元禄正在不远处的屋檐下摆弄他的机关道具，闻言回过头来，见杨盈愁绪满怀，便有些坐不住。他凑到杨盈窗下去，思量再三，小心安慰道："使团带了不少和梧都传信用的飞鸽，它们也是梧国的鸟儿，殿下什么时候想听，都有。"

杨盈一怔，却越发难过起来："那怎么能一样？"说着便红了眼圈，摇头道，"算了，你不明白的。"

元禄就有些急，挠了挠头，却不知该说些什么。

于十三见状，连忙拉开他，笑着对杨盈道："刚才进客栈的时候，臣在外头瞧见一座土地庙，殿下要是实在心绪不宁，不妨过去拜拜。抓上一把有土地公保佑的梧国泥土，以后带在身边，也能安心许多。"

杨盈眼睛一亮，立刻站起身来："好。"

附近果然有一座土地庙。庙外一株丈余粗的大树，枝叶蓊蓊郁郁，荫庇一方，树枝上系满了祈福的红布条。

杨盈望见那大树，眼睛便又一亮，却立刻掩饰好了，一本正经地回头对于十三和元禄道："你们站远些，不用跟着孤。"

于十三当即明了，便拖着元禄退得远远的，背过身去替杨盈守卫。

元禄虽跟着于十三站好了，却不明用意，眼神不由得往后瞟。眼角余光望见杨盈解下自己的蹀躞带系在了树上，他不解地小声问道："这是在干吗？"

于十三不用看也能猜到，低声替他解惑："姑娘家的风俗——丈夫、情郎不在身边的，就在树上系一根他们的头巾或是腰带，求土地公保佑。"

元禄恍然大悟："难怪，还是十三哥你懂！"能让杨盈有所寄托

第十四章

不再难过，元禄也松了口气，"我说最近殿下常用的这根蹀躞带不像是宫里的物件，八成就是她那个叫什么青云的侍卫情郎换给她的。"

于十三点了点头："这附近挺安全的，我们再离远一点，让殿下一个人待一会儿，也自在些。"元禄忙跟着他站远了些。

杨盈挂好了蹀躞带，便闭上眼睛双手合十，默默地向社树祈福。晚风吹起，摇动蹀躞带上金铃，叮当作响。

做完这些后，她才转身走进土地庙里。庙里神像慈祥和蔼，杨盈跪在蒲团上，拜了几拜，闭目虔诚地祝祷："土地公公，信女杨盈求您保佑我此去安国，能平安带回皇兄。保佑全体使团有惊无险，逢凶化吉。保佑远舟哥哥和如意姐两情相悦……还有青云，您一定要保佑他万事顺意，太太平平地等着我回到梧都……"

长明灯毕剥燃烧着，昏黄的灯火映照着她的面容。泪水顺着她的脸颊滚落下来，相思之情无法遏制地翻涌起来。

她记得情窦初开时，自己在宫中偷看巡逻的郑青云，被他发现，又羞又急地躲到树后。她记得郑青云趁无人注意时，悄悄将一把小花放在她的窗台上。她记得郑青云凝视着她，说："臣也日思夜想，能长伴公主左右。"她记得自己辞陛之日，离宫登车，遥遥望见郑青云强忍离绪，却不能上前……

她再也克制不住，哽咽起来："青云，我真的好想你。你呢，现在做什么？有没有也在想着我？"却听身后一个迟疑的声音响起："殿下？"

杨盈霍地回身，便见郑青云正风尘仆仆地站在她背后，期待又不敢置信地看着她。

杨盈又惊又喜，几乎不敢相信自己的眼睛："青云！"她抢上前两步，握住郑青云的手，意识到他是真的，立刻扑上去与他紧紧拥抱在一起，泪水不停地滚落下来，"我不会是在做梦吧？真的是你，青云？真的是你？"

"是我，是我。殿下，是我。"

他们泪眼蒙眬地捧着对方的面颊，相互凝望着。杨盈只觉恍若在梦中，喃喃道："你怎么会在这里？"

"我奉旨出京，办完了差事，上头给了我十天的假，我实在想念殿下，听说你的车驾在附近，就飞马赶了过来，想着万一有机会……"郑青云忍不住又抱紧了她，"刚才在外面听到蹀躞带上的铃声时，我还以为听错了。可靠近一看……一定是神佛指引，才让我这么快就找到了你！"

杨盈喜不自胜："刚才我求的话，土地公都听见了！"

两人正各自诉说离情，郑青云突然膝中一软，俯跌在了地上。

杨盈只觉眼前一花，再回神时，元禄已带着她跃到了一边，挺身护在她的身前。而于十三脸如寒霜，仗剑指着郑青云。

杨盈大惊失色，忙喝道："别伤他！"

于十三一愣："殿下认识他？"

杨盈甩开元禄，上前扶起郑青云，挺身道："他就是郑青云，我的——我一直念着的人！"

第十五章

土地庙旁郎已非

纵使有杨盈作保，但擅自越过护卫接近一国使臣，也不是能轻易揭过的行为。何况国内局势诡谲，不知有多少人想要杨盈的性命。天星峡里亲率大军追杀之事都有人做过，焉知这个郑青云就不是被人指使来刺杀杨盈的，焉知他私下有什么盘算。纵使没有，他私自夜探使臣，也已犯了忌讳。

于十三和元禄不敢自专，杨盈也没有逼着他们私放郑青云，便将郑青云押回客栈，交给杜长史和钱昭处置。

杜长史听钱昭回禀原委，立刻沉下脸来，不待郑青云辩解，便呵斥道："放肆！你一介侍卫，怎敢擅自窥探亲王行踪？钱都尉，立刻把他送走，严加看管，待老夫修书上奏，再作处置！"

他审也不审，当即定罪，丝毫缝隙也不留。郑青云惊愕不已，匆匆辩白道："大人，卑职前来只为探望殿下，别无他意……"钱昭却已经出手制住他，押着他便往外走。

杨盈忙上前阻拦："住手！杜大人，您听我解释——"

杜长史却面色严厉地打断她，正色道："殿下，您的身份关系到此次出使的成败。他无诏前来，万一被安国发现，会祸及整个使团。老臣看在您的面子上，没有立刻处置了他，已经是格外开恩了。"

郑青云挣扎不止，惊恐地高呼着："殿下救我！"

杨盈见他痛楚狼狈，一时情急，怒喝道："钱昭，孤令你住手，听见没有？"

她语气森然，钱昭不禁一愣。

杜长史不赞同地看向她："殿下，宁堂主不在，使团中的各项事务便由老夫做主。"

"你错了。"杨盈斩钉截铁道，"奉旨出使的是孤，孤才是使团之长！"她脸上带着之前从未有过的威严，看向杜长史，"孤知道你们在担心什么，无非是以为孤原本就难舍故土，如今青云一到，便更会心神动摇，不愿再去安国。但是你们错了，青云来看孤，孤很是欢喜，但孤更知道自己肩上的责任！"

见杨盈并未因私情忘却责任，杜长史略感欣慰，却也不免仍有疑虑："殿下……"

"这里没有外人，孤也不妨直言，"杨盈见状，声音缓了一缓，开诚布公道，"孤之所以自请出使，一则为国为兄为民，二则便是为了青云——皇嫂曾有允诺，若孤顺利归国，便许孤婚姻自主。是以，青云今日虽然只是一位侍卫，他日却必定是驸马之尊。两位大人，请你们给青云应有的尊重！"

钱昭略一迟疑，终于放开了郑青云。

郑青云吃惊地看着杨盈。面前之人早已不是当初那个空有公主之名，却柔弱自卑如缠枝花的小姑娘。此刻她言出如剑，站在德高望重的尚书右丞和素有威名的羽林军都尉面前，竟是丝毫不落下风。

"夜已经深了，请钱都尉找间空房，安排郑侍卫休息。明日孤出发之后，他便会自行返京。"杨盈负手而立，回头看向郑青云，"郑侍卫，听到了没有？"

看到杨盈悄悄比出的手势，郑青云才霎时找回昔日熟悉的感觉，忙道："听到了。"他爬起身跪好，恭敬地一礼。

杨盈这才问道："如此，各位该满意了吧？"

杜大人轻轻吐出一口气，恭声道："殿下钧裁，臣更无二言。"

杨盈又看向钱昭，钱昭抱拳领命，带着郑青云退了出去。

院子里，于十三和元禄怀里各抱着一只硕大的磨盘，汗流浃背地

第十五章

扎着马步,其余六道堂侍卫立在一侧旁观。

钱昭负手站在对面,脸色严肃地训诫道:"于十三、元禄护卫不周,致使外人轻易接近殿下。今日虽侥幸并无危险,但若来人心怀歹意,又该如何收场?我代宁堂主罚你们抱石之刑,你们可服?"

于十三、元禄齐声道:"我等甘愿领罚!"

钱昭又看向其余侍卫:"尔等也需引以为戒!"

众人也肃然道:"是!"

钱昭这才挥手道:"散了吧。"

众人四散而去。孙朗不放心,低声对钱昭道:"我还是陪他们一会儿。元禄身子不好,万一抱不住,砸着脚怎么办?"他走到元禄身边,磨起了暗器。

钱昭又哪里放心得下,不一会儿便也牵了匹马过来,在一旁给马刷毛。

星河横过半空。四个人聚集在庭院里,看似各忙各的,实则所思所虑都在一处。

于十三把磨盘往上托了托,转头去看钱昭:"喂,罚归罚,但聊个天总可以吧。你们觉得那姓郑的小子是什么来路?"

孙朗道:"刚才吃饭的时候我套过他的话,他说是奉皇后的旨意去乾州宣德老国公进京,乾州倒是离这儿不远……老钱,他也是宫里的,你应该最清楚他的底细。"

钱昭摇头:"我不清楚。他是御前侍卫,归侍卫营管,负责内宫;我是羽林军,负责皇城和外宫。平日里或许遇见过,但确实没打过交道。"

元禄喘着气插嘴道:"这人肯定有问题,虽说我们路上也耽搁了几天,可哪能那么巧,他恰好就外派公差,恰好就得了假,又恰好一路从乾州找到合县,偏偏就趁我和十三哥不在殿下身边的时候进了庙里!"

钱昭也道:"我已经让丁辉去巡查周边了,看看他有没有其他同伙。"

于十三却又提醒道:"还得叫内侍盯紧了殿下,大晚上的,千万别闹出什么风流韵事。"

元禄怀中磨盘差点脱手,幸而孙朗帮忙托了一把,才又抱住了。他愣怔地看着于十三:"啊?!"

钱昭也皱眉道:"事关殿下清誉,不可胡说。"

于十三喘了口气,对这些不开窍的深感无奈:"就是因为事关殿下清誉,我才特地要说。你们这些万年光棍,根本不了解少年男女久不见面,能有多干柴烈火。殿下刚才看着小鸟儿还掉泪呢,现在就主动打发郑青云离开,你能信?哎哟,抱不住了!"磨盘滚落在地,咚的一声响。

钱昭霍然心惊,立刻吩咐:"孙朗!"

孙朗已一溜烟跑了出去:"我这就守在殿下窗户外头去!"

元禄懊悔不及,自责道:"我真没用!宁头儿刚一离开,就闹出这么大的乱子!"

宁远舟和如意并肩奔驰在城外道路上,衣袂迎风翻动,远望如鸿鹄双飞。马蹄声嗒嗒地踏破寂静的夜色,他们头上星河横过半空,地上道路一直延伸到远方的地平线。地平线上一脉起伏的沉黑,不知是远山还是沉睡的城池。

他们来到一处岔路口,如意勒马停下,回头对宁远舟道:"行了,就到这儿吧,按朱衣卫的习惯,动手之处附近方圆三里都会提前布防,我要从小道悄悄绕过去。"

宁远舟却道:"我再送你一段。"

"不用了。"

宁远舟坚持:"就一小段。"

如意突然会过意来:"你不会是想跟我一起去清风观吧?"

"我不是不放心你一个人,"宁远舟道,"只是想摸摸朱衣卫的底细,毕竟以后在安国都是要朝相的。"

如意静静地看着他。

宁远舟见瞒不过她,只好无奈承认:"好吧,我就是担心你。"

如意有些不满,挑眉道:"我的内力已经恢复到七八成了,一个

第十五章

丹衣使而已,你觉得我赢不了?"

"我知道你肯定会赢,但我怕你一动手,就又会像在天星峡那样不顾性命。"宁远舟面带担忧,见如意不肯退让,便柔声商议道,"要不这样吧,我不露面,就在一边看着。"

如意依旧不肯:"我习惯了独来独往,动手的时候有人在旁边,反而会不方便。"

"你就当为我破一回例。"

如意有些不耐烦:"好啦,别婆婆妈妈的。我可不想以后孩子像你这样。"

"我就是为了孩子才想陪你去,你每受伤一回,元气就会弱一分,你不希望孩子生下来就先天不足吧?"

他言辞恳切,如意无奈,保证道:"我会尽量小心,争取不受伤,这总行了吧?"她怕宁远舟还要纠缠,赶紧伸手去推他,催促道,"行啦,赶紧去涂山镇吧。你刚才不是还说那些药在安国都不好买,所以才特意要去褚国的吗?你要是陪我去了清风观,谁去买药?我可不想万一这回真出了事,回去连根吊命的人参都见不着——"

宁远舟伸指按在她唇上,无奈道:"大吉利是。你能不能别总说这些让人提心吊胆的话?"

如意啼笑皆非,调侃道:"你好歹也是六道堂堂主,平常见血还少吗?怎么现在变得这么胆小?"

宁远舟叹了口气,认真地看向她,坦言道:"以前我孤身一人,可以百无禁忌。但现在有了你,我……就有了软肋。"

如意一震,目光变得柔软,到底还是点了点头:"好,我以后不说就是了。"虽依旧坚持,语气却也变得轻柔起来,"但这一回,还是让我自己解决好吗?朱衣卫里有些事,我不想让你听见。"

宁远舟见她眼神坚决,知道拗不过她,终还是答应下来:"好,就知道说不过你。"

如意安慰他道:"放心吧,我明天会尽早回客栈的。"

宁远舟又道:"涂山镇离这儿也不算太远,就二三十里路。我要是买完了药，就上这儿来等你，咱们一起回去好不好？"

他目光切切地望着如意，如意看着他，忽就意识到，这莫非就是市井草民所常说的"家中有人在等"？

这感觉太过陌生，却着实动人，她心口竟莫名生出些柔软来，却又觉得有些难缠，想了想，突然探身上前吻了宁远舟的唇。而后她趁着宁远舟愣怔的当口，飞快地策马离开，远远地一招手，回了他一句："好。"

宁远舟错愕地望着她远去的背影，半晌才反应过来——她偷跑了。宁远舟心中无奈，忙又叮嘱道："千万小心！"

如意一边纵马疾驰，一边回头应声："知道啦！啰唆鬼。"见宁远舟仍然远远地目送着她，她唇边不知不觉泛起一抹笑容。但再回过头后，她面色霎时变得肃杀，一握手中长剑，催马高喝一声："驾！"

夜色已深，草木沉沉，各家各户都早已入睡。刘家庄外一片寂静，只一条波光粼粼的小河潺潺流淌着。小河穿村而过，河上的小桥连通着入村的必经之路。此刻朱衣卫们做夜行装扮，正借着夜色掩护，悄然潜伏在河边草垛、树上、桥墩下……警惕地监视着通往远处清风观的道路。

但四面一直寂静无声，道路上也不见行人。朱衣卫们等得已有些焦躁。没有人注意到，河水中正有一条黑鱼似的暗影，静静地逆水而上。

那暗影在水下游动着，一直游到清风观的后墙。确认后墙外并无人影走动，黑影才悄无声息地从水中冒出，迅速走上岸来，脱去身上黑色水靠——正是如意。

清风观前看门的黄狗察觉到什么动静，敏锐地竖起耳朵，起身绕着院墙一路小跑到后墙，看到如意，张口便要吠叫。如意一指指向它，目光如寒冰一般与它对视。黄狗立刻低低呜咽了一声，乖乖躺下露出肚皮。如意这才放过它，满意地观察周边情况后，闪身跃进了后墙。

清风观里灯火明灭，四下无人，一片寂静，连虫鸣声都不闻。修行之地本就清静，按说这也算不上什么异常，但如意本能地一寒，立

第十五章

刻收回了本已踏入院内的脚。

她闪身转进一侧的寮房，透过窗户，看到房内沉沉入睡的道士，这才略放下心来，重新回到院中。她沿着草木茂盛处的暗影，悄悄寻到观中的正殿，小心地推开殿门，闪身潜入。

正殿里一片漆黑，如意关好门，轻轻晃手点燃了一只火折子。那火折子经过元禄改进，发出的光只从正面照出来，其余四面都不透光。她攥着火折子，小心地四处查看着。

忽有什么东西滴在她手上，隐隐有血腥味传来。如意察觉到不对，猛然抬头，手中火折子向上一照，便见房梁上暗影幢幢，悬挂着一整排的尸体，都是头套绞索上吊而亡。正上方一具男尸口鼻鲜血滴落，显然才死去不久。

如意大惊，还未来得及退出，便听一声呼唤："如意？"

如意下意识回头，就听一声暴喝："是她！"四面霎时间灯火通明，突如其来的明光晃花了如意的眼睛。随即一张巨大的渔网从天而降，直向如意罩了下来！

就在这千钧一发之际，如意急速旋转，手中的连弩如流星一般透过渔网射出。网外扑向如意的朱衣卫夜行人纷纷中箭倒地，如意也在渔网掉落之前，平身贴地滑出。

然而她才刚得自由，已有几十枚银针如骤雨一般疾射而来。如意边挡边跑，竭力避开银针，飞奔出正殿。从正殿里闯出去时，她脚下步伐忽然变得踉跄，没跑几步便一跤摔倒，倒在地上抽搐起来。

一枚银针钉在了她的脖子上，她终究还是中招了。

火把将暗沉沉的院落映照得灯火通明，如意倒在地上，只见一只黑底云靴走到了她面前。如意拼尽最后一分力，拔剑欲迎敌。靴子的主人摘下夜行面罩，噙着似有若无的笑意俯视着她——正是珠玑。

"省省力气吧，鸩尾针入血，一息之内，必成废人。"珠玑不紧不慢地说着，见如意剧烈地喘着气，挂着剑强支着身子，一副不肯放弃的模样，便又戏耍一般说道，"不过，你若是肯如实招来，倒还可以保住一条性命。"

如意艰难地指着梁上："他们是谁？"

珠玑邪邪一笑："你情郎玉郎的家人啊，还有你好姐妹玲珑的父母，怎么，不认识啊？"

如意瞳孔猛地收缩："为什么？他们是无辜的！"

"我又不知道玉郎的那封信到底是诱饵还是真的，"珠玑笑着，眸光忽地阴毒起来，"可不管真假，叛徒的家人都活该被株连。"她踩上如意的手指，施力一碾。如意立刻痛呼出声。珠玑阴狠地逼问道："说，你到底是哪国的奸细？什么时候潜进梧都分堂的？"

如意咬牙，似是强忍着剧痛："我不信你！如果我说了，我一定会没命的。堂堂紫衣使，竟然出卖自己手下整个分堂，这事要是闹出来，你们指挥使的位子只怕都保不住！我要见真正说话管用的人，不然就算你杀了我，我的手下也会把事情捅到安国的朝堂上去！"

珠玑冷笑道："就凭你，还想见尊上？"

如意听到"尊上"二字，眼色一寒，突然暴起。身形一闪而过，手中长剑挥出，珠玑身后的四个朱衣卫夜行人已同时中剑，咽喉一道血线喷出，倒地身亡。

珠玑还没反应过来，如意已经转身攻来。珠玑勉强抵挡了两招，便被如意一脚踢飞，重重摔在地上。几乎在同时，如意拔出自己脖子上的鸩尾针，远远一挥，银针便射入了珠玑的脖子里。

珠玑还没爬起身，便再次倒地，中毒抽搐起来。她难以置信地望向如意："你……怎么会……"

如意冷冷道："这鸩尾针，当初还是我亲手炼出来的，你居然想用它来伤我？"

珠玑猛地意识到了什么："鸩尾针！你不是不良人……难道，你是任左使？"

如意走到珠玑面前，居高临下地俯视着她："刚才我套你话，你说漏了嘴，那位'尊上'既然知情，必定就是指使越三娘之人。朱衣卫里，能享'尊上'敬称的，只有指挥使和左、右使三人。"她剑指

第十五章

珠玑的咽喉，逼问道，"说，他到底是谁？"

珠玑眼中有一瞬间的绝望，随即便低下头去，牙根猛然用力。如意暗叫不好，忙用力掰开珠玑的嘴巴，却见一颗咬碎的蜡丸掉落出来。

珠玑嘴角流出黑血，凄然一笑："我服的毒也是我自己炼出来的，你解不开……我不会背叛尊上的，永远不会。"

如意冷哼一声："无非就是这三个人而已，你不说，难道我就查不出吗？"她知道从珠玑口中是决计问不出什么了，便也不再徒劳逼问，将人一扔，转身离去，却听身后之人哈哈大笑道："就算你查得出，你的义母，也完了。"

如意霍然回头。

珠玑喘着气，瞳光都已有些涣散了，却还是盯着如意，恶狠狠地笑着："你在梧都的时候，明明可以逃走，但为了她，还是当了一年白雀，她对你，一定很重要……"

如意肝胆俱裂，拎起珠玑的脖子："你说什么？"

"你娘，或者说，你的义母江氏，我十天前，就已经派人，捉了她，"珠玑笑着，气息渐渐弱下去，"刚才，送回总部去了……"

如意果断地从她身上翻出一只锦袋，箭一般奔了出去。

珠玑还在地上挣扎着，她蜷着身子，喃喃道："娘，我好冷，我不想死……可是，我要是不死，你们也会和他们一样。"她挣扎着看向梁上悬挂的尸体，眼前渐渐模糊，最后吐出一声，"娘……"终于倒在地上，再也没了气息。

如意用颤抖的手撕开锦袋，袋中果然有一枚棒状的烟花。她连忙点燃烟花，那烟花带着尖厉的锐音直蹿上夜空，红光照亮了天际。

远方道路上，一支约十人的队伍正赶着夜路，队伍中央一匹马上捆着个昏迷的老妇人。领头之人正是珠玑的心腹——琼珠。忽见烟花蹿空，红光照亮天际，琼珠回头一望，不由得大惊失色："火羽令！那是刘家庄的方向，大人遇险了！"她连忙掉转马头，吩咐众人："跟我走！"

她身后的随从有些疑虑："可大人要我们押着江氏尽快回安都，

028

不得耽误啊。"

琼珠怒斥道："丹衣使以上方有火羽令，全卫上下，凡见此令者，需立时增援，你们连卫规都忘了吗？"她当即拍马回驰，随从们连忙追了上去。

而宁远舟正在水边饮马，马鞍后担着一只"刘记药行"的包袱。突见水中一亮，他转身望去，便见极远处一点红色的烟花缓缓消散在天际。

他心中略有些疑惑，却也没有多想，回头牵马，想要赶去岔路口同如意相会，却突然心神一凛，停住了脚步——那烟花亮起的方向，似乎……

他忙再度转过头去，向着烟花落下的方向望去。

琼珠带着一众人纵马向清风观赶去。四面草木丰茂，暗影幢幢，却是寂静无声，只有马蹄嗒嗒飞奔在土路上。

琼珠关心则乱，随从却是越跑越心惊——丹衣使以上才有火羽令，而珠玑是更高一级的绯衣使，能让珠玑发火羽令求助的险境，怎会如此平静？临近清风观，随从终是忍不住出言提醒："大人，不对！太安静了！怕是有埋伏！"

琼珠一惊，连忙勒缰停马。思虑片刻，她吩咐道："三人一组，结三才阵！"

朱衣卫们当即下马，将坐骑、行李弃在一旁。三人一组结阵，小心地靠近清风观。

路旁阴沟里，如意身着夜行衣，正向着朱衣卫扔在路边的坐骑悄无声息地匍匐前行。待来到坐骑旁，她飞快地起身解开被绑在马身上的昏迷老妇。

老妇从迷蒙中醒来，尚未来得及想起自己的处境，就已对上如意的眼睛，迷糊中脱口唤道："如意？！"——正是如意的义母江氏。

远处的朱衣卫闻声惊觉，抢先出手攻来。一时间暗器如暴雨来袭，如意还未来得及扶江氏下马，只能立刻挥剑格挡。江氏不会武功，如意为了护住她周全，身上连中几枚暗器。待这一阵暗器过后，朱衣卫

们已然攻至近前。如意上前迎击，立刻便被朱衣卫们围攻起来。

眼见有人自侧方向如意砍去，江氏心下一急，惊呼道："小心！"

这一声却提醒了琼珠，琼珠立刻高呼："抓住江氏！不然我们都得死！"

如意咬牙护在江氏马前，挥剑砍倒攻上来的朱衣卫。但朱衣卫以多对一，砍杀不绝；如意再强，却也分身乏术。眼见朱衣卫后方已分兵出来要捉江氏，如意只能扔出雷火弹远袭。爆炸声轰隆响起，一时间朱衣卫纷纷倒地。但驮着江氏的马也因爆炸声受惊，将江氏掀翻在地。

如意大急。然而四面烟尘滚滚，天又黑，她被朱衣卫缠杀着脱身不得，不觉心急如焚。她只能一面奋力地挥剑劈杀过去，一面大声喊着："娘！娘！"

待她杀绝了拦路的朱衣卫，眼前烟尘也终于散去，却见江氏已被一个女子控制住，横剑在颈——那女子正是琼珠。

琼珠见满地尸体，也不觉胆寒，剑锋往江氏脖子上一逼，尖叫道："别过来，过来我就杀了她！"

忽听马蹄声近，三人忙都抬头望去——却是又有一队朱衣卫赶到了。领头之人高呼："华盖分堂前来增援！"

琼珠大喜过望，忙道："她伤了珠玑大人，快拿下她！"

那一队朱衣卫立刻扑向如意。如意挥剑抵挡，一行人竟拿她不下，战况很快陷入胶着。

琼珠已挟持着江氏退出战圈，本以为得救，却眼看着如意又要杀出重围。见局势不妙，她忙大声威胁："如意！放下你的剑，不然我杀了你娘！"手中剑锋一勒，立刻在江氏颈前割出一道血痕。

江氏痛呼出声。如意五内俱焚，当即不敢再有动作。

琼珠见状，得意道："放下剑！"一众朱衣卫也趁机缩小包围，逼近如意。

江氏眼看着四面持剑之人逼近如意，如意却如被缚住手脚般坐以待毙，准备放下手中的剑。她心下大急，忙喊："别放！不然我们两个都活不了！"

琼珠恶狠狠地捂住她的嘴："闭嘴！"

江氏却突然一口咬住她的手。琼珠吃痛，持剑的手下意识地一斜，剑立时便在江氏的脖子上拉开了一条长长的口子，瞬间血涌如注。

如意眼前霎时一片血色，她发疯般强攻上前："娘！"

四面朱衣卫都被她杀退，琼珠自知人质已无用处，见如意疯狂杀来，早已吓破了胆，忙把江氏往前一推。如意抱住江氏，才终于停下攻势，慌忙为她止血。然而哪里止得住？不论如意如何去捂去压，血只如泉水般汩汩从帕子下、从她指缝里涌出来。

江氏呛咳着，喃喃道："没用了。他们抓住我的时候，我就知道活不成了。娘错了，不该不听你的安排，悄悄从娘家跑回盛州收稻子，落到了他们手里。"她凄惨微笑着，似是想抬手摸一摸如意的脸，"好孩子，自打我救了你，你就没叫过我几声娘，今天听你叫了好多回，娘真高……"却终是没有摸到，那双手颓然落地，她的头软软地磕进如意怀中，就此再无气息了。

如意抱着她的尸首，撕心裂肺道："娘！"

她痛苦难当，一时气血迷心，心中杀意立时涨起。她猛地抬眼，双目赤红，如饿狼一般盯着一众朱衣卫。

朱衣卫们被她眼神震慑，情不自禁地退后一步。琼珠早已胆寒，见如意浑身是血，状若修罗，手中长剑寒光一闪，分明是要开杀的迹象，忙道："快跑！"

朱衣卫们顿时撒腿狂奔。如意哪里会放他们离开，放下江氏的尸首，疾突上前，或施暗器，或运剑砍杀，转眼之间已有数人倒地。其余众人分散逃亡，但如意杀心更盛，仗剑逐一追杀，竟是一个都不打算放过！

乌云悄然遮蔽了星空，风携着水汽涌起，四面都是朱衣卫死前的哀号之声。如意早已杀得力竭，喘着粗气，却还是奋力地追着奔逃的朱衣卫砍刺。赤红的眼睛疯狂又冰冷，只有无尽的杀意。

被追杀到庄外木桥上，奔逃中的朱衣卫绝望之下奋力一搏，向如意攻去。如意闪身躲避，却不料身上早已脱力。那朱衣卫扑倒在地，

第十五章

031

如意却也一个站立不稳，眼看就要从桥上跌下。

正在此时，凌空一双手搂住了她——来者正是宁远舟！

如意却看都不看宁远舟，刚一站稳，见倒在地上的朱衣卫正手脚并用地爬着逃命，便又挥着剑砍杀过去。

宁远舟连忙阻拦："如意！"

如意声嘶力竭地嘶吼着："他们杀了我娘！"宁远舟愣怔的间隙，她已一剑刺死那个朱衣卫，又跌跌撞撞地跃下桥去，向着正在奔逃的琼珠奋力掷出手中之剑，那剑脱手命中，琼珠立时扑倒在地。

如意跌跌撞撞地向着琼珠奔去，眼中唯有恨意与杀机，再也看不到其他。她身后的一名朱衣卫见状，趁机上前偷袭，却被宁远舟一剑砍倒。

琼珠喘着粗气，强支起身体，惊恐地看着如疯狼一般逼上前来的如意——这疯狼一夜之间杀了一名绯衣使，又在围攻之下反杀了两队二三十名朱衣卫，此刻终于要来杀她了。琼珠肝胆俱裂，她不明白，这样的煞星怎么可能默默无闻。她喃喃问道："你是谁，你到底是谁？"

如意捡起地上一把剑，高高举起："杀人者，任辛！"

剑上寒芒一闪，琼珠倒地身亡。

而在如意身后，是数十具无声横卧的尸体。宁远舟也是在今晚，第一次亲眼见证了朱衣卫第一刺客，不，天下第一刺客那震撼人心的威慑力——十步杀一人，千里不留行。

如意踉跄站稳，只觉眼前万物都在飘忽晃动。她机械地挥舞着长剑，向四面怒吼："还有谁杀了我娘，出来，都出来！我任辛饶不了你们！"天地苍茫，只有潺潺的水声回应她。

宁远舟伸手去扶她，如意愤怒地挥开："放开我！"

宁远舟根本不敢放开她，将她抱在怀里柔声劝慰："你受伤了，我得帮你止血。"

可如意挣扎着："用不着！我是任辛，我不怕受伤，更不怕死……"

宁远舟扶住她的肩，强迫她看着自己，告诉她："你不是任辛，你是任如意。如意，看清楚我是谁，我是宁远舟！"

如意迷茫地看着他,突然用力地拍打着他,痛苦嘶吼着:"放开我,他们杀了我娘,我要去杀光他们,我要报仇,我要替娘娘报仇!"

宁远舟将她抱在怀里,紧紧地控制着她。如意挣扎不止:"放开——"却突然脱力,晕倒在宁远舟怀中。

宁远舟一探她的额头,被烫得一惊,忙将她打横抱起。

兀鹫盘旋在空中,发出"啊啊"的长叫。

合县客栈。

孙朗已在杨盈房间四周仔细巡查了一圈,却并未发现有什么异常之处。然而想到于十三的话,他还是有些放心不下,便走到杨盈窗前,悄悄推开窗子向房中望去,只见杨盈沉沉睡在床上,呼吸均匀;内侍也站在房角,手持拂尘守护着。孙朗这才稍稍放了心。

夜色渐深,客栈上空兀鹫盘旋。"啊啊"的长叫声遥遥自空中传来,扰得人有些焦虑。

孙朗又四下巡查了一阵,略觉困顿,便靠在杨盈房外的墙上,半合着双目打盹儿。不知过了多少时间,他隐约察觉到有什么动静,立时惊醒过来,却见内侍低着头从杨盈房里捧了茶盘出来。见他睁眼看过来,内侍摇了摇手,示意无事。孙朗这才继续合眼睡去。

内侍走过檐廊,见离房间已远,立刻加快脚步,向着灶房疾行而去。来到灶房,他推门进去,低声唤道:"青云!"

柴房昏暗,他向前走了两步,焦急地张望着。忽听一声惊喜的呼唤:"殿下。"连忙循声看去,便见郑青云从暗处快步走出来。两人飞奔向对方,激动地拥抱在一起。内侍不留神碰掉了帽子,满头青丝散落——正是杨盈所假扮。

杨盈靠在郑青云怀中,只觉甜蜜幸福:"你果然还记得这个手势,以前咱们在宫里,就经常——"

郑青云打断她:"我怎么会忘?"他急切地询问着,"可他们看得这么紧,殿下是怎么出来的?"

杨盈道:"看着我的那个内侍,我之前在天星峡救过他的命,我求他，他不敢不答应——"

"那负责护卫你的宁堂主上哪儿去了？"郑青云忙又问道，"怎么一直没见着？那些侍卫也不告诉我。"

"他有急事出门了，要明天才能回——"

郑青云再度打断了她，轻抚着她的头发，呢喃道："殿下，我好想你。"

杨盈羞涩道："我也是。"

他们久别重逢，正是情难自禁的时候，互相凝望着，不知不觉便靠近了。郑青云的唇若即若离地蹭上杨盈的额头，辗转向下，不知不觉便鼻尖轻触，双唇近在咫尺。察觉到杨盈的羞涩，郑青云低头轻轻往前一压，两人的唇便贴合在一处。

激情一触即燃，郑青云突然狂热地将杨盈压在窗上亲吻起来，手指紧紧扣住窗棂，将杨盈困在怀中，随即双手抚到杨盈身上，灵活地游走起来。

杨盈衣襟渐渐散开，只觉意乱情迷，一时不知身在何处。但当郑青云把她压在草堆上时，她意识到郑青云想做什么，立时清醒过来，忙用力推开他："不行，不可以！"

郑青云却又急切地靠过来，央告着："是我唐突了，可阿盈，我真的好想你，让我抱一抱，一会儿就行！"

他目光哀切，杨盈本就思念他，哪里拒绝得了，终是羞怯地点了点头。两人再度紧拥在一起，虽未更进一步，然而情意缠绵不尽，一时只能听到彼此粗重的呼吸声。

可杨盈突然就觉得有哪里不对，抽了抽鼻子："不对，我好像闻到了……"

郑青云却覆上来，亲吻着她的面颊："别管它！"

杨盈一时又有些迷乱。两人继续缠绵着，却突然听到外面传来一声尖叫："走水了！"随即便响起嘈杂震耳的鸣锣声、杂乱的脚步声，有人奔走呼号着："走水了！"

杨盈大惊，推开郑青云飞奔到房外。只见房舍上火光熊熊，整个院子都已经燃烧起来,客栈里一片兵荒马乱,一众人来来往往地穿行着,忙乱地救人、打水、灭火……

钱昭拦住孙朗,急道:"殿下呢?殿下在何处?"

孙朗拎起一桶水就往自己身上浇去,匆匆回一句:"还没出来!"便要往火场里冲。

郑青云追着杨盈走进院子里,大声喊道:"我已经把殿下救出来了!"

众人这才松了一口气。

杨盈早已奔向前去,抓住个人便焦急地询问:"杜长史呢,杜长史救出来没有?!"

杜长史闻声,连忙应道:"我在这里!"他鞋子都没来得及穿,便被人连扶带拖地从火场里救出来,此刻赤着脚一身狼狈,还没来得及上前跟杨盈会合,便听一声巨响——火场里一处房梁塌了下来,霎时间火焰四溅。火势越发大了,烈火呼呼地腾上夜空。

郑青云招呼着:"火太大了,大家赶紧避出去吧!"说着便半拖半扶着杨盈向外奔去。情势太过紧急,不少人来不及多想,纷纷跟着他往外跑去。

钱昭、于十三、元禄三人对视一眼,同时拔剑在手。

丁辉见状有些愣怔:"怎么了?"

孙朗把自己从火场里抢出来的小狗放在地上,冷声道:"每回住进客栈的时候,我都会再三检查,确保不会轻易走水。这火来得太猛了,肯定有问题。"

话音未落,便听隔墙有人齐声呐喊着:"梧国礼王,纳命来!"随即几十个盗匪模样的人执刀从后墙外冲了上来,将钱昭、于十三、元禄三人团团围困起来。

于十三提剑杀向盗匪,却也没忘了提醒孙朗:"孙朗,护好殿下!看好姓郑那小子!"

孙朗当然分得清轻重缓急,闻言立刻向外奔去:"是!"

转眼间钱昭三人便和盗匪缠斗到一处,一时火焰腾烧声、厮杀打

第十五章

035

斗声,火光、刀光、剑光……混杂在一处,彻底缭乱了这晚的夜色。

刘家庄清风观里,如意躺在地上昏睡不醒。梦中刀光剑影,火焰冲天,她正拼死与无数看不清脸的剑客搏斗着。在剑客身后,被绑着带走的有昭节皇后,有她刚刚死去的义母江氏,还有玲珑。

她们都在喊着:"阿辛,如意,救我,救我!"

如意不停挥剑,想要杀上去救下她们,焦急地呼喊着:"娘娘!娘!玲珑姐!"然而眼前的剑客总也打不倒杀不绝,她眼见着她待若母亲和姐姐的她们远去,渐渐失控,发了疯一般搏斗着砍杀着,"我要杀了你们,杀了你们!"

宁远舟拿着浸湿的布巾匆匆赶回,便见如意脸烧得通红,满口说着胡话,胡乱挥舞双手。他连忙上前将湿巾敷在如意额上,又扶起她,想喂她吃药。但如意牙关紧闭,怎么也撬不开口。

宁远舟正思量该如何渡药给她,如意却突然惊厥。她抽搐着弹起又落下,嘴里念着:"杀,杀,杀!"

宁远舟忙控制住她,却再度被她滚烫的额头烫了一下。他心知不能再这么下去了,一咬牙,抱起如意,便向着清风观后墙外的小河飞奔而去。

来到河边,宁远舟抱着如意走进河水中。夜色清冷,水声泠泠。月光映得河面明如白练,又在他们激起的水纹中碎作万千鳞光。当走到齐腰深的位置时,宁远舟俯下身去,带着如意一道潜入了水中。

那水极清澈,水底月光漫射,剔透如一个水晶世界。

如意下意识地挣扎着想要浮上水面,宁远舟坚定地抱住了她。他们浸在水中,乌发衣带轻缓地缠绕上扬,粼粼波光映照在他们身上。

不知过了多久,如意渐渐平静下来,缓缓睁开了眼睛。宁远舟见她眸光已然清醒,这才抱着她冲出水面。

两人出水后大口地呼着气,宁远舟先缓过来,抬手帮如意拂开发上、脸上的水迹,急切地问道:"你清醒了吗?"

如意点头,身边却浮起了一圈血水。宁远舟忙又抱着她往岸上走去。

如意浑身都在发抖，宁远舟紧紧地抱住她，用体温为她取暖，在她耳边轻轻解释着："一会儿就好了……对不起，我知道你有伤，可是你在发热惊厥，要是不马上退热，我怕你醒不过来……"

如意受了太深的刺激，更兼病中虚弱，颠三倒四："他们杀了我娘，虽然只是义母，可她也是娘。珠玑她们知道我是如意了，你杀光了他们没有？"她揪住宁远舟的领口，逼问，"有没有？"

"有，"宁远舟将她圈在怀里，轻声安抚着，"我检查过，他们每一个都死了，一共二十九个，对不对？"

如意颤抖着，牙关咯咯作响，神经质地念叨着，又恨又痛："对，对。我所有的亲人都死了，娘娘、义母、玲珑，我要为她们报仇，可她们全都死了！"

宁远舟更用力地抱住她，在她耳边低声呢喃着："别怕，你还有我，我们还会有孩子，我们都是你的亲人。"

如意又陷入了迷蒙，她推开宁远舟，瞪着他："你骗我，你从一开始就在骗我！你说让六道堂安排我娘回娘家，可她还是被朱衣卫抓了！你不肯和我生孩子，你一直在利用我！你说我是同伴，你给我雕人偶，可你还是和他们一起伤了我！"她猛然发作起来，拍打着宁远舟，"滚开，你滚开！"

被同伴背叛的伤，依旧深深地刻在她的心上，表面上云淡风轻，似已复成旧好，却一直是她最隐秘的痛。

体会到这一点，宁远舟心痛不已，抱着她不肯松开："对不起，我不会走的，这次我哪儿都不会去。"

如意挣扎不开，发起狂来，重重地一口咬在宁远舟的手腕上，手腕上立时便渗出血来。宁远舟依旧没有动，只紧紧抱住她，轻拍着她的脊背安抚她。

如意渐渐平静了些。她舔了舔唇上的血，尝到了血腥味，便有些迷茫，含糊道："咸的，你流血了……"她翻找着宁远舟身上的伤口，"你不疼吗？"

宁远舟轻轻地放开了她："不疼。你看。"便伸出双手，先给如意看了看刚才她咬的地方，又指着右手手背上模糊的咬痕，轻声说道，"这个，是第一次见你的时候，你咬的。那时候才真疼。"

如意怔怔地看着，伸手去摸那两处伤口，突然又抬起头来："你是宁远舟。"

宁远舟温柔地凝视着她："对，我是宁远舟，你的宁远舟。"

"你真会给我一个孩子？"

"会。"宁远舟握住她的双手，轻轻说道，"那天你问我，救完皇帝之后还有什么愿望，现在我可以告诉你了：我希望以后不单能做你孩子的父亲，还可以真正走入你的生活。如果你愿意，我还想给你一个家。"

如意有些迷茫："家？"

"对，男耕女织，儿女绕膝，一个真正的家。"

泪水从如意眼中涌了出来，她喃喃地问道："真的？"话音未落，她身子一软，再次扑倒在宁远舟怀中。

宁远舟一探她的额头，觉出她额上热度退去，终于松了一口气。

合县。

土地庙里灯火明灭，透过庙门可望见客栈的方向大火仍在燃烧，火光照亮了天际。

杨盈和杜长史不安地等在庙里，不时望向门外——钱昭一行人迄今都还没赶来同他们相会，他们也只从孙朗口中得知有盗匪袭击，却不知后续进展如何，心里不免有些焦虑难安。

杨盈忍不住问道："哪儿来的盗匪？是安国人吗？"

杜长史还想宽慰她："殿下少安毋躁——"却突然发现杨盈一身内侍打扮，不由得皱起眉头，"殿下这身衣裳是？"

杨盈低头一看，脸上腾地一下红了，强行掩饰道："逃出来的时候怕有危险，临时换上的。"

杜长史哪里还猜不到原委，面色立时严厉起来。他目光一扫，见郑青云默不作声地立在离杨盈不远的暗影里，立刻喝道："郑青云，你出去！"

郑青云还想说话，杜大人提高了嗓门："出去！"

郑青云吓了一跳，只得讪讪退出去。

杜长史便一拂衣袍，就在庙门口，如一尊守门佛般端正坐好，不容违逆地对杨盈道："殿下去后殿休息吧，这里自有老臣来守着。"

杨盈不敢多言，只得一拱手，转身去了后殿。

孙朗守在庙外，同样心急如焚。他护送杨盈一行人来庙里安顿已经有些时候，钱昭那边却始终没消息传来——按说以他们几个的身手，打发几个盗匪不该用这长时间才对。他正忖度是否该派个人过去看看，便见山坡下丁辉急匆匆地跑上来。

孙朗忙上前询问："怎么样了？"

丁辉喘着粗气，急道："不妙！盗匪倒是被打退了，可藏在房里的黄金全没了！"

孙朗一惊："十万两黄金全没了？几千斤的东西，怎么可能一下子运走？"

"调虎离山，那些人一开始就是冲着金子来的。"丁辉缓过气来，便道，"现在他们都去追盗匪了，老钱叫我过来帮你，要我们务必守好殿下。"

孙朗扭头看了眼郑青云——被杜长史赶出去之后，此人就一直在庙门前徘徊张望，也不知在盘算些什么。

孙朗压低了声音："好。可今晚实在是有点古怪，这小子一来就出了这么多事，绝对有问题。"他和丁辉对视一眼，各自会意，同时向着郑青云走了过去。

郑青云见他们一左一右走过来，隐隐觉得有些不对，步步后退着："你们想干吗？"

土地庙后殿，杨盈正跪在蒲团上默默祝祷，忽听外面一阵巨响，紧接着便有打斗声传来。她心里一紧，忙站起身来，抓了桌上香炉当作武器，警惕地盯着外面。

不多时郑青云执剑闯了进来，满头满脸都是血。他进门抓住杨盈

第十五章

039

的手，拉着她便往外跑："殿下，快跑！"

杨盈见他受伤，又惊又怕又担心，来不及多想，就已被他拉了出去。

出门便见几个侍卫倒在地上，浑身是血地呻吟着，却不见孙朗在何处。杨盈下意识地就要去查看伤者，却被郑青云强硬地拖走，一把推上马去："别管了！"

杨盈道："可是——"郑青云也翻身爬上马，将她往怀里一按，牵起缰绳，便带着她飞驰而去。

杨盈不由得向后张望，迷茫又焦急："出什么事了？"

郑青云草草解释了句："盗匪抢了黄金，"便提醒她，"先逃命再说！抓紧我！"

杨盈惊魂未定，觉出身下马匹加速，忙紧紧地抓住了郑青云。

只听马蹄声急，不多时两人便消失在夜色里。

宁远舟抱着如意，骑马行走在回合县的道路上。如意正昏昏沉睡在他怀中，他怕马行颠簸惊醒如意，刻意放慢了马速，时不时低头查看如意的状况。

不知走了多久，如意缓缓睁开眼睛。初时她还有些昏沉，但几乎立刻便目光清明了。她挣扎着想要坐起来，宁远舟忙安抚她道："别担心，一切安全。"

她张望着四周，询问："我们在哪儿？"

"回合县的路上。"宁远舟便向她解释眼下的状况，"天快亮了，刘家庄死的人太多，我担心村民会上报给安国的守军，就把那些朱衣卫的尸体都处置了，短时间之内，不会有人发现他们的身份。"

如意这才稍稍安稳下来，道："珠玑死之前才知道我是任辛，他们应该还来不及把这个消息传回总卫。"她闭了闭眼睛，问道，"我义母呢？"

宁远舟道："在后面。我不知道你想怎么安葬她，就没擅自做主。"他觉出如意的痛苦，心中歉疚，轻轻说道，"对不起，我一定详查是哪里出了岔子，才会让你义母……之前蒋夐跟我确认过，你义母确实已经在陈州娘家住下了，我们还替她置办了一处小院……"

如意探头望去，便见他们身后还跟了一匹马，马上有一具裹缠好的躯体。知是江氏的遗体，她眼中便一酸，摇头道："我昨晚急糊涂了，我娘是放心不下她种的那几亩稻子，才悄悄跑回盛州的，不干你的事。"

宁远舟道："这还是怨我安排不妥。"

如意道："你离开六道堂也挺久了，下头的人办事不可能那么细致……算了，我也不是为你开脱，她毕竟是我的义母，但凡我之前多留点心……"她心中难受，泪水到底还是又涌上来。她闭上眼睛缓了会儿，才又道："我没那么多讲究，找个清静的地方，让她入土为安吧。"

两人便在道旁山林里选了个寂静的去处，埋葬了江氏。野外简陋，只堆起一座新坟，没有立墓碑。

黎明将至，天际已隐隐露出一线光亮。有鸟儿早起，跃上枝头，歪着脑袋看地上的人。

如意捻土为香，轻轻诉说着："我其实和她并不太熟，几年前，她救了旧伤复发的我，帮我抓药。后来我帮她干活，她给我做饭，没过多久，她就跟村里的人说我就是她那个出嫁后落水的女儿。到死，我也只叫过她几声娘。但刚才，她为了不让我受制于人，自己撞在了朱衣卫的剑上。"

宁远舟道："论心不论迹，无论你怎么称呼她，她都是你娘。"他走上前，在坟前跪下。

如意道："你不用这样。"

宁远舟却招呼她："你过来。"他拉着如意一道跪下，"我们一起。"

他目光坚定又温柔，如意和他对视了一会儿，便顺从地和他并排着，一道在坟前磕了三个头："您安心去吧，以后，我会为您报仇的。"

宁远舟却道："你昨晚已经为她报仇了。"

"还不够，"如意道，"我已经弄清楚了，梧都分堂灭门案真正的幕后主使，不是朱衣卫的指挥使，就是现任的左使或右使。"她站起身，坚决地说道，"他们才是害死我娘的罪魁，只有他们死了，我娘才能瞑目。"

宁远舟道："你已经杀了几十个人了，你娘的仇已经报了。"

如意扭头冷冷地看向他："你嫌我杀性太重？你是六道堂的堂主，手下冤魂无数，有资格这样说我吗？"

宁远舟平静地点头。"有。"他直视着如意，说道，"入六道堂至今，我手中从无冤魂。就连战场上，我杀的也只是那些先对我动手的人。"

如意怔住了。

宁远舟原本不想戳破，但经历过昨夜之后，他已不想再见如意深陷仇恨之中走火入魔的模样。她比她自己所想的要心软得多，所有对她好的人她全都记在心上。但她又过于执着，只知道旁人待她好，她便待旁人好，若那人遇险她就拼命去救，若那人遇害她便全力去报仇，却不去想那些人爱她的心，原本是不愿见她深陷仇恨，是希望她能好好活下去的。

"你有没有想过，为什么昭节皇后会给你留下那么一句遗言？"

如意道："她不愿我孤单。"

"并不仅仅如此，"宁远舟道，"我从一开始就觉得，她这样做，是希望你通过孩子，忘记朱衣卫，忘记杀人，忘记复仇，慢慢地走入正常人的生活。"他凝视着如意，问道，"你回想一下，她到底对你说过什么？她要你安乐如意地活着，却并没有要你帮她报仇。"

如意反驳道："她没有说不让我为她报仇，她只是让我要有一个属于自己的孩子，而且一定不要爱上男人。"

宁远舟反问："难道你不爱我吗？"

"当然不爱，我只是喜欢——"

宁远舟打断她："喜欢和爱，有什么不同？你会因为我而嫉妒，会回应我的担心，会牵挂我的伤情，你喜欢和我亲昵，习惯我的陪伴，就算是在发热谵妄、杀疯了眼的时候，你还是本能地相信我、依赖我，难道这不是爱？"

如意怔了怔，沉默下来。

宁远舟道："你的娘娘那么关心你，却为什么要你别爱上男人？

你说她与安帝伉俪情深，可为什么她宁死也不肯让你把她救走？为什么一国皇后遇火，她的夫君却没派侍卫来救援，只让你一个人孤身赴险？为什么你从火场脱险后就立刻被打入天牢？为什么你家圣上明知道你对昭节皇后忠心耿耿，却不问青红皂白就判了你死罪？为什么之后他就严禁朝野提起你的名字，连六道堂最能干的察子也查不到你多少资料？"他看着如意，"这些疑问，这几年间，我不相信你从来没想过。"

如意避开他的目光，含糊道："我当然想过——"

宁远舟却再次打断她："但是因为你总念着昭节皇后和安帝昔日的情分，以及这些年他不但一直未立新后，而且处处令人修寺撰文，宣扬他与皇后的故剑情深。你不愿相信你心中睿智的娘娘其实所托非人，所以，便下意识地选择为安帝开脱。"

如意张了张嘴，却发不出声音。

宁远舟道："你肯定猜到邀月楼大火之时，昭节皇后肯定已经对安帝失望至极，所以才主动求死。她有儿子，可她在生命的最后一刻记挂的只有你。她希望你别再替他卖命，过上正常人的生活，但她又知道你对情爱一知半解，更担心你会步她的后尘，爱上不该爱的人，所以，才会留下那么一句古怪的遗言。"

如意早已红了眼圈。是的，宁远舟说的关于安帝的那些她全都想过，她只是在自己骗自己。可直到宁远舟揭破，她才真正明白昭节皇后的用意，那确实是昭节皇后会做的事。她想到昭节皇后当日的痛苦失望，想到纵使在那样的心情下，昭节皇后依旧为她着想的心，泪水就不由得涌上来。

宁远舟凝视着她，抬手轻轻拭去她眼角的泪水，道："她只希望你安乐如意地活着。"

记忆中邀月楼上的大火再次呼呼地烧起来，昭节皇后音容宛在，温柔地注视着她，说："替我安乐如意地活着。"原来这一句才是昭节皇后真正想让她做的。

如意再也忍不住，泪水滚落下来："娘娘，娘娘……"她含泪凝望着宁远舟，问道："那，你是那个我不该爱的人吗？"

宁远舟道："我是那个在你义母坟前和你一起磕头，心中许诺会对你一生一世好的人。"

如意追问："你为什么会对我这么好？因为我逼你生孩子？"

"因为我知道此生再也不可能遇到一个别的女子，能像你这样和我心意相通。我是杀人不见血的六道堂，这辈子一大半的光阴，都只能活在没有阳光的阴影下，刺探、潜伏、杀人、密报、刑讯，我的生活里全是这些不能对外人言的隐秘。就算是堂中的女缇骑，也不可能真正理解我。但你不会，你和我站在同样的位置，有同样想法、同样的默契；我了解你的痛苦，你也明白我的无奈，我可以完完全全地在你面前敞开自己。"宁远舟闭上眼睛，"呵，该不会是于十三突然附身了吧，我都不相信自己居然跟你说了这么多。"

如意轻声道："那你为什么一开始不答应我？"

"因为一个饿久了的人，突然看见满堂珍馐，只会觉得那是个幻觉；因为我也害怕这次去安国会一去不回，与其死的时候牵肠挂肚，还不如一开头就不要开始。"

如意将他抱入怀中，低声道："那为什么你后来又改主意了？"

宁远舟道："因我也怕孤单，更怕你孤单。"

两人四眸相望着，宁远舟轻轻吻上了她的额头。

朝阳从地平线上喷薄而出，明亮的晨光给两人相拥的身影镀上了金边，宛如一幅绝美的画卷。

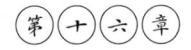

第十六章

菟丝情蔓断素手

朝阳初起,晨光照亮了寂静无人的道路。奔走一夜,马匹早已困倦,马背上坐着的杨盈和郑青云也不停地打着瞌睡。

这一夜实在发生了太多事,梦中杨盈都觉得稀里糊涂。她不留神一个盹儿磕在郑青云的肩上,立时惊醒过来:"啊!我们到哪儿了?"

身后的郑青云打着哈欠,扫了眼四周景物:"我看看,啊,应该是离颍城不远了。"

杨盈眼睛一亮,忙道:"那我们赶紧去颍城找金沙帮,金帮主一定会帮我们救使团的!"

郑青云一愕:"金沙帮?"

"对,他们在这一块可有势力了。"

郑青云有些迟疑,敷衍道:"还是别了吧,我们好不容易才逃出来,别回去再蹚浑水了。"

"那是我的使团,我怎么能不管呢?"杨盈自是不肯,大约是因天亮,也大约是因路上睡了一会儿,此刻她脑中清明,心也已镇定下来,思路便随之清晰起来,"对了,昨晚我又困又累又怕,都没问清楚那些盗匪到底是怎么回事。他们是偷了黄金又来袭击我们的吗?为什么只有你带着我逃出来了,孙朗、杜长史他们呢,都躲哪儿去了?"

郑青云含糊道:"当时乱成那样,我也不知道他们去哪儿了。"

杨盈一下子着急了起来:"这怎么行?万一出事了怎么办?我们得马上去找金沙帮救人!"她掉转马头,拿起马鞭便欲催马而行。

郑青云连忙拉住她的手,阻拦道:"别去!"

杨盈不解地看着他。

郑青云心一横,道:"殿下,我跟你直说了吧。昨天晚上使团闹了盗匪,十万两黄金全丢了,孙朗他们几个一口咬定我是盗匪的同伙,在庙外头就想对我下毒手!多亏我反应机敏,没着了他们的道。后来,我又打晕了他们和杜长史,这才带着你一路逃了出来。"

他一下子吐露了太多信息,杨盈震惊至极:"什么?!"

郑青云也有些心虚:"我知道这样做不太妥当,但事出从权——"

"这和事出从权无关,你肯定是误会孙朗了!"杨盈打断他,面色已严肃起来。此刻她终于反应过来,连忙拨转马头往回走:"这下不能去金沙帮了,我得马上赶回客栈去!"

她正准备挥鞭策马,冷不防手上缰绳被郑青云一把夺去。郑青云还想阻拦她,急道:"殿下不可!"

郑青云是她的心上人,杨盈不怀疑郑青云的居心,却也不免有些懊恼责怪。她一面夺着缰绳,一面跟他讲道理:"青云,你太冒失了!你想过没有,我是使团之长,却突然消失了这么久,大家会多着急!"想到发生了那么大的事,郑青云还砸晕了杜长史,她又不见了踪影,杨盈便悔恨不已,"我真是昏了头,居然什么都没问清楚,就跟你跑了出来。"

郑青云却依旧控着缰绳不肯放手。杨盈夺不过他,又急着赶路,终于有些恼了,怒视着郑青云:"放手!"

郑青云见她态度坚决,不肯听话,也急怒起来。他一把扯开自己的衣裳,恨恼道:"殿下!你好好看看!"杨盈被他一吼,本能地闭上了嘴低头看去,便见郑青云胸膛上斜着一道长长的带血剑痕。

郑青云露出委屈气恼的神色:"这是昨晚我被孙朗刺的,差一点就伤到了心肺。怕你担心,我一句不提,护着你跑了半宿,可你不单不信我,还怪我!"

杨盈错愕又自责,轻抚着那道血痕,喃喃道:"怎么这么深……疼吗?"

郑青云侧身下了马，背对着她拢起衣服，一副心灰意冷的模样，气恼道："臣微贱之躯，哪当得起殿下关怀？"

杨盈忙追下马去："对不起，是我不对，我刚才太着急了……"

郑青云却不理她，转身就走。杨盈越发心急，忙追上去："青云，青云——"郑青云却连回头看一眼都不肯。杨盈眼睛一酸，滚下泪来，追在他身后哭着道歉："我错了，我不该那么说的，对不起，对不起！"

郑青云终于不忍心，叹了一口气，转过身来："还是怨我，我确实不该自作主张……"他抬手替杨盈擦去眼泪，缓声道，"别哭了，殿下再哭，我就更疼了。"

杨盈闻言更是自责："是我不好，都怨我……他们不该伤了你，可是、可是我也不能不回去啊，怎么办？！"

郑青云目光一闪，轻轻地拥住了杨盈："我知道殿下为难，可是殿下想过没有，黄金现在已经被盗匪抢走了，就算你现在赶回去，又能拿什么去安国赎回圣上呢？"

杨盈一愣。

郑青云又道："阿盈，就算拼着你生气，有些话，我也不得不说了。你走之后我才知道，皇后和丹阳王联手送你去安国，其实居心叵测。丹阳王想兄终弟及，皇后也只想拖延时间，生下皇子做太后。他们谁都不想圣上平安回来，所以，才故意哄骗你出使安国……"

杨盈眼睛一酸："我早就知道了。"

郑青云愣了愣："你知道？"

杨盈红了眼圈，点头："可我还是要去安国带回皇兄，这是我身为梧国皇族的责任。"

郑青云有些急了，驳斥道："这不是你的责任！这一路，使团的人肯定没少给你灌输那些为国为民的大话吧？可你只是一个生在冷宫、不通世事的小公主，那些军国大事根本就和你无关。天底下真心为你着想的只有我一个，"他一把抓起杨盈的手，道，"阿盈，听我的，我们逃吧！"

杨盈愕然看向他："逃？"

"对！"郑青云两眼发亮，"合县这边几国边境犬牙交错，黄金被偷走了，追兵也找不到我们，这难道不是老天给我们的最好的机会？我们大可以逃到别国去，找一个谁也不知道的世外桃源，两情相悦，岁月静好。什么皇位，什么两国交战，都和我们无关！"

他勾画的未来正是杨盈一直以来所想要的，杨盈不由得有些心动，但……见她欲言又止，郑青云忙掩住她的口，凝视着她的眼睛，劝诱道："别说话，看着我的眼睛。你想不想做我的妻子，想不想和我快快活活地白头偕老？点头，或者摇头。快啊！"

杨盈被他所惑，终于点头——她当然是想当郑青云的妻子，想同他快快活活地白头到老的。

郑青云一把抱起她，快乐地旋转起来："太好了，太好了！"

杨盈被他的兴奋所感染，也不由得笑了起来。

郑青云放下她，喘着气，笑看着她："阿盈，我这辈子从来没有这么快活过。"

杨盈也笑看着他："我也是。"

郑青云俯身欲吻她，杨盈有些羞涩地避开。郑青云立刻道："我郑青云对天发誓，此生永不负杨盈，若违此誓，天打雷——"杨盈忙红着脸按住他的唇，郑青云眉眼一弯，趁机吻了上来。

杨盈意乱神迷之际，郑青云将她抱了起来，走向路旁的稻草堆。两人缠绵接吻着，郑青云心急地将杨盈压在稻草堆上，双手游走在杨盈身上，一件件拉开她身上的衣物。杨盈渐渐觉得不对，忙伸手去推郑青云："不行，停下……"

郑青云手上动作不停，只追着她的嘴唇亲吻，安抚她："别怕，我们真正地在一起吧，我会对你好的……"

杨盈越来越觉得不对，不由得挣扎起来："不可以！"郑青云却越发猴急。杨盈一咬牙，在郑青云胁下穴道上重重地一戳。郑青云吃痛，半边身子几乎僵直，终于放开了杨盈。

他吃惊地看着杨盈："你什么时候会武功的？"

"如意姐教了我几招。"杨盈推开他，狼狈地爬起身，匆匆整理好衣物，便奔出草堆，向路边走去。郑青云追上来，杨盈见他还要动手，忙推拒道："这样不对，我愿意嫁你，但必须光明正大，不可以无媒苟合！我们还是先回去，至少见到远舟哥哥和如意姐，跟他们报个平安再说婚事……"

郑青云气恼道："怎么到了这个时候，你还在想他们？我们明明好不容易才逃出来！"他见杨盈不理会，便又故技重施。他欺上身去，抱住杨盈想亲她，口中呢喃道："阿盈，我会对你好的……"

杨盈急了，一边推着他，一边怒道："放开我！"

两人正扭作一团，突然一剑劈空刺来："放开殿下！"

郑青云躲避不及，那剑已指在了他咽喉上。他只能僵住身子，放开杨盈。杨盈抬头望去，惊喜道："元禄！"

来者正是元禄。或许是因赶路太急，他额上都是汗水，喘着气，道："殿下，臣来晚了。"

他抬头看向杨盈，一愣，忙移开目光，怒视着郑青云，连剑锋都忍不住向前逼了一逼。

杨盈立刻反应过来，又羞又急，忙系好衣衫："我没事。你是怎么找过来的？"

"大家兵分八路，我负责这个方向。"元禄说着，便对郑青云喝道，"跪下。混账，竟敢劫持殿下！"他一时气急，忍不住咳嗽起来，剑锋在郑青云脖上勒出了血印。

郑青云赶紧听命跪下，痛呼出声。杨盈见他脖子上出血，忙道："快放开青云，他没有劫持我，你误会了。"

元禄惊疑道："是吗？"正说着，忽地就猛烈地咳嗽起来，他似乎有些喘不上气，转眼间脸色就变得青紫，手上剑都有些拿不稳了。郑青云趁机微微侧头观察着四周，见来的只有元禄一人一马，别无其他，立刻恶向胆边生，悄悄摸向腰后的佩剑。

杨盈见过元禄宿疾发作的凶险局面，哪里还顾得上郑青云，忙问："你的病又犯了？"赶紧上前帮他抚胸、找药，急道，"你的糖丸呢？"

元禄安慰着她："没事，跑得太急了。"伸手去摸怀里的药物。电

第十六章

光石火之间，郑青云身形暴起，脱开元禄控制，反手一剑刺入元禄后心。元禄双眼圆睁，倒伏在杨盈面前。

杨盈惊骇失声："元禄！"她扑上前去要扶元禄，却听身后一声："殿下，得罪了！"随即便被郑青云点住了穴道，抱上马去。

一声马嘶，马撒蹄狂奔起来。杨盈惊怒交加，难以置信，却无法回头去质问郑青云，只能瞪大了眼睛焦急、悔恨地望着元禄。

元禄倒伏在地，血染衣衫，已经奄奄一息。他拼尽全力挪动手指，半晌，才从怀中摸出一个小盒子。盒子跌在地上半开，露出迷蝶的一片翅膀。

"飞、飞啊，去报、信……"

他用颤抖的手指，奋力接近地上的盒子，几次尝试推开盒盖都无果。最后，在迷蝶即将飞出的一刹那，他的手指颓然落下，再不动弹。

迷蝶扑腾着翅膀，却始终没有飞起来。

郑青云一路策马狂奔，不知跑出多远，忽听潺湲水流之声。他已带着杨盈奔逃了一夜，此刻又饥又渴，回头望见无人追来，便勒马停在溪流边，抱着杨盈翻身下马。将杨盈安置在树下后，他去溪边狂喝了几口水，又拿出葫芦盛满。

回到树下，他半跪在地上，将葫芦放到杨盈嘴边，轻声道："殿下，刚才恕臣失礼。"

杨盈盯着他，眼神复杂至极，但最终还是喝了起来。没喝几口，她便呛咳起来。郑青云替她顺气，但杨盈已经咳得喘不过气来。郑青云犹豫了片刻，只得解开了她的穴道。

杨盈就等着这一刻，趁郑青云没防备，翻身上马便要逃走。

郑青云却比她敏捷得多，两步追上，展臂一捞便圈住她的腰将她抱了回来。

杨盈拍打着他的手臂，愤怒地挣扎着："放开我！"

郑青云圈住杨盈的胳膊，控制住她："阿盈，你冷静点！我不会伤害你的！"

杨盈嘶吼道："可你杀了元禄！"

"是他先动的手，我只是为了自保！"郑青云和她对吼了一句，声音复又委屈起来，"难道在你心中，他比我还重要吗？"他反复保证着，"阿盈，相信我，相信我，我会带你逃到一个安全的地方去，以后这种事情再也不会发生了！"

这一次杨盈却没有被打动。她只气恼这个男人不可理喻："我不去，我要回去看元禄，他流了那么多血，会死的！"

郑青云却一口否决："不行！使团的人很快会找到尸体，他们为了向朝廷交代，一定会咬定是你不想去安国，这才勾结我杀人盗金。"他看着杨盈，提醒她，"阿盈，事已至此，我们回不去了！"

杨盈怔在当场，难以置信地看着郑青云："你什么都不跟我商量，就拖了我出来，杀了元禄，让我变成叛国之人。这就是你口口声声的对我好？"

郑青云脸色一白。

"我要回去救元禄，我要明明白白地跟大家解释清楚。"杨盈直视着郑青云，一字一句告诉他，"郑青云，你要是还想和我在一起，就别拦着我。"

她凛然走向马匹，郑青云被她气势所慑，竟然不敢阻拦。一直到她翻身上马，他才醒转过来，连忙追上去拦住马头，哀求道："别去好不好？要是他们抓到你，我肯定就活不成了。"

杨盈坚决地拨开马头："所以我没有要求你跟我一起走。"

郑青云失望地看着她："阿盈，你变了。以前你在宫里的时候，总是温温柔柔的，什么事都听我的，什么事都替我着想……"

"可我不单是你的阿盈，我还是梧国的公主、使团的礼王。"杨盈掉转马头，果断地拍马而去。

郑青云望着她的背影，心绪起伏，最终还是一咬牙，从腰间摸出一把小巧的机弩，瞄准了杨盈的背影。他的手剧烈颤抖着，终还是偏移了一点方向，瞄准了马臀，一箭射出。

那弩箭飞近杨盈，却是直向着杨盈的后脑而去。眼见杨盈就要中箭，空中突然斜飞来一枚石子，将弩箭击歪，砸在了路边的山岩上。

杨盈耳边生风，又听到叮的一声，吓了一跳，本能地回头望去，便见宁远舟站在岔路口的那一侧，身旁迷蝶飞舞。她惊喜地唤道："远舟哥哥！"

远处郑青云听到声音，脸色霎时雪白，转头就往林中狂奔。

宁远舟如同大鹏般腾身跃起，转眼便消失在杨盈面前。

郑青云在林中仓皇奔逃着，但宁远舟一个起落便来到了他面前。

郑青云大骇，拿起手中机弩射向宁远舟，趁宁远舟躲避时亡命奔逃。他边逃边射，眼看就要跑出树林。如意却忽如鬼魅般出现在他的面前，他手中弩箭已经用完，便拔剑刺向如意。

如意不闪不避，任他冲上前来，擒了他的手腕，借力翻手一摔。郑青云只觉眼前一花，已被如意摔倒在地上。他爬起身，摸出另一只机弩，还没来得及发射，便见宁远舟已和如意会合，正并肩立在他前方。

郑青云自知不敌，心中骇恐至极，用颤抖的手打开机关，威胁道："你们别过来……"

话音未落，如意和宁远舟已经不约而同地出手。不过眨眼之间，郑青云便已横躺在地。如意的剑穿透了他的发髻，宁远舟的剑穿透了他的衣摆，一上一下，将他牢牢钉在地上。

两人看都不看郑青云一眼，自顾自地交谈起来。

如意道："元禄死不了，伤在肋骨间，只是失血过多，我给他包扎过了。"

林子外的小路上，元禄正伏在马背上昏昏沉睡。

宁远舟也亮出从郑青云手上缴下的机弩，道："殿下也没事。"脚尖一踩地上正在拼力挣扎的郑青云，"暂时别杀他，盗匪和他必有关联。"

如意问："你审还是我审？"

宁远舟道："我。事关梧国政局，你不方便。"

郑青云挣扎不开，见远处杨盈正跌跌撞撞跑来，急道："殿下！阿盈！救我！"

杨盈赶到时，正看到如意踩着郑青云的发髻拔出剑来，她以为如意是要杀郑青云，一时情急："如意姐，别杀他！"

如意冷冷道："如果你现在还想说他是无辜的，还想替他求情，我只会觉得自己教出来的是个蠢货。"

杨盈语塞。

宁远舟看向杨盈，正色道："殿下请回答我，你和他一起离开使团，是心甘情愿的吗？元禄受伤，有你的份吗？"

杨盈下意识地摇头："他说盗匪来袭，我才跟他逃的。我醒过神，想赶回使团，他不让，这时元禄追了过来，他就伤了元禄……"

郑青云急道："阿盈，你明明说好要和我私奔——"

如意一脚踩住他的嘴，他还唔唔地想要争辩，却无人理会他想说什么。宁远舟点住他的穴道，将他拎到一棵大树下绑好，便对如意道："你带殿下先离开，她受不了这个。"

如意点头。郑青云闻言大急，惊恐地向杨盈呼救："阿盈，救我，你别走，他会杀了我的！"

杨盈被如意拉着离开，眼中痛惜挣扎之情交织，走出两步之后，终还是忍不住回身向宁远舟跪下，求情道："远舟哥哥，我只求你别杀他！他纵有千错万错，也只是为了我！"

宁远舟正色道："起来，你是一国亲王，可跪天，可跪地，可跪君王，但绝不可以为了这样的小人卑躬屈膝。"

杨盈一震，默默地起身，含泪对郑青云道："不管远舟哥哥问你什么，你都老实交代吧。他不会害你的。"

郑青云难以置信地盯着她："你就这么走了？！你要眼睁睁看着我死？！我们的海誓山盟呢，你全都忘了？！"

杨盈全身颤抖，泪流满面地转身，跟如意一起离开。

如意见郑青云喋喋不休，手腕一震，手中剑鞘向后飞出，拍在郑青云脸上。郑青云脸一歪，吐出一颗牙齿，满嘴是血，一时也骂不出来了。

宁远舟的讯问声自身后传来："说，那些盗匪是什么身份，黄金又在哪里？你诱拐殿下，意欲何为？"

杨盈颤抖的脚步不由得停顿下来。

郑青云辩解道："我没有诱拐殿下，没有人指使我……"

话音未落，宁远舟已削掉了他的一根手指，冷冷道："同样的问题，我不喜欢问第二次。"

郑青云半晌才惨叫出声，嘴里含糊地叫着："阿盈，救我，救我！我对你是真心的！"

杨盈心中不忍，痛苦地看着如意。

如意淡漠道："他刚才想用机弩杀你，也是真心的。"

杨盈不知此事，却也立刻想起宁远舟出现前，自己耳后听到的击打声。她霍地转回头，难以置信地看向郑青云，随即也看到了郑青云身下的机弩。

宁远舟微微皱眉，不赞同地看着如意。

"脓包还是早点挑破的好。真相有时候比拷问更残酷。"她转身走回树下，对宁远舟道，"你一根一根指头的，太慢了，元禄还等着看大夫呢。"

她说着便抽出剑来，直指郑青云眼睛："一、这里。"剑尖一转，指向他的胯下，"二、这里。"最后指向他的喉咙，"三、这里。没有第四。"她面色冷漠，嗓音平淡，多余的情绪一丝都无，规则讲完，挥剑就刺。

郑青云眼见剑锋逼来，惊恐万分，大喊："我说！"生怕一言慢了，剑锋就要刺下，不及缓一口气，便急切地招供道，"盗匪负责偷金子，我负责带走公主，各不相干！我真的不知道他们现在在哪里，只是约好三天之后在唐家镇碰面！"他一气说完，便屏住呼吸，恐惧地瞪大眼睛看向如意。

杨盈又惊又怒："你跟盗匪是同伙？！"

宁远舟又问："谁是幕后指使？丹阳王，还是皇后？"

郑青云不由得迟疑，见宁远舟伸剑，才连忙招供道："是丹阳王，他要我不计一切代价阻止殿下去安国！"他满头大汗，转头望向杨盈，

"对不起，他是摄政王，我只能听命行事！"

宁远舟与如意对视一眼，显然早已猜到。

杨盈难以置信地看着郑青云："可你为什么一开始不告诉我，为什么一直骗我，还想杀我？"

郑青云焦急地辩解着："我没有，我只想射伤马，让你回不去而已！"他知晓在场唯有杨盈能救他，满眼哀切地看着杨盈，"阿盈，相信我，我真的只是迫不得已，但我对你的情意……"

如意却打断了他，冷漠地戳穿他："你还想把她弄到手。你之所以支开别人，和盗匪分头行动，就是为了这个吧？是不是觉得只要她成了你的女人，就会对你言听计从，就算以后知道了真相，也不会和你计较？"

郑青云被她揭穿了用心，一时间张口结舌，一句话也辩解不出。

杨盈心中巨震，难以置信地冲上前，拎住他的领子，却不知是暴怒还是乞求："是不是？你说啊，说啊！"

郑青云被她晃得头昏脑涨，猛地顶开她，暴怒道："你难道不是心心念念嫁给我吗？那早一点晚一点又有什么区别？！"

杨盈猛地怔住，郑青云却突然有了勇气。不论做的是多卑劣的事，一旦望见道德的高地，这个男人便总能寻到爬上去的路径，而后便当真相信自己是高尚垂怜的那个了。他再度振振有词起来："你为了我女扮男装出使安国，我当然也要为你做点什么！阿盈，我不想你去受苦。丹阳王查到了我们俩之前的事，愿意给我一个机会，我当然要好好把握！阿盈，快叫他们放开我……"

杨盈看着他眼中癫狂自欺的光，震惊愤怒的力气烧尽之后，内心却奇异地冷静下来。她忽地意识到，这个男人其实一贯如此，他不可能认错悔改的。

她只问："丹阳王兄许诺了你什么？事成之后，是加官，还是进爵？"

郑青云一滞，低声道："驸马都尉，按以前惯例也是可以兼个禁卫的护军将军的。"

第十六章

"护军将军？"杨盈神经质地笑了起来，笑得满眼都是泪，"远舟哥哥，你听见了没有？他只要把我骗出来，只要坏了我的清白，就能和拼了十几年命的你一样，做上将军了。哈哈，哈哈，真有趣，真划算！"

宁远舟担心她的状况，伸手想安抚她，杨盈却冷静地避开了。"我没事。如意姐，我们走。"她擦去眼泪，木然道，"远舟哥哥，他就交给你处置吧。"便转身快步离开了。

郑青云难以置信地望着她的背影，目光由哀告转为惊恐："阿盈，别走！不许走！"见杨盈决然而去，他神色渐渐疯狂起来，骂道，"你居然丢下我不管？杨盈！你好没良心！"

杨盈霍地转身："你说什么？！"

郑青云面色狰狞地辱骂着："我说你没良心、没脑子！我是你男人，你却和他们一起来害我！当初你在冷宫里只是一个没人理的小可怜，是谁对你好，是谁怜你爱你的？你全忘光了？！"

杨盈愤怒道："闭嘴！"

"我偏要说，你现在抖起来了，跟我耍王爷威风了？你忘了当初在冷宫里，有多难看、多卑微了？"郑青云恶毒癫狂地看着她，"头大身子短，像棵黄豆芽，随便一个小宫女都可以对你呼呼喝喝。为了一块御膳房的甜饼，就对我哥哥长哥哥短地抛媚眼。要不是你还有个公主的空头名号，我根本都不想理你！"

杨盈浑身颤抖："我没有对你抛过媚眼！"

"别理他了。"如意遮住杨盈的耳朵，带她离开。

郑青云却不肯罢休，高喊着："杨盈你记住，你浑身都已经被我摸遍了，你是我的女人了！就算跟他们回去，他们也一样会看不起你的！"

杨盈再也忍不住了，挣开如意的手冲到郑青云的面前，怒视着他："我没有！"

可就在这一瞬间，郑青云突然挣开绳子，暴起上前制住了杨盈，将一根箭头架在了杨盈脖子上——原来刚才他一直都在拖延时间，用箭头磨绳子。他挟持着杨盈，双目满是血丝地瞪着宁远舟和如意，吼道："都退开，不然我杀了她！"

宁远舟和如意对视一眼，眼中全是讥讽——这种拙劣的劫持把戏，竟然也敢在他们面前上演？

但两人还来不及出手，便听噗的一声轻响传来。杨盈的右手紧紧握着如意送她的匕首，而匕首正插在郑青云的心脏处。鲜血从郑青云胸口流出，顺着杨盈的手淋漓滴落。

郑青云退了一步，瞪大眼睛，惊愕地看着自己身上的匕首。

杨盈喃喃道："你死了，就没人会看不起我了。"她猛地抽出匕首，鲜血顿时喷涌而出，郑青云踉跄地摔倒在地。杨盈却又上前一步，揪着他的领子，手中匕首再一次捅下。她眸中漆黑无光，直愣愣地盯着郑青云，平静地陈述着："我没有对你抛过媚眼。"一刀拔出，再捅下，"我没有对你耍威风。"拔出，再捅下，"是你骗了我。"拔出，捅下，"是你害了元禄，害了整个使团。"

她麻木又悲戚，一刀一刀地捅着。地上的郑青云很快便不再动弹，鲜血溅了她满脸、满手、满身。

杨盈踉跄着起身转向如意，苍白的面孔溅着暗红的血，漆黑的眼中洇着一层薄光。她惨笑着："如意姐，你说得对，我就是个蠢货，我居然被这么一个男人骗得团团转，居然为了嫁他，连命都不想要了！呵，呵！哈哈哈！"她突然疯狂起来，对着郑青云的尸体一阵乱踢，怒吼道："你继续说啊，怎么不出声了，啊？！啊？！"

宁远舟叹了口气，刚要上前安抚她，杨盈却突然一口鲜血喷出。

如意一个箭步冲上前，扶住了晕倒的杨盈。宁远舟立刻点了杨盈身上几处穴道，替她探脉。片刻后，他叹息道："怒急攻心，骤伤心脉。"

如意看了看怀中的杨盈，又看了看地上的郑青云和林子外马上的元禄，也叹了口气。

这一夜使团损伤惨重。杨盈昏迷，元禄重伤，杜长史、孙朗、丁辉也都被人打晕，还没有苏醒过来。幸而所有人都还活着。客栈里大火已然扑灭，到处都是火灾后的断壁残垣，所幸几处住人的客房尚算完好。众人将杨盈和杜长史一行各自在房中安顿好，又请来大夫，留

第十六章

下钱昭为他们诊治、包扎，这漫长的一夜总算暂时告一段落。

然而真正的难关却还等在眼前——黄金被劫走，而他们手中暂无线索。

院子里陈列着几具尸体，当先一具是郑青云。于十三仔细查验嗅闻了一番，却还是向宁远舟摇了摇头："没找到什么有用的东西。"又指着其他的尸体，道，"这几个是去土地庙的盗匪，郑青云就是在他们的帮助下，才伤了杜大人和孙朗他们。"

这些人的尸首在宁远舟回来之前，于十三就已经检查过，同样没找到什么线索。

如意上前查看了一下尸体的耳后，道："郑青云应该没有撒谎，这人耳后的肌肤很是细腻，不像附近的本地人，应该就是丹阳王的手下。"

正说着，钱昭从房中走出来，单膝跪地，埋头向宁远舟请罪："我失职了，既没护好殿下，又丢了黄金，请大人处罚。"

于十三和其他使团成员闻言也跟着跪了下来。

宁远舟自责道："不怪你们，怨我托大擅离。"

如意出言打断他们，道："行了，只要是做事，总会有预料不及的事情发生。人家有心伏击，你躲过是侥幸，躲不过才是常事。与其在那儿互相认错，不如早些把黄金找回来。"

"没错。"宁远舟也看向众人，提振了精神，正色道，"而且一定要在安国人知道之前把黄金找回来，否则和谈之事，又会再生波澜。你们最后在哪儿跟丢了盗匪？"

众人便各自起身，全神贯注地思索、商议起来。

于十三道："离这里三里外的山崖，我和老钱追到了那里，可他们早有准备，把装着黄金的车子推下了崖，自己也荡着绳子离开了。等我们绕了个大圈子赶到崖下，金子和人都没了踪影。"

钱昭接道："我们发现不对之后，马上派还没受伤的人分八个方向追查。可到目前为止，还都没有回报。"

宁远舟道："我们只有这点人，分成八个方向太散了。召他们回来，我们重新研判盗匪最可能的撤退路线。"

如意便在地上画了八道放射状的线，分析道："你们派出去的人中，只有西南方向的元禄找到了殿下，而我和宁远舟是从南面回来的，正好碰见了他昏迷之前放出的迷蝶，这才知道附近出了事。郑青云既然和盗匪分头行动，那么盗匪肯定不会走西南和正南两个方向。"她抹掉西南和正南方向的线。

宁远舟补充道："他们三天后要在唐家镇会面。唐家镇在西北，两路人马不可能特意绕一个大圈子，东南和正东也可以排除。"他又抹掉两条线。

于十三道："山崖在北边，所以正北、西北、正西三个方向最有可能！"

宁远舟思索了片刻，道："第一，十万两黄金想要运走，至少要用五头健骡健马，而且走不了坎坷的山道；第二，为了诱开我们的追查，他们可能会分散，但为了安全，一定不会把黄金分开运送，所以那一队人马，至少有二十人以上；第三，合县不是丹阳王的地盘，他们怕黄金落入安国人手中，肯定会避开有安国人盘查的大道。所以，我们只要沿着这三个方向，在小道上查找超过二十人的队伍，就必能有所斩获！"

他寥寥数语，点明了方向。众人眼睛都是一亮，道："没错！"

宁远舟马上决定："老钱，你马上去颍城，问知府要这一带的小道地图。"

"不用。"钱昭断然道，"打天星峡之前，我在周健那儿看过行军舆图，"他指了指自己的脑子，道，"这附近的道路，我全记得，现在就能画出来。"不多时，钱昭收笔，他和于十三按住纸张四角，一张墨迹未干的地形图便展现在众人眼前。

宁远舟圈出于十三提到的山崖，指着山崖周边的关键位置，道："三条小道，四个村庄，我们分成三组行动。"

如意、宁远舟一行人来到盗匪运走黄金的山崖上，对着地图观察着崖下的地形。崖下草木繁茂，道路淹没在林木之间。

西北的村落旁，钱昭拦住路边的老农，塞了串铜钱过去，向老农打探着什么。老农不疑有他，知无不言。他身后的道路上，几位手下正仔细地检查着路上的车辙。

正西的村屋外，于十三一边帮老妇人收着渔网，一边含笑向四周的老妇人和小媳妇们打听着什么。他嘴甜人俊，逗得周围的女人笑意盈盈，都争先讲述，给他指点着方向。

侧近的村子里，如意走进村中客栈，向掌柜盘问道："两三天前，有没有一队外地人在这里打过尖？至少有二十人以上，五辆车。"

见掌柜摇头，如意便道："整个合县，能住三十人以上的客栈就只有两家。是不是有人威胁你，不许你说出去？"她把剑和一只金元宝拍到柜台上，冷眼看着掌柜，"有剑的不只是他们。两样东西，你选哪一个？"掌柜一寒，终于肯开口。

宁远舟也来到正北向的村子前。村口的大树下有个小童正在玩耍，见有人要进村，奔跑上前询问原委。宁远舟便向他打探消息。那小童听他问完，眨了眨眼睛，绘声绘色地向他形容起来，抬手为他指点方向。

宁远舟谢过小童，给了他糖，便带着手下向小童所指的方向进发。小童向他挥手道别，确定宁远舟一行人走远后，便迅速跑到树后，很快便扬手放出了一只飞鸽。

飞鸽飞越树林，宁远舟却早已等候在此。他掷出暗器，飞鸽应声而落。手下拆下飞鸽上的密信呈上，宁远舟展信，只见上面写着："追兵已至大槐树，已指其向北。"

宁远舟一指飞鸽飞去的方向，带着众人策马狂奔而去。

四面烟尘滚滚，宁远舟、如意、于十三等人各自从不同方向驱马奔来，先后拐过三岔路口，却不约而同地选择了同一条岔道，三支队伍很快便在路上会齐为一。

宁远舟勒马停下，道："不约而同，很好。"从不同方向打探到的消息可以相互印证，显然他们并没有找错方向。

只是前方又分出了两条道路。

钱昭道:"三个时辰前,有两队人马先后经过了这个岔路口。都有五六辆车、三十来号人,但一队走的是这条路,另一队走的是这条。"

于十三看了眼两条路的方向,道:"一条通往渡口,一条通往十八里铺,我们兵分两路?"

正商议着,忽听元禄的声音传来:"等等,让我瞧瞧!"

众人回首,便见丁辉驱马载着面色苍白的元禄赶来,勒马停在了道旁。于十三大喜:"你小子可以啊!又捡回一条命!"

元禄翻身下马,落地险些站不稳,钱昭忙上前扶住他。元禄面容虚弱,却还是仰头冲着众人请命道:"宁头儿,我能根据车辙的深浅,算出他们走的是哪一条。"

宁远舟轻轻点头,于十三和钱昭忙上前协助元禄。

元禄艰难地趴在地上,用随身小尺测量车辙的深浅和长宽,掐指计算起来,良久之后方道:"算完了。两队车子上载的东西都是重货,都是千斤左右,分不清哪边是黄金,"他一指右边的道路,断言,"但我敢判定,盗匪们走的是这一条!因为这条路上的马蹄印——有几匹马和别的不同,竟然钉了马蹄铁,这种玩意儿,只有京里的高门大户才舍得用!"

众人大喜,纷纷翻身上马,就要转向右边道路。

如意和宁远舟却同时道:"等等!"

宁远舟让如意先说,如意便道:"这条路通往渡口,既然两三个时辰之前他们就经过了,这会儿肯定已经乘船沿江而下了。"

宁远舟也展开手中的地图,一指河流的转弯处,道:"所以,我们应该去拦截的地方是这里!"

两岸山崖郁郁高耸,倒影横枕在江上。流水斜映着白日,一半明亮,一半幽碧。

江水中央正有一艘大船沿江而下。船身吃水深,行进得平稳又缓慢。船中央一行箱笼,箱笼上盖着稻草。几个身形彪悍的男子怀中抱着大刀,正在船头巡视。

突然，一阵箭雨自岸边山崖上射了过来，船上众人纷纷挥刀闪避。

山崖上，六道堂众人相准时机，再次挥手，又一阵箭雨带着火光射出。船上众人才躲过第一阵箭雨，正混乱间，便迎来一阵带火箭雨，终于招架不住，身上纷纷中箭着火，不少人慌不择路地跃入水中。

宁远舟和如意各自从河道两岸跃起，依次踩着漂在河上的钱昭、元禄等人手中的木材借力，如蜻蜓点水一般跃上了大船，一路神挡杀神，佛挡杀佛。与此同时，于十三、孙朗等人也跃上了大船。船上的人渐难抵挡。不过几息之间，如意的剑便横在头领的脖上，将整条船都控制住了。宁远舟也挑开稻草，确认了黄金仍在。

使团众人脸上都露出了笑容，情不自禁地欢呼起来。

于十三迎着江风深吸了一口气："舒服！为什么还是同样的人，这场仗就能打得那么痛快！"

孙朗应声道："因为有了宁头儿和如意姐啊！没有头狼的狼群，连狗都咬不赢！"

如果说，之前如意初入队伍时，还曾被认为是二狼，但接连两场战事之后，所有人都相信，她与宁远舟一样，已然是狼群中无可争辩的领袖！

收回箱笼赶回客栈时，天甚至都还没有黑。

客栈里一切都还安好，杜长史也已经苏醒过来，只是头上还带着伤，缠了绷带。见宁远舟一行人平安归来，还夺回了黄金，杜长史欣喜万分。他抚摸着失而复得的箱笼，喃喃道："都找回来了，太好了，太好了！"

宁远舟问道："殿下如何了？"

杜大人脸色一白，忧虑道："还发着高热，大夫刚开了方子熬了药，如意姑娘在里头看着。"忽地又想起件事，"哦，还有，安国镇守合县的吴将军过来盘问我们昨晚出了什么事，被我应付过去了。"

宁远舟走进杨盈房中，进门便看到如意正托着杨盈的下巴帮她复位，一旁的内侍手里端着个空碗，一脸惊恐，便问："怎么了？"

如意扶杨盈躺下，随口解释道："刚才她牙关紧闭，灌不进药，我就卸了她的下巴，刚把药喂完。"

宁远舟无奈地叹了口气："你行事果然不走寻常路。"

内侍这才醒过神来，拿着碗匆匆离去。

宁远舟走上前，伸手探了探杨盈的额。

如意道："只是被男人伤透了心而已，死不了，但得脱层皮。"

昏迷中的杨盈也并不安稳，眉头深结，痛苦地说着胡话，一时怒叫："郑青云！"一时又悲唤着："丹阳王兄，你为什么要这样对我？我是你妹妹啊！"尾音落下，本就湿润的黑睫里，又滚出了泪珠。

宁远舟叹了口气，替她拭去眼角的泪水，轻声安抚着她："别难过了，我审过盗匪头目，丹阳王只是想阻止你去安国，并没有想害你，也没有向郑青云许诺过驸马之位。是郑青云急于升官，才自作主张买通了山匪的头目，想要生米做成熟饭。"

如意稍有些错愕，道："这样看来，这个丹阳王还算有良心。"

宁远舟点了点头，感慨道："论治国，无论是他，还是章崧，其实都比圣上更出色。"

"那我们大可以不救皇帝，"如意道，"反正章崧想要的也只是一份传位于皇后之子的诏书而已。我就不信刀剑之下，他敢不写诏书？你要为天道的兄弟们正名，也不过是一份雪冤诏的事，要他一并写了就是。"

正说着，内侍端着铜盆再次走进屋里，宁远舟便示意如意出门说话。

两人一道从杨盈屋里出来，宁远舟才低声对如意道："我确实这么想过，但这事，不能让杜长史和钱昭他们知道，这两个，可都是圣上的大忠臣。"

如意会意，又问："那于十三和元禄知道吗？"

宁远舟摇头，道："这种事，他们知道得越晚越好。到时候生米做成熟饭，责任由我一个人来扛就是。这事，我只会和你商量。"

如意抬眼看向他，眸中隐含笑意："你就这么信得过我？"

宁远舟见四下无人，便往她耳边一凑，嗓音压得低沉徐缓，轻笑

第十六章

063

道:"表妹,我不信你,还能信谁?"

那嗓音撩得人满耳发痒,如意一怔,随即笑盈盈地还他一句:"表哥,"眼中映着清凌凌的光,调皮又恶劣,缓缓说道,"你以后要是敢变成郑青云,我绝不会几刀就杀了你,一定会零敲碎打,让你拖上好几个月,求生不得,求死不能。"

她眼盯着宁远舟,宁远舟却是丝毫不惧,笑道:"我不会给你这机会的。但你可以在别的事上,让我求生不得,求死不能。"

如意一滞:"你敢消遣我?"她出手便是一套小擒拿,攻向宁远舟。宁远舟侧身避过,与她来回攻防几招,瞅准时机将她拉入怀中,笑看着她:"不行吗?难道你希望我去消遣别人?"

"你敢!"

宁远舟缓缓笑道:"我当然不敢。"

他无奈又乖顺,实在令人发不出脾气。如意也不由得笑起来,便在宁远舟怀中松懈下来。两人静静相拥着,享受了片刻安稳。

宁远舟道:"对不起,刚定了情,本来想和你好好地在晨光里并肩走上一段,看看秋花,听听鸟叫,结果又遇到了这么多事。直到现在,才有空说说知心话。"

如意靠在宁远舟的怀中,听他的声音低低地顺着胸口传过来,只觉心中暖暖的,很是安稳。

"这没什么,"她往宁远舟怀里靠了靠,随口应道,"反正我又不喜欢那些花啊鸟的。而且你是因为担心我,才离开使团的啊。"

宁远舟轻抚着她,笑道:"没关系,你慢慢就喜欢了。以后,我们会一起走很多的路,看很多的风景,做很多普通人都会做的事。等办完了使团的事,我们俩就去找一个远离尘世、只有我们两人的小岛隐居,劈柴、种花、洗衣、争吵……每一件琐碎的小事,我们都一起做,你肯定会喜欢的。"

如意皱了皱眉,依稀觉得有哪里不对。但她一时不想败兴,依旧依偎在宁远舟怀中笑着,轻声抱怨道:"你怎么越来越蛮横了?"

宁远舟笑道:"我只在你面前任性。"便俯身温柔地吻了吻她的额头。

"可我还是觉得，跟你一起杀人更痛快。"

宁远舟无奈失笑，正欲说什么，便见于十三匆匆赶来。看到他们两个，于十三当即上前问道："殿下醒了没有？"分明是有急事。

宁远舟马上和如意分开，道："还没有，怎么了？"

于十三急道："坏了，安国的官儿来探殿下的病了！"

"让杜大人再去应付不就行了？"

于十三忧心忡忡，摇头道："不行，这回来的不是合县的守将，而是奉了安帝的旨意，从安都过来负责接待使团的引进使和鸿胪寺少卿。杜长史说按规矩，引进使与殿下这个迎帝使是同一个等级，不让他们见殿下，礼数上说不过去。"

杨盈却也不可能说醒就醒。宁远舟略一思量，决定先去探一探安国接待使团的虚实，再做打算。

三人一道悄悄潜到客栈正堂外，借着窗边树木的遮掩，透过窗缝向正堂里望去，只见堂中杜长史正和一帮安国官员唇枪舌剑。

当中一人高声道："杜大人真是客气，礼王殿下在我安国之地上受了盗匪之灾，于情于理，都应让我等探望才是。"

杜长史分毫不让："少卿此言差矣，合县乃我梧国固有之地，如今不过暂时托于贵国，不日便会归还。是以列位是客，我等是主。殿下既然抱恙，哪有不客随主便的道理？"

对面那人便冷笑道："呵呵，可老夫倒是听到一则无稽流言，说是贵国礼王贪生怕死，不敢亲至我国，所以早已私下逃离。老夫原本是不信的，可如今引进使大人亲来探望，你们却推三阻四，莫非，个中真的有什么不妥吗？"

于十三指着屋内正在说话的人，道："那个是安国鸿胪寺的少卿，"又一指远处坐在椅子上安然喝茶的人，道："那个就是引进使。"

安国的鸿胪寺少卿约五十岁，生就一派正气凛然的净臣模样，很有些咄咄逼人。引进使坐得略远些，背对着他们，身形又时不时就被

第十六章

指天画地的少卿遮挡住，看不清面容。只望见半面坐姿俊秀挺拔，松竹一般，年纪应当不大，却很能沉得住气。

宁远舟还要细看，正在悠然喝茶的引进使却突然耳朵一动，转头望了过来。三人不约而同地低身，缩到了墙根下。

这引进使过于敏锐，宁远舟心知不能再探，打了个手势，便和如意、于十三一道悄悄退远。

远离正堂后，于十三叹息道："来势汹汹啊，要不，索性让他们见一回殿下？有我们在旁边看着，也不至于出什么岔子。"

宁远舟摇头道："不妥。万一他们说带了名医来，要给殿下诊病呢？殿下是男是女，脉相一诊便知。"

如意道："找个法子，不让他们接近就行。"

正说着，便听正堂方向传来一声："今日我们便偏要见到礼王殿下！"却是安国那位鸿胪寺少卿再一次拔高了声音，准备硬闯。

随即便传来杜长史愤怒的阻拦声："停下！尔等无礼至极！"但杂乱的脚步声还是传了出来，向着院中逼近了。

宁远舟还没来得及动作，如意已闪身钻进杨盈的房间，顺手拉上于十三："跟我来！"

宁远舟微怔，随即便明白过来。他迅速打一个手势，院中众人立刻分成两排肃立，拦在了通往杨盈房间的石径前。

待安国少卿和引进使一出来，众人便紧随着宁远舟，唰的一声同时拔剑。院中霎时安静下来。

六丈见方的庭院，中间两条十字交叉的石径。正北通向会客的正堂，正东通向杨盈昏睡的厢房。中间隔了一棵蓊蓊郁郁的庭树和两排剑拔弩张的侍卫。

安国的引进使团站在正堂前的台阶上，七八个人气势汹汹地杀出来想逼问一个真相，却不料遇上的是图穷匕见的状况，都怔在当场——只除了那个迄今都还没开过口的引进使。

落针可闻的寂静之中，只听一声金清玉润的浅笑："哟，好大的阵仗，看来真是心虚了。"随即，身着锦袍玉带的引进使轻抬皂靴，缓步走下台阶,来到宁远舟面前。

他甚至比宁远舟料想中还年轻些,身上却已有了战场杀伐才能淬炼出的锋锐,虽比宁远舟略矮些,气势上却并不落下风。他上下打量着宁远舟,语气竟很温和:"这位,莫非是六道堂的宁大人?"

宁远舟拱手一礼,道:"正是在下。"

引进使目光一深,道:"朱衣卫说你是来充数的,可看样子,这使团里真正做主的是你啊。"便提议道,"要不你来拿个主意吧。本使与礼王殿下地位相若,礼王若是刻意避而不见,便是对我大安无礼。"他微微眯起眼睛看向宁远舟,依旧是不徐不疾的语气,周身气场却已阴寒下来,"要么,让本使进去探病,要么,各位索性就此打道回府。"话音刚落,他身后的随从也拔出刀来。

两方人马对峙,气氛瞬间紧张到极点。

宁远舟面上平静,脑中却飞快地思索着,他缓声道:"引进使何需如此?若想拜见殿下,宁某带路便是。但殿下尚在病中,还请大人务必屏声静气,否则,若是因此加重了殿下病情,只怕大人也难以向贵国国主交代吧?"

引进使一笑:"好。"话虽如此,他却完全不理会宁远舟,大步向着杨盈的房间走去。

好在于十三已从杨盈房内转出,侍立于门口,向宁远舟微微点头,示意无事。宁远舟放下心来,便拱手向房内通传:"安国引进使欲请见殿下,还请通传。"

如意的声音从屋里传来:"进来吧。"

众人闻言,都是一怔。

安国少卿愣道:"女的?"引进使更是停住了脚步。

宁远舟道:"大人,请。"

引进使却呆立不动,宁远舟略感奇怪,再次道:"请。"

引进使这才移动脚步,跨进房门,身后一众人便跟着他鱼贯而入。

房间内灯光昏暗,杨盈一身皇子装束,躺在榻上,仍旧昏迷不醒。如意做宫装打扮,一身珠翠,华贵明艳,侧身立于榻前。

第十六章

安国少卿这才恍然。引进使却仿佛依旧迷惑不已，自进门后，便站在原地不动。

如意道："殿下仍在昏睡之中，尔等若想拜见，在此行礼便是。"

安国少卿抢上前一步，正欲靠近榻前，便被如意如寒冰般的眸子一扫。安国少卿只觉心中一凛，竟为她气势所慑，规规矩矩地在距榻前三步时驻足，行大礼道："大安鸿胪寺少卿范东明，拜见礼王殿下。殿下安好？"

杨盈自是纹丝不动。

便有随从附在引进使耳边低语道："看相貌，与梧帝眉目相似，应该不是西贝货。但是否真的昏迷，属下无法判定。"

引进使依旧呆立原地，没有反应。

宁远舟道："晋见殿下已毕，请诸位退下吧。"

安国少卿眼珠一转，道："殿下抱恙，我等哪能就此离开？老夫也颇善岐黄之术，斗胆为殿下请脉。"言罢，便要上前。

可他还未靠近，如意便斥道："放肆！殿下玉体，岂容尔曹所辱！"

少卿惊愕："你是何人？"

如意傲然抬首，昏黄的灯光映照在她的脸上，将她明艳冷峻的面容衬托得尊贵至极。她凛然道："大梧湖阳郡主，奉诏以女史之职，陪送礼王弟入安！"

宁远舟已然明白过来，忙顺着她的话道："尔等还不参见郡主？"

安国诸人惊疑不定。唯有那一直呆立在原地的引进使踏前一步看向如意，语声惊疑不定："师父？"

如意一怔，看向引进使，只见他华服玉冠，年少俊美，一脸的惊喜与不可置信，正是长庆侯李同光。

第十七章

玲珑骰子安红豆

看清李同光的模样时，如意也是一怔，但几乎是在一瞬间便做出了恰当的反应——不解地皱起了眉，还往身边看了一眼，似乎在确认李同光问的是谁。

李同光上前一步，语声慌乱而期待，浑不见之前的权谋与稳重："我是鹭儿啊。师父，您不认得我了吗？"

如意退后一步，似是惊疑地问宁远舟："他在跟谁说话？什么纠，什么儿？"

宁远舟眼神一凛，挡在如意面前："不得对郡主无礼！"

然而数日前的情景，却浮现在他眼前。

当金媚娘说起长庆侯的身世时，如意似是想起了什么。

"他母亲也是出身皇族？那不是和鹭儿很像？"提起那个鹭儿，如意分明有些怀念，"说起来，我也好久没听到鹭儿的消息了，也不知道这些年他过得如何。"

而金媚娘面色微妙，含糊地应道："应该是不错吧。"

那时宁远舟就已有所疑心，却不料那个鹭儿，同如意竟是这样的关系。

李同光浑然没有留意到宁远舟看向自己的凌厉目光，只是急切地说着："是我啊，师父，是我！"他惊喜过望，眼中就只看得到如意，见如意流露出不解的目光，忙解释道，"啊，我现在是长庆侯了，圣上还赐了国姓给我。师父，鹭儿现在再也不是没有姓的孩子了！"他急切又骄傲,更若有似无地带了丝自欺和疯狂。见如意还是没认出他来,他忙又拉过身后的随从给如意看:"这是朱殷啊,当年您指给我的亲随,您不记得了?"

如意自然是记得的。

他们初次相见是在九年前。那时的李同光还叫鸷儿,不过才十来岁年纪,有着一张桀骜又倔强的脸。他沉默地紧咬双唇,任凭宫女替他擦拭着,身上尽是血痕青肿。看得出来,他刚刚打过一架。

那时昭节皇后还在,她将如意传召入宫。两人一道站在皇宫后花园的亭子中,遥遥望着远处的鸷儿。

宫女想要为鸷儿更换身上满是泥污的破碎衣物,却被他甩开。宫女劝说了两句,便想再次尝试,鸷儿却用野狼一般凶狠的目光瞪着她们。宫女强行上手去剥时,他便也真如野狼一般咬住了她们的手。

昭节皇后于是叹了口气,走远了一些,才对如意道:"这是清宁长公主的独子。长公主病重,去汤泉疗养,临走之前把他托付给本宫。可从进宫到现在都三天了,这孩子就没说过一句话。我瞧着这样不行,想让镇业和守基两个陪这个小表弟玩,结果就搞成了这个样子。思来想去,只能召你进宫了。"

如意不解地问:"不知臣能为娘娘做些什么?"

昭节皇后微笑道:"替我好好地教导他。"

如意一愕:"教他?娘娘,臣只是个朱衣卫的紫衣使,不是宫中的女傅啊。"

昭节皇后苦笑道:"别说女傅,就是男教习,他都已经咬伤四五个了。他是个好孩子,只是性子太拐孤了,我是看他还喜欢点拳脚,所以才想到了你。"

如意似懂非懂:"您是想臣教他武功?"

"不单如此。"昭节皇后说道,"我还希望你教他如何做人。你在朱衣卫,或许也听过这孩子的身世吧?"

如意答道:"臣位卑,所知不多。只是听说小公子的爹是长公主的……面首,所以小公子自幼深以为耻。"

昭节皇后叹了声气:"很多时候,事实是事实,却不是人们以为的那种事实。长公主当年远嫁宿国为太子妃,后来两国交恶,宿国太子欲杀她泄愤。若不是一位深得宿国太后宠幸的梧国乐工舍命相护,长公主一介弱女子,怎么可能在乱军之中独自跋涉近千里,平安归来?可回到安都后不久,那乐工就因伤重而去世了。长公主悲痛欲绝,圣上和我才知道,她已经有了三个月身孕。而那时,她已经离开宿都整整半年。"

如意恍然:"那长公主对这位乐工,是作如何想的呢?"

昭节皇后再次望向远处的鹫儿,这小野狼已经打走了所有宫女,正奔跑进假山山洞里。

"长公主的心事很复杂,"昭节皇后叹道,"一方面,她深恨自己贵为金枝玉叶,却在离难中因为种种原因委身低贱之人;另一方面,她却拼着抗旨,也要生下这个孩子,以怀念那位乐工。她对这个孩子的感情也同样复杂,既不敢近,也不愿远。所以这孩子才变成了这样。"她顿了顿,看向如意,目光温柔地说道,"阿辛,这孩子的倔强,和你很像。所以我希望他以后也能像你这样,如竹不折,如剑不阿。"

如意马上回道:"不敢当娘娘的谬赞。"

昭节皇后便叮嘱她道:"不管他的父亲是谁,他都是圣上的外甥、我的亲人。阿辛,替我教好他。"

如意忙领旨,犹豫了一下,又问道:"不知小公子怎么称呼?"

"鹫儿。"

"大名呢?"

昭节皇后摇头,叹道:"长公主一直不肯说出那位乐工的名字,所以他至今都没有姓。连鹫儿这个小名,都是来自乐工生前弹过的那张灵鹫琴。"

如意默然,片刻躬身行礼道:"臣定不辱命。"

她想,没名没姓,只一个随口取来的称呼,这孩子确实同她很像。

鹫儿藏在假山山洞中，蜷缩在石头上休息。一听到有声响，立刻警惕地拿起旁边削尖了的树枝："谁？！"

洞口处便传来一声："原来你会说话。"那声音平稳，却犹然带着些少女的清脆。

鹫儿下意识地紧闭了嘴巴，向外望去，便见有人逆着光，走进了山洞里。鹫儿看不清那人的面容，只见她身姿娉婷，当不过是个略长自己几岁的少女。见周围并无旁人，他便恶狠狠地恐吓道："滚！不然我杀了你！"

那女子自然就是如意，如意也自然不会被这种大话喝退。她看着鹫儿手上的树枝，一笑："就凭这个？"便猛地出脚一扫。

地上的沙土扬起，迷了鹫儿的眼，这孩子大叫一声，下意识去猛揉眼睛。下一刻他的身体便已腾空，被如意拎了起来。

鹫儿拼命地挣扎着："放开我！"

如意嫌他乱蹦得吵闹，点了他的穴道，拎着他走出山洞，来到花园水池旁，将他一把按了进去，这才解开他的穴道，提醒他："不想瞎，就自己洗干净眼睛。"

鹫儿慌忙去洗眼睛，半响后方才缓过来一些。

如意见他好转了，才问道："毫无还手之力的滋味，是不是很难受？"

鹫儿模糊地睁开了眼睛，却还是看不清如意的脸，便问："你是谁？"

如意道："你的师父。"

鹫儿气恼道："我不需要什么师父！"

如意一脚将他踩入水中。鹫儿咳呛着，在水下不停地挣扎着。如意拎着他的衣领将他拉起来，道："再说一次。"

鹫儿倔强地闭嘴不语。

如意问他："以后还想这么被人欺负吗？"

李同光愤恨却无力，咬紧了嘴唇。

如意放下他，向着水池对面的山石单手抽剑一挥，只听轰隆一声，那山石已经被剑气一削两断，坍塌下来。

鹫儿被吓了一跳，拼命揉了揉自己还模糊的眼睛，视野渐次清晰。

那已然崩倒的巨大山石终于清晰地展现在他眼中。

如意将剑横在他眼前,冷冷道:"拒绝我,你就是那块石头。跟着我好好学,你就能变成这把剑。"

鸳儿一凛,回头望向如意:"你到底是谁?"

明耀日光之下,女子冷艳的面容便猝不及防地闯入了他的眼帘。

清冷声音也随之传来:"朱衣卫,紫衣使,任辛。"

如意并不是个宽容温和的好师父,她对鸳儿的训练从一开始就很严苛。

训练鸳儿劈剑时,哪怕鸳儿已经精疲力竭,没练完她布置的一千次,也不能吃饭。

教授鸳儿练字时,哪怕一张纸鸳儿已经写好了八成,只要滴上一滴墨水,也必须烧掉重新开始抄。

并且她还耳聪目明,即便闭上双目盘膝运功时,也仿佛始终开着一只天眼盯着鸳儿,令鸳儿一丝一毫都不能蒙混过去。

鸳儿打不过她,只能咬紧了牙,敢怒而不敢言。

那时的如意还是个成天在血腥中出没的紫衣使,不懂,也没有时间去学习什么叫循循善诱,什么叫温和劝导。当然鸳儿也显然是个顽劣的徒弟,他们之间似乎从来都没有过温情脉脉的场景,但两人的关系却随着时间的推移,越来越密不可分。

演武场上,如意用单手,一次次化解掉鸳儿的各种攻击,用各种招式、从各种角度将鸳儿打翻在地。

初时鸳儿还倔强不服输,在如意一声又一声的"再来"中一次又一次爬起来,直到最后爬也爬不起来。

如意便冷笑道:"面首的儿子,果然没用。"

鸳儿在极怒之中终于再次爬起,向如意狂攻过去,却被随手打倒在地,伴随着一句:"别人一激你,你就自乱阵脚?再来!"

夜晚如意终于在榻上入眠了,鸳儿还在桌前对着史书苦读,扭头望见如意睡得香甜,不由得恶向胆边生。他抄起手边的砚台,泼向如意。

未料如意仿佛睁着眼一般，一挥手便击回了砚台，墨汁浇了鹫儿一头一身。如意隔空点了鹫儿的穴道，鹫儿扑通一声跪倒在地上，如意翻身向里继续睡去。

　　鹫儿跪在地上，动弹不得，眼中渐渐泛起泪光，一滴滴地掉落了下来。

　　第二日鹫儿便被如意罚去卖菜。他一身平民打扮，身在市井闹巷，像个菜贩子一样守着小摊卖菜，脸上还沾着洗不净的墨迹。路过的行人都对着他指指点点，不远处有几个少年嬉笑着围观他，指着他窃窃私语。"杂种"两个字穿透闹市飘进了他耳中，鹫儿愤怒地抓了把青菜砸过去，吼道："你才是杂种！"

　　他与少年们扭打在一起，很快便寡不敌众被按到地上厮打。多亏琉璃及时赶到，将他救了出来。

　　夜间如意从外归来，一身夜行衣尚未脱去，便先去料理鹫儿。

　　鹫儿跪在她的面前听她冷冷地训诫："让你练字读史，是为了让你有脑子；让你上街卖菜，是要你明白人间疾苦。可你连这么点事都做不好！"

　　鹫儿只觉得愤恨又委屈，忍不住争辩："他们骂我是杂种！"

　　可如意说："就算他们不骂出来，在瞧不起你的人心里，你还是杂种。"

　　鹫儿气恼地反驳着："我不是！我不是！我不是！"

　　如意嫌他吵闹，一皱眉，解下黑色蒙头，对琉璃道一声："我累了，没心思听这些。把他关去柴房败败火，什么都别给，十二个时辰后再放出来。"便自行进屋去。

　　鹫儿怒极，终于爆发，在她身后怒骂着："贱人！疯子！你除了会罚我骂我，还会什么？我不要你教我。"

　　琉璃掩住鹫儿的口想拖他出去。而如意转过身，淡淡地看着他："我本来也不想教孩子，我只会杀人。刚刚死在我手里的人，是第一百二十七个，你想做第一百二十八个吗？"

鸾儿一凛:"你骗我。"目光却情不自禁地落在了榻上——如意刚解下的黑色手套上,正有鲜红的血滴了下来。

如意皱眉道:"再加六个时辰。"

鸾儿终于被琉璃拉走了。如意这才解开外衣,露出肩上刚受的伤。那伤口狰狞外翻,鲜血淋漓。她咬着牙忍住疼,为自己敷药包扎。

被琉璃关进柴房时,鸾儿忍不住叫住她,目带恐惧,仰头询问:"她说的是真的吗?"

琉璃犹豫了一下,还是点了点头,告诉鸾儿:"大人是朱衣卫这十年来最出色的刺客。就连奴婢,手上也攒了十条人命,才有资格被选到大人身边服侍。"

鸾儿大骇,连忙后退。

这一夜鸾儿盯着明灭跳跃的烛火,乱糟糟地想了很多。

他的眼前不停地出现如意手套上滴落的血和那块被如意一剑削断的山石。

突然他打了个寒战,猛地跳起来看向半开的窗缝,终于下了决断。

夜色已深,如意半蜷着身子倒在榻上,已沉沉睡去,身边药瓶散落未收。

突然她警觉地睁开了眼睛:"说。"

琉璃不知何时已出现在窗外,低声通禀道:"大人,奴婢刚才巡视,发现小公子偷了马逃走了。"

如意霍地起身。

朔日之夜,天空暗沉无月。

鸾儿策马奔驰在草原上,袖子里兜满了清凉的风。他不时回头看向来路,见没有人追来,脸上的笑容越来越大。他自觉逃离了魔窟,心中快活又恣意。

如意带着几个手下策马奔跑在草原的山坡上,大声喊着:"鸾儿!鸾儿!"却没有人回应。

远处传来狼嗥声。琉璃掐指一算,惊道:"不好,这几日正是胡狼群迁徙的时候！"胡狼群居，迁徙时动辄三五十只一同行动。凭鸳儿的身手，一旦遇上绝无活路。

如意眸子一暗，立刻下令："分成三队，各自寻找。找不到，就别回来；找到了，发鸣雀令。"说罢，自己先加催一鞭，向着草原深处奔去。

奔跑了半夜，鸳儿又累又饿，重获自由的喜悦很快便在颠簸中悉数耗尽。遥遥望见远方有一顶帐篷，他连忙驱马上前。

草原上不知何时起了风，乌云涌起，遮住了漫天星光。草原的夜晚纵使在夏日里也透着凉意，何况那风里携带着水汽，已浸透了他的衣衫。他只觉寒意侵肤，急切地想找个温暖些的去处借宿一晚。若能再讨些吃食，就再好不过了。

来到帐篷前，他迫不及待地滚鞍下马，几乎要站立不稳。他撩开帐篷门，探身向里询问："有人吗？"

没人回应。帐篷里没点灯，黑漆漆一片。鸳儿看不清里面，便回头去帐外的火堆灰里寻找食物——火堆早已熄灭了，灰烬却还有些暖。他正翻找着，忽然隐隐嗅到些不太对头的味道。他思量片刻，起身再度走向帐篷，猛地撩开帐篷门，不料却对上了几只碧绿的眼睛！

鸳儿大惊之下跌倒在地，拉倒了帐篷，露出了里面已经被咬得血肉模糊的牧人尸体。他惊骇地大叫一声，扭头奔向坐骑。

这时空中一道闪电划过，闪光照亮了整座草原，鸳儿这才发现，自己四周已经布满阴鸷幽绿的兽眼——在不知不觉之间，他竟然已被数十只狼包围了。他匆匆捡起根柴火棍防身。

头狼前肩低伏，喉咙里翻滚着低沉的咆哮，已龇着森白的犬牙逼了过来。群狼随之逼近，当前几只的獠牙上还染着鲜血。

鸳儿浑身颤抖，终于大叫出声："救命！救命！"

狼群一只接一只地纵身跃上，鸳儿却只敢闭着眼睛乱挥着柴火棒反击，没挥几下，便觉手臂一沉一痛，已被野狼咬伤，扑倒在地。

眼看他就要被野狼一口咬住咽喉，千钧一发之际，一剑凌空杀来，刺伤了那只狼。

如意冷冷的训斥声随即传入他耳中："教过你多少次了，对敌之时，不许闭眼！"

鸷儿从地上爬起来，惊喜地睁眼望去，便看到护在他面前挥剑砍杀的傲然身影，脱口唤道："师父！"

如意却不再说话，一手拉住他，另一手挥着剑全力砍杀，带着他杀出了狼群的包围圈。

鸷儿追在她身后，忽然望见一只狼正悄悄地从后方接近她，向她扑来，他忙喊："小心！"如意忙着砍杀两侧扑上来的狼，无暇顾及身后。鸷儿下意识地挡在了如意身后，被那狼一口咬住了腿。

如意腾了手回头，正看到鸷儿挡在自己后面，不由得微感意外。她一掌劈死偷袭的狼，见鸷儿抱着腿疼出满头汗，便在鸷儿面前蹲下，道："上来。"

鸷儿犹豫了一下，还是伏在如意背上。他稍有些别扭，却很快便被如意的身手转移了注意力——如意背上多了个人，身形不比之前那般灵活，却仍是将扑上来袭击的野狼一一击杀，动作行云流水，无一招一式多余。鸷儿看在眼里，又是心惊，又是叹服。

杀出重围后，如意带着鸷儿跃上坐骑。将鸷儿举到马背上时，她肩膀一沉，动作有瞬间的僵硬。

她揽着鸷儿，驱马狂奔，身后追着没被杀尽的狼群。狼群不依不饶地追了很久，但终于还是渐渐被抛远了。

不知到底奔跑了多久，如意终于放慢了马速，对鸷儿道："没事了。"

鸷儿一直被如意抱在身前，此时终于忍不住哽咽起来："嗯。"

如意一皱眉，扭转他的头让他面向自己，还像以往那般盯着他，命令道："不许哭。"

鸷儿点头："嗯。"但他眼中的泪水却越流越多。

又一道闪电闪过，鸷儿瑟缩了一下，苍白的脸、通红的眼睛，不过是个十二三岁的脆弱少年。如意一怔，眼神放柔了一点。犹豫了片刻之后，她伸出手去，拍了拍鸷儿的背。

鹫儿怔怔地看着她，似是终于意识到，眼前的这个人确实是他的"师父"。会在他最恐惧时杀过来救他，会在他受伤时蹲下来背他，会稳稳将他护在怀里，会在他哭的时候拍他背的师父。

他扑上去一把抱住如意，埋在她怀中，尽情地哭了起来。

如意有些手足无措，想推开他，最终还是放弃了，只是嫌弃地道："蠢，挨几句骂就要逃，还什么都不带，就一匹马，你能逃到哪儿去？下次还敢吗？"

还是那个完全不懂慈爱温柔为何物的师父。但这一次鹫儿却再也不觉得师父是在骂他。他哭着摇头："再也不敢了，下次，我至少带两匹马，还有粮食，再逃。"

如意一愕，想笑，但还是忍住了，最终粗声道："还哭？！最多再哭一炷香，否则我杀了你。"

鹫儿闷闷地应了声："嗯。"随即就哭得更大声了。

这时雷声轰隆隆地响起，天空淅淅沥沥地下起雨来。

如意皱了皱眉，策动坐骑，去附近寻找避雨之处。最终找到了一处山洞，就在洞口燃起火取暖，躲在洞中避雨。火堆噼里啪啦地燃烧着，橘色的火光跳跃着，映照在山洞的石壁上，也映照在他们的身上。

如意给鹫儿包扎着伤口，这小少年还在抽抽搭搭地掉着泪。满洞都回响着他抽鼻子的声音，石壁上还映着他抽鼻子的身影。

如意有些不耐烦，抱怨道："这么点小伤，哭个鬼。"

鹫儿道："我、我也不想哭，就是忍不住。"

"有什么忍不住的？第一回遇见狼而已，以后多几回就知道怎么办了。"

鹫儿小声反驳道："可我的脸和腿都伤了，回去以后，他们又会嘲笑我的。"

如意却问："他们是谁？笑你什么？杂种，面首之子？"

鹫儿不答，咬住嘴唇，低下头去。这两个词是他的痛脚，纵使踩这痛脚的是他最重要的师父，该疼也还是会疼。只不过别人让他疼他会发怒，如意让他疼他却只感到难过。

如意靠在石壁上,静静地看着鹫儿,问道:"你心里一直在怨你娘,为什么要和一个面首在一起,为什么要把你生出来,为什么这么久连一个姓都不给你,为什么要让你一直被人瞧不起,对不对?"

鹫儿猛地抬头:"你知道为什么?"

"我不知道,也不想不关心。"如意平静地看着他,"但我知道,就算你娘再不喜欢你,她也给了你这条命,没短了你的吃喝,锦衣玉食地把你养到十三岁,就算自己病得要死了,不得不离京养病,临走前还没忘了把你托付给娘娘。"

"我没求着她生我出来!天天被人叫杂种,叫面首之子,连个姓都没有的滋味,你根本就不明白!"

如意却道:"我当然明白,我也没姓,没有名。"

鹫儿一愣。

如意面容平淡地告诉他:"我叫任辛,但小时候我娘只叫我丫头,我娘死了,我爹把我卖给了朱衣卫。朱衣卫里的白雀不配有名字,按天干地支随便编号,我排到的就是'壬'和'辛'。"

鹫儿不肯信,反驳道:"天干地支一共才二十二个字,哪够用?"

如意望着火堆,说道:"白雀死得快,死了的,自然有后面人补上来。拼命活下来的、长得好看的,才配有更好听的代号,什么珍珠、珊瑚、琴瑟……不过,就算这样,跟我的那个侍女,已经是第三个琉璃了。"

她说得极其平淡,仿佛早已习惯。但话语中的残酷,还是让鹫儿不寒而栗。

如意再次看向他,问道:"比起只服侍几个女人的面首,要对着无数男人献媚的白雀,哪个更低贱?"

鹫儿张口结舌。

如意却话锋一转,道:"但我从来不避讳让别人知道我当过白雀,因为但凡敢嘲笑我的人,都已经死了。只要你够强大,就算天下人都知道你是面首之子,也没有人敢对你不敬。"

鹫儿不可置信看着她:"真的?"

如意摆弄着火堆，缓缓说道："娘娘讲过，后肇的开国皇帝，是个奴隶；卫太祖的祖父，是个太监。可你听谁敢叫他们杂种、贱人？"

火光映在鹫儿的身上，他眼角的泪痕还未干，目光却骤然明亮起来，仿佛有什么东西在一瞬间全碎了。

如意看着他，问道："想让他们闭嘴，就得让他们怕你。你知道乱世之中，人最怕什么吗？"

鹫儿摇了摇头："不知道。"

"兀鹫，"如意眼中映着火光，直直地照进了鹫儿心里，"因为战场上人一死，兀鹫闻到血腥味，就来吃肉了。别辜负了公主给你起的这个小名，要让他们像怕兀鹫一样怕你。"

鹫儿一动不动地盯着如意，只觉心口被那光重重地砸中了，他眼圈再度慢慢变红。半晌，他低声道："好。"

如意从火堆边抽出一根树枝，恶狠狠地指着他："不许哭，不许过来，不然我打你！"

鹫儿猛点头，脸涨得通红，却还是忍住了泪水。

如意却用那树枝从灰堆里刨出几只芋头，推给他："熟了，赶紧吃吧。"

鹫儿早就已经饥肠辘辘，赶紧上前拾起芋头，烫得左手倒右手，却还是惊喜地剥开芋皮，香甜的芋香味儿便带着白气扑面而来。他吞了吞口水，不顾滚烫，狼吞虎咽地吃起来。

吃了几口后，却忽地想起什么，他忍住饥饿，恭敬地把芋头捧到如意面前，眼巴巴地看着如意："师父，你也吃。"

如意合上眼睛养神，不耐烦地催促他："我不饿，赶紧吃完睡觉！"

鹫儿点头，狼吞虎咽地吃完，便也学着如意的样子，躺在了山石边上。石上寒冷，他不由得打了个冷战。犹豫片刻后，他悄悄地向着如意的方向挪动了一下。

如意皱了皱眉，却还是将他拖了过来，让他靠着自己。

鹫儿被如意圈住，眼睛一酸，低声道："师父，你真好。"

如意冷笑："呵，明天你就不会这么说了，这回偷跑，我会罚你站一整天的马步,站到你吐血。"

鹫儿像只小狗一样往如意怀里靠了靠,心满意足道:"我认罚。以后我会听话,我会好好跟师父学,以后也变得像你一样强。"

如意却说:"别像我,我只会杀人。你是娘娘的外甥,必须得文武双全,以后学谋略,学兵法,做学问。"

"我就要像师父!"

如意把袖子盖在他眼睛上,替他遮住光,催促道:"赶紧睡!小孩子真烦人,早知道我就不该答应娘娘教你。"

鹫儿忙拉紧她的袖子,闭上了眼睛。不多时,他的呼吸便平稳下来。

如意确定他睡着后,这才小心翼翼地起身,凝眉解开自己的衣衫,扭头看过去。经历了一场与群狼的决战之后,刚才包扎的伤口果然再度崩开了。

如意皱着眉,解去肩上浸血的绷带,重新为自己换药包扎。撕下沾了血肉的绷带时,她疼出满头汗,忍不住倒吸了一口冷气。

鹫儿被这细小的声音惊醒,睁开眼,便看见了如意雪白的肩头。血淋淋的伤口吓得鹫儿立刻闭上了眼睛,然而半晌后,他又忍不住偷偷睁眼望过来。

跃动的火光下,赤红的伤口横在如意肩头,灼灼如红梅映雪。鹫儿愣愣地看着,半晌才回过神来,猛地转身向里。

如意换完了药,很快便重新回到鹫儿身边睡下。鹫儿僵直着身子不敢动弹,鼻端嗅到了轻微的血腥味。

他闭着眼,眼前却到处都是如意乱晃的伤口。他忍不住悄悄抓紧了领口,微微蜷起了身。

十六七岁时,鹫儿就已生得青竹般挺拔俊秀。三年之前他还是个被人群殴时需要琉璃去救、面对野狼时连眼都不敢睁的无用少年,三年之后在校场上比武,他就已经能轻松打败琉璃了。

打赢之后,他意气风发地看向场边,向着如意高声问道:"师父,这次鹫儿做得如何?"

第十七章

那时如意已经升做绯衣使了。她刚一起身，立刻有人为她解下披风。她取了剑，跃入场中，挑衅地昂起头，向着鸳儿一勾手指。

鸳儿当即便挥剑攻来。他剑术已很有些章法，有诱招，有猛攻，变化多端。

但如意仍是单手迎战，不过几招之间，就已将鸳儿击倒在地。

如意用靴子轻轻踩住他的脸，一如既往地告诉他："记着这屈辱，下一回，你就不会输。"

"是！"

鸳儿爬起身，再度攻上来。他悟性实在很好，进步神速，一日千里。

这一次，如意单手便感觉到了压力。几招过后，鸳儿的剑几乎和她同时架上了彼此的脖颈。

如意冰冷的脸上，第一次微绽笑容。她颔首赞许道："不错。"

日光映在她雪玉般皎洁的脸上，寒冰的黑瞳子里映着一脉柔光。鸳儿的心口猛地一跳，他下意识地低了头，偷眼去看如意："我赢了！师父赏我什么？"

如意把手中的剑扔给他，笑道："青云剑，给你了。"

鸳儿爱不释手，但还是傲娇地抱怨："就这个呀？"

如意横了他一眼："娘娘赐我的，陨铁所制，沙东王的家传宝物，还嫌不够好？"

他这才诚实地流露出惊喜来："真的？谢谢师父！"

如意皱眉，嫌弃道："少说话，嗓子跟公鸭似的，真难听。"

这少年早已习惯，知道师父冷漠的话语里包含着对自己独有的纵容，便越是一迭声地嚷嚷着缠上来："偏不，师父，刚才我还有一招不明白……"他一直追到校场边，陪如意一同入座，姿态亲密地缠着如意说话。

如意不时回答他两句。如意说话时，他就乖巧地坐在如意膝边，仰头看着如意，眼神中有着难以掩饰的孺慕之情与暗恋。琉璃从旁边瞧见，暗暗地心惊。

如意说着便想起些什么，告诉他："从明日起，你就不必再来了。"

鹭儿原本还在痴痴地听着，下意识地点了点头："好呀，师父，我们要不要……"说着便突然觉出不对，愣愣地看着如意，"不来了？什么意思？"

如意道："你既然能赢了我，日后只需自己练习。娘娘已经为你安排了名师，以后，你就进太学念书吧。长公主府那个叫朱殷的亲随，琉璃试了他一年，还不错，以后就由他跟着你吧。"

鹭儿猛地站起来："我不去！我只要师父您教我。"

如意规劝道："你武功已有大成，除了杀人，我已经没有什么可以教你的了。跟着太学的师父们好好念书学兵法，以后，才好为官做宰。"

鹭儿却说："我不要为官做宰，我只想跟着师父您，我也要进朱衣卫！"

如意不悦道："胡闹，朱衣卫又不是什么好地方。你是长公主的儿子，娘娘心慈，自会替你安排前程，以后朝堂之上，自有你的位置。"

鹭儿急了，眼神渐渐不安起来："我不要什么皇后的安排，我只要你！你是不是早就想好不要我了？你跟我娘一样，随意交代一句，就抛下我不管了！"

如意道："你娘没有抛下你，这些年她一直病得很重，在行宫疗养。"

鹭儿却不听，一把抱住如意，哽咽道："我不管！我只知道你们就是不要我了！"

他的泪水弄湿了如意的衣裳，如意不由得皱了皱眉，却还是温声道："听话。"

鹭儿越发抱紧了她："我不听，我不想离开师父。你别不要我！"

如意无奈，只好向他解释道："师父不是不要你，而是刚领了圣命，要去刺杀褚国凤翔军的节度使。这次的任务很难，十之八九有去无回，如果不事先安排好你，我怎么放心走？"

鹭儿一震，抬头看向她，紧张地问道："不能不去吗？我去求圣上，让他换人去！"

如意摇了摇头，道："从出生到现在，你见过他几回？我是朱衣卫最好的刺客，为大安杀掉那些穷兵黩武、祸乱国纪之人，就是我存在的意义。"

正说着,便见琉璃牵着马走过来。如意推开鹭儿,告诉他:"我得走了,"她翻身上马,还不忘叮嘱鹭儿,"好好念书,要是不听话,我回来饶不了你。"说完便策马而去。

草原绵延起伏,一直延伸到天际。鹭儿追逐着如意的背影不停奔跑着,大声喊着:"师父,师父!"

如意却头也不回。那绯衣白马的身影如一抹跳动的火焰,渐渐地消失在天际。鹭儿终于停住了脚步,抹去眼泪,手里握着青云剑,怔怔地立在那里。

这时,朱殷突然急急奔来,向他通禀:"公子!长公主殿下病重,已在归京途中,现急传您去侍疾。"

纱帘如烟幕轻垂,将房间隔作两处。帘内躺着病重的长公主,帘外跪着无动于衷的鹭儿。

若鹭儿肯掀开帘子看一看病重的母亲,便会发现自己的无动于衷与母亲如出一辙。无非一者是生念枯槁,一者是心怀怨恨。

长公主剧烈地咳嗽着,告诉鹭儿:"我快死了。"

鹭儿机械地说着套话:"母亲保重,您不过小恙,只要太医用心服侍,必能早日痊愈。"

长公主叹道:"何必说这些呢?你不是一直都在恨我吗?"片刻的静默之后,长公主轻轻抬了抬枯瘦的手臂,转而道:"不过,听说你师父把你教得很好,我也可以闭眼了。"

鹭儿道:"母亲言重了。"

长公主招了招手,示意他:"过来,拉着我的手。"

鹭儿没有动。

长公主了无生念的目光如枯泉般淡漠,她淡淡地解释道:"我不是临死前才想起和你母慈子孝,我只是想让你演一出戏。皇兄很快就会到了,你要默默地垂泪,要舍不得我,别的话,什么都别说,交给我。"

鹭儿微有诧异。

长公主苦笑道："知道这些年我为什么一直都狠心不见你吗？因为你的父亲，身份实在太低微。自从生下你，我就知道自己活不长了，我想求皇兄给你一个前程，但这种恩典，一辈子只能用一次。我平时待你越狠，外人才会越同情你。"她说着便又剧烈地咳嗽起来，间杂着气力不继的喘息。

鹭儿终于动容，伸出手去握住了她的手，良久，他才问道："你为什么要生下我？"

长公主一脉灰冷的声音里隐约泛起了些生机，她轻轻说道："因为，你父亲，在我心里，是个绝世无双的好郎君。"

鹭儿的眼中终于有了泪光，他质问道："那我呢？我在你心里，除了继承那个男人的血脉，还算什么？就因为一个虚无缥缈的前程，你这么多年不愿意见我，你难道一点都不后悔吗？"

长公主没有说话。鹭儿的眼眸渐渐变冷。

庭院中隐约传来各种声音，不多时，小厮通报道："圣上驾到——"

鹭儿握着母亲的手，跪在床边，望见安帝的衣裾跨进门内，随后安帝疾步走上前来。

鹭儿于是木然跪拜道："圣上万岁万万岁！"

纱帘内长公主吃力地想要起身，却被安帝扶着躺下。随后长公主虚弱地喘了口气，哀切地诉说着："皇兄，妹妹也算为大安尽力了……我平生，没有别的遗憾，只后悔对这孩子不够好……他现在会一点骑射功夫，等他守完一年的孝，就让他到沙中部当个普通的部众，替皇兄效力……到那时候，皇兄随意赐他个姓氏就好，不然我的墓碑上，孝子的名字都不好写……"

鹭儿表情依旧木然，但泪水终于还是夺眶而出。

那是鹭儿这几年来唯一一次，也是最后一次见到自己的母亲。于长公主而言，相见是为演一场戏，在安帝面前给鹭儿求一个恩典。对鹭儿而言，相见的结局却是被抛弃。

办完母亲的丧事之后，鹭儿头上系着白色的丧带，在仆人们的伴随下，拿着青云剑，走出长公主府门。

走过十字路口时，如意鲜衣怒马，带着手下从对面疾驰而来。

鹭儿下意识地躲在了街角，抓紧了青云剑。

朱殷讶异道："公子这是怎么了，那可是任大人啊！啊不，应该叫尊上了，圣上刚封了她当朱衣卫左使，这么年轻，二十年来头一份……"他小心翼翼地规劝道，"您就要去沙中部当骑尉了，这一离京，不知道得多少年，要是连一面都不见就走，您以后肯定会……"

鹭儿目光冷冷地打断朱殷："闭嘴，我不想见她！"他掉转马头，向另一个方向飞驰而去，喃喃道："她们既然都不要我了，那我也不要她们！"话虽如此，他仍然紧紧地把青云剑抱在怀中。

如意一直飞奔到长公主府门前，才勒马停住。她一回到安都，便听闻长公主去世的消息，得知鹭儿被安帝派往沙中部，不日就要启程，连忙赶来相见。

但她在门前等了许久，都无人前来应门。

琉璃叹息道："公子也太不懂事了，一个口信都没有给您留就走了，枉费您不顾伤势赶回来。"

如意抬头望了一眼府门上悬挂的白灯笼，道："算了，他是奉圣命。而且，他也已经长大了。"

所有的缘，既有始，便有终。如意纵使心中记挂着这个唯一的徒弟，却也不愿陷入那让她不快的不明情绪中，便果断地走下台阶，重新上马离开。

谁也没有想到，他们错过的是最后一次相见的机会。

熊熊烈焰吞噬着邀月楼，烧透了那一晚安都的夜空。如意被朱衣卫围堵在邀月楼前的台阶上，浑身是血地厮杀着。

她刚刚听了昭节皇后的遗言，失去了自己平生最敬爱亲近的人。此刻支撑她不肯倒下的，唯有完成昭节皇后的遗愿和为昭节皇后报仇的信念。

领头围堵她的朱衣卫名叫迦陵，此时还只是个丹衣使，见总也拿不下她，不由得急怒交加，出言刺激她："任辛，你别负隅顽抗了。谋害皇后是大罪，看在当年同为白雀的分上，只要你投降，我就给你一个痛快！"

如意一言不发，继续和他们对战着，却最终还是寡不敌众，力气耗尽，中剑倒地。

她昏迷的前一刻，远处似有急促的马蹄声传来。

一身骑尉装束的鹫儿正不要命似的飞驰在前往天牢的路上。

朱殷在他身后加鞭追赶着："公子，慢一点！我跟不上了！"

鹫儿急道："再慢师父就要死了！她把皇后一直当姐姐看，怎么可能去害皇后！她一身都是旧伤，天牢的环境那么糟，她熬不了几天的！"

可待他赶到天牢时，却只见大火熊熊燃烧。所有人都在奔走着打水救火，到处都是被烧塌的断柱颓垣。

他目瞪口呆地站在牢门外，一瞬间怀疑自己走错了地方。一块烧焦的牌匾横落在他面前的地上，牌匾上"天牢"两字清晰可见。

鹫儿大喊一声："师父！"便要扑进火海，却被朱殷等人死死抱住。

鹫儿挣扎着："放开我，我要救师父，师父！"

他的双眼紧紧锁住火光，火光中，旧时情境历历浮现。他看到草原道别时，如意骑马离去的绯衣背影；看到草原战狼之夜，自己伏在如意怀里哭泣；看到当他赢得胜利时，如意对他难得地一笑……他挣扎着伸出手去，却什么都抓不到。

天牢里火越来越旺，房屋垮塌下来，惊叫声中，鹫儿终于被随从们合力抬走。

一滴眼泪从他眼角落下，他喃喃地唤道："师父……"

汗水混着血水从鹫儿的脸上滑落，他挥着青云剑在战场上奋力砍杀着。

十九岁那年，鹫儿为自己挣到了姓名——因他骁勇善战，累有战果，安帝特赐他国姓，令他更名为李同光。

那一年他奉命追随安帝出征褚国，战场上褚国大将嘲讽他是"面首之子"。对战时李同光便驱马直冲他奔袭而去，近前一剑穿心。

敌将伏在他肩上，血沫翻在喉咙里嘀嘀作响。李同光邪邪地一笑："刚才是你叫我面首之子？我没听清，再来一声？"

他拔出剑来，鲜血四溅。敌将颓然坠地，喉咙中发出临死的哮鸣。

李同光邪笑着："听到了，真好听。谢谢。"反手又刺死了身后一名偷袭的武官。

他削下褚国将军的头颅，跃上马去，控马人立，高高地举起手里的人头，高喊："褚国人看好了，你们的大将军已经死了！"

安军阵中欢呼雷动。

那一整年，李同光奔波奋战在征讨褚国的战场上，斩敌无数，立功无数。威名传遍了全军上下，也传遍了天下。

上千安国将士列为两队，李同光穿过他们组成的人墙，走向高坡上的安帝。他的身后，随从们手捧托盘，每个托盘上都盛着一颗敌将的首级。五个首级，全是由他亲手斩杀。

他所过之处，所有将士都用敬畏的目光看着他，无一人敢发出一点声响。一片寂静中，就只有他行走时身上铠甲摩擦发出的铿锵声。

李同光的手按在如意赠他的青云剑上，他在心中默念着："师父，您看到了吗？您说得对。现在，已经没有人敢嘲笑我了。"

高坡上，安帝喜悦地看着他奉上的人头，连连夸赞："好，好！不愧是朕的好外甥！传旨，晋李同光为忠武将军，长庆侯！原长公主府即刻赐还，以为侯府！"

李同光跪地道："谢圣上！圣上万岁万万岁！"

安帝慈祥地笑看着他，纠正道："叫朕舅舅。都是一家骨肉，何必生分。"又慷慨道，"此番征讨褚国，你立了大功，还有其他什么想要的吗？只管说出来，朕无有不从。"

李同光信以为真，跪请道："谢圣上。臣幼时幸得先皇后娘娘垂爱，治学于师父门下。后来听闻她获罪入狱，臣以为个中必有冤情……"说到一半，突然察觉到安帝眼神变得深沉，心中悚然一惊，不动声色地改口道，"可惜托人打听后，才知道罪证确凿。但有道是一日为师,终身为父,可否请圣上看在他已是七十老叟的分上,宽恕一二?"

安帝这才重新浮起笑容,道:"哦,你的师父是?"

李同光俯首道:"先太学教习,王启明。"一行隐秘的汗水,从他的耳侧滑下。

回府之后,李同光将自己整个浸入冰水池中,忍受着寒意侵肤刺骨的痛苦,却始终无法令心情平复下来。

他喃喃道:"为什么,师父,您告诉我为什么?为什么到了现在,我想替您洗冤正名都做不到?!我是不是很没用,啊?!啊?!"他痛苦发狂地捶打着水面,最终大声道:"来!"

朱殷不忍地把大量冰块浇上他的身体,一瞬间,刺骨的痛楚再次袭来。

李同光蜷缩起来,如同幼年时一般无助。他低声赌誓道:"我要越来越强,我要不择一切手段,做到一人之下、万人之上,到那时,我就可以随心所欲地为您洗清冤屈了!我要告诉天下人,您是大安最忠心最能干的朱衣卫左使,谁敢不服,我就杀了他!碎尸万段!哈哈哈,哈哈哈!"

可笑了一会儿,他的声音又重新变得低沉:"可就算那样,您也回不来了,对不对?"

一行泪水从他的脸上滑落。

然而今日,他却再一次看到如意出现在他的面前。

二十二岁的李同光沉浸在重逢的狂喜中,混乱而急切地看着如意,想要上前抱一抱她:"师父,您回来了,对不对?!您还活着,对不对?!"

宁远舟格开他,厉声道:"长庆侯,请放尊重些!这是我大梧郡主,不得无礼!"

李同光怒道:"你让开!"

宁远舟自是不肯让,反而上前阻拦他。

情势一时间大乱，于十三等人立刻护住如意。

安国少卿也急了，忙和朱殷一起抱住李同光，规劝道："小侯爷，您冷静些！"

李同光挣扎着还想去到如意身边："师父，您不认识我了吗？我是鹭儿啊！"他摘剑给如意看，告诉她，"您给我的青云剑，我一直带着，一天没离过身，您看！"

如意表现得完全像是一位受到惊吓的梧国贵女，她推开剑，惊惶地后退："别过来！我不认识你，也不是你师父，你认错人了！滚开！"

李同光被她一推，竟然跌坐在地上，额头生生在椅腿上磕出了一条血痕。朱殷忙上前扶他："侯爷！"

室中霎时间安静下来，李同光摸了摸额头，看了看手上的血迹，又看了看如意，冷静了许多："你不是我师父？"

如意道："我不是。"

李同光似是终于清醒过来，淡淡一笑，然后慢慢起身，一振衣衫，重新变回那个冷静孤傲的形象："对不住，本侯失态了。看来这合县果然风水不好，不单害得礼王殿下病重，连累本侯也出了个大丑。"他躬身向如意一礼，致歉道："还请郡主恕罪。"

杜长史抢先反应过来，忙道："对对对，旅途劳累，在所难免。引进使既然抱恙，不如先行返回休息？待来日我家殿下康复，再相见如何？"

李同光淡淡道："恭敬不如从命。"

他状似无所谓地看了一眼如意，便转身而去。他身后的朱殷和少卿都如梦初醒，忙跟了上去。

转眼之间，杨盈房间里就只剩下了使团的人。一屋子人面面相觑，这闹剧来得莫名其妙，也结束得莫名其妙，他们都不知该如何开口。

最后还是杜长史先轻咳了一声，意带试探地看向如意："不知如意姑娘和这位长庆侯……"

宁远舟打断杜长史："她已经说过了，她不认识什么长庆侯。"

众人连忙四散而去，屋里就剩下宁远舟和如意。

如意马上道："安排飞鸽，我要和媚娘联系。"

宁远舟只得道："好。"

李同光出了驿馆，突然停住脚步，脸色冰冷道："胆敢泄露刚才之事者，死！"

众人忙道："是！"

李同光看向少卿，补充道："你也一样。"

少卿胆寒，慌忙点头。

回驿馆的路上，李同光坐在颠簸前行的马车里，身体随着车厢晃动着，目光却仿佛穿透了时光，看向了眼前唯一的光明。

"马上去查那位湖阳郡主，明天早上，我要看到她的所有案卷。"李同光吩咐朱殷道，"立刻用八百里飞鸽传令回府，让琉璃马上赶来和我会合！"

朱殷忙道："是！"又小心翼翼地试探道，"您还在怀疑那位……"

李同光突然拉起他的衣领，逼问道："你也见过师父，你觉得我会认错吗？她是不是师父？说啊！"

朱殷艰难地措辞："小的没福，当年只远远见过几面任左使，房间里那么暗，实在是不敢确认。可那位郡主那么骄横，口音也是江南的，似乎和左使不那么像……"

李同光目光灼灼。虽在如意面前他暂时退让了，但重逢的喜悦显然还未从他体内退去。他笃信道："她肯定是装的！"

朱殷迟疑道："可梧国人对她的恭敬，不像是装出来的。侯爷，属下知道您对左使的一片心田。可是，任左使的遗骸，不是您亲自去火场里刨出来悄悄安葬的吗？骨头、伤痕，都对得上啊。"

李同光斩钉截铁："那也可能是假的！师父无所不能，弄具尸体来装成自己骗过别人，根本算不了什么！"

朱殷不敢多言，连连应着："是，是。"

李同光这才放开他，仿佛是在说服自己一般："师父肯定又是在干什么隐秘的任务，所以才扮成别人。没错，一定是这样！"他说着

第十七章

便懊恼起来,"我真蠢,居然当着那么多人的面叫破了她,难怪她那么生气!"但他马上又欢喜起来,"但她肯定会认我的,我是她的鹭儿啊,一定会的。对了,她告诉过我朱衣卫接头的信号,孔明灯!朱殷,你快去找只孔明灯来!"

回到城外军营后,李同光压制着心中的激动,用颤抖的手在孔明灯上画上朱雀的图案,而后便焦急地等待夜幕降临。

待夜色终于沉下来后,他满怀希望地站在树下,把孔明灯升了上去。

合县客栈里,如意终于收到了金媚娘的回信。从飞鸽上把信拆下来时,她无意中抬头,一眼便望见了那顶孔明灯。

驿馆院中,宁远舟、钱昭和孙朗也看到那顶孔明灯,钱昭和孙朗对视一眼,同时看向宁远舟。

风一吹,廊下的灯火摇曳,将宁远舟的脸映得晦暗不明。他立在廊下,不知内心经过几番交战,终于还是大步向着如意的房中走去。

敲门声响起时,如意正在看信,随口应了声:"进来。"

宁远舟推门而入,一眼就看见了窗边的如意,和如意身后如背景般遥遥飘在夜幕之中的孔明灯。

宁远舟走上前去,眼睛看着如意,口里问的却是那盏孔明灯:"那是你们朱衣卫会合的信号。"

如意头也不抬,随口解释道:"样式有出入,不是朱衣卫放的,是李同光。"

宁远舟心情很是复杂:"你真是他师父?"

"是啊,我以前就收过他这么一个徒弟,那时他才十三岁。不过后来我当了左使,就没再教过他了。"如意说着便笑起来,语气中充满了难掩的自豪,"没想到一晃几年过去,他都长这么高了。更没想到,当年那个动不动就哭的小泪包儿,居然就是生擒你们皇帝的长庆侯。嘀,这小子还真出息了,不枉我当年费了那么多的力气教他。"笑容里很有些欣慰。

宁远舟顿了顿:"那你会去见他吗?"

"当然不会。"如意反倒好奇他何以有此一问,"我现在的身份不是你们梧国的郡主吗?任辛既然已经死了,前尘往事,就已经了结了。"

宁远舟松了一口气。他走上前,将如意拥在怀中,轻轻道:"那就好。"

如意奇道:"你怎么了?心怎么跳得这么快?"

宁远舟摇了摇头,道:"没什么。"他忽就有些怅然,懊悔自己比旁人慢了一步,"就是想到你做朱衣卫左使、我执掌六道堂这么久,居然都没碰过面,真是有些遗憾。如果我们能早点遇到彼此,是不是会更好?"

如意笑了:"别胡思乱想了。那会儿我们是敌人,我要遇见你,只有一个可能,那就是来刺杀你。"

宁远舟闻言更拥紧了她一些,道:"如意,答应我一件事好不好?"

"你要先说,我才能答应。"

宁远舟道:"等殿下醒来,你就尽快离开使团吧。反正这里已经是边境,殿下一旦康复可以入安,你这个假郡主,就不用再陪着她了。"

如意一怔,推开他:"为什么?你担心鹭儿——就是李同光,会有什么影响?"

宁远舟点头:"他毕竟是安国重臣,如今又身兼接待殿下的引进使。就算你不承认自己是任辛,他肯定还是会怀疑的——"

"你怕会影响到使团?别担心,我乔装成别人的本事本来就不差,今天和他照面又是在昏暗的房间里。往后只要我稍微改妆,再加上一点别的细节,他肯定就会觉得自己认错人了。"如意自信地一笑,"而且——就算他认定我是任辛,我相信,他也没胆子跟我作对。"

宁远舟握住她的手,恳切地请求道:"可就算这样,还是有风险。你就答应我吧,好不好?"

如意目光一闪,皱起眉,坚决地拒绝道:"不好。"她的声音变得有些冷,不解地看着宁远舟,质问道,"宁远舟,你今天怎么了?你一进来,我就觉得不对。你在怀疑我的本事?怀疑我会拖累大家?你让我走,可你想过没有,阿盈现在这个样子,没了我,你们能对付得

第十七章

093

过来吗?"

宁远舟一怔,忙道:"我没有怀疑你……"

"你有,"如意盯着他,"别忘了我是刺客,我的直觉,从不出错。告诉我,为什么?"

宁远舟扶额:"我真的没有,我只是在担心你和李同光……"

如意突然意识到了什么:"等等,你这语气,你说我和李同光……宁远舟,你在嫉妒?!"

宁远舟一滞:"就算我有一点吧。那小子对你不一般,你可能感觉不到,但我很担心。"

如意啼笑皆非地看着他:"你在吃一个半大小子的闲醋?他自小不在母亲身边长大,但……"

宁远舟却打断了她,纠正道:"他不是半大小子,他是安国一言九鼎的权臣,是安帝最信任的重臣之一。"他笃定道,"他看你的眼神,是男人看女人的眼神,我也是男人,我明白他的心思。"

如意脸上的笑容消失了,她凝视着宁远舟:"那你说清楚,你想让我离开使团,究竟是为了保证任务不出岔子,还是因为你在吃飞醋?如果仅仅是前者,你应该明白,我比你们任何人都要了解李同光,留下我才是最好的选择。"

宁远舟沉默了一会儿,方道:"两者皆有。"

如意露出了然的神情,沉默了下来。

宁远舟显然被刺伤了:"如意,你多半还不明白他对你的感觉……"

如意冷冷地开口:"我明白。我或许的确不太懂平常人家的夫妻该如何相处,可我做了那么多年白雀,对男人欲望的了解,未必比你少。"

宁远舟一怔。

"鹭儿或许在少年的时候,对我有过那么一点若有若无的绮思。但哪个男人不是这样?"如意不悦地看着宁远舟,道,"你和裴女官定过亲,我心里头也不舒服,可我有要求过你从此不再与她联系吗?如果有一日,我们在安都遇到当年曾与你把酒言欢的歌姬,我是不是也可以用我担心、我希望为理由,要求你退出任务,立刻返回梧国?"

"这两件事如何能混为一谈？我负责着整个使团。"

"但我并不是你的下属。"

"我没有要求你一定要这么做，我只是请求。"

如意看着他的眼睛，缓缓道："你只是温和地把要求藏在好听一点的话语下而已。而我，从来都不喜欢别人命令我。"

宁远舟终于沉默下来。

如意语声清冷："宁远舟，你说你喜欢我，是因为在我面前，你可以完完全全地敞开自己。可在你内心深处，其实更希望我理解你、依从你吧？但我们应该是平等的，毕竟早在你坐上六道堂堂主位置之前，我就已经是朱衣卫的左使了。你不能一边说你相信我，一边却质疑我的判断和能力。这样不公平。"

宁远舟想说些什么，如意却打断他："听我说完。"她说，"那天在刘家庄的时候，我说不喜欢看春花、听鸟叫，可你却说我以后肯定会喜欢。其实我当时就有一些不舒服，但看你那么开心，我才没说出来。我知道你喜欢我，所以才努力想让我去领略你觉得好的那种平凡的幸福，可十九岁就做到位同二品将军的朱衣卫左使的我，是平凡人吗？那些人的幸福，真的适合我吗？"

她指着自己："我这双眼，可以看清三十丈以外鸟羽的分岔。这只手，无名指和食指一样长，天生就适合握剑。我能在旁人一息间刺出十剑，只消一眼扫过去，就能看清对面敌手的弱点。这样的我，生来便是最好的剑客，比起春花秋月，我更喜欢闯荡江湖。可你却希望我跟着你去无人知道的东海小岛隐居，用这双手、这对眼去砍柴、赏花……"

宁远舟慌忙解释："我不是要你去做这些事，我会陪着你一起，远离所有的纷争和杀戮……"

如意却轻声道："是我陪着你吧？而且，那只是厌倦了梧国官场倾轧的你所向往的生活，并不是我所向往的。"

宁远舟努力想说服如意："可昭节皇后也希望你过上平凡人的生活。"

如意坚定道："娘娘只希望我一辈子别爱上男人，有一个自己的孩子就好。她从没说过让我放下剑,她只要我安乐如意地活着。"

宁远舟低声道:"你总不能做一辈子杀手吧?"

如意眉眼间挥洒意气:"即使不做杀手,我也可以精研剑法,开宗授徒,或者经营别的事业。我当年的下属媚娘,都可以执掌金沙帮,我为什么不可以?其实娘娘在世的时候只消一道凤旨,就可以随时让伤重的我解甲归田,但是她没有。因为她,喜欢剑,喜欢血,喜欢站在高处,喜欢叱咤风云的感觉。虽然你也待我很好,但你不懂我,这就是你和她不同的地方。"

宁远舟的脸色越发郑重:"可你不是一直都喜欢独自行动、离群索居吗?你难道不是跟我一样,早就被安国和朱衣卫伤透了心,所以才想着远离这一切吗?"

如意缓缓平复下气息,又道:"我是讨厌朱衣卫,讨厌那种视女子为玩物和杀人工具的泥潭。可我并不讨厌能凭借自己的能力,为罹难的伙伴去做些什么。曾经,我可以手刃别国的暴虐政客,可以杀死搜刮民脂民膏的昏官。将来,也许有更广阔的天地待我施为。也许,也没有那么伟大或者顺遂。但我仍然希望日后能像媚娘那样,开宗授徒也好,或者做些别的什么也好,可以凭借自己的双手和头脑,为那些在朱衣卫里受尽磨难的女子做些什么。"

宁远舟劝说道:"这当然没问题,我支持你。我只是觉得我们都已同生共死了,为什么还要因为这么一点小事不开心呢?我想出世,你想入世,那我们各让一步好不好?你先陪我去小岛住一段时间,等你厌了,我们再……"

如意打断他,平静地说道:"远舟,你还没明白。我不是在耍小性子,出世和入世也不是小事。我是在郑重地跟你讨论我们的未来,还有我们未来相处的模式。我可以为你不惜性命,但你不能每次先替我做了决定之后,再说什么'我们各让一步'。娘娘教过我,尊重、信任和独立,是我们生而为人最重要的东西。她都可以因为对圣上的失望而不惜以身赴火,我自然也可以。"

宁远舟心头巨震。

如意道："之前你总说我动手的时候不顾一切，是被朱衣卫教成了傀儡；但我清楚，那就是我选的路。因为我那时深深地相信，我每杀掉一个人，都是在帮我的国家远离战争，都能让我的同胞不必流血。每一剑，我都赌上自己的性命，孤注一掷，毫不退让。如果做不到这样，我也不可能成为最好的刺客，站在你面前，让你欣赏，让你喜欢。"她凝视着宁远舟，轻轻问道，"可是远舟，你真正喜欢的，究竟是你喜欢的那一部分我，还是整个的我呢？如果我没法跟你一起远离红尘，你还会和我在一起吗？"

宁远舟急切道："当然是整个的你。如意，我……"

如意伸指按住了他的唇，又摇一摇手，道："别着急，慢慢想。想清楚了，再说也不迟。"她站起身来。

宁远舟忙问："你要去哪里？！"

如意轻轻说道："去看看元禄，再陪着阿盈，万一李同光或是朱衣卫来了，我在才放心。"她转身走出了房门。

第十八章

我本凌云木

宁远舟下意识地追出门想挽留如意,却发现院中有不少使团之人,只好停住了脚步。他看着如意远去的身影,张了张口,终究没说出声来。

很快,于十三走了过来,对他道:"杜大人和老钱在西厢等你,商议后面的安排。"

宁远舟应道:"好,我马上就去。"

李同光的举动给如意招惹了不少是非,这一路她碰到的使团男子无一不对她好奇。察觉她到来,他们忙都心虚地抬头,恭敬地对她一笑,可待她走过去后,又都难忍好奇地望着她的背影,凑头窃窃私语起来。

如意心知肚明,一律淡漠地无视。她穿过庭院走进元禄的房间时,元禄已经醒来。他身上伤还没好,乖巧地趴在床上。一旁的孙朗正一脸猎奇地同他分享日间见闻,见如意进来连忙收声,起身讪讪地打了个招呼,便赶紧拿着元禄吃完的碗碟告辞溜走了。

如意也不戳穿,只上前去查看元禄的伤势,随口问道:"醒了?吃了?好了?"

元禄点头:"那可不,我属猫的,九条命。"

如意查看过他身上的伤口,才放下心来,替他拉上衣裳,道:"还好,没化脓。这回又算你小子走运,我们正好离得不远,又正好撞见了迷蝶。"

元禄嘿嘿笑着，眼珠骨碌碌乱转，小心翼翼地试探道："如意姐，我能问你点事吗？"

"想说什么就直说。"

元禄立刻连珠炮一样追问起来："那个长庆侯你真认识？你真是他师父吗？孙朗说宁头儿的醋味十里远都能闻到，你们刚才说什么啦？"

如意抬手弹了他一脑崩。

元禄立刻呻吟起来："别走啊，看在我是个病人的分上……"

却不料如意只是帮他塞了个枕头，便在他身旁坐下。

"我不走。"如意坦然道，"事无不可对人言，你既然开口问了，我原原本本告诉你就是。不像有些人，明明想知道，却什么都不敢问，只敢在我背后瞎想。"她嘲讽了一句，便细细地同元禄说了起来。

窗外，那盏孔明灯依旧遥遥悬在半空，如一点孤星。

郊外林子里，李同光遥望着空中的孔明灯，忽听身后传来动静，忙惊喜地回头望向来路，却是风吹木摇，鸟雀腾枝。如意的身影始终都没有出现。秋夜渐冷，更深露重，林间湿气渐渐沾衣。朱殷陪伴在他身侧，见他眸光专注又期待，想劝却又不忍、不敢去劝，迟疑许久，终究没有作声。

元禄专心听着如意的诉说。初时，他还满是兴致勃勃的猎奇之心，可听着听着他的目光便渐渐沉下来，变作专注和关切，手在如意看不到的地方，紧紧地抓住了被子。

而如意口中的往事，也终于到了尾声。

"讲完了，就是这样。"她说。

元禄半晌才如梦初醒，道："啊，原来你已经五年没见过他了啊。听天道逃回来的蒋穹说，长庆侯的武功极好，连他也打不过。可居然被你轻轻一推就……"他思量许久，才试探地问道，"如意姐，他真的喜欢你吗？"

"不知道，也不关心。"如意面色淡然道，"这些年对我有意思的男人不知道有多少，有好奇的，有又怕又爱的，有想借助我手中势力

第十八章

的，我哪有空一个个去理会？你们与其在这儿瞎想我的风流韵事，不如想想怎么应对李同光这个难缠的引进使吧。"话里分明藏了些火气。

元禄又试探地问道："那如意姐，你有没有一点喜欢那个长庆侯啊？"

如意有些无奈，嘀咕着："你到底是站你家宁头儿那边，还是他那边啊？"说着便打开药瓶，取了颗药丸塞进元禄嘴里，告诉他，"我，不喜欢小屁孩。"便起身，"好了，故事讲完了，赶紧睡觉，我得去看殿下了。"她吹灭蜡烛，转身离开了房间。

房门轻轻地关上了，屋子里重又昏暗安静起来。元禄用手枕着头，舌尖顶着那颗药，看着帐顶，久久发呆。

如意回到房间，杨盈依旧昏睡着。如意探了探她的额头，看了她一会儿，便在一旁的榻上睡下了。

天心圆月皎洁清冷，那一点孔明灯依旧遥遥飘在半空。

林中虫鸣清寂，不远处营地里的灯火也稀疏了。李同光却依旧站在那里，满怀希望地盯着天上的孔明灯。

不知过了多久，孔明灯里的烛火闪烁了一下，终于燃尽，整个自空中缓缓跌落下来。李同光眼中的光彩，便也随之熄灭了。他茫然地望着孤零零地躺在地上的纸架子，久久没有回神。直到朱殷将那盏孔明灯捡回来呈给他，他才回过神来，将那孔明灯一把打落。

他眼中带了几丝疯狂，自语着："师父为什么不来，她难道没看到？为什么啊？是不是这孔明灯不对，难道是我记错了？"他仔细回想着，突然变了脸色，"啊！师父当年几乎是叛出朱衣卫的，我竟然用朱衣卫的朱雀灯去联络她！万一合县这边有朱衣卫的人——"

他心急地来回踱步，懊恼道："坏了，她这会儿肯定气坏了，又该骂我蠢了。怎么办，怎么办，我要怎么才能悄悄地安全找到她……"

朱殷在一旁看着他，无奈地劝说道："侯爷，要不咱们还是先回去吧。万一朱衣卫的人真来了这儿，岂不是更难收拾？如果湖阳郡主真是任左使，合适的时候肯定会主动联络您的。您想想，以前她教您的时候,一直都希望您冷静、镇定,您现在都是侯爷了,总不能还让她失望吧?"

李同光骤然冷静下来,喃喃道:"你说得对,我不能让她失望。"他眼神一凛,立刻吩咐,"把我们的人放出去,叫合县的守将吴谦起来干活。方圆五里之内,我不想看到任何一个朱衣卫。"

朱殷长舒一口气,忙道:"是!"

这一夜多事。城中守军半夜被唤醒,来来往往地搜寻、驱赶着附近的朱衣卫。到处都是跑动声、鸡鸣犬吠声、抱怨声……邻近黎明时才稍稍安定下来。

李同光抱着青云剑,靠坐在墙边。他怕不知哪一刻如意便要联络他,便不肯上床安稳地入睡。然而这一日他心中惊喜与惶恐交织,消耗了太多的心力,到底还是迷迷糊糊地睡去了。

梦中仿佛又回到那一年,如意任务归来荣升左使,鲜衣怒马飞驰过长街。这一次他终于没有再躲避如意。可当他惊喜地迎上前时,抬头看过来的人却是一身郡主打扮,华贵不可方物,望着他的目光漠然又疏离。

梦中李同光反反复复地煎熬着,时而是朱衣卫打扮的如意微笑着唤他"鹭儿",时而又是郡主打扮的如意冰冷地拒绝他:"我不认识你,我不是你师父!"

李同光的心也在痛苦与欢乐之间撕扯浮沉,他喃喃念着:"师父,我终于找到您了……您别不理鹭儿,别生我的气,求您了……"

合县客栈里,杨盈也迷失在梦境中。

梧都深宫幽暗寂冷,唯独郑青云的怀抱是温暖的。他们依偎低语着,郑青云温柔亲密的话语仿佛依旧回响在她的耳边:"天底下真心为你着想的只有我一个!"土地庙里长明灯灯火昏黄,杨盈捧着他的脸细细地打量着他,久别重逢的酸楚与喜悦盈塞在胸口。可忽然间眼前的面孔便恶毒可怖起来,郑青云将她压倒在草堆上,凶狠地侵犯她。

杨盈在梦中挣扎着。梦中脖子上的刀锋勒入了肉中,郑青云挟持

第十八章

着她向人乞求活命。杨盈只觉心口都仿佛被刺烂了。她将郑青云按在地上，一刀一刀地刺下去，鲜血飞溅在脸上。

郑青云分明已死，是她亲手所杀。那尸首却还是睁大了眼睛不肯瞑目，已然涣散的瞳孔仿佛还在死盯着她，阴森不甘的声音在杨盈耳边质问着："我们的海誓山盟，你全都忘了？！你要眼睁睁地看着我死？！"

杨盈猛然间惊醒过来。

天色半明不明，屋子里昏暗寂静。

杨盈摸了摸自己脖子上的伤，又看了看自己的手——她就是用这只手一刀刀将郑青云刺死。两行清泪倏然自鬓间滑落。

杨盈悄无声息地从床上爬起来，伸手去拿桌上的匕首，却看到如意毫无防备地熟睡在一旁的榻上。她怔怔地看着如意，自责、羞愧随之涌上来。那匕首离得远，她到底还是没有拿到。

她抱着膝盖蜷在床上无声地哭泣着。半晌后泪水流尽了，她终于再次安静下来，便低头解下自己的腰带，系在了床楔上。她将脖颈套进腰带里，用手拉住另一头，想把自己勒死，却忽听一声："这样是死不了的。"

杨盈一惊，手下意识就松了。她扭头望过去，却是如意醒了过来。

昏暗中，如意的眼睛清明且平静。她走上前来，拿过衣带往房梁上一抛，又挪了个凳子过来，而后才看向杨盈，道："这样才死得了，要不要我帮你？不过上吊往往要半炷香的时间才会断气，这中间，你的心肺会像火烧一样痛，人会像条死鱼一样拼命地挣扎，最后，还会拖着一条至少半尺长的舌头才断气，你愿意死得这么难看？"

杨盈鼻子一酸，泪水不可遏制地再次涌出来。她扑进如意怀里，压抑着啜泣声，喃喃道："如意姐，我真不想活了。我是为了郑青云才假扮礼王的，可他居然和丹阳王兄一起联手骗我、杀我。那我这一生，还有什么意义？"

如意一动不动，任她抱着，只道："这里没有别人，我也不是你们梧国人，犯不着跟你讲那些为国为民的大义。这条命是你自己的，你想死，就去死，我不会拦着你。"

杨盈心中剧痛，泪水成串滴落下来。

"但死之前，"如意看着她，平静地说道，"你得知道三件事。第一，黄金都找回来了。第二，丹阳王没想着杀你，只想让你去不成安国。第三，安国派来了个引进使来接你，就是俘虏了你皇兄的长庆侯李同光，今天他为了要见你、探你的虚实，和我们折腾了好一阵子。"她顿了顿，又道，"哦对了，还有，元禄总算醒了，你在死之前，是不是得先跟他道声歉？毕竟他是因为你的好情郎，才差点喝了孟婆汤。"

杨盈不由得一怔，哭声一时也停住了。

如意这才伸手推开她，打了个哈欠，转身走出了房间。

杨盈怔怔地坐在床上，无数情景与话语如走马灯般交替浮现在脑海中。心中百转千回，最终凝于一点——道歉，是的，她得先向元禄道歉才成。

想要下床时，她才骤然觉出自己身上酸软无力，浑身都在发抖。她咬了咬牙，便强撑着颤抖的双腿爬下床去，扶着家具和墙壁，一点点挪了出去。

院子里没有人。圆月已然西沉，虫鸣都寂然了。正是黎明前最暗的时候，天际堆云，到处都黑漆漆的一片。

杨盈咬着牙，撑着虚弱的身体一点点挪动着。几次都差点摔倒在地上，却还是咬紧牙关又站了起来。

拐角幽暗处，如意悄悄向房檐上正在巡视的钱昭、孙朗打了个手势，示意他们不用管。两人会意，都安静地点了点头。如意在暗处望着杨盈，见她跌倒，身形不由得微微一动，但最终还是不曾现身。

杨盈艰难地挪动着，终于来到元禄房间外，一时欣喜，便力竭扑倒在房门上。

屋里元禄却还没有入睡，正睁着眼睛望着帐顶出神。听见门外响动，他立刻警觉起来，忍着痛从床上跃起，抓了身边的匕首，藏身在窗边戒备着，却听到了剥啄的敲门声。

元禄一愣，问道："谁？"

便听杨盈虚弱的应答声传来："我。"

元禄一惊，忙上前为她开门。门一打开，杨盈便跌了进来。元禄想去扶她，然而自己身上也带着伤，一个站立不稳，便和杨盈一道侧身跌在了地上。

这一跤摔得不轻，两人龇牙咧嘴，好半天才同时蜷着身子捂着头，"哎哟"出声。

元禄一边倒吸着凉气，一边无奈道："哎哟，殿下呀，我背后还有伤呢，你想摔死我啊。"

杨盈忙去扶他："对不住，我本来想找你道歉的。"她声音低下去，满脸都是愧疚和担忧。

元禄赶紧做出强壮无所畏惧的模样，毫不在意地道："切，冤有头债有主，伤我的是郑青云，又不是你。再说了，你一个女孩家，大半夜悄悄跑到我一个血气方刚的大小伙子房里来，什么意思嘛！"

杨盈涨红了脸，泪水在眼眶里打转。

元禄反而焦急起来，手忙脚乱道："别哭啊，哎哟，本来想学十三哥说个笑话，让你别那么内疚了，看来是玩砸了。"

杨盈却摇了摇头，擦着眼泪解释道："不是，我难过，是因为好久都没有人说我是个女孩了。我要是死在安国，全天下除了你、远舟哥哥和如意姐，恐怕就没人知道我其实是个公主啦。"

元禄见她落泪，越发不知所措，口不择言道："那也不一定，你死了，肯定会有仵作来，那时候秘密就保不住了。"说着便也认真起来，"所以一定要死得好看点，要不大伙儿议论起来就太没面子了。"

杨盈一怔，眼中还带着泪水，突然就扑哧一下乐了："刚才我想死的时候，如意姐也这么说来着。"

元禄也愣了一愣，立刻便坐起身来，眼神亮晶晶地看着杨盈："是吗？如意姐也这么说？哎呀，我早就想过了，以后我死的时候，一定得像个大英雄，纵横捭阖，傲视群雄的那种。我要让天下人都记住，我元禄死得多么壮烈，多么……"

杨盈急了，忙去按他的嘴："呸呸呸，大吉利是。你好不容易才好了点，怎么能这么咒自己？"

"这不叫咒。"元禄认真地看着她,"打小我就知道,我这心疾活不过三十岁。我没法安排自己怎么生出来,怎么死总可以想想法子吧?总不能因为自己注定要短命,就成天提心吊胆地等死吧?"

"可是……"

元禄道:"宁头儿懂我,所以这回才带我出来。人这一辈子吧,总得轰轰烈烈一回。就像公主你,要是随便嫁个驸马过一辈子,过两年就没人记得了。可这回好了,等到了安国见了他们皇帝,你就算死了,国史馆至少也会给你修行状、立传记,什么女扮男装,什么果勇英奇,至少四行字!"他说着便又眉飞色舞起来,还比手指给杨盈看。

听他说到修史时,杨盈也不由得面露神往:"真的?!皇嫂跟我讲过,说是帝王将相,一生最大的荣耀就是在史书里有个好名声。"

"我骗你干吗啊?所以你可得赶紧好,在那些安国的官儿面前好好表现,拿出一国亲王的气度出来。千万别再哭哭啼啼的了。啊对了,你刚才还想死?"元禄便故作惊奇地看着杨盈,促狭道,"不会吧,为了个郑青云就至于这样?"

杨盈涨红了脸,连忙辩解道:"没有的事!我就是、我就是因为又害大伙儿受伤了,心里内疚,一时想不开来着,才不是为了郑青云呢!那个混账在我心里什么都不是!你等着,天一亮,我就可以镇镇定定地去见那个长庆侯!"

元禄鼓掌道:"说得好!不愧是我们大梧的礼王!"

杨盈便也学元禄的样子盘腿坐直,认认真真地和他讨论起来:"你帮我出出主意,如果到了安国真有个万一,我要怎么死,才能在史书上写得好看一点?我想穿花钗鞠衣,这是公主最正式的礼装,我只在长姐出降时见她穿过。"

元禄道:"服毒!我去帮你找老钱配上好的药,脖子一仰喝下去,一点都不痛,就睡着了,保证凉了以后不会脸色发青!"

杨盈也来了兴趣,眼前一亮:"真的?老钱还会这个?那能不能让他配得更好喝一点,最好是甜的!"

元禄摸着下巴,为难道:"这个,可能有点难。"

"不管多难也得配,明天我就下令给他!"杨盈便做出了不起的模样,演示给他看,"老钱你听好了,我要天下最好吃的毒药,最好是酸梅味的!"

元禄被她逗乐了,忍不住指着她笑了起来。杨盈也跟着笑了起来,反手去指元禄的鼻子。元禄打开她的手,两人便一起笑闹起来。笑声飘出门外,一直传到院中。院中风动树摇,天际阴云散开,有鸟儿跃上了树梢。

如意站在门外,看着屋里两个少男少女就这样童言无忌地开着生死的玩笑,天真又残酷。她不由得摇了摇头。

元禄和杨盈面对面笑闹着,忽地望见门边如意的身影,他不由得愣了一愣。他知道她是担心杨盈,一直悄悄跟在一旁,便不着痕迹地对如意做了个邀功的手势。

如意便安下心来,微笑着伸出了大拇指。元禄仿佛得到了天下至高的夸奖,笑得开心至极,看向如意的眼神中尽是温暖。

天边红日破云而出,初升的晨光照亮了庭院,透过半开的门扉落入房内。

如意早已悄然退到一侧。房中少年少女察觉到外间亮光,齐齐向着门外望去,金色的阳光落在他们年轻而无忧无虑的脸上,一瞬间点亮了他们的眼睛,驱散了他们脸上的阴霾。

两人齐齐望着耀眼的晨光,听院中鸟鸣啁啾,不由得轻声道:"天亮了,真美啊。"

如意藏身在房门左侧,正要闪身离开,却发现宁远舟不知何时已站在了房门右侧。

两人隔着一扇打开的门,凝目对视,阳光洒满了他们全身。

片刻的静默之后,如意想要开口,宁远舟也身形微动。但突然一阵痛苦袭来,是身上的一旬牵机发作了,他不愿被如意察觉到他身上的痛楚,下意识地向着墙面一侧脸,避开了如意的目光。

乌云遮蔽了日光。

如意以为宁远舟不愿同她说话，便也将话咽了回去，负气地转身离开了。

宁远舟急切地转过头来，如意的身影却早已消失在廊下。他怔了怔，只能失望地离开。

他心神不属地回到院中，前脚刚从檐廊下踏出，后脚钱昭和于十三就已经一左一右地从天而降，站到了他的两侧。

钱昭面无表情地跟在他左边："昨晚我一直在上面，表妹跟元禄说的、跟殿下说的，还有元禄跟殿下说的，我全都听到了。你想不想知道？"

于十三喋喋不休地走在他右边："又吵架了吧？醋坛子打翻了吧？又不明白她为什么要那么想，自己为什么要那么做了吧？不要紧，说出来，于记情爱百晓生随时愿为您效劳。"

宁远舟忍无可忍，停住脚步回过头去，辩解道："我们没有吵架，只是有些东西，我们俩暂时都还没有想清楚。等想清楚了自然就——"

话没说完，钱昭和于十三的手已同时搭在了他肩上。

于十三忍着笑："嘴硬不好。"

钱昭指了指脑壳："头发容易少。"

宁远舟深吸一口气："滚。"话出口的瞬间，两个专门来消遣他的家伙就已经默契地消失不见。那个"滚"字空落落地掉在了地上。

宁远舟再度深吸一口气，忍了几忍，到底还是走到客房门前，用力地一脚踹下去："天亮了，都起来干活！"

屋里传来一阵鸡飞狗跳之声，片刻后孙朗手忙脚乱地应声道："是！"

用过早饭，一行人便又齐聚在正堂，开始商议正事。杨盈也恢复了精神，和如意一道前来。如意进门时，宁远舟不由自主地抬起头来，但两人的目光只碰了一下，便各自错开。

这一日的主题，自然是安国的那位引进使——长庆侯李同光。

"殿下虽已康复，但长庆侯之事，我们却不能不提高防备。"杜大人说道，"我和宁大人商量了一下，都觉得这位长庆侯还可以争取一下。一软一硬，两方夹击。硬，就是把丹阳王派来抢黄金的那些盗匪，栽到安国人身上，以此为由，大加责难安国方包存祸心，并无真心和谈之义；软，就是认定盗匪的主谋，乃是安国那两位与长庆侯不合的皇子，以他们想以此陷害长庆侯为由，暗示长庆侯如能助我使团顺利完成任务，我方也必当投之以桃，报之以李。"

众人都点头赞同。杨盈便道："既然大家都没意见，那孤就先按这样去与这位长庆侯商谈。"

宁远舟拿出准备好的节略，正想给杨盈，杜长史却打断道："等等，老夫以为，比起殿下，如意姑娘才是与长庆侯商议的最佳人选。毕竟昨日大家都看到了，长庆侯对如意姑娘似乎颇为不同。"

杨盈没见着昨日李同光待如意的情形，露出些不解的神色："什么？"使团众人却都已心领神会，各自意味深长地交换着目光。

如意面无表情，宁远舟已沉下脸去："杜大人，此事我已再三说过，与如意无关！"

杜长史不以为然，道："请恕老夫自作主张。"便向如意一拱手，正色道："如意姑娘，能否说服长庆侯，关系到我等此次出使的成败，老夫还想请你勉为其难。"

所有人的目光同时落在如意身上。

杨盈莫名其妙，悄悄向元禄打探："怎么回事？"

元禄尚未来得及开口，如意已淡淡地说道："杜大人只怕忘了，我并不是贵国人，贵国出使的成败，与我又有何干？"

众人都一愣，不由得都露出尴尬的神色。是了，本就是不情之请，何以认定旁人愿意勉为其难。

如意却又道："而且，就算我愿意帮忙，那也应该是以湖阳郡主的身份，"她面色一凛，"你就是这么跟宗室郡主说话的？"

杜长史猛然醒转，连忙起身行大礼道："臣请郡主解我大梧悬忧！"

如意这才看向宁远舟，徐徐道："宁大人，你要我尽快离开使团，杜大人却要我留下帮忙，这可难办了。"

众人听出了这话中语气不对，都看向宁远舟。

宁远舟凝视着如意。四目相对，两人眼中都是一片明光，看不透究竟是何种情绪。

沉默对视半晌，却是宁远舟眼睫一垂，俯首行礼道："臣先前多有失言，请郡主见谅，长庆侯一事，还望殿下鼎力相助。"

如意下意识地退开一步，房内一片沉寂。

恰在此时，孙朗匆匆推门进来，通禀道："长庆侯又来了，带了重礼，只说深悔昨日惊扰殿下，今日特来候见。"

如意一晃神，抬头吩咐道："就说殿下还在养病，今天由我来见他。"

众人都松了一口气。

如意叫上于十三，起身回屋去更衣梳妆。于十三连忙跟上去，念叨着："放心吧美人儿，昨天那么仓促，我都能把你化得像模像样，今天我必定使出浑身解数，让你绝代一个风华！"

两人的身影很快消失在屋外，众人的眼神也还是不由自主地往宁远舟身上飘。就只有杨盈依旧不明白发生了什么，拉着元禄还在打探，目光不时望向宁远舟和杜长史。

宁远舟却已起身，依旧垂着眼睛不肯多说什么，见杨盈还在徘徊，才催促了句："殿下赶紧回房。"又吩咐孙朗："多派几个手下盯着长庆侯的随员，能侧面刺探一下最好。"

孙朗领命去了，众人也各自忙碌准备起来。

宁远舟却不由自主地望向如意的房间。屋里女子临镜梳妆的剪影落在明瓦上，高髻修颈，侧颜清丽又美好。宁远舟看着，不由得轻声一叹。

一回神，钱昭已幽灵般闪现在他身侧，正和他并肩看着远处，面无表情道："你居然因为吃醋，就要让表妹离开使团？难怪她不给你好脸色看。不过你刚才行大礼的时候，她明显心疼了。要不要抓住这个机会？"

宁远舟头痛道："你叫钱昭，不叫于十三。"

钱昭不为所动："你叫死要面子，我叫冷眼旁观。"

宁远舟叹了口气，烦恼道："我没有死要面子，之前让她离开使团，的确是我考虑不周。可早上我想跟她说话，她却怎么也不肯理我，刚才还当着大伙儿的面故意刺我。"

钱昭瞟他一眼："知道我、孙朗、丁辉为什么都一直单到现在吗？"

"为什么？"

"因为我们连个想刺我们的表妹都找不到。"钱昭说完，又一脸死人相地看着宁远舟，"于十三早就蠢蠢欲动了，你再不主动点去求表妹和好，我就按不住他了。嘀，一个痴心不改的小侯爷，一个温柔多情的浪子，哪个不比你强？"

宁远舟无语："我想揍你。"

钱昭瞟他一眼："你舍不得。"便转身自顾自地离开了。

李同光等在客栈大门外。

他依旧如昨日那般打扮，华服玉冠，挺拔俊秀，却不似昨日那般冷漠孤傲。那双天生带笑的黑眼睛里含着柔光，待人如春风拂面。见钱昭出门相迎，他温和地同钱昭寒暄几句，便随钱昭一道走进院子里。

一路上他始终亲和有礼，只在踏入正堂前，仿佛察觉到什么一般突然站定，目光如箭一般看向高处。宁远舟原本藏身在对面隐蔽处，不过稍稍侧头查看，便被他的目光捕了个正着。四目相对，李同光淡淡一笑，冲宁远舟拱了拱手，便迤迤然进了正堂。

待他进屋后，躲在宁远舟身边的元禄才轻舒一口气，感慨道："长庆侯那眼神，怎么跟如意姐一模一样？不愧是她教出来的。宁头儿，你说他是不是已经知道了你和如意姐……"

宁远舟忍无可忍地弹他一脑崩："够了。连你也来管我的闲事？"

元禄捂着脑袋，认真地反驳道："这哪是闲事呢？如意姐是使团的主心骨，你们俩出问题了，大伙儿肯定担心啊。"

"如意是使团的主心骨？那我呢？"

"您是我们在六道堂的头儿，"元禄解释着，"可是这是使团啊。如意姐、殿下、杜长史，他们都不是我们六道堂的人。托大点说，要想救回圣上，包括我在内，使团缺了谁都不行。我们每一个人，都是使团的主心骨。"

宁远舟一怔，不由得思索起来。

元禄又道："你明知道我心力不济，但你从来不拦着我到处跟你拼命。可你为什么偏偏就要让如意姐离开呢？换我是她，也会生气。"他便装出女声，学着女孩子的模样控诉，"骗人，还说喜欢我，你明明待元禄比待我更好！"

宁远舟啼笑皆非："你这小子。"却也知道元禄说的是正经道理，心中已经想明白了。他无奈地笑看着元禄，道："等李同光一走，我就跟你如意姐赔罪认错去，这总行了吧？"

元禄用力地点了点头，嘿嘿笑了起来。

正堂里门窗洞开，宽阔明亮。桌椅陈设一如昨日，明净整齐，主位之后立着屏风，屏风后有房门通向后堂次间。

正堂里只杜长史一人相迎，正使礼王不在，如意自然没有现身。虽早已料知如此，李同光心下还是不由得有一瞬间失落，面上却是丝毫不显，依旧从容端正地同杜长史相互见礼。

他开口时，语气依旧是彬彬有礼的："听闻礼王殿下已然好转，不知何时可得赐见？"

杜长史却有意发难，面色不善道："有劳下问，不过殿下自幼养尊处优，自许城以来，却多次受贵国军众惊吓，只怕康复还需时日。"

他开口便将礼王病倒的责任推给安国，李同光心知肚明，不动声色地喝了口茶，淡淡道："是吗？看来贵国六道堂也不过如此啊，前堂主亲任护卫，居然还让礼王殿下屡遭惊吓，难怪贵国国主会被本侯……"他故意停顿下来，微微一笑。

杜长史强忍着怒意，提醒道："侯爷还请慎言。"

短暂的交锋过后，李同光面色也冷下来。他随意拨开茶梗，淡漠道："那就说正事吧，我国圣上不日便要南征，是以让本侯传话，希望礼王能在十日之内到达安都。"

他摆明了在故意刁难，杜长史却无可奈何，只能争辩道："十日赶九百里路？这怎么可能?！殿下他……"

"殿下若是刻意拖延，"李同光一笑，"只怕便无福觐见圣上，只能委屈他与贵国国主一起，在安都多做几天客了。"

杜长史大怒，正要说些什么，便听屏风之后传来一道清丽又沉稳的女声："既然见不着，索性就别让礼王弟去了。"——正是如意。

李同光一凛，下意识地站起身来。

杜长史已然恭谨地向屏风后一礼："郡主。"

侍从们移开屏风，如意华服端坐的身影便出现在两人面前。这一次房内通透明亮，李同光看得一清二楚。眼前女子高鬓严妆，华美威严，光彩照人，虽气质不同，但眉眼间分明就是故人模样。李同光嘴唇微张，一声"师父"险些出口。

如意一挥手，道："杜长史退下吧，有些话你不方便说。我素来是个宗室里的怪人，难听的话，就由我来说。"

杜长史领命退下，屋内一时就只剩他们两人。李同光痴痴地看着如意，呢喃道："师父，您怎么变得和以前不一样了？"

屋外，一串人撅着屁股排排蹲，人手一只长铜耳，正贴在墙上偷听他们的对话。

闻言于十三得意道："当然不一样了。我用了南国的褐粉，重勾了她的脸型和眼型。又调了胭脂，加重了唇色。还用烟墨点了唇边的小痣。绝对能做到粗看浑似故人，细看判若两人。"

孙朗奇道："你为什么会随身带着胭脂？"

于十三傲然反问道："剑客为什么会随身带着他的剑？"

钱昭抬眼瞟他："下次见到金帮主的时候，记得把自己化好一点。"

元禄插嘴道："化不化都一样，金帮主瞧上宁头儿了，十三哥早被她忘到九霄云外了。"

于十三气急："喂！"

孙朗感叹道："可金帮主自从遇见如意姐，连宁头儿也不要了。"

众人齐刷刷地看向"铜耳队伍"最后方的宁远舟。

宁远舟忍无可忍，提醒道："干正事。"

众人又齐刷刷地把头扭了回来，继续偷听。

屋内如意长睫低垂，依旧是冷漠端庄的模样，从容提醒道："长庆侯，您又失态了。"

李同光却急切地走到她身边，似是想如过往那般拉一拉她的手，依偎在她膝前，却是不敢唐突，只焦急地说道："我把所有朱衣卫都赶出合县了，现在这屋子里也没旁人。师父，您可以跟我相认了！"

如意无奈地抬头看向他，不容置疑地强调道："长庆侯，我再说一次，我不是您师父。"

李同光如受重击，瞳中明光一颤，一瞬间仿佛能滴落下来。如意却是无动于衷。李同光凝视着如意，不知看出了什么，面色越发苍白起来，却犹然不肯罢休，声音越发低下去，哀求一般说道："您别那么狠心好不好？鹭儿好想您，真的好想您，您不记得以前了吗，我们在马场……"

如意一怔，似是拗不过他的执着，无奈地叹了口气，微笑道："好，如果您一定觉得我是您师父，也不是不可以，只是，您可不可以坐下来，听完我说的话？"

李同光一怔，同她对视了片刻，目光终于恢复为精明。他在如意对面的椅子上坐下，短暂的静默后，再次抬眸看向如意，道："请说。"

如意道："刚才我那句让礼王弟不去安都的话，只是负气。你我心知肚明，贵国国主要使团十天之内到达安都，无非就是想给我们一个下马威；但其实我大梧朝中，大多是反对礼王入安的，如今监国的丹阳王兄更是有问鼎九五之心，只怕全天下最希望这次和谈不成的，就是他了……"

李同光凝视着如意，却只觉心神恍惚。眼前的郡主面容明丽华贵，同记忆之中师父孤傲冷漠的模样，时而重合，时而又分离，他分辨不清。

如意的话语飘入他耳中，却无法唤回他的心神，他只机械地吐出一句话："可这又关本侯何事？"

如意颇有深意地一笑,道:"侯爷明知故问了。据我所知,侯爷这几年虽得贵国国主重用,却一直为河东王与洛西王不喜。以后无论他二人谁登上大位,侯爷只怕都会如坐针毡吧?不知这两王之中,侯爷更愿意拉拢谁?我愿意配合侯爷,将盗匪之事推到您不喜欢的另一位身上。如此一来,侯爷就可以用这份大礼作为自己以后的晋身之阶了。"

明明白白的算计、毫不掩饰的心计,令李同光心神一凛,霎时从恍惚中清醒过来。他看向如意,微微眯起眼睛,缓缓道:"郡主好心计,但区区这点甜头,本侯还看不上。"

如意已起身在案上展开一卷地图,指着图上城池:"那加上这云、勉两城呢?"她看向李同光,微笑道,"据我所知,您这位一等侯还并无实封之地,只要侯爷能助我礼王弟安全迎回圣上,我大梧愿以这两城遥祝侯爷日后位极人臣。"

"位极人臣?"李同光淡漠地微笑着,"郡主太高看本侯了,我不过是一个面首之……"他故意一顿,抬眼观察如意的神色。

如意却并无多余的反应,脸上带着恰到好处的微笑,妥当至极,见他看过来,便应了一声:"嗯?"

李同光失望至极,淡漠地垂眸,道:"我不过是一介草莽武将,哪敢有什么通天志向?"

如意眼神一闪,凝视着他的眼睛,缓声道:"可安、梧两国的开国之君,当初也只不过是个小小的节度使而已啊。"

李同光一凛,定定地看向如意。如意与他对视着,毫不躲避。

眼前之人性情气质确实同记忆中的师父截然不同,但眉目宛然正是梦中令他痛苦辗转的模样。被她凝视着,李同光心底恍惚有一瞬,竟涌出些久违了的安稳。他目光一晃,轻声问道:"如果我愿意考虑,郡主可不可以答应本侯一件事?"

如意微笑道:"侯爷不妨直言。"

李同光闭目沉下心神,才对如意道:"请郡主回座。"

如意不解,但仍然带着客套的笑,回座坐下,问道:"然后呢?"

"嘘,"李同光轻轻道,"别说话。闭上眼。"

如意依言闭上眼睛。

李同光凝视着如意沉静闭目的面容，自这张面孔上寻找着自己魂牵梦萦的模样。同师父相处时的点点滴滴历历涌现在脑海中，终于在某一个时刻，眼前的面容同记忆中的模样交叠在了一起。

李同光满足地笑了。他轻手轻脚地走到如意身边，坐在了如意膝下。

草原分别之前，他也曾以同样的姿势坐在如意膝下，仰着头，专心又仰慕地看着自己的师父。那一年他还不足十七岁，身量初初长成，心思却还稚嫩如少年。他第一次在校场上得到了师父的夸奖，欣喜地抱着师父赠送的青云剑。自以为时光悠长，纵然一时别离，也会很快等来重逢的时刻，却不料一次赌气，暂别就成了永诀。

他靠在如意的膝上，透过衣衫感受着久违了的有所倚靠的温暖，喃喃说道："师父，鹫儿真后悔，那天不该跟你闹别扭。明明知道你是去长公主府见我，我还躲在街角不出来……"泪水不知不觉已润湿了眼眶，他把头轻轻贴在如意膝上，记忆中的场景一幕幕浮现在眼前，模糊了他的视线，"师父，天牢的火那么大，你疼吗……师父，鹫儿真的好想你，想得心都碎了。好多回，我一次次跳进你带我去过的寒泉，想把自己淹死在那里，这样，我就能早点见到你了……"泪水从他眼角滑落，落在如意膝上，浸入了布料中。

如意也透过眼帘的缝隙，看着伏在膝上的青年。屋内无风，空气暖而干燥，浮光柔明。舒缓又哀切的诉说声中，眼前这个孤高华贵的小侯爷和当初桀骜不驯的少年，渐渐重合在了一起。往事历历涌上心头，少年遇到狼群扑进她怀中痛哭的场景，仿佛还在昨日。

她还记得这孩子孤独地蜷缩在山洞中的身形，记得离别那日少年追在她的马后绝望地大喊。谁知眨眼之间就已过去这么多年，她才恍然记起自己当初被这少年拒而不见的一丝心痛，才恍然察觉到她以为早已长大了的少年，原来还未从往事中走出来。

如意心中一软，伸出手，放在了李同光的头顶上。

李同光一怔。头顶的温暖仿佛穿透了时光，是久远的师父于记忆中给他的回应，却无疑发生在此刻，发生在现实中——是当年他所错

第十八章

失、本以为一生都不可再得的东西。他被唤醒过来，纵然明知眼前之人不是师父，心中也感到自欺的安稳和满足。

他轻轻地笑了。那一笑，凄凉又欢喜。

他呢喃道："真好。我就算现在死了，这辈子也值了。"

窗外偷听的众人难掩震惊，整齐划一地转头看向宁远舟。屋内的独白他们听得一清二楚，他们宁头儿自然也都听到了。宁远舟脸色果然不好。

孙朗疑惑道："这小子在里头到底干了什么，就死了也值了？"

于十三啧啧感叹道："长庆侯这几句话，真是字字泣血，真情流露。换了我是美人儿，早就认他了。老宁啊，你就不能先跟美人儿服个软、认个错吗？先哄好了她，那些还没想清楚的小事，留着慢慢想不行吗？"

元禄似乎有些不安："他真的只是如意姐的徒弟？"

钱昭面无表情地瞅着宁远舟："他对表妹，比你对表妹好。"

宁远舟默不作声，放下铜耳走向正房。

四人齐声提醒："冷静，千万要冷静！"

宁远舟走进正房时，李同光依旧靠在如意的膝前。宁远舟深吸了一口气，平静地上前行礼："郡主，殿下醒了，正急着见您。"

如意眸光一闪，却并未惊慌，只道："知道了。"

宁远舟便向李同光一拱手，道："侯爷，请恕我们失陪了。"

李同光一眯眼，目光中透出些危险的意味。他站起身来，看向宁远舟："我们？"

宁远舟毫不退让："郡主奉皇命与宁某一起送殿下入安，自然是我们。"

李同光终于警觉起来，目光阴寒地打量着宁远舟，想从他的举止中刺探出深浅。但宁远舟只坦然站在那里，目光平和如海。李同光带着杀机的目光刺进去，只如泥牛入海，激不起一丝波澜。

两人就这么对峙着，一个锋锐一个沉稳。锋锐的自然意在进逼，沉稳的那个却也一步不让，交锋只在不言之间。

却是如意先看不下去，起身道："我既然已经做到侯爷所希望的，也请侯爷遵守诺言，回去好好考虑。"

李同光下意识地便应了一声："是。"待回神望过去时，如意已经走入了后堂。他一时竟有些失落，而身前的宁远舟已侧身做出了请的姿势，显然是在逐客了。

如意不在，他也无意久留，冷冷地看了宁远舟一眼，便大步离开了。

走出客栈时，马车早已恭候在院门外，朱殷也匆忙上前服侍。李同光丢下一句："她不是师父。"便自行上了马车。

朱殷不由得错愕，连忙跟着他钻进车里。

车帘子落下，车内光线便也昏暗下来。光影打在李同光淡漠的面容上，那双黑瞳子却依旧染着些许微光，在暗处也依旧明亮。他坐在车座上，清晨登门时的忐忑和期待早已散尽，化作尘埃落定后不出所料的失望和另有打算的阴冷。

朱殷欲言又止地看着他，目光隐含了些担忧和关切。

李同光却平静地说道："她初见是有八九分跟师父相似，但认真一看，却只不过是个赝品。"不知回忆起些什么，他冷笑着讥讽道，"师父平生只关心武功和皇后娘娘，哪有兴趣理会朝政？更不会像这个郡主一样，仗着那么点拙劣的心计谋略，就在那儿不可一世！她跟师父，简直是云泥之别。"

朱殷这才松了一口气："侯爷慧眼如炬，天下长得相像的人确实太多了。"便小心地试探道，"那，要不以后咱们就离她远点？也省得您心烦。"

李同光却笃定地摇头："不，我要她。"他的眼中充满了狂热，"只要她还能像刚才那样摸我的头，我就会觉得师父还在我身边。"他回味着适才的感受，目光有一瞬间的沉迷，"这种欢喜的滋味，我已经很久都没有尝过了。所以就算只是个赝品，我也一定要把她弄到手，一辈子都绝不让她离开！"

第十九章

卿非故时人

宁远舟迫不及待地开口解释:"我刚才突然进来不是因为吃醋,而是——"

如意打断他:"是吗?那你为什么中间要突然闯进来,还以阿盈醒来为借口,暗示鹭儿该走了?"

宁远舟难掩不快:"你怎么到现在还一口一个鹭儿地叫他?"

如意更是不快:"因为我以前一直么叫他,叫了他很多年。"

宁远舟急了:"你有没有想过,万一他派人监视着驿馆,听到了你这声'鹭儿',那我们的计划就全白费了?"

如意难以置信道:"我们俩查了这么多遍,还会不知道外面有没有人监视?宁远舟,你是小看我,还是小看你自己?我连你们在用铜耳监听都知道!"

两人正在争执,丁辉忽然飞奔过来,道:"宁头儿,杜长史有请。"

如意与宁远舟当即分开。

待宁远舟也离开庭院之后,杨盈和元禄才从窗子里冒头出来。

杨盈焦急道:"现在怎么办啊?"

元禄果断道:"快去问十三哥!"

而闻知此事的于十三面带忧虑,长叹一声:"按我的经验,一般呢,只要是女人和男人在一起,就没有不吵架的,多放一放,过两天就会和好的。可是,美人儿她可不是一般的女人啊。"

元禄和杨盈同时大惊。

杨盈追问道："他们都没吵起来，怎么突然就不好了啊？"

元禄也有些急："宁头儿说话不算话，他明明答应过我，要跟如意姐认错的。"

于十三摸着下巴，感慨道："老宁心气高、手段高，可她比老宁还高。老宁吃醋固然不对，可听你们刚才一说，他们俩生气也不完全是因为吃醋，而是因为大事上有了分歧。唉，一山都难容二虎，更何况美人儿最开始，就只是冲着老宁的、咳、咳，那个来的。哎呀，我怎么能跟你们这帮孩子讲这些，总之就是，大势有点不妙。"

杨盈与元禄更急了："啊？！那该怎么办啊？！"

"死马当活马医，分头行动，各个击破。"于十三勾手指令两人凑近说话，给他们出主意道，"元禄，美人儿面冷心软，你得缠着她，跟她说老宁其实心里特别难受，老是一个人喝闷酒；殿下，你去找老宁，要他以使团为重，千万不能再和美人儿争下去。总之，先得把两个人的气都弄平了，千万不能把裂痕再扩大了。"

杨盈元禄同时点头："好！"便急急分头跑开，各自去行动。

于十三却还在摸着下巴，若有所思地嘀咕着："要是美人儿和老宁真崩了，那我不就有机会了，嘿！"他眼睛一亮，却立刻黯淡下来，抬手轻打了自己一记，"冷静，现在不能出手，不然对不起老宁，怎么也得等他们真分了再说！"

"宁大人与杜大人还没谈完？"杨盈越过丁辉，焦急地伸长脖子往房中望去——她急着找宁远舟说话，但宁远舟被杜长史叫到房中，聊了半天还没出来。

丁辉还没来得及答话，房中便传来宁远舟不快的声音："杜大人，请慎言。"

杨盈一惊，本想进房去看看，走了两步却迟疑起来。她示意丁辉不必作声，思量片刻，便转身离去。从房中出来后，她直接绕到房间后窗外，见四下无人，便悄悄凑到窗前，向屋里偷窥。

房中，宁远舟紧皱双眉，杜长史身形微微鞠着，苦口婆心地规劝道:"老夫知道这的确是强人所难,但国事当前,难得这长庆侯对如意姑娘如此迷恋……"

宁远舟打断他,强调道:"如意不是我们梧国人。"

"但她已经跟了您啊。"杜长史对宁远舟的态度似有不解,直言道,"女子本应有三从之德。而且如意姑娘本来就是间客,还与金沙帮那行事风流的金媚娘是旧识,依老夫看,若是您请她与长庆侯虚与委蛇一二,她未必就会反感……"

房内几个使团护卫也都连连点头附和。

杨盈勃然变色,气恼得下意识便要推开窗子,手臂却被凌空握住——如意不知何时站到了她身侧。见她醒神看过来,如意轻轻摇头,便要带着她离开。

但屋里两人的对话,却依旧传入她们耳中。

宁远舟目光暗沉,抬眼看向杜长史,平静地说道:"杜大人,您知道我花了多大的力气,才能控制住自己没对您动手吗?"

杜长史不由得一惊。

宁远舟坚定而轻声道:"以下的话,请您听好了,我不会再说第二次。第一,女子不是可以用来交换出卖的物品,我治下的六道堂,从未要求女道众出卖色相。第二,如意的武功、智计远胜于我,这样的女子,我敬之爱之尚且不及,怎能将她视作掌中之物,任意将她让与他人?第三,如意已经为使团、为我、为殿下做得够多了,如果以后您还不死心,想用其他方式劝她行此不堪之事——"他足下用力,一块青砖变得粉碎。他的嗓音依旧平静,目光盯着杜长史,缓缓说道:"莫怪我不顾同僚之情。"

杜长史的脸色霎时间变得雪白。

宁远舟环视其他人,补充道:"也请替我传话给大家,若有人再妄议如意与长庆侯之事,便是与我宁远舟为敌。"

他脸色依旧波澜不惊,气势却如有千钧,压得众人胆战心惊,一点声音都不敢发出来。

窗外,如意看着宁远舟,一时间心中万千起伏。而杨盈早已感动得眼圈红了,在她忍不住要哭出来的那一瞬间,如意果断地带走了她。

如意和杨盈并肩坐在房顶上,遥望着远方的山峦。

天高云淡,风暖而轻。夕阳金色的辉光洒满她们全身,渐渐驱走了先前藏身暗处沾染的凉意,令人缓缓暖和过来。

杨盈抱着膝盖思索着。她想不通,杜长史这么端方守礼的君子,甚至当日如意身份暴露时,他也能公允地看待如意的立场,为何今日却说出这么不可理喻的话来?她忍不住问道:"如意姐,你说杜大人为什么会那么想呢?你之前明明还救过他!找回黄金之后,他还跟我说多亏有你帮忙……"她咬了嘴唇,气恼又失望,"亏我以前还觉得他耐心教导我,是个大好人呢。"

如意却很平静:"杜长史对你的好,确实是真心的。但这份好,更多是因为把你当礼王看吧。"

杨盈一震。

如意似是早已看破:"没有谁是简单的黑或白,大家都是基于自己当下的立场,做出有利于自己的选择。就像你那位丹阳王兄,既派了郑青云来诱拐你,又不想让你去安国送了性命,那你觉得,他是好人还是坏人?"

杨盈迷茫道:"政事太复杂了,我想不明白。"

如意有些悲凉地一笑:"那换个容易的。我以前是朱衣卫的左使,现在却要替我死去的梧国义母找朱衣卫报仇。那在安国人眼里,我是好人还是坏人,是英雄还是叛徒?"

杨盈凝眉思索着,慢慢地明白了什么。她想了想,认真道:"都不是,你不用管别人怎么想,你就是你自己,任如意。我也一样,不管在别人眼里我是礼王还是公主,我都是杨盈。是我自己要去安国出使,是我们自己选择了面前的路。"

如意一笑,温和地看着她:"总算有点开窍了。"

杨盈把头靠在如意肩上。此刻心中疑惑解开了,她便又想起自己原本正在关切的事,便把着如意的胳膊,轻声撒娇道:"如意姐,远

第十九章

舟哥哥在别人面前都那么维护你了,你能不能别再生他的气了?"

如意轻声道:"好像还在生,又好像不生了。"

杨盈靠着她:"哦。那我陪着你继续生。"

如意有些意外:"不帮他当说客了?"

"我现在觉得男人真讨厌,总把我们女人当工具。就算远舟哥哥跟他们不一样,我也要站在你这边。"

如意一笑,信手刮了刮她的鼻子。

杨盈嘟囔着:"如意姐,你对那个长庆侯,到底是怎么想的啊?"

如意叹息一声:"你们都是我的徒弟。我从他十三岁起,教了他整整五年。当初我假死离开的时候,来不及道别。我以为他早就忘了我了,可没想到他却一直念着我,还念得那么深。他看着我,一次次地叫我师父,我却不能认他,你觉得我该怎么想?"

杨盈心生怜惜:"他也挺可怜的。远舟哥哥居然吃他的闲醋,真蠢。"

如意应道:"可不,真蠢。"

夕阳余晖遍洒,天际铺开大片烂漫的晚霞,屋檐如山脊般一重又一重地起伏延伸在傍晚的天空下。

双姝相互依偎,脸上仿佛镀上了一层浅金。

宁远舟坐在窗边的书桌前,面前铺开空白的信笺。听到外间的嬉笑声,他透过窗子,遥望屋顶上两人说笑着的身影,目光也随之柔和起来。

片刻后他重新低下头,提笔开始书写:"章相……"写完两字之后,他笔下一顿,握笔的手微微颤动。凝眉平息半晌后,手终于再次平稳下来,他才继续写下"谨启"二字。

正写着信,于十三的头突然从窗子那边冒出来。

宁远舟头也不抬:"干吗?"

"想来想去,还是想跟你说声对不起。"于十三面色纠结,"我刚才偷听到你和美人儿的私房话了。"

宁远舟手中的笔一顿。

于十三便接着说道:"大伙儿都习惯了身后有你这个无所不能的堂主,所以你出事之后,我们着急是着急,但想着你身后有宋老堂主,肯定出不了大事,所以也没想着要劫狱救你出去。"

"救你个头,那会儿你不也在坐牢吗?"宁远舟语带讥诮。

"可是美人儿说得对,你肯定还是被大伙儿伤了心啊。"于十三认真地看着他,"你假死回京的事,连元禄都瞒着。是不是从被流放那会儿起,你就对谁都没法真正信任了?"

宁远舟沉默良久,方道:"你想多了。"

"其实美人儿也和你一样,别看她经常跟你出双入对,但很少主动跟你提过去的事吧?我看你们俩每次说话,她都不自觉地把背心的要害对着墙角,这就意味着,她从来没有对你毫无防备过。"于十三苦口婆心地帮他分析着,"老宁啊,听我一句劝,对美人儿这种防备心特别强的姑娘,千万别只听她表面上的理由,还得往更深处琢磨。比如她不想去小岛,肯定不只是她喜欢热闹这么简单……"

宁远舟重新动笔书写,垂眸凝视着信笺,遮去眼中情绪,风轻云淡道:"事到如今,问这些还有意义吗?我们两个人都太骄傲了,之所以会选择彼此,是因为我们俩都很强。但也正是因为我们都太强,我们才很难去服从对方的意见。这会儿我心境不稳,她也多半在为李同光的事为难,一说话,只怕又会吵起来。"

于十三才不管他怎么想:"这么拖下去,你不怕她跑了?"

宁远舟断然:"朱衣卫最好的杀手,绝不会意气用事。而且我心里有数,她不管再怎么生我的气,也不会轻易离开的。"

于十三不屑道:"呵,你凭什么这么有把握?"

"我和她之间的默契,不是你这种光棍能懂的。"

"我是光、光棍?!呸!老子明明是万花丛中过,片叶不沾身的情场圣手!"

宁远舟一字一句道:"金媚娘。"

于十三瞬时泄了气,臊眉耷眼地重新缩回了窗下。

房中突然寂静下来,宁远舟再次抬头望向对面屋顶,如意与杨盈却已然离开了。他微微一怔,许久没有动作。

杨盈想去拜访李同光。

来而不往非礼也,李同光两次前来探病,她都不曾露面,若不回敬一次,只怕无形中便让李同光看轻了她。

而杜长史越过她,私下想让如意去跟李同光"虚与委蛇"的念头,纵使不论其他,也很是伤害了她的自尊。和如意聊过之后,杨盈越发觉得她必须得证明自己。纵使经历过郑青云一事,她也依旧是大梧礼王,她足够聪颖可靠,无须他人越俎代庖。

何况她也有私心,她心底隐隐有些讨厌李同光——这个人要抢她的师父,而且这个人一来,远舟哥哥和如意姐就吵架了——她才不要输给这个人。

同如意商量过后,她便直接找到杜长史,告诉他自己要去拜访长庆侯。杜长史自是被她吓了一跳,忍不住又确认了一遍。

杨盈目光坚定,再一次告诉他:"对,而且孤想现在就去。来而不往非礼也,毕竟长庆侯已经来探过孤两次病了,孤现在身子渐安,自然也应该去他住的驿馆看看。您放心,长庆侯多疑,多半会借口夜深已经休息而推辞不见,这样,孤顺便还能探探安国那帮人的底细。"

杜长史迟疑道:"这、这……不妥不妥,殿下怎么都没有和老臣商量,就自作主张了呢?"

杨盈抬眼看向他,反诘道:"刚才您似乎也没有同孤商量,便擅自请了宁大人来商议'秘事'吧?"

杜长史一愣,不由得抬头看向杨盈,这才发现如意正站在杨盈的身后。她面色平静,黑眸子里却透着一股冷意。杜长史不由得心中一凛,没能说出话来。

杨盈直视着杜长史,一字一句、义正词严地提醒他:"无论孤之前出过多少岔子,但请杜大人不要忘记,孤才是安国人想要的那个迎帝使。是以,此后使团的任何重大事务,都请不要绕过孤。"说着她便向杜长史深深一揖,不软不硬道,"孤替皇兄,也替自己,在此先行谢过。"

杜长史面色涨得通红，连忙避过，向杨盈行礼道："臣不敢当，殿下吩咐，臣必当谨记。"说完便又转向如意，深深地一礼，致歉道："如意姑娘，之前杜某思虑不周，犯下大错，万望海涵。"

如意没做回应，只转过身，向房外不知何时出现的宁远舟解释道："这件事不是我自作主张，而是殿下临时起意。"

宁远舟点头道："我知道，我现在就护送你们过去。"他见杜长史仍想阻止，便反问道："杜大人，安国人数次欺上门来，难道你就不想让他们也吃个教训吗？"

杜长史一怔，眼中豪情顿起，当即便道："那我也去！"

杜长史自去吩咐使团众人准备车马仪仗，要夜访长庆侯。杨盈他们也各自回房去准备，三人从杜长史房里出来，前后走在檐廊下。

宁远舟道："我原本想请殿下明日再去见长庆侯。"

如意便说："现在去更好。出其不意，也能探探他们那边人的虚实。"

宁远舟问："那你要去吧？"

如意便道："他们两个都是我的徒弟，我自然得去盯着。但我现在的身份是郡主，深夜不适合见外男，在车里等你们比较好。"

既然是去"还礼，"阵仗必然要做足。这一次夜访，使团几乎是全员出动，整齐地列阵在朱屋青盖的华丽使车前，银甲映着月辉，冷然有光。

宁远舟同样一身饰以纹绣的黑革银甲，衬得身形威严挺拔。他手扶长剑，昂然立于阵前，向众人训话。

"前日安国人趁乱前来，我们应对仓皇，大失章法。若不能在今日扳回一城，日后前去安国，只会更被小看为难。所以这一回，我们务必军容严整、行动迅速。都听明白了没有？"

众人气贯长虹，齐声应道："听明白了！"说罢齐齐翻身上马，丁辉也驱动起杨盈的马车。

宁远舟走到坐骑前，正欲发力上马，突然胸中一阵剧痛袭来。他

第十九章

掩饰地咳了两声，翻身上马。突然，马车中一件物事扔了过来，宁远舟下意识地接过，发现那是一件披风。车帘微动，现出如意似乎毫不关心的脸。

宁远舟将披风披上，纵马奔到了队伍最前列。看到了这一切的钱昭和于十三对视一眼，挥鞭跟上。

夜色厚重，天地间一片沉黑。路上并无行人，沿途家家都已用过晚饭，闭门锁户，只星星点点亮着几处灯火，偶尔从庭院中传来几声闲谈、几声犬吠。

使团的队伍一路直奔李同光所住的驿馆而去。

驿馆里的守卫没得到消息，还在周边巡逻，突听得远处地面隆隆作响，忙抬头望去，只见大队人马奔驰而至，马蹄纷飞，烟尘阵阵。

驿馆内的安国士兵们也立即警觉起来，纷纷拥出，持剑退后，严阵以待。这队伍来得突然，安国士兵们不明状况，紧绷着神经戒备着，却不敢轻举妄动。

只见队伍里两马当先开道，飞驰而来，马上的骑士一身劲装，仪表堂堂——正是钱昭和与十三。两人纵马疾驰到驿馆近前，才猛然勒缰，双马同时人立长嘶，纹饰繁复的铮亮马蹄反射着火光，耀得守门人睁不开眼来。

两人控马落地，让开背后道路，同时击掌三声。紧随其后的使团队伍便站定在两侧，齐齐用剑鞘击地，如战鼓般轰鸣。

宁远舟护卫着杨盈的马车，自中央肃然而来。一身黑革银甲的六道堂堂主官服辉光冷然，胯下骏马玉辔金鞍，衬得他身姿挺拔磊落，令人不敢仰视。他微微一抬手，四下里立刻安静下来。

宁远舟一拱手，高声道："大梧礼王，特来回拜，还请通传！"

安国士兵这才回过神来，连忙飞奔进院中通传。

士兵跌跌撞撞地奔入院中时，李同光已然走上前来。不待士兵发声，他便抬手示意道："我已经听到了。"

他径直走到门前，透过门缝看着院外的火光。望见外间阵仗，他冷笑一声："这会儿病好了精神了，就想来要威风找回场子？"便转头对匆匆跟上来的鸿胪寺少卿道："人家都侵门踏户了，不见，倒显得我们气势上弱了一截。你去应付他们吧，就说本侯已经睡了——不，说我去附近的酒楼松快去了。冷他们大半个时辰，再见也不迟。"

鸿胪寺少卿忙应道："是。"

驿馆外，于十三和钱昭正带着梧国使团与安国士兵对峙。安国人恨梧国人分明战败，却还气势不倒。梧国人也知今日若不能成功回敬，日后到了安国，气势便永远也捡不起来了。两边便都铆足了力气在暗处较劲。

杨盈也已经下了马车，正在杜长史的陪伴下，等待着驿馆里的安国使臣出迎。对身旁角力，她眼都不抬一下，只背对着驿馆大门，从容负手立于使团队伍中央，峨冠博带，锦衣华服，仪态雍容又超然。

鸿胪寺少卿整顿衣冠，走出门外，先看到杜长史立在一侧，便迤迤然走上前去，目光扫过四周，故意一笑："呵，这么大的阵势。看来礼王殿下的病好得挺快嘛。"

话音未落，便听一声："怎么？难道少卿还盼着孤继续病下去？"便见前方背对着他的华服少年回过身来。那少年看上去不过十六七岁的年纪，却生得神采秀彻，此刻金冠乌发，傲然而视，气势逼人。

少卿一时语塞，半晌才尴尬地一拱手，赔笑道："玩笑、玩笑而已。殿下玉体康复，下官甚是欣慰。还请稍后入内厮见。"

他有意杀一杀使团的威风，欺杨盈年少，便礼节敷衍，故意怠慢。不料杜长史当即怒斥道："敢问大人，我大梧迎帝使亲至，为何竟不见你大礼相迎？莫非安国鸿胪寺尸位素餐至此，竟然连尊卑贵贱都不分了吗？"杜长史冷哼一声，又道，"引进使何在？"

少卿不敢再生枝节，忙道："长庆侯外出饮宴未归，下官已让人赶去通传了，还请稍候片刻。"

杨盈马上明白过来，当即回敬："现在已经过了亥时，长庆侯初到合县，公务在身，却着急深夜出去宴饮，不愧是风流傥傥的少年将军。只是长庆侯自己也说了，这合县风水不好，他可千万别染上什么风流症候才好！"

第十九章

使团众人都忍不住爆笑起来，少卿窘迫至极，却无言以对。

这一日是为找回场面而来，目的既已达成，便无须贪功冒进。杨盈微笑了一阵，便也冷静下来，淡然道："既然长庆侯不便，孤明日再来便是。毕竟长庆侯也曾经两次过来给孤请安，孤再多跑一趟，他也当得起。"向少卿一拱手，"告辞。"她转身就走。

少卿有些傻眼，忙要上前拦她："殿下，殿下！"却被元禄、孙朗阻止。

杨盈昂首挺胸，径直上了马车。宁远舟向少卿略略欠身，便指挥使团人马掉头离开。

一上车，杨盈便丢了先前的从容，难掩兴奋地凑到如意身边，两眼晶亮地仰望着她，激动道："如意姐，刚才我表现得怎么样？"

如意微笑道："不错。"

杨盈挽住如意的胳膊，得意道："哼，他想让我吃闭门羹，我怎么也得损损他！"突然想起什么，忙歉疚地看向如意，"啊，对不起，我忘了他也是你徒弟……"

如意示意她不要说了，摸了摸她的头道："没关系，你反应机敏，已经做得很好了。"

马车恰在此时掉头，夜风掀起了车帘，杨盈靠在如意肩头接受夸奖的样子，便出现在两侧驻守的安国士兵眼中。

李同光一身寻常士卒的打扮，正悄然混迹在阵列队伍的后排，观察着梧国使团的举动。这一幕正落入他的眼中。

年少时，他也曾和师父在雨夜的山洞中相互依偎。想到此，他心中嫉恨涌起，目光霎时变得冰寒，不由得用力攥紧了手中的长枪。直到梧国人马消失在远方，他仍站在原地，一动不动，阴冷地盯着远方。

使团队伍已然行远，少卿尴尬地走到李同光身边，向他解释着："侯爷，没想到这礼王说走便走——"李同光却冷漠地抬手打断了他的话，令他闭嘴退下。少卿不敢抗辩，忙噤声退避到一侧。

恰在此时，朱殷匆匆而至。李同光目光阴寒，不待朱殷开口，便问道："查到湖阳郡主到底什么来历没有？"

朱殷回禀道："梧国德王确有一女湖阳郡主，但因朱衣卫梧国分卫近来折损颇多，郡主长相如何，是否确为宫中女官，都尚不能确定。不过自礼王离开梧都以来，这位郡主确实一直陪在他身边，对礼王悉心教导照顾，名为姐弟，实为师徒。"

李同光目光中嫉狂之色一闪，语气森冷道："名为姐弟，实为师徒？他有什么资格做师父的徒弟？"话音刚落，手中的枪杆已生生被他捏断。他分明是嫉恨若狂，故态复萌。

朱殷大惊道："侯爷！"四周耳目众多，朱殷自知失态，忙又压低声音，规劝道，"您不是自己都说了嘛，她不是左使！"

"不管她是不是，我都不许！这世上，师父只能对我一个人好！"李同光执念已生，再无动摇。他随手将断枪扔开，走向队中军官，吩咐道："传令给城外的合县守将吴谦，要他整肃三军大营，明日我要带贵客前去。还有，六道堂要是摆明了阵势，这驿馆住着就不安全了，明晚我们改住到军营去。"

军官领命而去。李同光又看向候在一旁的少卿，道："你现在就去写拜帖，就说本侯今晚失迎，深感抱歉。明日巳时，特在校场设宴赔罪，务请礼王及湖阳郡主驾临！"

拜帖当夜便送进了客栈。

宁远舟才换下身上戎装，刚要和杜长史讨论后续，便拿到了李同光的战书——不，拜帖。

灯火摇曳不定，屋内光线昏暗。展帖细读之后，杜长史忧心忡忡道："校场设宴？还特意指名如意姑娘，长庆侯只怕居心叵测。"

宁远舟却面色平静，道一声："意料之中。"便合上拜帖，拾起身旁披风，走向如意的房间。

如意也还没有睡。宁远舟敲门进去，见如意坐在桌旁，脚步就顿了一顿。说分手，说还是朋友、同伴，但心中恋慕仍炽，相见时又如何能做到风轻云淡、无动于衷？

宁远舟轻呼了口气，面色平静地走上前去，先递披风，道："我来还这个。"再递拜帖，"还有，这个你看看。"目光却有意无意地避开了如意。

如意接过信扫了一眼，一哂，道："这小子今晚估计被阿盈那句话伤着了，明天正憋足了劲找回脸面呢。"

宁远舟问道："那你去赴宴吗？"

"去，不然不知道他会对阿盈做些什么。他从小就有点邪心古怪的。"如意说着便又想起些什么，抬头问道，"你旧伤又犯了？不然怎么会咳嗽？"

"是有一点不舒服。不过没关系。"

两人一时沉默下来。片刻后如意道："你来找我，却无话可说，是不是因为我想要的，你没办法妥协？"

宁远舟承认："你真不愿意以后归隐山林，和我一起平凡度日？"

如意却道："那，我们就没什么好谈的了。既然志趣不同，就算一时勉强，长久也会相看两厌。但你放心，我还是会依照约定，把阿盈平安送到安都。"

一阵酸楚袭来，宁远舟问道："那之后，你就要离开了吗？"

"我们本来就不是一路人，只不过机缘巧合偶然相遇，各自温暖了对方一段时间而已。这样已经很好了。"

宁远舟抬起头来看向如意，眼眶已微微有些泛红。他不肯就此放手，想起于十三的话，再一次争取道："如意，能告诉我你为什么拒绝去小岛吗？除了你喜欢热闹，肯定还有别的原因。"

如意张了张口，最终却还是说道："没有别的原因。"显然有旁的原因，却不愿告诉他。

宁远舟的眼中闪过一抹失望，却犹然不肯放弃，哀求道："你真的不愿意和我一起试一试？如果你厌了，随时可以离开。"

"你就不怕我先假装答应你，然后骗了你的孩子就走？"

"我宁愿你骗我。"

如意停顿了片刻，终还是摇了摇头："不行的，你说过你不想你的孩子没有父亲。你都不愿骗我，我更不能伤你的心。"她轻声说道，

"我到现在才发现，原来我真的很喜欢你。因为我现在心很疼，就像娘娘死的时候一样，像有刀子在里面搅。"

宁远舟心中大恸："如意！"

如意却又道："但就算很痛，我还是想按我自己的意愿生活下去，这就是我改名叫如意的原因啊。因为，鹰鹫停下来不愿意再飞的那一天，就是它的死期。"她凝视着宁远舟，坚定地一点点挣开了他。她见宁远舟眼中痛楚，又摸了桌上的锦袋递给他："给你，松子糖。刚才特意去外头买的。你不是说自己只要一吃糖，就会慢慢开心起来吗？"

烛火跳跃着，昏黄的暖光映照在他们身上，彼此心中的痛楚都直达眼底。他们久久地对视着。

漫长的对望之后，宁远舟终于松开了她，伸手接过了她递来的糖，轻轻说道："谢谢。"他最后一次凝望如意，终于果断地离开了。

门"啪嗒"一声合上，屋内重归寂静。

夜半时分，宁远舟平静地坐在桌边，面前放着如意赠他的锦袋。

他提笔书写："安都分堂见信如令……"手上运笔如风，写好后将信放在一边，便拿起桌边的酒杯一口喝干——他脚下已经堆了三四个酒坛，却犹然麻痹不了心中的痛苦。

他端起杯子又喝了几口，这才提笔继续去写第二封信。突然又一阵痛苦袭来，他一手用力抓住桌角，一手捂着胸口，剧烈地咳嗽起来。这咳嗽越来越猛烈，咳着咳着他突然一口鲜血喷出，点点飞溅在信纸上，红艳如春末飞花。桌角也已被他抓断，他半伏着身子，曲肘支撑在桌面上，双眼蒙眬，染血的嘴角却现出一抹微笑。

他打开锦袋，丢了一颗糖在嘴里，继续执杯痛饮。

第二日天晴。

使团众人晨起炊爨，正卯时用早饭，辰时一到便于门外集合。以宁远舟为首的众人，依旧如昨日一般去赴长庆侯的邀约。大队人马来到郊外驻军营地时，已时刚到。

昨日吃了一亏，这一日安国守军自是早已准备周全，军容整肃地列阵在辕门两侧。听闻隆隆马蹄之声,列阵在侧的侍卫们眼都不眨一下,挺胸昂首,肃肃如松林当风,纹丝不动。

车马停稳之后,杨盈和如意先后从车中出来。杨盈锦衣金冠,一身亲王礼服,雍容尊贵。如意头戴幕篱,白纱遮面,绰约而华美。"姐弟"二人下车站定,李同光与安国少卿也已出辕门相迎。

两边使团各自致礼相见,便由李同光引着杨盈、如意走在前方,少卿引着宁远舟与杜长史跟随在后,一道往校场中去。

这是杨盈第一次和李同光正面相对。相见之前,杨盈心中已隐隐有些成见,知道他是如意姐的徒弟,却对他既有些忌惮,又有些迁怒与讨厌,唯独从未觉着他宽厚好相处、友善可结交;待朝相时,只觉成见更深。

眼前之人言谈举止彬彬有礼,那双看向她的桃花眼中却是一片冰冷,道是:"本侯昨日临时外出,害得殿下空跑一趟,实在抱歉至极。今日特设薄宴,多谢殿下赏光。请。"

杨盈本能地就觉出此人对自己满是恶意,下意识地便离他远了些,也不失礼节地道一声:"请。"

李同光又转向走在他们身后半步之遥的如意,声音霎时便低缓了许多,道:"郡主也请。"

如意问道:"那日我提议之事,侯爷考虑得如何了?"

李同光深深地看着她,道:"郡主心急了?放心,酒宴之后,我必会给你一个答复。"

如意微微点头:"愿候佳音。"

过辕门,便是两整排持着锐枪利刃的安国士兵,他们黑甲凶面,列成狭窄的人巷。杨盈刚走进人巷,安国士兵便齐发一声吼,高举长枪交织成枪棚。

杨盈被吼声一惊,旋即便深吸一口气,带着诸人从人巷中穿过。人巷狭窄,颇为局促,李同光却安之如素。

刚穿过人巷,便有个安国士兵牵着一群凶恶的黑犬迎面而来。那些黑犬龇着尖牙,挣着缰绳,冲着杨盈狂吠不止,利齿上寒光闪闪,面目狰狞凶狠。杨盈一时不备，被吓得倒退一步。

跟随在后的使团众人也担忧杨盈的安危，钱昭当即便要上前，却被宁远舟暗中拦住，示意他稍等。

李同光笑道："啊，这些是吴将军的爱犬吧？听说前几日才咬死了几头熊，真是活泼可爱。"他故意兴致勃勃地逗着那些黑犬。安国少卿等人也都看好戏般瞧着杨盈。

杨盈心中骇恐，却是一句话也说不出来。如意见状，当即便做出受了惊吓的模样，上前抓住杨盈的手，声音颤抖地说道："盈弟，这些畜生好臭。"

李同光不屑地瞟她："原来郡主的胆子这么小？"

如意并不理会。她装得害怕，手却稳稳地托住了杨盈的胳膊，帮杨盈迅速镇定下来。透过幂篱的纱巾，她飞快地向杨盈使了个眼神。

杨盈察觉到手心被塞了些什么，立刻会意，深吸一口气，点头道："阿姐放心，孤这就让它们离开。"

她捏碎了手中的药丸，随即走上前去，伸出尚在颤抖的手，探向那些黑狗。黑狗原本正要凶狠地扑上来，闻到她手上的味道后却哀鸣一声，纷纷后退，任凭牵狗的士兵怎么驱赶，都不肯再上前。

李同光鼻尖一动，嗅到空气中的气味，抬眼看向杨盈："薄荷油？"

"正是，"杨盈淡淡回敬，"孤此赴贵国，山长水远，稍不小心就会遇到几只既不长眼又只会前倨后恭的畜生，薄荷油味道强劲，用来驱散它们正好。"

她分明是在指桑骂槐。安国少卿脸上的笑容立刻沉下来，却又发作不得。李同光也不料杨盈竟有如此胆量，终于肯回过头去，仔细打量她一番。

他本就因如意而对杨盈心生嫉恨，此刻自然也不会让杨盈得意。他一面审视着杨盈，一面讥讽道："看来殿下果然是痊愈了，和前日躺在病榻上不省人事的样子有天壤之别。这倒让本侯想起了贵国国主，当初本侯将他擒获时，他第一日也是如行尸走肉般，第二日给了点酒食，便精神起来了。"

第十九章

他当面羞辱梧国的君上，使团众人不由得大怒，安国兵士们却哈哈大笑起来。

杨盈攥紧了手心，强令自己平静下来，道："胜败乃兵家常事，皇兄败于贵国，不过是时运不佳。当年越王勾践，不也有卧薪尝胆之苦？倒是长庆侯您，"她也目带讥讽地看向李同光，"得意归得意，以后可千万别和伍子胥殊途同归。"

李同光大怒，目光阴冷地凝视着杨盈。杨盈心中同样怒火炽盛，当即便挺起胸膛，目光灼灼地瞪回去。两人眼神相汇，如雄鹰搏虎，火花四溅、互不相让。

良久，李同光才微微一笑，缓缓道："多谢，等以后殿下与贵国国主做伴之时，本侯必当回报今日殿下提醒之恩。"他语气甚至是温和的，说出的话却是森冷威胁。

杨盈心下一凛。她已不再是当日那个心头一热便请命出使的天真少女，她很清楚，此行最坏的结果正是安国收了金子却不放人，反而将她一道扣下。而这仅取决于安国是否信守承诺。作为战败之国的使者，她并无选择的余地。她只瞪着李同光，却无言回应。

眼看局面僵住，宁远舟一使眼色。于十三手指凌空一弹，牵狗的安国士兵的裤子顿时松脱掉落下来，露出两条光溜溜的大腿。黑犬们立刻兴奋起来，冲上前去闻嗅，现场一时大乱。

于十三便在安国众人的怒视下，无辜地攥了攥手指，道："我也只是想提醒一下，他裤带松了。"

使团众人哈哈大笑起来。李同光眸中闪过一抹狠色。少卿见状，忙道："宴席设在那边，请，请。"

宴席就设在营帐外的空地上。两国使团分别入座之后，安国少卿举杯敬杨盈道："殿下既已大安，不知何时可以动身前往安都？"

杨盈淡淡道："孤随时可以出发。"

李同光打断他们的交谈，看向合县守将吴谦，道："有酒无佐多无趣。吴将军，可有什么助兴的没有？"

吴谦一击掌，便有几个做异族打扮的安国人上场，同几个穿着蛮族服饰的男子表演起打斗来。蛮族人披头散发，身穿兽皮，脸上涂着狰狞的黑色花纹，颈上挂着狼牙装饰，形貌凶狠，动作粗野，表演中不时便冲着杨盈的方向做出威吓的表情。杨盈不肯示弱，强撑着挺直了腰背观看。

李同光挼着手中酒杯，目光戏谑地审视着杨盈，问道："礼王殿下看得懂吗？"

杨盈被一再讥讽刁难，耐性已被消磨得差不多，却也记得自己是为和谈而来，并未发作。她指着其中几个人，耐着性子道："孤才疏学浅，只知道这几位分别做贵国沙西部、沙东和沙中部打扮，"又一指对面蛮族打扮的人，"但这边几位，就不太清楚了。"

李同光一笑，道："他们是北蛮人。北蛮世居关山以北，近两百年来，多次入侵中原。直至五十年前才被前朝击败，自此退出天门关外，但前朝也因此国力大弱，才有了贵国先祖窃国自立的事业。"

杨盈淡淡一笑："侯爷熟读国史，自然知道贵国的开国之君与我大梧先帝曾为同朝之臣，莫非在你心中，贵国也当得一个'窃'字？"

安国少卿脸色大变，担心地看向李同光。

李同光眼中怒火大炽，但很快便压抑下来。他淡淡地说道："殿下不认识北蛮人，那总认识这些人吧？"

他话音刚落，便有几个衣不蔽体的男子，被安国士兵牵着脖上的绳索，如牵兽一般拖拽而来。看到这些人身上的刀伤剑痕，杨盈猛地意识到了什么，梧国使团众人更是霍地站起，目光既悲且怒。

杜长史对着其中一人颤抖道："袁将军！"

宁远舟也脱口唤道："陶健！"

原来那些衣不蔽体、伤痕累累的男子，竟全是昔日战场被俘的梧国将士！

俘虏中已有人羞愧落泪，跪地向宁远舟请罪道："宁堂主！陶健无能，丢了咱们六道堂的脸！"他用力叩头下去，额上瞬间鲜血淋漓。他牙根咬碎，悲痛地诉说道："我对不起你，没能护好柴明兄弟，只能眼睁睁地看着他们被……"他再也说不下去了，号啕大哭起来。

钱昭不顾安国士兵阻拦，大步冲上前去，一把拉起陶健，问道："柴明他们葬在何处？"

陶健摇头哽咽道："归德原边的江里……"

钱昭大恸，手剧烈地颤抖起来，目光几能杀人。

宁远舟也早已双目泛红，轻吸一口气，压抑住心中悲痛，道："钱昭。"

钱昭攥紧了拳头，脚步沉重地重新回到座席上。

自始至终，李同光都无动于衷，此刻也照旧如先前的计划一般，冷冷地道："继续。"

安国士兵推着陶健等人来到宴席前的空地上，驱使他们如牧兽一般爬行。杨盈再也忍耐不住，怒道："长庆侯，士可杀不可辱，你故意如此，难道想破坏两国和谈吗？"

李同光一笑，迤迤然道："殿下言重了，本侯在朝中可是一力主张和谈的。今日这些，不过是帮您提前适应而已，毕竟你们皇帝这几个月所受的折辱，比起现在，有过之而无不及呢。若是殿下到了安都，还想像昨晚那样再展威风，呵呵。"

安国士兵继续挥鞭，杨盈再也忍受不下去了，奔下场去挡在俘虏面前："住手！住手！"

但安国士兵绕过她，仍然不断地鞭打陶健等人，杨盈的身上挨了好几鞭。陶健等俘虏感动不已："殿下您躲开！躲开！"

宁远舟闪身而上，用身体护住杨盈，但除此之外，他也不能再做什么。毕竟是战败之国，毕竟君王被俘，毕竟同僚已为阶下囚。昨日虽已展威风，今日情势，却只能忍耐。

眼见杨盈挨鞭，一直默不作声的如意也看不下去了，她转身看着李同光："够了。一再变本加厉，长庆侯，你师父当初就是这样教你的吗？"

李同光闻言目光一寒，端起手中酒杯下意识地就往如意脸上泼去，阴狠道："闭嘴！你以为自己长得像她，就有资格随意议论吗？"

如意因为乔装的身份,不能躲避,硬生生被泼了一幕篱。

杨盈停住脚步,急道:"阿姐!"

宁远舟眼中寒光一闪,正欲出手,如意却已冷冷道:"原来你只会这个?"她摘下幕篱扔在地上,起身拿起酒壶便走到李同光面前,将壶中酒缓缓浇在李同光头顶,一字一句道,"来而不往非礼也,有本事,你就杀了我。"

李同光大怒,却正对上她寒冰般的目光,当即没来由地一阵战栗,竟愣在当场,动弹不得。

鲜红的酒液浇在李同光头上,又顺着他的脸流淌下来,打湿了他身上的华服。李同光却只睁大了眼睛,愣愣地仰头看着她。这感觉是如此熟悉,那一瞬间,李同光的心猛烈地跳了起来,一如他初见"湖阳郡主"那般。

席间众人又惊又骇,宴席上鸦雀无声。

如意浇完酒,扔下酒壶,转身看向安国使团众人,冷冷道:"不敢真动手,只敢用下作手段折磨人的鸿门宴,真是滑天下之大稽。所谓和谈,无非是你们出人,我们出钱。交易公平,戏才唱得下去。要是不想谈,请便!"她一脚踢翻酒案,"我们走!"

使团众人齐声应道:"是!"

李同光此时才回过神来,忙喝道:"拦住他们。"

安国士兵们立刻拔剑执枪上前阻拦,梧国使团自是毫不示弱——虽是战败,但国体尚在,岂能一直被安人压了气势?两边便明刀明枪地对峙起来。

李同光深深地看了一眼如意,转头对杨盈道:"礼王殿下,刚才湖阳郡主所说,是否能代表贵国使团?"

杨盈昂首道:"阿姐之言,便是我心中所想。我心中所想,便是整个梧国所愿!"

李同光点头,目光阴冷地直视着她:"很好,那日后两国再度刀兵相见,尸横万里,便是礼王殿下的功劳。"

杨盈眼中同样怒火灼灼,反唇相讥道:"长庆侯这是又想争军功了？也是，不靠着你手上的鲜血，只怕也洗不干净你那十七岁都不配有姓的好名声！"

李同光双眼凶光大盛，出手直扼杨盈的喉咙。

这一次，不能再忍了。杨盈代表着整个梧国，主辱臣死。于是电光石火之间，宁远舟已然出手。李同光腹部重重挨了一拳，颓然摔倒在地。

宁远舟上前扶起袁将军，道："我们走。"六道堂诸人当即扶起几位俘虏离开，安国人被他们气势所慑，竟然不敢阻拦。

李同光倒在地上，良久才缓过劲来。他捂着小腹艰难起身，却恰看到如意从他身旁经过时投向他的淡漠一瞥，那神态依稀正是师父当年模样。李同光梦魂颠倒，只觉心中大恸，本能地伸出手去，却什么声音也发不出来，只眼看着如意不停步，渐行渐远，未再回眸。

使团众人径直离去，出辕门时，恰有一骑匆匆而来，马上骑士风尘仆仆，却是一名女子——正是琉璃奉李同光之令，星夜从安都赶来了。

远远望见如意的面容时，琉璃惊疑地勒马停住，跳下马来站到路边，怔怔地凝视着如意。

如意抬眼望去，两人目光于半空一碰。如意眼中厉光一闪，旋即恢复如常，脚下无丝毫停顿，径直从琉璃身旁走过。而琉璃目光轻颤，在如意路过时，连忙低下头去。

李同光忍着疼痛从校场追出来，正将这一幕看在眼里。他顿时如遭雷击，跌跌撞撞地奔来，眼中隐含着疯狂又哀切的期待，逼问道："你到了？！你看清楚了吗？！"

琉璃点了点头。

李同光脱口而出："她是不是——"

但他随即便意识到身旁安国人众多，立刻住口，只贪婪而心急地看向如意。此时，宁远舟正安排诸人将梧国俘虏送上杨盈的马车，而如意和杨盈各自翻身上马。

这一日如意一袭重锦红衣，翻身上马的模样，终于和李同光记忆中纵马离开的绯红背影重叠在了一处。

李同光胸中大恸，目光追着如意离去的身影，艰难地克制住心中冲动，攥紧了琉璃的手腕，道："跟、跟我回去再说。"

使团队伍浩浩荡荡地前行在路上。去时人人意气盎然，心中铆着一股不肯被人压下的劲头；归来时却沉重默然，胸中都怀着一股悲壮的家国之意。

宁远舟安抚好袁将军一行，抬头望见如意面色冰寒地挥鞭纵马在前，便默不作声地驱马赶到她身边。

如意狠狠地挥了几鞭子，似是想隔空教训那个今日大失主帅风度的徒弟："这个小混账，几年不见，越发变本加厉了。我教他的那些冷静机变，一点都没记在心上，只会阴阳怪气地耍威风！"

宁远舟道："他是安帝最信得过的重臣，不可能不冷静机敏。今日这些做派，确实有些失态，但多半也是因为你吧。"

如意叹了口气，姑且抛开此事，又道："刚才在军营，我碰到了一个朱衣卫的旧人。"

宁远舟一凛，忙问："谁？"

"之前服侍我的侍女，琉璃。"如意想了想，又道，"但我没把握她有没有认出我，更不知道她会不会告诉别人。"

"她还在朱衣卫吗？"

"不确定。"

宁远舟急速分析着："刘家庄那批人的死，已经是几天前的事了，朱衣卫总堂多半也收到了消息，她会不会就是朱衣卫派来确定你身份的人？"

"说不准，但她刚才穿的不是朱衣卫的服色，直接就去了李同光身边，"如意也思索着，"而根据媚娘的消息，李同光和现在的朱衣卫几乎没有交情。"

宁远舟道："无论她是谁，都需要多加提防。"立刻扬声吩咐众人，

"提升警戒，把游哨放至三里外！"

李同光步履匆匆地走进营帐，营帐门前布帘尚未落下，他已一把拉住琉璃，急切地逼问道："快说，她是不是师父？"他满眼期待，神色近乎狂乱，满心满脑所念所想就只有那个离去多年的人。

琉璃盯着他，缓缓摇了摇头。

李同光难以置信地反驳："怎么可能！她的眼神、她的背影，明明和师父一模一样！"

琉璃目光平静无波，道："她的相貌确实和尊上有七八分相似。但尊上在邀月楼蒙难之前，刚受了一次重伤，伤在这里，"她指着脖颈处，道，"深可见骨。奴婢服侍之时，亲耳听到缝合的太医说，就算是华佗在世，也消不掉那道疤痕。可奴婢刚才看得清清楚楚，湖阳郡主的脖颈上，什么都没有。"

李同光大受打击，不由得后退一步，狂乱道："你骗我！你骗我！她明明就是师父！她不可能是别人！"

琉璃心中一痛，含泪规劝道："侯爷，奴婢知道您有多念着尊上，但是，尊上真的已经不在了，您就算上穷碧落下黄泉，也找不回她了。"

李同光颓然跌坐在地上，闭上了眼睛。

可突然间，他猛地睁开眼睛，笃定道："不，我还能找回她，还有法子的！有一个那么像她的人，还有你！"他伸手抓住琉璃的双臂，盯着她，目光癫狂道，"你去找朱衣卫的衣裳，你教她练武，你帮我把她变成师父，听见了没有？你说啊，你说啊！"

琉璃吃痛，只得应道："是，是，奴婢答应您！"

帐中无窗，四面光线昏暗，只有圆顶上天光洞入，自上而下落在李同光的身上。他颓然坐在地上，华服染尘，神色癫狂又迷乱，却早已是满脸泪水。

第二十章

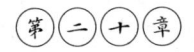

虎狼竟骤现

驿馆，金媚娘收到如意的传讯后，也扮作民妇，连夜赶来同如意相见。

如意原本想问的是李同光，但琉璃的出现却无疑更令人在意。万一她仍在朱衣卫中，是受朱衣卫指派而来，万一她认出了如意，将如意的身份告知他人……如意的处境都将变得危险，使团也将受到牵连。

因此金媚娘行礼过后，如意便略过李同光，直接问起："你来得正好，以前跟过我的琉璃——"

金媚娘抬头，立刻说道："属下也见到她了。"

如意一惊，忙示意她仔细说来。

原来，自上次同如意分别之后，金媚娘便一直替她留意着朱衣卫的动向。金沙帮帮众数万，名下酒楼客栈众多，在各地都有耳目，自然消息灵通。琉璃经过平州时，一走进金沙帮名下的客栈里，掌柜便留意到她耳朵上的耳环是朱衣卫旧时样式，当下便留了心。他悄悄从金沙楼里找来朱衣卫的旧人辨认，认出是曾服侍过如意的琉璃，立刻便飞鸽传讯给了金媚娘。

金媚娘恰在赶往合县的路上。当年她帮如意假死逃出天牢，也曾留意过如意身边人的动向，知道琉璃在如意假死后，便被处刑逐出了朱衣卫。她料想琉璃在眼下这个时候突然出现在附近，绝非偶然，便临时改了行程，连夜赶去打探风声，在路上制造机会，假装同琉璃偶遇。故人重逢，琉璃很是惊喜，便同金媚娘聊了起来。

"不料她跟我没谈几句，便开始试探地问我，尊上您有没有可能仍在人间。"金媚娘说道，"我装作吃惊的样子套她的话，不久她便说出——"

既已知晓琉璃被逐出朱衣卫，联想到辕门外重逢的情状，自然也就不难猜出她出现的原委了，如意接口道："她现在跟着李同光，是李同光要她过来，确认我是不是任辛。"

金媚娘点头道："正如尊上所料。"

"你是怎么告诉她的？"

"属下只是站在她的立场，婉转地替她分析了一下。"金媚娘道，"原来琉璃离开朱衣卫后过得很不好，是长庆侯收了她，还让她管着后院的一应事务。属下便说，小侯爷之所以待她不错，无非是看在当日和您的情分上爱屋及乌。可要是您真的还在人世，她便要退后一步了。"

如意目光一闪，道："以琉璃的性子，多半听进去了你这句攻心之语。难怪刚才在军营里，她明明看见了我，却没特别吃惊。想必以后在李同光面前，她也会一口咬定我只是和任辛长得相像而已。"既然如此，便没什么可担心的了。如意便递茶给金媚娘，谢道："这回，多亏你反应机敏。"

金媚娘忙道："不敢当，能为尊上效劳，媚娘欢喜都来不及。"

如意却又说起来："不过，有一件事我始终没想通，以你们金沙楼的消息灵通程度，不可能不知道长庆侯就是鸳儿。可为什么当初我们谈到他的时候，你却故意语焉不详？"

金媚娘一时语塞，无奈道："属下有罪。"

"我不爱听认错，我只要原因。"

金媚娘一咬牙，只好坦言相告："小侯爷与您已经见过好几回了，尊上难道察觉不出他对您别有用心吗？"她顿了一顿，"不是徒弟对师父的那种，而是……"

如意目光一寒，轻轻道："继续。"

"而是男人，对女人的那种。"金媚娘一咬牙，干脆据实相告，"小侯爷在您走后，差点就疯了，不，他已经疯了。"

那夜天牢大火熊熊，李同光疯狂地想要冲进火场，却被朱殷他们死死抱住，强行拖走。那之后，他便发了疯。金媚娘曾亲眼见到他在废墟里拼命地翻找着，偶尔在地上发现了什么，便扑过去用手小心地挖掘着，挖得手上鲜血淋漓了也不肯停，仿佛早已不知痛了一般。一次次失望，可下一次看到有东西，他还是会冲上去……

纵使此刻回想起来，金媚娘也还是有些不忍心，叹道："他以为您真的已经在邀月楼遇难，便不顾性命，抗旨买通守卫，每晚潜进废墟，自己亲手一点点地挖……属下实在看不下去了，从化人场里找了些尸骨藏进土里，他才如获至宝地停了手。"

"朝廷说您是谋害先皇后的罪人，不许您入葬，小侯爷便将以前您常带他去练武的那片草场买了下来，悄悄地将假尸骨葬在那里。此后每月十五，只要他在安都，便必定前去祭拜，从无间断。"

那骸骨就葬在当年李同光和如意一道避雨的山洞里，连同"故大安朱衣卫左使任辛之灵"的牌位一道，由李同光亲手敛入匣中，埋在石头底下。他每次前去祭拜，都一留就是彻夜。上香后，他便抚摸着青云剑，泪流满面地倚在石头上喝得酩酊大醉，醉酒后昏昏睡去，依旧抱着青云剑，如少年时那般蜷缩起来。

所有这些，都大大出乎如意的意料，她一时怔忡。

金媚娘道："属下之前还以为他不过是尊师重道，可后来属下进了金沙帮，接了二皇子的生意去调查长庆侯，这才发现他软禁了见过您的御前画师，画了几十幅您的画像，挂满了密室。您之前穿过的衣裳，他也全找了来，穿在假人身上。而且这些年，无论谁说亲，他都一概拒之……"

如意全力压抑着自己心头的起伏——那个少年，怎会对自己如此痴心？但她深知，这种错位的爱恋只会拖累李同光，便断然道："你想多了。他不想成亲，多半是长公主的缘故……"

她这就有些自欺了，金媚娘无奈道："尊上，您和我都做过白雀，这种最简单的男人心思……"

如意闭目打断她："好了，不必说了。所以你是因为看见我与宁

第二十章

远舟举止亲密,才特意回避提到李同光的?"

金媚娘道:"是。"

夕阳温暖的余晖透过窗上明瓦,落在如意身上,勾勒出半明半暗的沉静剪影。

如意静默了片刻,再睁开眼睛时,眸中已是一片清明。素来杀伐决断的她,不过迷乱了片刻,便已做出了决定,就如同不久之前,她果断地挥剑斩断情丝。她看向金媚娘,道:"谢谢你。但是,作为任辛的我已经消失了,正如现在叫作媚娘的你,也不再是琳琅。朱衣卫教了我们很多东西,但也伤害了我们很多。我们忘不了过去,但绝对不会回到过去。"

金媚娘鼻头一酸,道:"是。"

"等我了却手头的活计,我也想与你一样,做些有意义的事。如果能帮到之前朱衣卫的卫众,就更好。"如意说着,便又苦笑起来,"有时候我也觉得自己很矛盾,明明我是要去找朱衣卫的人报仇的,却偏偏还想帮他们。"

金媚娘认真道:"尊上心怀慈悲。朱衣卫是一个大染缸,我们都在里面沉沦,有的人早被染黑,有的人还在挣扎。您想帮的,就是那些不愿认命的人。"

如意轻轻点头。

金媚娘又问:"不知尊上到时想做些什么呢?媚娘也想参与一二。"

如意便道:"女子之所以沦落为白雀,除了父母狠心,大都因为无法自立,见识太少,才容易被诱骗。所以我以后想建一所学堂,像你一样,把那些成为朱衣卫弃子的白雀都聚起来,教她们一些防身的武功,再请些教习,让她们学会谋生之道,以及为人处世的道理。"

金媚娘眼睛一亮,欢喜道:"这主意好!属下能不能先预定做教打算盘的教习?"

如意一笑,道:"这些以后再慢慢说吧,你先把李同光的事,都彻彻底底地告诉我……"

于十三从如意窗外路过,听见屋里有女子说话声,脚步本能地一顿。待听清了里面说话人的声音,他霎时间面色大变,惊恐地向宁远舟房中跑去。

跑到宁远舟房前时,宁远舟送杜长史出门,正说起昨日带回来的几位将士该如何安置。

"袁将军他们,还需杜大人修书给徐州刺史,请他暂为照料。等我们迎回圣上再一起归京,到时,他们也能算是立功了……"

话还没说完,于十三已冲上前来,拉住宁远舟便问:"金媚娘什么时候来的?你们怎么都没人告诉我?"

杜长史见状,便拱手先行告辞。

送走了杜长史,宁远舟回头正要和于十三说话,却忍不住咳了几声,带出了血。

于十三吓了一跳,忙问:"你旧伤又犯了?"

宁远舟示意他小点声,道:"问题不大,别嚷出来乱了军心。金媚娘是为了李同光的事来找如意的,不是为了你。"

于十三这才松了一口气,却忽地又想起来,赶紧叮嘱:"那你可千万别让她们两个待太久啊,现在这金媚娘脑子里头全是些稀奇古怪的东西,你可不能让她带坏了美人儿。要不你们就永远也——"正说着,忽觉背上一寒。

金媚娘把剑抵在了他腰上,皮笑肉不笑地道:"哦,你说说,我到底哪儿稀奇古怪了?"

于十三忙尴尬一笑,举着手步步后退。突然元禄匆匆奔来,急道:"长庆侯又来了,指名要见殿下、如意姐、杜长史和宁头儿!"

客栈正堂里,杨盈四人已然齐聚,李同光也在钱昭的引领下走入堂中。

上次相会无论如何都算不上宾主尽欢,李同光欺人至此,杨盈心中也难免存有芥蒂。不知今日他突然亲自登门,究竟是为何事——通常来说为两国和谈顺利,这一回合他该是来缓和关系的。但自相会以来的种种事端都可看得出,此人心机深沉,偏偏性情乖僻,杨盈实在猜不准他究竟有何盘算，只能全神戒备着。

李同光果然态度十分淡漠，进屋后扫一眼众人，在看到如意时眼皮一耷，便直奔主题："本侯不想多说废话。前日郡主提议，只要本侯愿意帮你们迎回你们皇帝，你们就愿意送本侯云、勉两城？"

杨盈看了众人一眼，谨慎道："正是。"

李同光便看向杨盈，淡淡道："好，我可以答应你们，甚至还可以承诺你们，一个月之内必会大功告成。"

杨盈一喜，不料竟有这样的峰回路转。宁远舟却突然开口："你有什么条件？"

李同光抬手一指如意，道："她。把她给我，我就让你们心想事成。"

众人愕然，杨盈更是愤怒至极："放肆！郡主是孤的姐姐！"

李同光语气冰寒，道："现在是你们求我。我给你们一晚时间考虑，明日巳时，你们要么送她过来，要么就做好到安都后替杨行远收尸的准备。"说完便要拂衣离开。

宁远舟面寒如霜，正要伸手拦他，如意却忽然开口："站住。你指名道姓地要我，却连看我一眼都不敢？！"

李同光一震，僵在原地。

如意看着他，冷冷地道："转过身来。"

李同光僵硬地站在那儿，目光竟微微有些颤抖。他掐住了手心，竭力按下自己的情绪，半晌后，才缓缓转过身来，却依旧垂着眼睛，不敢直视如意。

如意道："看着我的眼睛。"她的命令再次响起时，李同光竟本能地一颤，眼睛不由自主地抬起来。对上如意的目光时，他的眼睛瞬间便润湿了，心中的贪婪、急切几乎瞬间释放出来。他目不转睛，如意却是面如冰霜，冷冷道："告诉我，你把我要走过后，想做什么？是罚我去做苦力，以报今日之辱，还是要我做你见不得人的姬妾，日日供你作践玩乐？"

李同光下意识地摇头，焦急道："不，怎么可能！"他几乎破音，才猛然意识到自己的失态，忙垂了眼睛，缓声道，"我、我会对你好的。"

"怎么个好法？"如意冷冷地逼视着他，"是让宫廷画师来替我画上几百张小像，挂满你的密室，还是把那些陈年的紫衣、朱衣、绯衣全穿在身上，做一个活动的人偶？"

李同光大骇，惊恐地问道："你怎么知道？！"

宁远舟等人都是一震——竟是真的。

"你们朱衣卫整个梧都分堂都折在六道堂手中了，你觉得我们会不知道？"如意声色俱厉，一步步逼近他，"李同光，李鹫儿，你要了我去，无非就是想我做那个人的替身。"她突然出手，打了李同光一耳光，"像这样骂你、教训你，你就心满意足了？"

李同光被打蒙了，捂着脸，却什么也说不出来。

如意盯着他，缓缓道："你真贱，也真蠢。"

李同光浑身颤抖，声音几近哀求："别那么说我，师父。"

如意却道："我再说一次，我不是你师父，我是大梧的湖阳郡主。"她冷笑着，步步紧逼道，"你自以为最大的秘密都不过是糊了一层纸，你要了我去之后，还能瞒得了谁？两位皇子知道你把敌国郡主私藏在府里，该多高兴？安国国主那么多疑，冷落了你那么久才提拔了你，你现在想一切回到原点？还有你那沙西部的未婚妻金明郡主，知道多了一个大梧的郡主姐姐，也一定很开心吧？"

李同光被她逼得步步后退，眼中光芒早已破碎作一片恐惧，却无法将目光从如意身上移开。

"你这么前不顾头、后不顾尾，难道不是蠢？你费尽心思才爬到如今的位置是为了什么，就全忘了？你想过一旦失去帝王的信任，就会过回以前那种被人嘲笑、被人瞧不起的日子吗？你想过——"如意脚步一顿，俯身上前，红唇轻启，用只有他们两人才能听得到的声音，在他耳边轻轻说道，"你师父泉下有灵，知道你对她还抱着见不得人的心思，该多恶心吗？"

李同光如遭重击，狂乱地否认道："我没有！我没有！"

如意笑了，媚眼如丝，却语声冰冷，她用手指勾起李同光的下巴："真的吗？"

第二十章

李同光再也无法承受，慌乱地踉跄退后，抱着头大叫一声，如受伤的野兽般奔了出去。

杨盈和杜长史都惊愕地看着眼前一切。

如意平静地看向杜长史，淡淡道："解决了。这样是不是比要我去引诱他，更管用一些？"

杜长史又羞愧又懊悔，大汗淋漓。

如意便又看向杨盈，语声如冰："学着点——一个人狂妄至极的要求，往往就是他最大的弱点。"

杨盈震撼至极，若有所思。

如意说完便转身离开，宁远舟连忙追了出去。

他在走廊上追上如意，拉起她的手，在如意的诧异之中，将她拽进了房中。房门关上后，他才终于顿住脚步，回过身来看向如意。

如意不解地看着他："干吗？"

宁远舟却只定定地凝视着她。

如意不由得尴尬起来："你在看什么？"

宁远舟却伸手抱住了她。

如意愕然，半响才问道："你，怎么了？"

宁远舟的嗓音低缓地响在耳边："没什么。"他轻轻地说道，"你在他耳边说的那句话，他们听不到，但我都听到了。"

如意不由得一僵。

宁远舟轻声道："说那些话的时候，你的心里，其实也很难受吧？从小教大的弟子，现在却变成你完全不熟悉的模样，你既心痛又难过，还不得不为了我们，挑破你以前的伤疤。"

如意一颤，别开了头。她闭上眼睛，按下心中动摇，淡淡道："这些都不算什么。"

可宁远舟轻抚着她的脊背，抱住了她。耳边的声音平缓且温柔，说的是："我明白。但我就是想像这样，抱着你。"

如意鼻子一酸，但他们已经分手了，何况她本也不愿在人前流露软弱。她不想再继续陷下去，挣扎着想要推开宁远舟："我不需你同情。"

可宁远舟说："是我需要你。让我再多抱一会儿，就一会儿，好吗？"

如意的力气便这么泄下去，她低声道："宁远舟，你别这样。你就算对我使苦肉计，我也不会陪你去那个小岛。"

宁远舟道："这我知道。可只要你还在我身边一日，我就……"他闭上眼睛，更紧地抱住了如意，良久，才轻轻道，"只要我还在你身边，这个怀抱和肩膀，就都是你的。你累了的时候，可以靠一靠，没有人会知道。"

如意迟疑了片刻，终于慢慢放松了抗拒。

月光剔透如水，时间仿佛凝结在了这一刻。

庭院中，金媚娘远远地看着如意与宁远舟相拥，不由得叹了一口气，却有另一声叹息几乎同时响起。

金媚娘抬头望去，却是于十三站在对面。两人同时看到了对方，都不由得一怔。

但良久凝望之后，两人却不约而同地选择了转身离去。

李同光失魂落魄，跌跌撞撞地走出客栈。

琉璃和朱殷正等在外面，见他如此情状都不由得大惊，连忙迎上前去。

琉璃扶着李同光上车，吩咐马夫："出城，回军营。"登车时无意中一扭头，便望见金媚娘一身农妇装扮，正静静地站在客栈外的角落里看着她。琉璃不由得一惊，随即便见先前一直镇守在客栈外的孙朗走到金媚娘身边护卫她。

琉璃心思电转，立刻明白了些什么。

金媚娘用手指着自己的唇，摇了摇头，又做了个割脖子的手势。

琉璃一凛，忙屈指勾了三下，轻轻点头，这才疾步上了车。

那是朱衣卫旧时暗号，金媚娘心知琉璃看懂了，必然不会泄露如意的身份，便也放心离去。

乌云蔽月，四面一片昏暗。辘辘的车轮声中，长庆侯的马车颠簸地行驶在路上。

第二十章

李同光蜷着身子，失魂落魄地缩在车厢角落里，目光空茫地看着前方，口中不知念着些什么。琉璃为他擦着汗，心疼地问道："侯爷，您怎么了？"

李同光抱着胳膊，喃喃道："她说我对师父有见不得人的心思，我没有，我没有……"

琉璃一滞，轻声道："他们胡说八道，您对尊上，自然只有一片孺慕之心……"

李同光却突然抓住了她的手，将她一点点地引了过来。待琉璃终于挪到他身旁后，他便将琉璃的手放在了自己脸上，轻轻贴着，道："别说话！"

他将另一只手按自己心脏上，片刻后，才道："刚才，她这样把手放在我脸上的时候，我的心就跳得很急，都快蹦出喉咙来了。"

琉璃脸色瞬间绯红，李同光却全无知觉。他不死心，突然又将琉璃推倒在车厢壁上，依偎进了她的怀里。琉璃又惊喜又羞涩。

李同光捂着心脏静静地感受着，然而心口依旧毫无波动。他不由得露出些茫然的神色，喃喃道："可现在，它一点都不快。"

他便闭上眼睛，故意回想如意的模样。脑海中如意的音容笑貌渐次浮现出来。他想起那年山洞避雨，他卧在石头上装睡，透过眼帘望见如意在换药。那时如意衣衫半褪，肩头雪白，肩上伤痕如红梅卧雪。想起那年他和如意比武，他打赢之后，如意第一次对他微笑，那笑容剔透如冰莲初绽。他想起自己靠在如意膝前，抱着青云剑仰望如意的面容，柔暖的天光映照在她脸上，连睫毛上都浸着光。

他想起府中那个挂满了如意画像的密室，他在密室里喝着酒，醉酒后仿佛被如意温柔地环绕着。想起自己将绯衫的假人摆成坐像，如少年时那般依偎在"她"的身边。

他听到了自己的心脏剧烈跳动的声音。

李同光猛地睁眼，推开琉璃，痛苦地捂住了自己的脸。心意如此明了，他终于无法再自欺下去："原来我真的喜欢师父，我自己一直都不知道。"泪水从他的指缝中滴落下来。

琉璃的脸猛然从血红变为苍白，眼圈也瞬间红了。

李同光声音低哑地落着泪："我真蠢，我真恶心……难怪她那么看不起我……"

琉璃深吸一口气，微微地颤抖着伸出手，覆在李同光的手上，轻轻说道："侯爷，您错了。这一点都不恶心，偷偷喜欢上一个人却不自知，是这个世界上，最美丽的事情。"

李同光一震，慢慢抬起头望向她："真的？"

琉璃拢紧他的手，点头。

可就这一瞬间，变故突起。随着一声马的惨嘶，正在疾驰的车厢突然停了下来，琉璃和李同光被巨大的惯性猛地抛在了车壁上。

马车外，箭雨阵阵。朱殷带着侍卫们仓促应敌。

但天阴欲雨，四面一片漆黑，独他们一行人点着火把赶路。暗处的杀手们看得到他们，他们却寻不见袭击是从何处而来，竟是毫无还手之力。不过一个交锋之间，几人都已中箭倒地。

原本躲在树上放箭的蒙面人见状，收起弓箭，拔出佩剑，互相招呼着扑向马车。

这一日李同光本是私访驿馆，并未大张旗鼓，随车也只带了四骑侍卫，此刻四面已无人支援。

眼看蒙面人挥剑刺向了车厢，车厢却在一瞬间爆裂开来，李同光和琉璃齐齐杀出，倒在地上装死的朱殷也一跃而起。三人一道，同蒙面刺客恶斗起来。

激烈的厮杀中，掉落在地的火把引燃了车厢，浓烟滚滚。朱殷也寻机放出带火的鸣镝，鸣镝拖着尖厉的尾音蹿上了夜空。

校场上守将吴谦看到鸣镝，意识到是李同光发令求援，连忙传令士兵集合。

客栈里，使团众人也看到了鸣镝，当即也都赶去院子里确认。

金媚娘见如意和宁远舟一道奔过来，连忙上前说道："是安国军中的样式！"

第二十章

于十三也立刻道："离此地大约三里。"

"安国军营在十里以外，"如意凝眉一算，目光霎时一凛，"是鸢——李同光！"

宁远舟飞快思索着："谁会在这时候袭击他？不可能是我们的人，难道又是山匪流民？"

如意显然已有些急了，鸢儿竟然在她不远处遇险！她尽量镇静："他的武功我清楚，比孙朗只高不低。山匪流民不会迫到他要发鸣镝求救。"

宁远舟立刻做出决定："我们马上赶过去。"

如意一怔。

钱昭也抬眼看去，向宁远舟确认道："救他？"

元禄有些迟疑："需要我们出手吗？那个鸣镝，安国人肯定也看得到啊。"

宁远舟解释道："我们更近，安国人没我们快，而且高手来袭，安国的寻常士兵也帮不上忙。如果我们不管，长庆侯出了事，势必影响和谈。如果我们救人，安国人就会欠我们一个天大的人情。还有什么问题吗？"

众人一凛，都应道："没有！"

宁远舟立刻分派任务："于十三、孙朗，你们各带三个人跟我走！钱昭、元禄留守，护卫好殿下！"

众人当下各自领命。护卫杨盈的前去回防，出行救援的飞奔向马厩。

如意也跟着宁远舟一道跑向马厩，上马前她飞快地在宁远舟耳边说了一句："谢谢！"谢谢你没有多说一个字就理解了我的焦灼，谢谢你愿意出动手下助我一臂之力。

宁远舟没有说话，只是将她托上马背，自己也翻身上了马。

一行八人出了院子，向着鸣镝发射的方向策马飞奔而去。如意连番催马，奔跑在最前方。

而安国营中也已点齐了人马，慌忙推开校场门出发。骑兵策马在前，步兵奔跑在后。杂乱的马蹄声、脚步声扰乱了漆黑的夜。

林子里，李同光三人正和蒙面人殊死血战。

地上已横七竖八躺了不少尸首。早已在箭雨中负伤的侍卫们都已不能再战，李同光身边只剩琉璃和朱殷，三人背靠着背共同防卫。

蒙面人虽也死伤不少，但到底人多势众。余下七人已牢牢将他们包围起来，正持剑和他们对峙着，伺机缩小包围。

琉璃和李同光同时低声提示："攻西南位。"

朱殷一怔。

李同光道："西南边的两个都受了暗伤。"

琉璃却道："他们的阵形很像朱衣卫的飞花阵，西南位一般最弱。"

李同光眼神一闪："朱衣卫？！"

琉璃道："奴婢只是直觉，不敢确定。"

李同光冷笑道："先杀了再说！"

他抢先攻了出去，琉璃和朱殷连忙跟上。三人向着西南位发起猛攻，一阵激烈的拼杀之后，果然占了上风。

李同光手中青云剑银光狂舞，如蛟龙游走，接连砍杀了三个蒙面人。琉璃和朱殷以一敌二，也各自砍杀一人，却到底寡不敌众。朱殷先负伤倒下，旋即琉璃也被一脚踢翻在地。

眼见蒙面人追杀上前，挥剑刺向琉璃，李同光大喝一声，掷出手中宝剑，一剑将那蒙面人扎了个对穿。另一个蒙面人却也从背后袭来，挥剑向李同光砍去。李同光拼着用肩膀受了一剑，趁势拉近距离，用袖中匕首一刀将那人刺死。

天地重归静默，只有烧得只剩框架的马车还在毕剥作响。李同光喘着粗气走到琉璃身边，伸手将她拉起。

琉璃挣扎着起身，尚未站稳，先一眼看到李同光身上的伤势，惊道："侯爷，您的肩！"随即便明白过来，感动道，"您为了救我……"

李同光缓了口气，不耐烦地打断她："行了。你跟了师父那么多年，我怎么也要保你一条命。"

琉璃一滞，咬牙道："奴婢自己来。"她奋力地站稳了身子，便要上前去搀扶李同光。李同光却突然警觉，发力将她护在了身后。

第二十章

琉璃这才发现，不远处的树丛中，还有几双闪着邪光的眼睛。她不由得倒吸了一口冷气。

李同光从尸首上拔起已经豁口的剑，阴沉地摆好了架势。

又一群蒙面人从树林中走出，拔剑向李同光杀来。

李同光和琉璃挥剑迎敌。但这一次他们双双负伤在身，寡不敌众，一时间险象环生。

马蹄声疾，宁远舟一行人已然奔至近前，隔着一道树林，远远已可望见前方火光，听到刀剑声。

如意眼中一亮，忙道："在那里！"催鞭愈急。

宁远舟却忽然想起件事来，忙提醒她："等等！"转头便去问于十三："你带人皮面具没有？"

"啊？！这会儿我怎么会带这个？！"

如意也已回过神来，急道："糟了！"

宁远舟驱马拦在如意身前，道："你不能过去。郡主不应该会武功，你不能暴露身份。"接着低声吩咐众人："所有人都听着，以后在安国人面前，只能称呼如意为郡主！"

众人应道："是！"

宁远舟看向如意，道："我们上就够了，你在远处看着就行！"又低声安慰道，"放心，我不会让他有事的。"他一招手，便带着众人飞奔而去。

如意勒马站在原地，又担心，又心急，目光在远方火光和宁远舟纵马而去的背影间左右徘徊。

林子里，李同光和琉璃还在跟蒙面人苦战着。琉璃勉力支撑，终于不敌，被蒙面人一剑刺中，痛苦倒地。

李同光大惊："琉璃！"伸手想去拉她，却不料一脚踏空，眼看有蒙面人一剑刺来……

危急时刻，宁远舟终于赶到。他一剑挑飞了蒙面人手里的剑，拉起李同光，问道："伤在哪儿了？"

李同光看清来者是宁远舟,当即一把甩开:"不用你管!"

宁远舟一哂,也就不再理他,转身继续迎敌。于十三、孙朗等人也先后赶到,和蒙面人拼杀起来。

但蒙面人竟如蚂蚁般一群群接连不断地从林子里拥出,杀之不绝。宁远舟脸色渐渐沉重起来,当即号令:"三人一组,不要恋战,撤!"

李同光将浑身是血的琉璃放在马上,跟着宁远舟一道撤退。

一行人且战且退,但蒙面人越来越多,眼看着竟有近百人,已完全堵死了他们的退路。这群人都是训练有素的杀手,也不呼喝,只默契配合着摆好阵势,一轮接着一轮掩杀上来。又有人趁机滚地砍向马腿,不多时几匹马便伤的伤、逃的逃——分明是要强行将他们耗死在此地。

尽快突围撤退的机会已被破坏,唯有杀出重围了。

宁远舟目光一寒,道:"杀!"

他指挥众人与蒙面人们短兵相接,然而刀剑砍到蒙面人身上竟没有太大作用。这群人仿佛不会受伤一般,身上几乎都没见血。

于十三怪道:"邪门!"

李同光却很快便察见端倪,提醒道:"他们身上好像有暗甲,只有我的青云剑还能对付。"

宁远舟当即下令:"对准头颈动手!"

众人依言而行,于十三更是从背后解下机关弩,一串连发,蒙面人们终于开始有死伤。但饶是如此,他们依旧不怕死一般直拥而来。

李同光负伤在身,已是强弩之末,不知还能支撑多久。其余众人虽勇,但以少敌多,对上这群不怕死的,一时半刻也难占到上风。眼前最稳妥的策略无疑是坚守待援。宁远舟判明了局势,果断一扬手,一道鸣镝破空而去。

宁远舟高声激励众人:"顶住!钱昭他们很快就能赶来!"

六道堂众人齐声高呼:"是!"

他们挥剑砍杀着,但对手身穿皮甲,他们手中的刀剑很快就砍得卷了刃。宁远舟索性弃了剑,徒手对敌,一把扭断了一个蒙面人的脖颈。众人纷纷效仿，但效率并不高。唯有李同光手中的青云剑足够锋利，尚可应敌，可蒙面人的包围圈越来越小了。

忽然空中一道银丝飞来，在第一排蒙面人脖颈前飞速一拉，蒙面人脖颈上鲜血齐齐如泉水般涌出，随即颓然倒地。

李同光惊喜道："你们的后援来了？！"

宁远舟望向银丝飞来的方向，眼中闪着喜悦与骄傲的光。

来的自然是如意，她依旧放心不下，赶来支援，此刻脸上蒙着块布巾，正藏身在路边一块数人高的大石后面，将银丝收回手中。

蒙面人也很快察觉到偷袭之人就藏在石后，分出一半人，向此处袭杀过来。

如意变换了嗓音，高声提醒："堂主！"便将银丝扔给了远处的宁远舟，自己则依旧躲在石头后面，待蒙面人拥到近前时，甩手扔出一颗雷火弹。

只听"轰隆"一声雷火弹炸响，蒙面人被炸得人仰马翻，纷纷倒地。皮甲自然防不住震伤，受伤之人终于鬼哭狼嚎起来。

宁远舟接住银丝的同时，也看到了远处的爆炸。饶是沉静如他，也不禁喜上眉梢。

于十三喜道："雷火弹！肯定是元禄给她的！"

宁远舟已将银丝另一头抛给于十三，于十三当即会意。两人左右一牵，绷紧银丝，身如鬼魅般穿梭于蒙面人阵中，配合默契地割向他们的头颈，一时间蒙面人死伤惨重。如意那边又扔出一颗雷火弹，再次炸翻一群蒙面人。

先前密集的阵型此刻反倒成了催命的符咒，蒙面人相互推搡躲避，局面瞬间逆转。

孙朗等人也受到启发，纷纷解下缰绳、皮带允作鞭子，向蒙面人抽去。转眼间到处都是蒙面人被抽中的惨叫声。

李同光更是仗着青云剑，杀得酣畅至极，那大开大合、时鬼时魅的剑法，竟让六道堂诸人情不自禁地想起了天星峡中的如意——不愧是她悉心教授数年的弟子。于十三心中默默想着，自己若是与他交手，只怕也只能打个平手而已。

宁远舟杀得兴起,见还有蒙面人连续不断地拥向如意藏身的大石,便对于十三道:"我们去那边帮她!"可就在他跃起的瞬间,一阵剧痛袭来,他体内真气突然走岔,身子直直地从半空中跌了下来。

于十三大惊,连忙上前扶起他:"老宁!"

宁远舟大汗淋漓,一边咳嗽,一边强忍着剧痛,掩饰道:"不要紧,还是旧伤。"他挣扎着站起身,但手上银线早已不知掉落在何处。身上疼痛一时竟压不下去,他已无力前去支援如意了,便催促于十三:"你去帮她!我自己能行。"

于十三只得听命而去。

宁远舟强忍痛苦,继续挥剑对敌。豆大的汗水不停地从他身上冒出来,很快便打湿了他身上的衣衫。

一直独自拼杀的李同光忽然发现远处有个蒙着蓝色面巾的蒙面人,似乎正在指挥众人,忙大声提醒道:"首领在那边,擒贼先擒王!"他率先冲了过去。

宁远舟见他想孤军深入,忙大叫道:"不可!"

李同光却已然仗剑杀入了敌阵。

两个人高马大的蒙面护卫见李同光冲近首领,从背后摸出一根狼牙棒,便重重地向李同光挥去。李同光连忙持剑相拒,然而一力降十会,以轻挡重,哪里挡得住?剑棒一碰,李同光手腕被震得发麻,勉强抵挡一瞬,手中青云剑便被砸飞出去,他自己随即身陷重围。

眼见蒙面护卫手中狼牙棒再次挥下,李同光那边险象环生,宁远舟顾不得许多,立刻扔过去一根鞭子。李同光会意,抓紧鞭梢。宁远舟奋力扬鞭,将李同光如流星锤一般凌空带起,在空中划出一道弧线后安全逃离!

刚一落地,李同光便捡起地上的青云剑继续杀敌。宁远舟却因为用力过猛,强忍剧痛喘着粗气。他剧烈地咳嗽着,嘴角很快染了血迹。眼前的景物开始变得扭曲模糊,他强撑着,闪身避开敌人的攻势,脚下却已踉跄起来。

第二十章

大石后面，于十三和如意也在联手对敌。

丢了银丝，弩箭也快要用完了，于十三杀得很是不顺手，眼见敌人越杀越多，他一面拼命抵抗着，一面忍不住出言提醒："哎呀！快发雷火弹啊！"

却听如意道："元禄就给了我两粒，全用光了。"

于十三大急："你怎么不早说？！"

如意一边奋力砍杀着，一边给他鼓劲道："再撑一会儿，元禄马上就能到了。"

却忽听远方传来一声呼哨，闻声正冲杀在前的蒙面人顿时四散开来，后排一队挽弓的蒙面人列阵上前。

眼见他们引弓搭箭，于十三暗道一声："不好。"

两个人不约而同，连忙飞身跃起，跳上大石，躲过了箭雨。

那大石有数人之高，站在石头顶上，恰可俯瞰整个战场。如意堪堪站稳，目光一扫，立刻望见了远方的宁远舟。见他跌跌撞撞、险象环生，她霎时间心急如焚，脱口唤道："远舟！"

宁远舟意识已然有些恍惚，隐约听到她的呼唤，下意识地回过头去，望向如意的方向。就在这一瞬间，蒙面人手中的狼牙棒挥至，重重地砸中了他的后心。

时间倏然被拉得悠长，如意眼看着宁远舟身形一晃，一口鲜血喷出，缓缓摔倒在地。她心神俱裂地唤道："远舟！"

元禄震惊的呼声也随即传来："宁头儿！"他和钱昭带着数十人马，终于赶到了战场。他们心中又急又恨，高呼着冲杀向蒙面人阵中。

而另一边，吴谦也终于带着安国大军赶到了。

如意见状，立刻扯掉面巾，跃下大石，向着宁远舟奔去。半途经过钱昭身边，她一把扯下钱昭身上的披风，匆匆给自己系上，不过几步之间，宛然已变成一个刚刚赶到战场的梧国贵女。跌跌撞撞，却又有惊无险地避开了沿途所有的刀剑，她终于扑到宁远舟身边，焦急地将他扶起："远舟！"

于十三也追赶上来，全力替他们抵挡住进攻的蒙面人。

宁远舟咳嗽着，鲜血从口中不停地涌出。不过一会儿工夫，身边已是一摊血。

有于十三分担压力，一直陷于苦战的李同光终于能稍松一口气，一回头便发现如意正抱着宁远舟，竟也身在战场，顿时愕然。

宁远舟察觉到李同光的目光，强撑着身子，出言替如意掩饰："郡主你怎么来了，此处危险……"

如意借着披风的遮盖为他点穴止血，轻声道："别说话了！"

宁远舟已有些意识模糊了，却还是在她耳边断断续续地提醒道："杀那个蓝色头巾的，那是首……"话音未落，他便晕了过去。

李同光心中茫然，难以置信地看着两人。

这时，远处元禄一连扔出数颗雷火弹，一连串的爆炸声响起。李同光下意识地回头望去，立刻被爆闪的光芒耀花了眼睛。

他本能地伸手挡住眼睛。就在这一瞬间，他身后的如意如鬼魅般跃出，蜻蜓点水般踩着蒙面人的头颅跃至蓝头巾的蒙面人首领处。首领尚在惊愕中，如意套着铁指套的纤指已直插他的咽喉，一击命中，当即闪电般撤走。首领的咽喉处多了四个血洞，血箭高高飙向天际。

而如意看都不看一眼，重新跃回宁远舟身旁。待雷火弹的闪光消失，李同光放下遮眼的手时，如意已经如先前那般搂住了宁远舟，仿佛从没离开过。

直到此刻，敌阵中才传来砰的一声——被击杀的首领倒地身亡了。

这电光石火间发生的一切已然落入于十三眼中，他反应机敏，立刻举剑挥了个大功告成的姿势，高呼："我杀了他们首领！"

蒙面人此时终于反应过来，一时大哗，安国军队和钱昭、元禄等人趁机掩杀上前。眼见局势不可逆转，蒙面人中忽有人发出一声呼哨，其余人得到信号，立刻齐齐向树丛中撤退。

元禄和吴将军正欲追进树林，却被钱昭拦下："穷寇莫追，等天亮再说！"

吴将军点头，扭头寻找李同光，见他浑身是血，连忙奔上前去："侯爷。"

第二十章

李同光却根本没有听见他的话，只怔怔地盯着如意。

宁远舟浑身都被鲜血浸透，已然昏迷过去。孙朗正抱着他奔向战场外，而如意紧紧跟随在侧。她一路上始终都握着宁远舟的手，一刻也没有松开。

李同光突然拉过于十三，问道："郡主和宁远舟，是什么关系？"

于十三一愣，随即眼皮一抬，挑衅地反问道："你说呢？"

李同光脸上的表情不断变幻，有愤怒、有不可置信、有嫉妒，更有慌张。但很快他便邪邪地一笑，恶毒道："不管什么关系我都不担心。宁远舟吐了那么多的血，死定了。"

于十三脸色巨变，举手便想揍他。但见他身边还有吴将军，只得愤愤停手，扭头离去。

李同光依旧追望着如意的身影。如意正和孙朗一起把宁远舟小心安放在战场边的大树下，钱昭紧急上前去给宁远舟把脉。

李同光痴迷地凝视着如意，语气决绝地呢喃道："她只能是我一个人的，谁也抢不走！"

路旁大树下，六道堂众人团团围在宁远舟身前，替他挡去安国人那边窥探的目光。火把噼啪地响着，火光映照在他们紧张又焦急的脸上，

宁远舟倒在血泊中，钱昭正跪坐在他身旁替他紧急诊治。他一边把脉，一边紧皱双眉。

如意颤声问道："怎么样？"

钱昭取出金针，飞快地替宁远舟扎针。狼牙棒的重伤加上剧毒，让他心生不妙之感，他只能不断转动着针尾，目光沉重道："我完全没把握。"却忽见宁远舟的眼睛动了一动。钱昭连忙拍打着他的脸，唤道："老宁！醒醒，你怎么还中毒了？知道是什么毒吗？"

如意陡然想起什么。

宁远舟一咳，又是一阵鲜血涌出，他虚弱地说着："一旬……"

如意忙问："一旬牵机？你怎么没服解药……远舟！"宁远舟又

晕了过去。

钱昭面色一沉："一旬牵机，前朝的秘药？老宁为什么吃那个?！"

"章崧为了牵制他，出发前逼他用的。每隔十天，必须在他的人手里领取解药，今天是第……"如意面色大变，"坏了！肯定是因为郑青云和李同光的事耽搁了行程，这一期的解药，本应该是到安国俊州领的！"

众人又震惊，又愤怒，也纷纷变了脸色。

元禄焦急地问道："有什么法子能解毒吗？"

众人都希冀地看向钱昭。

钱昭已低头在自己随身的药袋里翻找起来。良久之后，他颓然抬头看向众人，缓缓摇了摇头。

众人的心瞬间沉到底。

于十三急了，一把拽住钱昭的领子，催促道："再想想办法！赶回客栈呢？宁远舟不是才去涂山镇给你买了一堆药回来吗？"

钱昭绝望道："都没有用。原本还可以赌一把，用放血去减轻他血中的毒性，但他现在偏偏又受了重伤，失血过多。我赌不起。"

于十三的手霎时僵住了。

元禄不肯相信，哀求道："你再想想办法，宁头儿肯定还有救的！"

钱昭眼圈一红，闭目别开头，低声道："对不起。"

孙朗急了，拉住钱昭，眼巴巴地看着他："能不能把我的血换给宁头儿！我的血足！"

丁辉他们也纷纷去撸袖子："对，我也有！""让我来！"

钱昭看向他们，又急、又愧疚、又绝望："我也有血啊。可怎么换？难道要我割开他的脉管吗？那样血只会流得更多！"

一片吵嚷之中，只有如意不发一言，平静地看着树下的宁远舟。乌云散开了，月光映照在他苍白的脸上，他神色平静得仿佛睡着了一般。如意只能紧紧地握着他的手，贴到自己的颊边。

于十三眼睛一酸，背过身去，深吸了一口气。

如意镇静得一如往常："还有多长时间？"

钱昭再度上前把了把脉，低声道："最多半个时辰。"

如意果断道："还好他睡过去了，不会觉得痛。"她闭目片刻，便又平静地抬起头来看向于十三，吩咐道，"让人去接阿盈，至少要让她见他最后一面。"

于十三忙快步转身。

元禄犹然不肯放弃，再一次拉住钱昭，仰头问道："你知道哪儿会有那种可以解百毒的灵药吗？我现在就去找！"

钱昭摇头道："找不到，也来不及了。"

如意却猛地一震："能解百毒？"她蓦然抬手，便又套上了尖利的铁指套，随即重重地往自己腕上一划，鲜血顿时流了出来。

元禄大惊，扑上去想按住她的手腕："如意姐！"

如意挥开他，将手腕按在宁远舟的唇上，冷静地向众人解释道："我没疯，我的血里有朱衣卫的万毒解，连你们六道堂的见血封喉也能解开。"

众人顿时惊喜万分，连忙看向宁远舟。

如意手腕上的血汩汩地流入宁远舟的口中，钱昭按着宁远舟的喉头，帮助他吞咽着。众人紧张地看着这一切，只见如意的面色一点点变得苍白，宁远舟却始终没有动静。

很快，如意手腕的伤口便凝结了，她果断地再次用铁指套划开。血再度涌出来，流入宁远舟口中，宁远舟却依旧没有苏醒的迹象。

第二十一章

彩云终得归

夜色寂寂，沉于草木之间，偶有夜枭鸣叫声从远处传来。战场上到处都是倒伏在地的尸首，安国士兵们点着火把，还在清理着战后的残局。

朱殷和琉璃都侥幸未死。朱殷已然苏醒过来，琉璃却还半昏迷着，满面痛苦的神色。士兵们将她抬上担架时，李同光恰也走到此处，见她还活着，立刻吩咐一旁的吴将军："一定要治好她。"

吴将军应道："是。"

李同光又看向四周刚刚被清理出来的蒙面人尸首，问道："一个活口也没有？"

吴将军点头道："我们本来围住了几个，结果全都自刎了。"

李同光皱眉，挥手示意吴将军退下，回头时却望见六道堂众人依旧簇拥在大树下，都是一副焦急的模样，便又道："等等，你们有带什么管用的伤药来吗？给他们送点过去。"

吴将军道："只有金创药。"

李同光不由得有些失望。朱殷已包扎好伤口，正跟随在李同光身侧，望见他的神色，便有些不解，忙问道："侯爷为何——"

李同光烦躁地说道："我是想宁远舟死，但又怕他真有个万一，湖阳郡主会恨我。"

朱殷略一迟疑，从怀中摸出一瓶药奉上去，道："这是沙西王府给您的回礼里头的更始丹，刚才属下和琉璃就是服了这个，才缓过来了些……"

李同光一把抢过来，正要给如意送去，便听到远处传来欢呼声："动了，宁头儿的手动了！"

李同光一滞，自嘲道："算了，不用管了。"

大树下，六道堂众人都惊喜又期待地看着宁远舟。钱昭双手翻飞，给宁远舟扎着金针。许久之后，宁远舟终于缓缓睁开了眼睛。

他面色苍白，气息虚弱，醒来后模模糊糊地分辨出眼前人是钱昭，便强撑着力气，断断续续叮嘱起来："我、我快不行了，钱……你暂代我的职务。到安国俊州……挂轮回旗，那边分堂，人道的兄弟，会主动来……是章崧的人，把情形告诉他们，听，梧都指令，再，行动。"

钱昭急红了眼："不许交代后事！我只是暂时调入六道堂，你们六道堂的事，我管不了！"

元禄、孙朗也急了："宁头儿你别说傻话！千万要挺住！"

宁远舟没有说话，只是努力地寻找着什么。如意会意，忙道："别找了，我在这儿！"又赶紧把自己的手腕凑到他唇边，道，"别管其他了，继续喝我的血，里面有万毒解，能解一句牵机！"

于十三见状，悄然示意众人退开些，给两人多留些独处的空间。

宁远舟推开如意的手，虚弱地摇头道："我自己的命，我自己知道。"

如意托住宁远舟的下颌："我不管，你给我喝，听见了没有？！"

宁远舟颤抖地举起手，按住她的手腕，微微地摇了摇头。他似是苦笑了一声，在如意耳边轻声呢喃道："我后悔了，早知道，有今日，就不该跟你争什么隐居，什么小岛……"

如意只斩钉截铁："你别死，我不许你死！"

宁远舟颤抖着艰难地将手伸向怀中，摸出如意送他的那一锦袋松子糖。他费力地将锦袋递给如意，喃喃道："你给我，买的，我最喜欢的，给你，吃了，就不会难……"话音未落，他的手便软软地垂下，沾了血的锦袋滚落在地。

如意终于无法再保持冷静："远舟！"

众人也都扑了过来，撕心裂肺道："宁头儿！""老宁！""堂主！"

李同光正准备上马随军队一道撤离，众人的哭喊声便传入了他耳中。他来不及多想，立刻奔向大树下，挤开众人，将手中药物递给如意，道："我这儿有更始丹，沙西部的灵药！"

如意想也没想便接了过来。

钱昭阻拦道："不行，得验过才行！"

如意却毫不犹豫——鸶儿的眼神她太过熟悉，只消一眼，她便绝对相信他是诚意相助。而且如今情势迫在眉睫，哪有迟疑的时间？于是，她斩钉截铁道："要是有毒，最多我和他一起死！"言毕，便毫不犹豫地给宁远舟喂药。

李同光见他们神态亲密，只觉刺目至极，心口仿佛被人重重一击。他转过身便想大步离去，于十三却拦住他，叹道："既然没那么硬的心肠，何必总说一些恶毒的话？"李同光不加理会，大步往安国人方向走去。

于十三扬声提醒道："好好查查那帮蒙面人的来历，他们绝对不是梧国人！"李同光一震，随即翻身上马，带着安国将士们绝尘而去。

如意渡完药，忐忑又期待地看着宁远舟，但宁远舟依旧毫无动静。

丁辉急了："这药到底有没有用？！"

如意道："闭嘴！"便坐到宁远舟身后，双掌抵住宁远舟的后背，为他运功疗伤。如意今日心力大损，又失血过多，气力不及，嘴角不断地渗出鲜血。

钱昭见状忙抵住如意的后心，元禄也抵住了钱昭的后心，一道运功相助。于十三他们也随即反应过来，众人齐心协力，接力为之。宁远舟的头顶上渐渐白雾升腾。

如意胸膛起伏，催动了全身的内力。突然她朝前一扑，喷出一大口鲜血，颓然倒在地上，失去了意识。

梦中如意仿佛又听到了昭节皇后轻轻呼唤她的声音："阿辛，快别睡了。"

第二十一章

她蒙眬地睁开眼睛，发现自己又回到了安国皇宫的御花园里。眼前天光柔明，芳草茵茵，昭节皇后采了满捧的鲜花回来，笑吟吟地给她插了满头，眼中盈着慈爱温柔的光，对她说道："小娘子就是要打扮得漂漂亮亮的，以后才会遇到好郎君。"

如意下意识地反驳道："臣不需要好郎君。"

昭节皇后微笑道："可是你已经有了啊。"她抬手一指如意的身后。如意回头望去，一眼便看到了远处的宁远舟。他似是迷了路，正迷茫地徘徊在雾气朦胧的花园里。

昭节皇后道："迷路了吧？真可怜，你快过去，带他回家吧。"她一推如意，如意下意识地站起身来。

"等等，别忘了这个。"昭节皇后又唤住她，慈爱地往她掌心里放了什么东西。如意摊开手，发现是她给宁远舟，宁远舟又给她的松子糖锦袋。

如意猛然间惊醒坐起。

守在她身旁的元禄立刻醒过神来，惊喜地唤道："如意姐！"

如意焦急地四面寻找着："糖呢，他给我的糖呢？"却听人道："在这里。"那声音不大，还透着虚弱，可听到声音的那刻，如意猛地顿住，眼中瞬间聚起了水光。她缓缓转过身去，便见宁远舟正靠在她的内侧柔柔地看着她，唇色苍白，黑瞳子里却已然有了光——他活过来了。

如意犹然不敢轻信，定定地看了宁远舟好一会儿，才问道："我们回来多久了？"

"快两个时辰了。"答话的是杨盈，她眼睛肿得核桃一般，显然也已在这儿守了很久，"远舟哥哥也是刚醒，钱大哥去给他熬药了。"

如意再次看向宁远舟，伸出手去想触摸他，可在触碰到他的皮肤之前，却忽然停住了。明明只差分毫，她的手却颤抖着不敢靠近，仿佛一旦触碰，眼前的一切便将如梦幻泡影般破灭。

宁远舟见状，勉力一笑，费力地握住她的手，按在了自己脸上，轻轻说道："不是在做梦，看，热的。"

元禄转过了头，杨盈的眼泪也跟着落了下来。

如意拼命地压抑着自己，胸膛却难以自禁地剧烈起伏。她很快把手抽了出来，拿起宁远舟身边的锦袋，将一颗糖放在了宁远舟的嘴唇上。她竭力让自己的声音听起来和往常一样冷静，道："含着，待会儿药一定很苦。"而后她便转身下了榻，径直走出房去。

杨盈想追上她，却被元禄拉住。杨盈不解地回过头去，便见榻上的宁远舟也冲着她轻轻地摇头，道："让她去吧。"

如意走出房间，恰逢钱昭与于十三匆匆赶来。两人看到如意，正想说些什么，如意已快步从他们身边走过了。

天色将明未明，四面一片悄寂。

如意站在无人的天台上，无声地望着远方天际。天际一轮红日破云而出，金色的光芒越过群山照亮了大地。那明光耀到了她的眼睛，她抬手遮住光，压抑已久的情绪才终于能尽情地发泄出来，泪水夺眶而出。但自始至终她都挺直了脊背，不肯流露出软弱来。

于十三不知何时出现在她身后，和她一道看着日出，搭话道："你们安国的药，不管是万毒解，还是那什么根、什么丹，还真挺有用。"

如意飞快地抹掉眼泪，声音已恢复如常，道："更始丹，沙西部的贡品。李同光既然和初家联姻，沙西王自然会给他最好的。"

于十三递了条手绢给她，感慨道："你这个徒弟，其实也没那么坏——"随即声音一低，轻声道，"想哭就哭吧，我帮你望风，没人会看见。"

如意倔强地抬起头，道："我不用。"

于十三便递过来一只葫芦，道："好。那就喝点这个。"

"我不想喝酒。"

"知道，这是孙朗刚熬好的桂圆红枣汤，补血的。"

如意这才接了过去。

于十三又道："养颜益气，小娘子喝了，对皮肤也好。"

如意眼中还带着泪，闻言嘴角就禁不住弯了一弯。

于十三夸张道："终于笑了，真不容易啊。"

如意自我解释一般，轻声道："我不想在他面前哭，怕他担心。"

于十三道："我也一样。"

如意转头看了他一眼："你好像都不怎么担心他。"

于十三望向朝阳，弯弯的笑眼里映着飞扬的朝霞，洒脱又温柔。他微笑道："我生来就这性子，人间走一遭，只要喝过最好的酒，看过最美的姑娘，交过最仗义的兄弟，打过最畅快的架，就没什么可遗憾的了。要是这回老宁没挺住走了，我也打这么一葫芦酒送他，反正过几年就又在森罗殿那儿碰头了。"

如意感叹："你真想得开。"

于十三却道："那你呢？好不容易舍了半身的血，才把他救回来，过阵子还要离开他？"

如意轻叹一口气："你是来劝我的？"

于十三却一笑，道："我劝你干吗啊，我盼着你们赶紧掰了，我好替补他跟你……"他眨眨眼，语气诚恳无比，"刚才不是说过，我这辈子的目标，就是得那什么……最美的姑娘嘛！但是我不希望你们后悔。一个你舍得用自己的命去救的人，你真舍得放手吗？"

如意沉默了好一会儿才道："可我是杀手，决定了的事，就不会改。"

于十三笑了："杀人当然得果断，否则一击不中，反而害的是自己。但是过日子不是杀人啊。你刚来使团的时候，还只是想和老宁做场交易，可现在呢？你情愿用自己的命换他的。你跟他，都不是当初那个人了。"

如意沉默良久后方道："知道了。我会好好想想的。"她把葫芦扔还给他，又道了一声，"谢谢。"

于十三一挺腰道："能为美人儿效劳，虽死无悔。"刚说完，却又俏皮地眨了眨桃花眼，"我都表现得那么好了，等老宁没戏了，你能第一个考虑一下我吗？"

如意一皱眉，正欲开口。

于十三却将手按在她唇前，正色道："别说不能，不然我会伤心的。"

如意一怔，终道："好。"

于十三笑了，得意地一捋额发。

诸事繁杂。

宁远舟半躺在床上，听钱昭他们汇报昨夜他昏迷之后战场上的后续。他身子依旧虚弱，精神却已大致恢复过来，冷静地思索着，叮嘱道："盯着安国人那边，这帮蒙面人的路数太过诡异。李同光查，我们也要查。"

钱昭点头道："孙朗已经带人去了。"

宁远舟又补充道："加强客栈内外的防备，提防蒙面人今晚再来。再去探察一下合县县内的情况，这些蒙面人，总不会是突然从地里长出来的。"他停下来缓了缓气息，又道，"最好联络金媚娘，也问问她。"

于十三主动请命道："我来。正事上她不会为难我。"

宁远舟还欲说什么，耳朵却微微一动。他闭上眼睛，掩去心中情绪，平静地吩咐："暂时这样吧，我累了，想休息一会儿。"

众人起身离去，屋子里一时安静下来。

宁远舟依旧闭着眼睛，唇角却微微勾起，轻声提醒道："进来啊。"

如意一直在后窗看着宁远舟。此刻听到宁远舟的声音，身影一动，便轻盈地翻窗进屋，落足在宁远舟身前。

宁远舟笑了，伸出手去牵住如意："来了，坐——要不，陪我躺一会儿？"

如意顺意在他身侧躺下，寻了个舒服的姿势。

宁远舟问："刚才你突然离开，是因为不想在大伙儿面前失态？"

如意道："嗯。"

宁远舟便道："那现在只有我们两个人了，你想哭就哭，想笑就笑。"

午后寂静，如意靠在他的怀中，听着他沉稳的心跳声，只觉一晌安然。

宁远舟轻声开了口："有些话我早就想说了，但奈何昨天没什么力气。这一次在鬼门关走了一遭，我才发现自己是个彻头彻尾的大傻子。我明明身边有这么好的你，却不懂得珍惜，明明我们已经经历过生死了，我还因为一个李同光，因为一些琐事，跟你闹别扭，闹了这么久。昨晚我发过誓了，只要我还能见到你，就永远也不会放开你的手。"

如意回应："这也不全是你的问题，也怪我，没有提前跟你说清楚。"

宁远舟牵着她的手，柔柔地看着她："因为你比我更了解我自己。我确实没有自己以为的那样喜欢出世独居。我的血，也确实从来都没有冷过。虽然前阵子的确有些心灰意懒，但说到底，我还是放不下六道堂的兄弟，放不下我肩上的道义和责任。我和你一样，一直都在为能守护自己的国家而默默骄傲，所以这一回，一旦大梧需要我，我马上就义无反顾地来了。而逃避去小岛什么的，与其说是我的梦想，不如说是我自我挣扎时安慰自己的方式。"

如意静默了片刻，便也看向他，低声坦白道："你也猜中了。我一直坚持不肯去小岛，其实还有别的原因。我老家在山里，我从来没见过海，小时候爹总吓唬我，说不听话就会把我扔到海岛上，要我一辈子都见不到其他人。因此你一说去没有别人的小岛，我就……但在朱衣卫里，恐惧是件羞耻的事，所以……"

宁远舟心疼地抱紧了她，道："所以你只会用拒绝，来掩饰你的恐惧。"

如意的眼睛微微潮湿，她点了点头，轻轻说道："我也怕跟你去了那个小岛之后，就会没了退路。这就是虽然你一再退让，我却总是不肯松口的原因。娘娘、玲珑都是前车之鉴，她们明明那么能干，却都因为男人而迷失了自我。所以，我总是下意识地觉得，不能太深地走进你的世界，否则，我自己就会找不到来路。"

宁远舟越发心疼起来，自责道："难怪十三说你还是没有真正对我放下心防。昭节皇后叮嘱你不要爱上男人，你却和我在一起了。所以，你心里是不是一直觉得有些对不起她？"

如意点了点头。

宁远舟向她保证道："那我们永远都不去那个小岛。放心，以后，无论你做什么，我都会陪着你。你想仗剑天涯也好，想找一个热闹的地方住下也好，总之，我不会把我的意愿强加给你了，我也会聆听你的建议，尊重你的选择，尊重你的每一个决定。"

如意却摇了摇头，道："不，你要带我去。有你在身边，我的胆子会大一点，说不定，我可以既喜欢热闹的红尘，也喜欢安静的小岛呢？但你也得答应我，万一我倦了，你就让我离开一段时间。"

宁远舟点头道："没问题。我们可以先在中原各地流浪，去金沙楼找金老板喝酒，看看老钱和阿盈在宫里待得怎么样，到赌场里搭救一下没钱而被罚做苦工的十三，再问问元禄又弄出了什么新鲜玩意儿，顺便给孙朗带几只小猫。江南离海很近，你多看几次海，或许就没那么怕了。等一切准备好之后，我们再上岛也不迟。"

如意静静地听着，不由得也随他畅想起来，笑道："好。"

宁远舟笑了，低头吻了吻如意的额。如意往他怀里缩了缩，道："再抱紧点，我有些冷。"

宁远舟抱紧了她，轻声道："你把血都给我了，当然会冷。"

如意道："你的，就是我的，我的，就是你的。"

宁远舟凝视着她，最终吻在了她苍白的唇上。

两个人紧紧相拥着，日移影动，久久没有分开。

使团两个主心骨伤势都稳定下来，还解开了心结重归于好，众人悬了几日的心也终于都放下来了。日光洒在他们的脸上，每个人都神采飞扬，目光轻快又明澈。

安国军营里，随军大夫正皱着眉为琉璃诊治。

琉璃伤得太重，一直都没苏醒过来，昨日后半夜又发起热，整个人都迷迷糊糊的。她此刻昏迷在床上，满脸痛苦，蜷着身子呢喃着："我好冷，侯爷……"

李同光叮嘱大夫："她是忠仆，尽你所能，给她用最好的药。"说完便转身离开。

朱殷早在门边候着，见他出来，连忙迎上去。

李同光便问："查得如何？"

第二十一章

朱殷摇头道："才查了几具尸体，但武器、衣饰上都没找到痕迹，这帮蒙面人肯定是有备而来。"

李同光皱眉道："但他们的阵法确实是朱衣卫的。尸体在哪里？带我过去。"

空地的木板上整齐地摆放着一具具尸首，负责调查线索的军官们还在对着尸首仔细查验着，见李同光来，纷纷起身行礼。

李同光示意他们继续，转头向朱殷询问："最先向我们进攻的有好几个女的。她们的尸首在哪里？"

朱殷忙指给他看。李同光走上前去，掀开蒙布仔细查看了一番，道："是朱衣卫没错。师父说过，朱衣卫里的女子若完不成任务，就要受重罚。刑堂最常在这里下手。"他指了指女子的胫骨，"所以她们这里的骨头，往往比寻常人更歪一点。"

朱殷恍然："难道是因为上回您将他们赶出了合县，他们就怀恨报复？"随即又皱起眉来，苦恼道，"可单凭这骨头，也没法找他们麻烦啊。"

李同光冷笑道："这种事还讲什么真凭实据？带人去把朱衣卫最近的两个分堂砸了，传话给邓恢，告诉他三日之内要是不给解释，我就直接禀报圣上。"

朱殷一愣："您觉得是邓指挥使干的？可他向来只视圣上为尊，和您没有私仇啊。"

"他没有，他手下的左使陈癸就未必了。"李同光冷笑道，"这一年来，陈癸和河东王没少眉来眼去，再加上在我心里，朱衣卫的左使只有师父一个，所以……呵，能调动上百个朱衣卫对付我的，还能是谁？"

正说着，远处突然传来一阵轻微的骚动。李同光循声望过去，只依稀看到有个人同士兵起了争执，便皱眉问道："什么人？"

朱殷忙回禀道："是梧国使团的人，他们一早就派了人过来查验尸体，属下刚才没来得及禀报……"

正说着，忽听那边传来一声："是北蛮？！怎么可能？！"

听到北蛮二字，李同光目光一凛，立刻快步走过去。朱殷也吃了一惊,连忙追赶上去。

孙朗见安国人不信,便又蹲下去,一用力,从尸体嘴里掰出一颗牙齿,道:"你们自己看。他们长相和我们不太一样,而且两边第五颗牙都磨尖了!"

李同光分开众人走上前去,伸手一把将牙齿夺到手里:"给我!"便目光凝重地仔细查看起来。

朱殷犹然震惊不已,反驳道:"胡说,朱衣卫里怎么可能有北蛮人?!"

周围的安国将士也都大惊失色道:"北蛮人?!不可能!"反复向孙朗确认着,"就是几十年前杀了我们十万中原人的北蛮人?!"

李同光和孙朗同时转身,各自掰开一具尸首的嘴,拔下第五颗牙齿一对照,果然都是同样的尖牙。

李同光目光霎时冷下来,说话时连牙缝里都透着寒气:"磨尖齿牙,还有昨天那些刀枪不入的软牛皮甲,的确都是北蛮人的风俗。"

朱殷犹然难以置信,喃喃道:"可北蛮人已经被撵出天门关外好几十年了啊!"

孙朗反问道:"撵出去就不能回来吗?还有这个!"他从尸体的头发里取出几根绒毛,道,"我孙朗最熟带毛的走兽,你们看,这几根毛,分明就是北蛮特有的黑羊的!"

李同光一凛,高声道:"吴将军!"见吴谦出列,便吩咐道,"你马上亲自去天门关,找那里的守将问清北蛮人最近的动向!"

吴谦迟疑道:"可末将只是合县的守将,镇守天门关的许将军和末将素无交道,只怕不便插手……"

李同光冷冷地盯着他,吴谦心中一寒,忙低下头去。

李同光命令道:"马上去!事关中原百姓生死,容不得半点耽搁!那姓许的要是敢有不从,"他解下佩剑扔给吴谦,声如寒冰,"你就马上杀鸡儆猴!圣上面前,自有我担着!"

吴谦立刻领命:"是!"

李同光似乎突然想到什么,表情凝重,尔后深吸一口气道:"你

第二十一章

们宁大人还活着吗？请即刻回传通报，长庆侯李同光欲至驿馆拜访，有要事相商。"

孙朗讥讽道："哟，前倨后恭是吧，昨天你在十三哥面前是怎么……"

李同光厉声道："马上去！事关中原百姓生死，由不得半点耽搁！"

孙朗闻言一震。

李同光又转头对朱殷道："现在立刻出发，把昨晚上第二拨黑衣人冒出来的那个小树林，给我翻个底朝天！"

李同光的主动来访让人意外，但既是大事，尚未康复的宁远舟便与使团全体人等当即厮见。而此刻的李同光全不见昨夜的痴狂，只是冷静地告诉他们自己的调查结果——他的手下还发现了天门山支脉左家岭的一处岩洞，岩洞里有一条新凿出来的密道，里面找到了北蛮人用过的物件。所以昨夜来袭之人，必定是北蛮人！

众人都大惊失色。天门山长五百余里，分隔中原与北地。自两百年前起，北蛮人便多次通过天门关一带的隘口入侵中原，除每年小战不断之外，几乎每二十年，百姓们都要面临一场生灵涂炭的大劫。是以先朝花巨资兴建天门关，历代武将，更是无不把防卫北蛮作为头等大事。直至六十二年前，北蛮人举五万大兵再度南侵，先朝烈帝以举国之力相抗，付出自己战死沙场的代价，才将北蛮人杀伤大半，赶出天门山外。但先朝也因此国力衰败，分崩离析。梧、安等开国之君当时都不过是先朝的节度使，趁乱割据一方，这才有如今天下几分的格局。各国国主后来定下盟约，各出三千兵力镇守天门山脉全境，永世不改。但梧、安两国在天门关大战后，兵力空虚，看来，北蛮人竟是找准了这个机会，绕开天门关，挖掘了这条密道！

听到李同光说那密道虽长却细，无法容纳太多的兵马，宁远舟立刻断言："北蛮人多半是想伺机里应外合打开天门关，如此北蛮大军便能长驱直入，重占中原！"

李同光也冷静地分析道："没错，昨日那群北蛮人，应该是来探察的北蛮先锋。他们生性贪婪，偏偏又看到了和朱衣卫火并两败俱伤后的我。我车马精良，服饰华贵，连侍女都是满头珠翠。这样的现成果子，对他们来说诱惑太大了。"他向宁远舟道，"宁大人，我来找你，便是因为北蛮入关之事关系到两国百姓安危，请你立刻向梧都飞鸽传书汇报此事！至于我们安国这边，自会加强天门关防务，更会在密道入口常驻两百兵士！"

宁远舟肃容应承。而看着昔日的少年如今已成长为冷静果决的将帅，如意难掩欣慰，终于问出了自己一直最关心的问题："朱衣卫为什么要对你下杀手？"

李同光并不瞒她，解释道："我跟安国两位皇子关系都不太好，朱衣卫的左使陈癸，应该投靠了河东王。"

如意微微一惊，疑惑道："可朱衣卫向来都是帝王私兵，陈癸怎么胆敢私自结交皇子？"

李同光大感诧异，狐疑地看着如意。如意这才察觉到失言。

宁远舟忙出言替她掩饰，道："郡主只怕是忘了吧？臣前日跟您进讲时还提过，这位陈左使的幼子前些年生了重病，全靠河东王送去的秘药，这才抢回一条性命。他们或许就是在那时有了交情。"

李同光不疑有他，却提出了另一个请求："北蛮再度入侵之事，我也会立刻呈报给我国圣上，但以我和朱衣卫现在交恶的程度，我担心奏章根本到不了圣上面前，会被朱衣卫从半途拦截掉。我更担心圣上未必愿意增调兵力加防天门关，毕竟出京之前他就想着马上要再打褚国，我劝他与民生息，可他当即就大发雷霆。"他凝眉思索着，看向宁远舟，"所以，我想要你们整个使团尽快随我出发，赶回安都！如果日夜兼程，八天便可到达。朱衣卫刺杀我失败的消息，就算用飞鸽，至少也要四天才能传回安都，他们就再难应变。而等到安都面圣之时，你们也要再三强调六道堂已经查实北蛮人这两年意欲挥军南下，攻破天门关。"

宁远舟果断点头应允："没问题，我替殿下答应你。"

元禄却有些担忧："八天日夜兼程？可宁头儿你的伤还没好呢！"

第二十一章

李同光皱眉道："本侯也有伤在身，莫非宁大人的身子比本侯还要娇贵？"他目光扫过如意，竟是语带嫉妒。

宁远舟一挑眉，答道："侯爷放心，你昨夜连遇两拨刺客，现在都能如此从容镇定，我有郡主悉心照顾，路上少许奔波又算得了什么！"言罢，他看向如意，目光中似有无限情意。

李同光不自觉地捏紧了拳头，发狠道："好，那就一个时辰后出发。"

宁远舟却道："一个时辰太紧，我们还得收拾行装。而且离开合县，殿下就算正式辞国，因此需择一庙宇拜祭神灵才行。所以，我们最少还需要两个时辰。"

李同光愕然，不耐烦道："两个时辰？都快天黑了，你们怎么这么啰唆？"

元禄等人也略有意外，但立刻控制了情绪，没有作声。

宁远舟淡淡一笑："你若是嫌慢，可以不等。"

李同光无言以对，气得额角乱跳，恨恨地转身就走。

宁远舟却叫住了他，微笑道："对了，侯爷也最好出席，如此方能彰显梧、安两国之谊。"他抬手给李同光指点了一下方向，道，"两个时辰后，下面的那座神庙见。"

李同光离开之后，宁远舟又向元禄、钱昭一行人吩咐了些什么。

元禄眼前一亮，兴奋道："好！宁头儿放心，我一定办得妥妥的。"

如意没和他们一起，正独自站在山坡上，目送着山道上李同光纵马离去的身影。

宁远舟说完了话，便走到如意身边，陪她一道目送了一会儿，便道："你教了个好徒弟。不光我这命是靠了他的更始丹才抢回来的，钱昭也说，所有的安国官员中，就数他一人对北蛮之事最上心。"

如意骄傲道："那当然。昭节皇后的祖父也打过北蛮，娘娘给他和两位皇子讲掌故时，也常常提起昔日北蛮人南侵中原的惨状。我自小便教他要分得清大义与小怨，他要是敢在这上头也犯糊涂，我非杀了他不可。"

宁远舟却"啧"了一声，看着远方李同光的背影，道："就是一看到你和我行迹亲密，就开始阴阳怪气，这毛病，得治。"

如意抬眼瞟他："你怎么一副做长辈的口气？"

宁远舟笑看着她，问道："不可以吗？你是他师父，我就是他师丈，我当然是他长辈。"

如意皱了皱眉，提醒道："你收着点，鹭儿从小性子就古怪，你别老折腾他，把他惹急了只会更麻烦。以后我们俩在他面前，最好也尽量回避些。"忽地瞧见元禄、钱昭的身影也出现在山坡下，正准备上马离开，急道，"哎，元禄他们怎么不等我们就走了？不是该一起回客栈收拾行李吗？"回头见宁远舟只是看着她笑，不满道，"你干吗笑啊？"

宁远舟眼睛一弯，笑意染上眉梢："我是他师丈。你刚才没反对，就是承认了。"

如意一怔，又好气又好笑："我在说正事！"

宁远舟这才收起笑意，认真解释道："元禄先回客栈是去拿家伙事，钱昭他们也会安排好出发的事的。我反正也行动不便，索性就拉你留在这里看着密道。"

见如意不解，他便拉着如意在石头上坐下，凑到她耳边低语道："我刚才说要祭拜什么的，只是为了拖住李同光。他只是负责接待的引进使，越权安排合县的防务的确会得罪人。但他心中既然以抗蛮大义和百姓疾苦为先，我就不能让他吃亏，所以，我才想安排一出戏，替他给合县本地的官员卖个人情，也算报答他的救命之恩。"

如意恍然之余又有些奇怪："原来如此。可这儿只有我们两个人，干吗要凑这么近说话？"

宁远舟顺势倚在她肩上，笑道："我就是想和你说说悄悄话，不行吗？"

如意一怔，随即也跟着笑起来。

两人就这么倚靠着坐在山坡上，闲闲看着风景。

一时间鸟语花香，岁月静好。

土地庙位于半山腰，山下一条四岔路口。向南通往合县县城，向西北方通向天门关，向西一条小路通向附近的村落，向东上山的路自然就通向土地庙。

李同光处置完杂事，早早就等在山下的路口，却迟迟不见宁远舟他们的身影出现。他本就应允得心不甘情不愿，想到宁远舟居然还敢让他等，越发地不耐烦起来："梧国人怎么还没来？"

朱殷不敢答话，只偷眼望向三面道路，祈祷梧国使团赶紧出现。李同光瞟了他一眼，耐下性子问道："赈济的钱粮已经发下去了吗？"

朱殷点头道："已经通过县令安排下去了。"想起钱粮的来处，他就有些不甘，抱怨道，"您那条玉腰带，是长公主留下来的，才当了五十金……"

李同光烦躁地质问道："那不然呢？我们又没随身带着金山，不当东西，难道叫县令他们出钱？眼看天气越来凉，没钱没粮，你叫被北蛮人祸害了的百姓们如何过冬？"

朱殷汗颜，忙低下头去："属下愚昧。"

李同光挥鞭打掉一旁的树枝，耐性几乎消磨殆尽，气恼道："宁远舟他们还要拖到什么时候？！"

朱殷终于望见了杨盈的马车，忙道："他们来了！"却听反方向也有马蹄声传来，连忙回头望去，惊讶道，"啊，怎么还有吴将军和许县令——天门关守将季将军也在？！"

李同光放眼望去，只见远方黄土红日，烟尘弥漫，杨盈带着使团众人，安国将领各带着一队士兵随从，正从不同的方向纷纷而来。待众人齐聚在路口前，勒马停下后，杨盈一行人身后的马车上，还下来了数十个普通百姓。

李同光不禁露出疑惑的神色，快步走到宁远舟身旁，低声问道："你在搞什么鬼？"

宁远舟却没有回答他，只拱手向吴、季两位将军和许县令致意道："多谢三位应长庆侯之邀准时前来。"又对百姓们抱拳道："各位乡亲，也有劳你们一路辛苦。"

吴将军疑惑地看向李同光，不解道："不知侯爷要让我等过来看什么？下官正忙着安排看守密道的军士呢。"

季将军也没好气："是啊，我遵侯爷训示，巡查关务还来不及呢。"

李同光正不知如何回答，宁远舟已道："诸位稍安，请往此处一观。"他抬手指向远处山壁上的岩洞入口，道，"北蛮人就是通过这个密道，绕过天门关，潜入合县作乱的。"

众人都不由得一凛。吴将军意外道："原来就是这儿！"

宁远舟一示意，他身后的钱昭立刻挥起一面小红旗，向着岩洞入口的方向打了暗号。

正守在岩洞口的孙朗望见下方旗语，忙也举起手中小红旗回应，转头问道："好了没有？"

他身后，元禄刚刚梳理完最后一根引信草绳。听孙朗询问，元禄擦了擦头上汗水，扬声道："好了！听我号令！一，二，撤！"他挥动火折子，引燃了草绳引线，便和孙朗一道冲出密道，飞奔至安全处藏好，又竖起一面小黄旗。

引线滋滋地燃烧着，火光如长蛇般游向密道深处。

土地庙外，安国众人看得莫名其妙。吴将军扭头问道："这么多旗子是什么意思？"

宁远舟微笑着提醒道："请各位掩耳。"

话音未落，便听爆炸声如惊雷般响起，地面都随之震颤。随即硝烟从岩洞口喷出，化作一团尘云，瞬间便将洞口吞没——原来那爆炸声正是从密道岩洞里传出。

合县官吏和百姓们早被吓得抱头四窜，找寻躲避处，李同光、吴将军和季将军也狼狈地捂住耳朵，唯有宁远舟等人提前在耳中塞了布条，处变不惊。

良久之后，硝烟方才散去。宁远舟便在此时开口，高声对惊魂未定的百姓和士兵道："各位，北蛮人狼子野心，多次借此密道南侵，意在破坏梧、安两国和谈。"随后拱手向李同光和安国众将领遥敬道，

"幸而长庆侯英勇果决,当机立断,不仅在吴将军、季将军、许县令的协助下,全歼来犯北蛮近百人,还慧眼如炬地找出了密道所在。是以今日方能会同我大梧使团,将此密道以火药彻底破坏!自此以后,北蛮人便不能再通过此密道进犯中原,诸位父老乡亲,可以安心了!"

李同光这时方明白过来。吴、季两位将军及合县县令也渐渐回过神来,纷纷难掩喜悦地向李同光和宁远舟行礼致谢:"宁大人谬赞!全赖长庆侯指挥得当,下官不敢居功!"

抱着头伏在地上的百姓们都愣在当场,面面相觑,不知该如何是好。

如意目光示意,杨盈便走上前来,扶起其中一位老人,安慰道:"老伯不必害怕,长庆侯炸了密道,北蛮人以后不会再来祸害你们村子啦!"她抬手一指李同光,道,"这位就是长庆侯,马上就要发给你们的粮食和牛马,也是他自掏的腰包!"

老伯这次总算听懂了,心中感激至极,带着众人对李同光连连拱手磕头:"多谢侯爷,多谢各位大人!"

李同光忙扶起他:"不敢当。本侯既受皇命前来,保家卫国,便是职责所在。"

杨盈也道:"诸位请起,合县数月之前还是我大梧领土,如今虽暂属安国,但孤倾力相助,仍是本分所在!孤也愿效长庆侯,捐金数百,赈济受蛮害之百姓!"她一挥手,于十三便捧出满满一盘金元宝,郑重地交给合县县令。

百姓们欢声雷动,安国官员们则面色各异。

李同光道:"吴将军、季将军、许县令,待本侯面见圣上之时,自会将各位辛劳一一面陈。只是本侯马上便要奉梧国使团离开合县,还望诸位此后勤加巡查,早颁赈济,方能常拒北蛮于国门之外,速救百姓于困苦之中!"

众安国官员再度躬身行礼:"谨遵侯爷钧令!"

李同光从未得同僚真心礼敬过——对那些他无须费心交好之人,他惯以威势压服;旁人纵使向他低头,也很少真心信服他。

此刻他俯视着这些人恭敬垂下的头颅,一股难以言喻的感受涌上心头,脸上不禁浮现出前所未有的光彩。他望向如意,并心满意足地在她的眼中,看到了当年鲜少在师父脸上露出的赞许与欣赏。

道路上烟尘滚滚,鸿胪寺少卿等安国使团官员早已得到李同光的命令,赶来和梧国使团会合。两国使团队伍一前一后地全速向前行进着。从此地到安都足有九百里路,要在八天之内赶完,势必得星夜兼程。他们来不及停留休整,傍晚时就已出发上路。

但今日炸掉了北蛮人的密道,争取到了李同光的合作,当然也顺势从他师父那里挣得了名分,宁远舟心情上佳。他含笑向如意邀功道:"你刚才在车里,看到你家鸳儿神采飞扬的样子了?这次我这个托儿当得不错吧。"

如意正在给他包扎伤口,闻言忍不住抬头瞟他一眼,无语道:"是不错,就是这么折腾一通,你的伤口又裂开了。"

宁远舟忍住痛楚,道:"还好,忍得住。反正路上都坐马车,一路慢慢休养,等到安都就该好得差不多了。"见如意已包扎完毕,便又笑盈盈地凑到她耳边,调笑道,"再说,我要是不惨点,哪能赚到任尊上亲自换药包扎的礼遇呢?"

如意正要瞪他,外间便传来元禄略有慌乱的声音:"宁头儿,长庆侯想向你当面致谢。"如意下意识地就往车厢前部一伏,躲了起来,飞快地冲宁远舟打了个手势。

宁远舟一怔之下,哭笑不得地用披风盖住如意,打开了车窗。

李同光已驱马行至马车一侧,正和马车并排前行着。

宁远舟微笑着同他寒暄道:"侯爷盛情,实不敢当。"

李同光下意识地往车厢里一窥,未见如意,不由得轻轻松了口气。但当着宁远舟的面,他当然不肯流露出这种小心思,板着脸道:"好,反正我也救过你,那我们就算扯平了。"又问道,"你借祭神为由故意拖延出发时间,就是为了当众炸掉岩洞密道?为什么事前不跟我商量?"

宁远舟清咳两声:"抱歉,风大,容我关下车窗。"

他便拉上车窗,只留了窄窄一条线,更隐蔽地挡住了李同光的视

第二十一章

线，这才开口解释道："因为局势复杂，与其费时商量，一一说服贵国大小官员，不如由我这个外人直接来快刀斩乱麻。我们担心的无非是军情不能及时传到贵国国主耳中，北蛮人会卷土重来。如今直接破了这条密道，不就可以占得先机了吗？"

李同光沉默不语。

宁远舟便又道："而且这样做，也能安抚合县大小官员。毕竟他们之前没发现北蛮人混入中原是'失察'，而如今却成了'有功'，日后他们不仅会承你这份情，巡查防御上也会更加用心。此所谓一举两得。"

李同光冷哼一声，讽刺道："一举三得吧？你们梧国使团也借机大出风头，硬卖了我们一个人情，到时候圣上就不好意思不放杨行远了。"

宁远舟含笑看着他，赞许道："小侯爷果然冰雪聪明。"

李同光瞬间炸毛，不快地瞪着他："少用这种口气跟我说话，你又不是我师长！"

宁远舟却轻轻一笑，意有所指地看向李同光："哦，可这次若不是我出手相助，你只怕又会像上次天门关之役一般，明明出生入死处处辛劳，到头来却被人猜忌嘲笑，最后只被升了个不痛不痒的闲职吧？"

李同光被戳中了痛处，脸色瞬间一变。

宁远舟叹息道："小侯爷，若想在朝堂中走到更高的位置，光靠战功是不够的，还得有心计，多交友，少树敌。这些道理，以前我也不太不懂，直到被削职逐出六道堂，才慢慢开始吃一堑长一智。"

李同光面色这才稍有和缓，同是天涯沦落人，他心有戚戚，不由得略带同情地看了宁远舟一眼。

宁远舟温声规劝道："以后做什么事，万万不可端着架子，一副'我懒得跟你们解释，照着我说的去做就好'的态度，这是没法聚拢人心的。比如你用私财赈济受难的百姓，本来是件好事，可你只吩咐亲信把钱粮交给县衙，百姓们都不知道，也很难念着你的好啊。"

李同光不屑道："谁需要他们念着我的好了？"

宁远舟看着他，正色道："百姓们念着你的好，才会拥护你；有了民望，你才会有好官声；官声越好，朱衣卫和其他的政敌，才越不敢对你肆意下手。"

李同光一时意动,暗暗地回味着这几句话。但他自然不肯承认自己受教,回过味来之后,便冷哼一声,讽刺道:"这种市恩贾义的手段,也只有你们六道堂才这么精通!"说罢不等宁远舟回答,便已打马离去。

宁远舟无奈地摇了摇头,回到车内,关好车窗,拉起如意,调侃道:"可以起来了,安全了。"

如意微微有些尴尬,狼狈地解释道:"我刚才说过,最好别让他再看见我们在一起……"

宁远舟含笑点头:"我懂。小时候我娘和义父说话,虽然只说些正事,但也总避着我。"

如意瞪了他一眼:"你还真是当长辈上瘾了,说了那么长一段话也不嫌累。"

"顺手而已,"宁远舟却没有玩笑,认真地说道,"他既然是你的首徒,我就想让他在安国朝堂上能够更顺利一些。毕竟这年头,有个真正把百姓放在心头的好官不容易。"

如意沉默了片刻,诚恳地看向他,道:"谢谢。"

宁远舟笑看着她:"客气什么,难道你不是也在尽心尽力地替我教阿盈吗?"

相互帮忙教导身边晚辈,听上去有种说不清的亲密感觉。

李同光策马回到队伍前方,朱殷忽地想起些什么,驱马上前,向他汇报道:"对了,侯爷,琉璃伤势太重,大夫说不宜搬动,属下便做主让她留在了合县军营。"

李同光心不在焉地点着头,脑海中却还回响着宁远舟的话:"若想在朝堂中走到更高的位置,光靠战功是不够的,还得有心计,多交友,少树敌……百姓们念着你的好,才会拥护你;有了民望,你才会有好官声;官声越好,朱衣卫和你其他的政敌,才越不敢对你肆意下手。"

他正入神地思考着,忽听有士兵惊叫道:"前方有敌情!"

李同光下意识地抬起头来,便见前方道路边聚着黑压压的人群。

第二十一章

李同光一凛，立刻拔剑在手。朱殷也当即驱马上前查看。

不多时，朱殷便匆匆纵马飞奔回来，惊喜地回禀道："不是敌人！侯爷，是被北蛮祸害过的百姓们，他们特意抄近路来送咱们了！"

李同光一愣，露出些难以置信的神色。

他自幼乖僻孤傲，没有父母疼爱，就像一只被放养在野外的狼崽子。幼时只凭兽性撕咬，后来得如意教导，习得了该如何对付那些讥讽他、轻蔑他的人，判断该"如何对付"也就成了他与人相处的基准。不论是对安帝、初贵妃、初月还是那些同僚，他都是如此。但唯有百姓不同——如意唯独教过他要爱护百姓。

只是百姓离他太远了，对他的野心也并无什么助益。故而他也从未主动去做过什么"爱护百姓"的事。却不料今日不过做了些原本理所应当之事，便得百姓遮路相送。

杨盈那边也受了惊动，已下了马。她显然也和李同光一样受宠若惊，甚至有些茫然，不解自己究竟做了什么大事，能得百姓感念相送。两人都没说话，只一道快步走上前去。

百姓们乌压压地聚集在道路两侧，翘首张望着。见李同光和杨盈走近，领头的几个人立时便认出了他们，连忙领着百姓们跪下："草民参见礼王殿下！参见长庆侯！"

这些人先前都在左家岭土地庙外见过他们。被杨盈扶过的老伯激动地拉着身旁老妇说道："孩儿他娘，就是这几位贵人帮大伙儿杀了北蛮，炸了密道，还给村子里发了粮食！"

百姓们都感激不已，甚至还有人落了泪，七嘴八舌地说着："谢王爷！""谢侯爷！""多谢长大人为民妇当家的报仇！""大人们公侯万代！"

他们大都不识字，甚至都有人不知长庆侯是个爵位，却都真心实意地怀恩感激。杨盈和李同光都感动不已，一时甚至不知该说什么好，只能连忙俯身去扶他们起来。

百姓们不懂礼仪避讳，只因感恩而心生亲近。老妇拉着杨盈的手不肯放，絮絮地念叨道："王爷，圣上打了败仗，害我儿子断了条腿，老婆子心里本来有怨气。可您是个好人，"她抹去眼中泪水，感激道，

"有了那几斗米和那头牛，这一冬，老婆子全家，就能活下来了！"

老伯也向李同光送上酒碗，殷殷望着他："小侯爷一路辛苦，草民来得匆忙，就这点野果子酒是自己酿的……"

李同光接过酒碗，一口喝干："好酒！多谢老伯盛情！"

众人欢声雷动，争相向他们怀中塞着礼物，连他们身旁之人也没落下。老妇塞给杨盈一篮青枣，元禄怀中满是柑橘，钱昭的脖上被挂了一串锅盔，于十三被姑娘含羞塞了一朵花，孙朗开心抚摸着百姓小孩带来的狗……杜长史被老伯递过来的酒呛得热泪盈眶，激动地对杨盈道："箪食壶浆，殿下，这便是《孟子》中说的箪食壶浆啊！"

宁远舟和如意一直在车上默默地看着，见此情形也不由得心潮澎湃。

一行人便在百姓的夹道欢送中缓缓离开。李同光和杨盈早就红透了眼圈，不断地回首，向着身后依依不舍、十里相送的人群挥手。

直到再也望不见后方人群，宁远舟才打起车帘，含笑看向眼圈还泛着些红、不时回首后望的李同光，微笑道："小侯爷，现在你还会说'谁需要他们念着我的好'吗？受百姓拥戴的滋味如何？"

李同光羞恼地瞥他一眼："不用你管！"便再度打马，奔回了队伍前方。

杨盈正和杜长史并排而行，她难掩激动地说道："杜大人，孤刚才听你说了些北蛮人的残暴行径，还有些胆寒，可现在孤一点也不怕了！百姓们待孤真好啊！"

杜长史微笑颔首道："民意若水能载舟。殿下要好好地记住今日之情，日后就藩也要继续恩泽一方。"察觉到自己失言，又低声道，"啊，老臣糊涂了，您又不是真正的亲王……"他竟莫名生出些惋惜之情，"以后哪有就藩之机啊。"

杨盈却丝毫不在意，依旧眉眼晶亮地微笑着："没事，说不定孤这回顺利救回皇兄，皇兄就会赐孤实封呢？哪怕只有一百户的采邑，孤也要全力让治下的百姓安居乐业！"

身旁元禄听见她这么说，扭头赞赏道："说得好！"

第二十一章

杨盈开心地伸出手去，和他击了个掌。

杜长史无奈地笑看着他们，提点道："那，殿下就要趁着这几日同路的机缘，多和长庆侯交好。他毕竟是安帝的外甥，对我们在安都的行动大有助益。至于合县军营里的那些旧怨……"

杨盈忙道："孤知道！不就是昨日之敌或为今日之友嘛，何况他也是如意姐的徒弟呢。哎，孤实在开心，想去前面跑跑马，顺便跟他说上两句！"说完她便拍马上前，去追李同光。

李同光策马走在安国使团的队伍里。风高云远，前路漫漫，他面无表情，只唇角舒缓，眸中有光，从怀中仔细摸出三两颗青枣，塞了颗进嘴里一嚼，便皱起眉来："真酸，和那果子酒一样难吃。"

朱殷忍着笑，知他是想找人说话，便应一声："是。"

李同光又道："那帮百姓也真糊涂，我爵位是长庆侯，又不姓长，他们居然就叫我长大人。"

"是。"

"还祝礼王公侯万代。呵，王爵降成了公侯，那不是咒人吗？"

朱殷依旧道："是。"随即挑眉笑看着李同光，"不过侯爷要是嫌青枣不甜，不如全给了属下？"

李同光横他一眼，把青枣郑重地收进了怀中。

夕阳西下，半落进西山坳里。李同光遥望着山下已隐入暗影中的村落，心中忽起惆怅，不由得叹息道："这么好的百姓，圣上却偏偏想要再打褚国。合县离褚国这么近，战事一起，那些老伯和大娘，不知还能活下来几个。"

朱殷心情也低落下来，叹息道："生在乱世，这都是命啊。"

马蹄踏踏前行着。许久之后，李同光才又道："那个宁远舟，还有点东西。以前除了师父，从来没有人这么交心地跟我说话。"他犹豫着，"你说，我以后，要不要多跟他聊聊？"

朱殷还没想好如何作答，杨盈的声音已在身后响起："聊就聊呗，有什么不好意思的？"

李同光竟全未察觉到她何时近前，不由得一惊。

杨盈纵马奔到他身边，放缓了马蹄，和李同光并排前行着。她心中兴奋之情未减，今日之事令她对李同光颇有改观，又因同受百姓相送，而又生出些攸同之心。她此刻看向李同光的目光便友善不少，明快道："远——宁大人最厉害了，有什么不懂的就去请教他，肯定没错。刚才要不是他的妙计，咱们能那么风光吗？"

李同光脸色大变，本能地正要开口驳斥，杨盈已又说道："你要是脸皮薄，等晚上到了驿馆，孤陪你一起去也行。不过，你以后不许再缠着王姐，王姐只能是宁大人一个人的！"言毕，她拍马跑到了队伍最前方，扬声对身后跟上来的元禄道："都说了不用跟着孤啦！"

李同光脸色早已黑得能挤出墨来，咬牙切齿地低语道："原来这才是宁远舟的图谋，他一通卖好，全是为了逼我离开师父！"

朱殷无奈道："侯爷，您明知道湖阳郡主不是任尊上。"

"我不管。只要她长得像师父，我就受不了她的身边有别的男人，特别是宁远舟！"李同光的眼神骤然狂热起来，"我只想她再多像师父一点，只要还能像那天一样，让我靠着坐一坐，问声我好不好就行。但她说得对，师父不会高兴我去找别人当她的替代品，师父是独一无二的！"

可说着说着，他便混乱起来："但我真的好难过，一个在沙海里独自走了十天的人，见了泉水，却不能喝。"他闭着眼，喃喃地呼唤，"师父，鹭儿到底该怎么办，您教教我！"

朱殷看他痛苦，心中难过："主上别着急，等到了裕州，您去为任尊上敬香，在她灵前多坐一坐，就肯定有主意了。至于那帮梧国人，您要是心头有气，属下自会想法子帮您出的！"

赶到俊州时已是深夜，一行人忙碌安顿下来之后，都已饥肠辘辘。元禄去灶房里安排饭食，不多时便提着食盒回到房中。众人七手八脚地上前帮忙收拾，元禄特地把汤端到宁远舟面前，叮嘱道："俊州驿馆有刚熬好的鸡汤，宁头儿你刚服了一旬牵机的解药，快多喝几口补补。"

如意问道："问章崧的人拿到解药了？"

元禄点头道："我和十三哥亲自去拿的,他们也知道宁头儿在合县英勇杀敌的事,一点没废话就给了。还不停解释,说什么他们之前只是迫于无奈才奉章相、赵季之命,以后一定唯宁头儿之命从事。"

说话间,宁远舟已帮如意摆好了碗筷,招呼众人入座一起吃。

钱昭在宁远舟身旁坐下,却突然皱起眉,闻了闻气味,立刻按住宁远舟的筷子,道:"你不能吃这个。"他说的是桌上那碗汤。

元禄愕然道:"我试过毒了。"

钱昭道:"没毒一样能害人。"拿起调羹尝了尝,便道,"这汤里有虾汁,虾是发物,会拖累伤口恢复。里头的丸子是兔肉做的,和鸡肉一凉一温,用后极易腹泻。"

元禄一愣,脱口说道:"是李同光,除了他没别人!"

如意不解道:"他疯了吗?为什么突然搞这一出?明明今天远舟才帮了他。"

于十三叹了口气,有些尴尬道:"我可能知道原因……殿下今天被百姓们相送后,有些激动,跑马的时候就跟长庆侯多说了两句,什么要他以后好好请教老宁,不许再打美人儿主意之类的。"

众人无言,面面相觑。元禄悄悄地看了一眼如意,低声道:"难怪了。"

如意心中尴尬,既气恼李同光这小混账又开始胡闹,又怕六道堂的人齐齐视李同光为敌,便只能抢先站起身来,说要去找李同光算账。宁远舟却伸手拉住了她,道:"你别去,我来。"

如意一怔。

宁远舟道:"这事只能由我和他解决。"便若无其事地招呼众人,"大家先吃别的。"

如意见他目光坚定,隐隐明白了些什么,只能点头:"好。"

第二十二章

杯酒祭忠魂

夜深人静,驿馆里众人多已入睡,李同光房中也熄了灯。他枕着自己的手臂躺在榻上,在黑暗中静静地思索着些什么。

突然间,他眼前似是有什么东西一闪而过,揉了揉眼睛,却什么都没看见。他向别处寻望,谁知一扭头,就看到枕头边上盘着条银环毒蛇,他汗毛倒竖,当即便吓得跳了起来。

却听宁远舟的声音从旁传来:"怕了?"

李同光扭头望去,便见黑暗中立着个高大挺拔的身影——正是宁远舟。这男人有一双招人厌的黑眼睛,如夜海般平静幽深,探不到底。

李同光自然已经想到那条毒蛇是宁远舟在搞鬼。但他气势已落了下风,也只得语气呛人,脱口便质问:"你想干吗?"

"不想干吗,"宁远舟淡淡道,"回敬一下。"

宁远舟说着,便从黑暗中走出来,上前拎起蛇往窗外一扔。他就站在窗前霜白的月色下,回头看向李同光,目光依旧是居高临下的平静:"看见了吗?我的武功,与你师父当年也差不了多少,若是想害你,随时都能神不知鬼不觉地动手。你那些相克的食物,真是小打小闹。"

李同光愕然道:"什么相克的食物?"但他马上明白过来,"我才没那么多闲心,多半是朱殷——算了,就算是我干的又如何?"

宁远舟却走到桌前坐下:"好,那就抛开它,说正事。我来找你,是想和你做笔交易。"他那双闪着精光的黑眸看向李同光,"长庆侯,我知道你苦心钻营,只为步步高升,好让安国上下再无人敢轻视你的出身。可惜，你虽战功高，城府却不深，所以我才想再助你一臂之力，让你不用向初贵妃出卖色相，十年之内也能权倾朝野，"他缓缓问道，"不知你意下如何？"

李同光大惊失色，一时定定地看着宁远舟。

宁远舟见状轻轻一笑，道："难得看到你这么失态。"

李同光情不自禁地压低声音，问道："初贵妃的事，你是怎么知道的？"

"六道堂堂主，自然熟知六道之事。"宁远舟淡淡地解释道，"梧国虽然在天门关败了，但我们在安国的分堂依旧得力。小侯爷，你以为只要赶回安都，向你们皇帝及时汇报了军情，这次就又算立下大功，可以步步高升，离你的梦想越来越近了吗？错，你大祸临头，还不自知。"

李同光心中已有些狐疑，眼睛紧盯着宁远舟，口中说的却是："你在故意恐吓我。"

宁远舟摇头道："我没那个闲心。"他似是一声叹息，"李同光，你为人孤傲，安帝既没有多信任你，你在朝中也并无朋党。于是你升得越高，对大伙儿就越没好处。这回眼见你又破除了北蛮人的阴谋，你猜，那些不愿意你继续升官的人，会怎么做呢？"

李同光顺着他的话语略作思索，已然心惊，问道："他们会否认这次军情，说我和你们梧国勾结，冒功图晋？"

宁远舟却摇了摇头，道："他们不会那么傻，毕竟北蛮之事还有合县大小官员为证。"他再次看向李同光，揭开答案，道，"他们多半只会大大方方送你一段前程。比如打褚国的时候，一起推举你升个看似有实权的大将军，可只要一出征，你就会发现分到手里的，只是在梧、安两国之战中熬干了的老弱病残，粮草也都是些混了泥沙的陈米。首战若是大败，你觉得安帝会不会大义灭亲，以儆效尤？"

李同光的身子终于颤抖起来，却仍嘴硬道："不可能，我会事先让手下详查——"

宁远舟却道："你为将数年，除了那个叫朱殷的，有几个亲信？就凭你在合县几句话就把两位将军和县令都得罪光了的本事，你确信那些新分给你的下属,会对你唯命是从?"

李同光又道:"我与沙西王府已有婚约,沙西王也不会不管!"

宁远舟一笑,道:"可我怎么听说,金明郡主好像本来就不太满意你这个夫君?安国贵女二嫁之事也是常有的吧?"

李同光心中大震,失神地跌坐在椅子上。

宁远舟静静地看着他,诚挚地道:"长庆侯,我早知你反对安帝出征褚国,又见你在合县之时心系苍生,颇有格局,所以才愿意助你一臂之力。不,应该说,我请求你与我合作。只要不起战火,中原大地的所有百姓,就都有休养生息之机。"

良久之后,李同光才终于抬头看向宁远舟,嗓音嘶哑地说道:"你要是不先说出个章程,我不会考虑和你合作。"

宁远舟凝视着他的眼睛,沉稳地说道:"第一,你回去面圣时就当场呕血,说你遇刺负伤后一路奔波到安都太过劳累。这样百官自然不会再让你短时间内出征,皇帝也自会让朱衣卫给你个交代。"

李同光深思着,补充道:"你们最好也设法把圣上有意征褚的消息泄露出去。圣上急着出兵,本来就是想打褚国个措手不及,只要褚国人有所防备,两年内,兵灾就难以再起。"

"好。"宁远舟点头,继续说道,"第二,之前你同时得罪了两位皇子,但以后,你得暗中投靠二皇子,只要他们两个内斗起来,你就有喘息之机。第三,用点心讨好金明郡主,沙西王为了他外孙的将来,也会好好扶持你。安帝不可能一直不立太子,只要我和六道堂倾力相助,两位皇子一旦为了夺嫡而两败俱伤,到时候,就是你一人之下、万人之上的好时机。"几句话之间,便已为李同光的野心勾画出一条清晰可行的路径。

李同光眼中精光四射,却又微微眯起眼睛看向宁远舟,戒备道:"我不恋权,唯愿海晏河清。可你想和我做什么交易?全力帮你们迎回皇帝,掌权后不主动再起战事?"

宁远舟含笑道:"答对了。不过还得加上一条,以后不许再明里暗里和我们作对,离我们家郡主远远的,别再对她动任何歪心思。"

李同光一愕:"你就是想故意为难我!"

"对,我当然是故意的。看着嫉妒你的人不得不向你低头,又纠结又为难,世上还有比这更快乐的事吗?"

李同光用尽全身力气控制自己。

宁远舟却好整以暇地笑看着他,道:"小侯爷,江山还是美人,你只能选一个。"

李同光面目扭曲,许久之后,才缓缓说道:"我现在不能答复你。"

宁远舟起身拍了拍他的肩,点头道:"嗯,我等着。"说着便打了个哈欠,懒懒散散地道一声,"太晚了,我有伤,再不回去,郡主该担心了。回见。"便转身扬长而去。

李同光叫住他:"等等。"

李同光直视着宁远舟,解释道:"我和初贵妃没有私情。我和她只是合作关系。我对天发誓。"

"你不必向我解释。"

李同光却立刻问道:"郡主知道吗?"

宁远舟一怔,慢慢明白过来:"我不知道她知不知道。"

"那就别告诉她。"李同光心中酸涩,向着宁远舟低下头去,抱拳为礼,开口请求道,"我知道这件事和她无关,但是,我不想她误会。哪怕她和师父只是长得很像,我也受不了她再用上回那种鄙夷的目光瞧着我。"

宁远舟心中很是受了些震动。他目光复杂地看着李同光,点头道:"好。我不会告诉她的。"

月光西移,空中寥寥亮着几颗星子。夜色已经很深,宁远舟却还没有入睡。他徘徊在如意房门之外,犹豫许久,终于抬手敲了敲门:"郡主?"

屋里却没有应答。宁远舟扫了一眼四周,见四下无人,便又凑上前低声唤道:"如意。"却依旧没有应答。

宁远舟心中一紧,下意识推开房门奔了进去,却只见房中幽黑一片，桌椅寂然，被褥整整齐齐地叠放在床，仿佛从未有人动过。宁远舟心中大急，四下寻找着："如意！如意！"

突然有人按上了他的唇，身后传来暖意，如意略带无奈的声音低低响起："你小声点，别让安国人听到了，我在这儿。"

宁远舟回身一把抱住了她，怀中抱实了，心下的惶恐这才稍稍散去。他低声问道："你去哪儿了？！"

如意莫名其妙："你不是和鹭儿谈事去了吗？路上你说你糖吃完了，我怕你伤口痛，就出去买了些。"

宁远舟这才松了口气，后怕地说道："我以为你突然生气，离开使团了！"

如意哭笑不得："怎么可能？"

"可你包袱都在不房里，我实在是害怕——"

如意无语，指了指黑暗中的角落，道："包袱掉地上了而已。我之前和你吵成那样，都没有无缘无故地离开，现在又怎么会突然就走了？"

宁远舟没有说话，只是紧紧抱着她。如意心念电转，忽就明白了什么："你在害怕——你是不是跟鹭儿说了些不该说的事，心里发虚，就想来找我解释，可一看我不在，就以为我已经偷听到，负气走了？"

宁远舟一滞，半晌才道："嗯。"

如意叹了口气："屋里不方便，跟我去外头说话。"便拉着他翻过窗子，几个纵跃，便出了驿馆。

驿馆外不远便是一处野山坡，如意寻了个景色优美的去处，便拉着宁远舟在石头上坐下。

那山坡上视野极其开阔，漫天繁星低垂，如意握着宁远舟的手，凝视着夜色之下宁远舟有些躲闪的眼睛。

其实先前如意就已有所察觉，和好之后宁远舟便尤其爱黏着她，时时刻刻都要在她身边，甚至要靠在她身上才能安心一般。今夜之事更让如意确信了："宁远舟，你其实比你自己以为的更胆小，对不对？在岩洞那会儿我就觉出点苗头，好像你总觉得我们俩和好是假的一样。其实用了万毒解过后，一段时间之内是会没内力的，可是你一直死撑着，跟别人提都没提。"

宁远舟辩解道："我没有，我以为你们都知道。"

"我说过，我做过白雀，比你们男人更懂男人。"

宁远舟顿了顿，低声道："每回听到你这句话，我都不知道是该嫉妒还是该开心。"

如意一哂，她不喜或者深恨自己的白雀出身，大多数时候却并不介意提起。于是她打开油纸包，塞了他一颗糖，道："刚出锅的松子糖。现在吃了，以后只许开心，嗯？"

宁远舟含着糖，表情渐渐放松下来，良久之后，才终于释下了什么心结一般，坦白道："我其实胆子一直都不算大，虽然在大伙儿面前，我总是会表现得像一个无可挑剔的六道堂堂主，但是我怕死，怕亲人朋友离开，怕你突然间就不要我了。所以，表面上虽然装得风轻云淡，私底下却想把什么都抓在手里才放心。"

如意想了想，问道："你娘进宫做女傅，是不是之前没有告诉过你？"

宁远舟一震，缓缓点头道："我那会儿才七岁，跟长辈回老家祭拜父亲。回京才知道外祖把我娘送进了宫中。"

"所以你后来才要进六道堂，因为当了天道的侍卫，你就有机会进宫护卫贵人，顺便多见几回你娘，对不对？"

宁远舟别过头去，没有说话。

如意圈住他的肩膀，靠在他的身上，低声安慰道："你娘进宫的事，肯定没人告诉你。所以那会儿你一进家门，看到的肯定也是这样的一室冷清，对不对？"

半晌之后，宁远舟才道："嗯。"

如意叹了口气，再次抬头看向他，道："宁远舟，你听好了——我不会不要你的，更不会随便离开你。就算你没有鸯儿痴情，没有于十三温柔晓意，没有元禄那么讨人欢喜，但你对我来说，独一无二。"

宁远舟凝视着她，肩头缓缓松懈下来，唇已不由得抿起，却还是嘟囔道："夸我就夸我，还带着别人干吗？我要也是十三四岁那会儿认识你，肯定比李同光还痴情。"

如意嗤之以鼻："别吹牛，你那会儿喜欢的多半是裴女官那样温柔贤淑的大家闺秀，更像你娘的那种。"

"那你就错了。"宁远舟眸光含笑，"我一开始就喜欢明艳泼辣的小娘子，像金媚娘——"

如意目光危险地一闪，已使出小擒拿手攻向宁远舟："你敢！"

宁远舟含笑挡住她："听我说完，我喜欢的是像金媚娘之前的上司任尊上那种——"他目光痴迷地凝视着如意，缓缓说道，"你知道我之前收到安都分堂的密报，曾经在梦里想象过多少次，你是什么模样吗？十步杀一人，千里不留行，红衣如血，剑不沾尘……"他叹了口气，握住如意的手，"这样的奇女子，我之前居然还想拖着你去什么小岛隐居，真是得到了就不知道珍惜。"他苦笑一声，又道，"直到上回真正去了一趟森罗殿，我才知道自己错得有多离谱。"

如意倏然凑上前去，吻了他的嘴唇。宁远舟猛地愣住。

如意笑看着他，道："好啦，不用认错，也不用再装可怜啦，要不然我该烦了。"

宁远舟也跟着笑起来："嗯。"又道，"你不问我跟李同光说了什么会让你不开心的事了？"

"不问。每个人都有自己不方便告诉别人的秘密，我相信你。"

宁远舟顿了一顿，道："好。"

如意立时察觉到什么："你表情不对，是不是又觉得我不问你这些，就是不够信任你啦？"

宁远舟垂了眼睛，辩解道："我不是。"

如意便又抿唇一笑，凑近他耳边，轻轻说道："那我就告诉你一个我的秘密。这儿是安国俊州，我的老家其实就在离俊州不远的汴州。"

宁远舟一怔，忙抬眼看向她。

如意道："我跟你提过我爹娘早就不在人世，我爹还卖过我，但我毕竟已经好几年没有见到过儿时熟悉的风景了。所以，如果这些天我变得不爱说话，不想理人，并不是在生你的气，只是想一个人待一会儿。"

宁远舟圈住她的脊背，怜惜地轻声道："那你需要人陪的时候就

第二十二章

叫我,好吗?"

如意点了点头。

夜风吹过,山坡上花草摇曳,两人依偎在一起。

心结解开,彼此再无隔阂。

抵达安都的日期邻近,如意和宁远舟也加紧了对杨盈的训练。从安帝其人的经历、心性,到面见安帝时可能遭遇的刁难和临场应对,都一一向杨盈说明和预演。

就连杜长史也弃马上车来给杨盈上课,切切叮嘱着:"第一要事,就是见到圣上,务必亲眼确定御驾安危……"

杨盈认真地记诵着。

如意却偶尔透过车窗,看着车外的风景。他们已进入汴州的地界,因要加赶行程,并不打算入驿站休整,正越过汴州,快马加鞭,往更前方的裕州赶路。

中午时,一行人马停驻在山下溪水边暂歇。两边队伍自然而然地各自分开休息,彼此之间相距甚远。

梧国使团这边,众人各自下马。

钱昭对众人道:"赶紧喂马喝水吃粮,下一回休息,就直接在裕州了!"

众人答应着,有的活动身体,有的在小溪里洗脸。

如意看见元禄正在装水,道:"别装了,往前再走个四五里,路边就有一口甜水泉,比这里的味道好,你早些跑过去,就不会耽搁大家行程。"

元禄闻言,抬头好奇地问道:"如意姐,你怎么知道?"

旁边的宁远舟忙敲他的头,小声道:"六道堂都能熟知梧国风物,朱衣卫对安国自然也一样。"

元禄应了一声"哦",随即向前方的甜水泉奔去了。

此地距如意家乡不远,是她年幼时常来玩耍的地方。望见熟悉的景物,如意心中怅然,便低声对宁远舟道:"我想到那边的小山上看一看,很快就回来。"

宁远舟握了握她的手,轻轻道:"好。不用太急,我们等你。"

如意身形轻灵地几跃几纵,就来到了山坡顶上。她坐在山顶大石上,俯瞰着远处的河流,河水波光粼粼,还是旧日模样。如意静静地凝视着水上波光,往事历历浮现在眼前。

恍惚间仿佛能望见年幼的自己蹲在河边玩水,身旁母亲洗好手中的枣子,含笑看着她,塞了一颗进她嘴里。如意便也从母亲手里拾了一颗,踮着脚塞进母亲嘴里。

但这样的温馨转瞬即逝,她看到年幼的自己手上拿着小糖人,被一个朱衣卫拎走,她哭闹挣扎着,而远处的父亲正从朱衣卫手中接过一吊钱;看到夜色之下,重伤的自己趴在一块木板下,沿河漂流而下,河边追兵们举着火把脚步杂乱地搜寻着……

远处的声响打断了她的回忆,如意警惕地顺着声音传来的方向找了过去。

越过隆起的山坡,便望见河边的大枣树。朱殷正兜着一衣襟枣子站在树下,仰头望着树冠。树冠上正有人在晃动枝丫,满枝的果子簌簌地被摇落下来。朱殷连忙兜着衣襟上前去接,一低头就看到如意站在山石上,不由得惊叫了一声:"啊?!"

树上的人听到声音,警惕地问道:"谁?"——竟是李同光。

朱殷忙道:"郡主。"

李同光有些慌乱,连忙从树上跳下来,却不料下落时衣襟被树枝给挂住了。人落在了地上,后襟却被高高地挑了起来。李同光满脸通红,忙用力去扯,只听"刺啦"一声,衣服就被扯破了。李同光狼狈又尴尬,手忙脚乱地去捂后背,偏偏手里还托着一捧枣子。

如意忍不住,轻轻勾起了唇角。

朱殷连忙上前去接他手中的枣子。李同光瞥见如意在笑,越发面红耳赤,羞恼地瞪着朱殷:"滚!"

朱殷忙不迭地跑了。

李同光深吸一口气,竭力想恢复镇定,对如意道:"郡主为何在

第二十二章

此处？"

如意抿唇一笑，反问："这山是你开的？这树是你栽的？我为什么不能来这儿？"

李同光哑然。

如意看他强撑得辛苦，便也不再为难他："好啦，这儿没别人，不用摆你的侯爷架子，我当没看到就是。"忍不住笑着摇了摇头，低声道，"这么大了还馋嘴。"便转身离开。

李同光在她身后急道："我不是馋嘴！"

如意乐了，头也不回道："好了，你不用解释了。"

李同光越发焦急起来："真的！那天合县的百姓送我东西，里头有枣子，我觉得味道不坏，看到这边也有枣树，就想采两把。等明天到了裕州，我也想放几颗在师父灵前，祭拜她。"

如意脚步一顿，心下微微感动。但她很快便调整了表情，回头问道："你师父葬在裕州？"

李同光摇了摇头，道："她葬在安都。但这些年我四处征战，总担心每逢初一十五，不能及时回去祭拜她，就在各州的名刹里建了她的往生牌位，这样到哪儿都赶得及。"

如意不料他竟如此用心，很是震动，却还是说道："不用跟我讲这么多，我不想再被当成你师父的替身了。"

李同光低下头："对不起……我只是，情不自禁。"

他垂头丧气、低声挨训的模样，和五六年前还是少年的他，被如意训斥时的模样重叠在了一起。如意心下不由得一软，终还是说道："但是，你师父在天之灵若是看到你这么孝顺她，一定也会欣慰的。"

李同光眼中一亮，小狗般睁大眼睛仰头看向她："真的？"

"真的。"

李同光心中喜悦，不觉露出了灿烂的笑容："谢谢你！"

如意点了点头，转身离开。

李同光望着她的背影，思索片刻，立刻回身飞奔而去。不多时他便用大树叶子包着一包湿漉漉的枣子，再次追上了如意，眼睛亮晶晶地看着她，讨好道："我刚才洗过了，你尝尝吧。"

他总是纠缠不休，如意略有些无奈。她其实是喜欢吃枣子的，但湖阳郡主这样的宫廷贵女，此时进食却不合适，便皱眉道："我从来不吃这些乡野之物，还是算了。"

李同光急切地解释着："我就是想谢谢你，谢谢你刚才那些话。你尝尝好吗？很甜的，就一口，一口就行。"

看着他恳切的样子，如意到底还是又心软下来，便做出勉为其难的模样，小心翼翼地拿起一颗来，尝了一口，轻声道："还行。"

李同光缓缓绽开笑容。见如意转身又要走，他连忙追上去，一路追，一路跟她搭着话："德王的领地在寿州，那边也有枣子吧……我瞧你们礼王挺不懂事的，照顾他挺累的吧……从寿州到梧都，要走几天？"

如意停住脚步，回头看他："你在试探我？"

李同光连忙摇头："不是不是，我就是……"他一顿，脸上便又涨红，垂着眼睛道，"想和你说说话。"分明是一副羞涩又慌张的模样。

如意轻哼了一声："长庆侯，你执掌羽林卫，我们圣上是你的手下败将，你之前对我更是多番侮辱戏弄，这会儿又突然扮起少年郎来了，是不是有点晚了？"

李同光一急："之前的事是我鬼迷心窍，可我实在太想师父了。"说着声音便低了下去，垂头道，"对不起，我以后绝对不会再这样。我想和你说话，只是因为刚才突然看见你笑了……而这些天，你一直都对我冷冷的。"

如意有意点醒他："远舟为了救你才受了那么重的伤，他帮了你，你却还用吃食害他，我为什么对你有好脸色？"

她一提宁远舟，李同光便如被兜头泼了一盆冷水，终于冷静下来。见如意转身离开，他连忙又追了上去，岔开话题道："郡主，宁大人那晚跟我说的事，你也知道吧？"

如意目光一闪，只道："大约知道。"

李同光道："他说得有道理，但又太过危言耸听，我心里其实一直举棋不定,一路上想得头都痛了,所以刚才才想趁休息的时候离开大部队,散散心。"他眼睛盯着如意,问道,"郡主,你觉得我该不该听他的呢?"

如意好奇回道:"你问我?我当然和他一个想法。"

两人说着,便已走出了树林。

使团众人正坐在溪边石头上休息,远远望见两人并肩而行的身影,立刻都紧张了起来。

钱昭脸色一沉,立刻起身走到宁远舟身旁,皱着眉头示意他看树林那边,不满道:"你还有心思喝水?"

宁远舟瞟了一眼,丝毫不放在心上,该喝水继续喝水,从容道:"我都不急,你们着什么急?"

李同光郑重地看着如意,说道:"不,我只想你站在我的立场,来帮我做这个决定。如果我答应了他,那前面可能就是一条不归路。但如果我拒绝,我也害怕自己会陷入他所说的困境而不自知。郡主,不管你相不相信,可我是真的相信你。只要你说去,就算前面是万丈深渊,我也会闭着眼睛往下跳!"他目光恳切至极。

如意盯着他,良久才道:"你师父难道没有教过你,永远别把自己的命运,交托到别人手上吗?"

李同光一凛。

如意又道:"我不会帮你做任何决定,但我敢保证,远舟是一个知恩图报的人。你既然救过他的命,他就绝不会去害你。你可以不信远舟的结论,但他对于政局的分析,多半颇有道理。"

李同光一怔,心里又有些泛酸,咕哝道:"你还真挺相信他。"

如意一笑:"那是自然。"那笑容映着阳光,坚定又灿烂。

李同光看得呆了,良久才道:"我知道了。"

如意点点头,转身向着使团那边走去,刚走出两步,便又回头问道:"那枣子,能再给我几颗吗?"

李同光一喜,忙双手捧上:"你喜欢吃?那多拿点。"

"有一点就够了,阿盈上回也说喜欢吃。"如意挑了几颗,向他点点头,便转身走了。

李同光僵在原地,眼见着如意走到杨盈面前,将青枣儿递给了杨盈。杨盈拿到枣子开心不已,缠到如意身边,一迭声地和如意说笑起来。李同光难以置信地看着杨盈,心中嫉恨骤起,脸上表情几乎扭曲。

宁远舟察觉到李同光久久不动,抬头向李同光望去,见他面色不对,立刻起身向他走来。

众人整备完毕,正准备重新启程,李同光也已回到队伍里,正要上马。宁远舟走到他身前,拦下他,低声问道:"你想对殿下干什么?"

李同光牙缝里都透着冷意,恨恨地道:"放一百个心,我不会对他做什么。"

"可你刚才对殿下的恶意很明显。"

李同光顿时激动起来:"他是珍珠宝贝吗?非得人人都捧着?我不喜欢他,难道不可以?!"

宁远舟听出他语气不对,回头看到杨盈和如意相处的模样,立时明白过来:"你真是……"

李同光怒道:"不用你管!"

宁远舟摇了摇头:"真是脾气大。"

他转身要离开,李同光深吸一口气,叫住他:"等等,我和你交易。"

宁远舟脚步一顿,转过身来:"想好了?"

李同光取下马背上挂着的葫芦,手上一翻,葫芦里的水便倾倒出来,流了满地。

"誓如流水不可收。"李同光眼睛盯着他,一字一句起誓道,"从现在起,我不会再为难你们使团中任何一个人,更会全力助你们赎回你们的皇帝。"

宁远舟敏锐地意识到了什么,抬眼看他:"但你还是不肯承诺以后离郡主远点。"

李同光看向宁远舟,喟然叹道:"宁大人,别那么残忍。我虽然只有二十二岁,但这世上,让我快活的事情已经没有几件了。"

宁远舟心中一震，少年这绝望而真挚的情意，这一瞬间，深深地打动了他。

李同光又道："为了表示合作的诚意，我可以告诉你们一件事。"

宁远舟挑眉，不置可否。

李同光便道："你们六道堂，是不是安排了一些人保护皇帝？我拿下你们皇帝的时候，有些人当场就战死了，有些人熬到了后面，但是也因伤重而没活下来。"

宁远舟有所动容，盯着他，问道："你是说……柴明他们？！"

"那个侍卫首领的确姓柴。"李同光道，"本来按中军之令，是要把他们直接抛尸河中的。但我敬重他们是忠义之士，不该落到尸骨无存的地步，就叫朱殷安排人趁夜把他们葬在河滩上了。虽说无棺无碑，但到底也算是入土为安。"

宁远舟难得地露出急切的神色，追问道："哪个河滩？！"

"离这儿不远。快的话，一会儿你们就能见到了。"

烈日灼灼，使团马车和马匹飞奔在路上，扬起满目黄沙。所有人都神色严峻，钱昭紧锁着眉头纵马在最前，不断地挥鞭催马："驾！驾！"

路旁草木渐渐变得稀疏，大片的砂石河滩出现在苍茫的地平线上。众人知道那河滩近了，眼中都现出悲壮神色，越发催快马匹，近前后翻身下马，匆匆向朱殷问明了方位，便携上铁铲，飞奔过去。钱昭奔跑在最前，找到朱殷所说的位置，众人便立刻分散到附近开始挖掘。

挖着挖着，乱石滩下渐渐有衣服和尸骨露了出来。元禄高声叫道："在这儿！"

众人连忙聚集过去，小心翼翼地挖掘寻找。突然间铁铲下传来一声轻响，孙朗连忙蹲下去用手一扫，竟是一枚六角形的堂徽。堂徽上已有些锈迹，孙朗费力地辨认着上面的字，抬头告诉众人："是石小鱼！"

随即于十三也挖出了一枚堂徽，他连忙用袖子擦了擦，见上面写着"六道堂天道缇骑沈嘉彦"字样，立刻便红了眼圈："老沈！"

钱昭依然一声不吭地挖着，生怕漏过了什么，到最后索性改为用手。突然手上摸到了堂徽的一角，他连忙清理出来，攥在手里细细地辨认着。那堂徽上还沾着黑红的血迹，"柴明"二字映着明晃晃的日光，分外地触目惊心。钱昭突然跌坐在地，堂徽也掉在了地上。

一旁还在挖掘的宁远舟看见，一个箭步上前扶起了钱昭。宁远舟捡起地上的堂徽，看清上面的字迹后，便也明白了什么。他跪下来，用手小心地扫开堂徽底下的泥土，一具尸骨显现出来。

钱昭猛地弹身而起，推开宁远舟，轻轻抱起了那具尸骨，泪水猛然间涌出。他颤抖着，轻声说道："阿明，我来带你回家。"

元禄低声问在一旁抹着泪的丁辉："钱大哥他——"

丁辉轻声说道："柴明在宫中值宿的时候，一直和钱大哥最好。"

元禄便不再说话。

天边残霞抹红，地上石滩白水，暮色四合，天际苍茫。

柴火台终于搭了起来，尸骨架在上面，熊熊燃烧着。火焰金红炽烈，呼呼地席卷着，将一缕青烟送上穹空。

杨盈一身白衣，和如意一道站在最前，杜长史与宁远舟对面而立，其余众人环在柴火台周围，一同送别和祭拜在此牺牲的六道堂兄弟。因为假扮的郡主身份，如意也只能参加这场梧国人的祭典。

宁远舟端起一杯酒，长声道："关山陷阵，归德魂追；壮胆义魄，马革分回。六道长泣，梧土长泪；同袍恭祭，孤忠必慰！"他转身看向杨盈，道："殿下，这就是为您皇兄战死的天道兄弟们。"

杨盈肃然上前，一拂披风，跪地磕了三个头，然后起身举杯，道："魂兮归来，维莫永伤！"

众人齐声高呼："魂兮归来，维莫永伤！魂兮归来，维莫永伤！"便在杨盈的带领下，将酒水饮过一口后，奠洒在河滩上。

钱昭沉默地扔着纸钱，纸钱如蝴蝶般，在暮色中飞舞。

风吹着柴火台，火焰呼呼燃烧着，白浪滚滚流向天际。

众人垂首哀悼。昔日兄弟们的音容笑貌仿佛还在眼前，再见时却已是河边枯骨。众人心中悲壮愤慨，却是无处宣泄，早已泪湿前襟。

宁远舟目光扫向众人，强忍着心中悲痛，道："各位，我们能找到天道兄弟们的尸骨，能送他们的骨灰回家，还要多谢长庆侯。两国战事已是过往，日后只有和他全力合作，我们才有机会止戈平战，铸剑为犁，还天下更长久的太平。也请大家记住，害死柴明他们的，不是那些风餐露宿的安国将士，而是安帝侵略我们的野心！"

众人都肃然。

宁远舟提高声音，再次问道："听明白了没有？"

众人一震，齐声回答："听明白了。"

一行人收殓了天道兄弟们的骨殖，强忍心中悲痛，肃然跟随在宁远舟身后，走向李同光。来到李同光面前，宁远舟一举手，众人齐齐停住。宁远舟再使了另一个手势，众人便整齐抱拳，向着李同光深深一礼，而后不待李同光回应，便又无言地整齐离开了。

李同光对着他们的背影，低首回礼。

整个过程中，使团众人和李同光都未发一言。

等他们走远，李同光方道："看来，我的选择没有错。"

朱殷问："侯爷真的要跟他们合作？"

李同光点头，道："只有敌人才最了解敌人的弱点。当年先帝可以靠朱衣卫镇治天下，我若得了六道堂的助力，自然也能步步高升。"他眼中野心的光芒一闪而过，挥手向身后的队伍下令："出发，去裕州！"

入夜前，使团众人终于抵达了裕州，在城中驿站里安顿下来。

裕州城朱衣卫分堂的紫衣使也在这天夜间，收到了右使迦陵从安都总堂发来的密信。

紫衣使对着烛火读着密信，渐渐皱起眉头。

信上写的是："绯衣使珠玑以下二十九人遇害一案，经查系梧都分堂叛徒如意所为。此犯手段残忍，心智狡诈，恐已潜入我大安境内。凡奉此令者，应将其速速截杀，勿留活口。"还附带了一张叛徒的画像。

紫衣使忍不住对下属抱怨道："不留活口？总堂最近老是发这样匪夷所思的命令过来。一会儿从我们这儿突然调走三个高手，说要执行什么秘密任务，可到现在都没见人回来。一会儿又塞个烫手山芋过来，这如意一个人连杀近三十人，绯衣使和丹衣使都折在她手上了，还要我一个紫衣使上去送死……"

正说着，外面忽然传来一声急报："大人，归德急信！"

紫衣使匆匆上前接过信件，一眼扫去，不由得大惊失色："什么？梧国使团已经到裕州了?！这脚程未免也太快了吧？四天前，他们不是还在合县吗？"

他来回急急走了数步，终于下定决心："不行，这中间必有问题，马上准备飞鸽！"

信鸽飞上夜空，早已等候多时的如意信手弹出石子，飞鸽便摔落在她手中。宁远舟解开鸽子的脚环，扫了眼信上内容，道："果然，朱衣卫总堂还不知道你是任辛，只知道杀人者叫如意。"便将密信递给如意。

如意接过密信，重新装好，问道："没提刺杀李同光的事？"

宁远舟摇头。

如意便道："那就让他自己回安都去查个明白。"说罢，便扬手将飞鸽重新放飞。

两人并肩站在高台上，望着鸽子远去。一时无事了，宁远舟便又道："你这些天只忙着教阿盈，倒没提过到安都后你准备怎么复仇。"

"我心里已经有数了。但是这一次你先别插手。"见宁远舟要说什么，如意抢先按住了他的唇，道，"别担心，我的事需要速战速决。但安全迎回你们皇帝，才是你最重要的事。一进安都就搅进朱衣卫的事情，你们只会更麻烦。朱衣卫那边，我自己对付，实在不行了，再让你帮忙也不迟。"

见她目光坚定，宁远舟只得答应下来，又歉疚地说道："对了，刚才为了不让李同光起疑，我也只能拖着你一起去祭拜柴明他们……"

"没关系。他们是你兄弟，我陪你送他们一程，不会有心结。"如意说着，便叹了一口气，"而且，我还很羡慕他们。"

"怎么了？"

"元禄说六道堂每年清明中元,都会这样祭拜战死的兄弟,但在我们朱衣卫就没有这样的习惯。"她神色失落,轻声道,"很多朱衣卫死之后,都是悄无声息地直接送去了化人场,没有坟墓,没有灵位,更别提什么香火供奉。"所以,得知李同光在各地都为她立了牌位,她心下才会如此震动。但如她这般还有人记得、有人祭奠的朱衣卫,又有几个呢?

　　宁远舟顿了顿,柔声安慰道:"等到了安都,你想祭他们,我随时陪你去。"

　　如意点了点头,心情却越发沉重起来:"可惜,我连他们的真名都记不得几个。朱衣卫活着的时候,只有代号,没有真名,却有严格的名册。低阶的白雀要定期服用便于受控的药物,高阶的,长相、性格、家世、生活习惯,都会被详细记录,防止有人逃跑。"她黯然道,"但一旦死了,就会被勾销名册,好像他们从来没有存在过一样。"

　　宁远舟握住了她的手。

　　如意苦笑一声,叹道:"但最让我难过的是,以前我居然也一直没觉得这样有什么不对。直到刚才我才意识到,原来他们也是值得被纪念的。"

　　宁远舟不知该如何安慰她,想了想,便从袖子里摸出一块糖,递给她。

　　如意化忧愁为浅笑,挑眉看着他:"你就只会这一招?"

　　宁远舟也一笑,道:"嗯。"

　　如意笑着摇了摇头,拆着糖纸,又道:"我跟媚娘提过,以后我想开一间学堂,教白雀和百姓们识字习武,挣来的束脩,就可以给朱衣卫死去的旧人置办祭田。"

　　宁远舟立刻道:"那我来当教习,当初我在褚国潜伏的时候,就当过大户人家公子的武教头。"

　　如意便问道:"那你在安都潜伏的时候,做的是什么营生?"

　　宁远舟有些尴尬,咳一声,岔开了话题:"天快黑了,我要跟钱昭他们商量进安都后的行动,你不用陪我。"

他转身就走，如意一愣："你还没回答我。"

宁远舟却已经加快了脚步，大步跑开，一句"明早见！"还没落下，人已经不见了踪影。

如意眉毛一挑，本来她只是随口一问，这下看来，是非得弄清楚不可了。

朝阳初起，使团众人各自收拾妥当，便再次出发上路。

临近安都，行程终于不再那么急促。昨夜于十三难得睡了个整觉，今日只觉精神焕发。他正吹着风，纵马奔跑在路上，忽然杨盈小公主的脑袋便从一旁探了过来，好奇地问道："远舟哥哥以前在安都的时候，到底做的哪一行？我都问了他三天了，可他一个字都不肯泄露。"

于十三一愣，立时笑了出来，使了个眼色给杨盈，道："你去问元禄。"

杨盈立刻奔去找元禄。元禄却如临大敌，连连摇头道："我不敢说，我说了，宁头儿会杀了我的。"

杨盈无奈，只能转头去问孙朗。孙朗吓得家门都报错了，一口顶回去："我那会儿还没进朱衣卫呢，我哪知道？"拨马就躲远了。

杨盈只好望向队伍前方钱昭的身影，鼓了鼓勇气，纵马追上前去，和他并骑而行。见钱昭神色已然恢复了以往那般沉静，这才又好奇地问了起来。

钱昭面无表情道："殿下真的想知道吗？"

杨盈大力点头。

钱昭一抿唇，却道："佛曰，不可说，不可说。"

杨盈一愣，怎么都这么守口如瓶啊！她佯怒道："好哇，你们都瞒着我！"说完，她气鼓鼓地正要拨马离开，身后突然有几骑疾驰而来，叫嚷着"让一让"便从他们中间穿过。

杨盈躲避不及，一时没坐稳，险些从马背上跌落下来，多亏钱昭及时伸手扶住。杨盈气恼地抬头望去，见这几骑所护卫之人是李同光，便没好气地问道："长庆侯，你又想干吗？"

第二十二章

李同光冷冷地看着她，随意一拱手，道："失礼了，我着急过来，正想告诉殿下一件事。"

"什么事？"

李同光道："前头大路的桥塌了，我们要改走山路。"他抬鞭一指斜前方的小路，道，"这样翻过这座山，就能看到安都了。"

杨盈一惊，想也没想，纵马就上了小路，一路逆着风飞奔到山坡上，一个时辰之后，眼前豁然开朗。杨盈勒马停住，放眼望去，只见一座巍峨的城池坐落在百里之遥的天际之下。那城墙四方，圈起了目力所及的几乎整个原野。城中道路如棋盘排布，将整座城市划分得明明白白。城中坊市星罗棋布，人烟稠密，望去只觉雄伟又繁华。

杨盈喃喃道："这就是安都啊。"这时如意和宁远舟等人也策马赶了过来，杨盈便轻轻问道："远舟哥哥，如意姐，你们说，我真的能带着皇兄，从这里全身而退吗？"

如意和宁远舟同声道："事在人为。"

杨盈便也重重地一点头："嗯！"

进入安都之前，使团也做了最后一次休整。所有人都换上正式的礼服，打起全副仪仗，提点精神，庄重地驶过最后一段道路，穿过城门，进入了安都。

只是这月余以来，几千里跋山涉水、风餐露宿，中间又不知经历了多少磨难，这队伍外表上看来，已不如当日行辞陛礼时那般光鲜。

使车一进安都，便引起了安国百姓的注意。越来越多的人聚集到道路两侧，观赏梧国这支来交赎金的使团的面貌，指指点点地议论着。

"梧国的使团啊，来赎人的吧？怎么就这么点人，真穷酸。"

"这是个王爷？跟那个倒霉皇帝是挺像的。怎么这么单薄啊，跟个灯笼似的。"

"还是小侯爷好看！每回他出城回京，小娘子们都跟疯了一样。"

正说着，簇拥在道路两侧仰望着李同光的姑娘们，已有人大方地向李同光挥起手来。

杨盈骑马走在队伍前方，所有的声音都传进了她耳中。但她仍是挺直了腰，目不斜视，竭力做出皇家气派。

如意头戴幂篱坐在马车中，正透过车窗，打量着已暌违五年之久的安都。

街道旁的酒楼上，二皇子洛西王的亲信申屠青望见李同光玉冠华服端坐马上，一皱眉，提醒手下道："二殿下向来不乐意看到某人这么风光。"一指楼下的使团队伍，"愣着干什么啊，还不赶紧给远客上点见面礼？"

申屠青一声呼哨，早已埋伏在两边酒楼的人，同时向着楼下的使团发动了"进攻"。有的往下泼水，有的往下扔鸡蛋。

见两侧有异物袭来，朱殷立刻撑开油伞，替李同光挡去所有攻击。使团众人也早有所准备，齐刷刷地解下披风，向空中一旋。只见旋转的披风在空中连成一片，将杨盈一行人护得密不透风，鸡蛋和酒水被反弹回去，溅了楼上埋伏的人一头一脸。

安国尚武慕强，民风朴健，沿途百姓见了这么俊的回击，纷纷喝彩叫好。六道堂众人便也齐齐向他们拱手致意。

而杨盈风姿俨然，异物落下来时她面不改色，此刻更是波澜不惊。见此情形，颇有些百姓收起轻蔑之心，点头赞赏道："这么看，这王爷进城的时候，倒是比他哥哥强些。"

穿过长街，往前再走不远，便到一处院落，院门上挂着"四夷馆"的牌子，这就是安国招待各国使者所用的馆舍了。李同光一路将使团众人送入院中，便向杨盈告辞道："顺利把各位接到安都，我这引进使就可以交差了。请各位在这四夷馆安住。和我们同来的礼部少卿每三天会来一次，有什么事，找他就是。"

李同光转身欲走，杨盈连忙叫住他："等等。少卿三天来一次是什么意思？贵国国主难道不该马上召见孤吗？"

宁远舟使了个眼色，示意她不要再问下去。

李同光却一挑眉，意带嘲讽地看着杨盈："殿下原来也知道，圣上见你，是召见啊。要见，自然会召。不召，自然是不见。告辞。"

路过如意身边时,李同光略站了站,柔声道:"各国使团里很少有女子,四夷馆只怕准备不周。晚一点,我会让人送些郡主用得着的物事过来。"

如意道:"多谢。"

李同光又压低了声音,道:"有很多人见我过师父,为了不惹麻烦……"

如意便往下拉了拉幕篱,让他安心道:"我知道,所以我在使团的正式身份只是女官。"

李同光又道:"少卿和我手下都可以放心,他们一个字都不敢乱说。"见如意点头之后,这才离去。

杨盈皱眉,望着他消失的方向,向宁远舟抱怨道:"我真不喜欢这个长庆侯,除了跟如意姐说话的时候有点好脸色,其他时候老是阴晴不定的。"

宁远舟无奈,低声替李同光解释道:"他和我们有秘密合作,以后自会私下联络我们。但现在,四夷馆里人多嘴杂,他这样做才不会让人起疑。凡敌国使臣到来,先冷上他们一段时间,灭灭威风、磨磨脾气,是各国国主常用的招数。"

杨盈恍然,面上不由得露出些羞愧的神色,连忙端正了心态,道:"是孤想岔了。那远——那宁大人,依你看,安国国主什么时候才会见孤?"

宁远舟道:"怎么也得三五天吧。殿下一路奔波,还是别想那么多,早些进房休息吧。"

杨盈点头。

宁远舟又转向六道堂众人,吩咐道:"大家好好把这院里的钉子清一清。"

但宁远舟居然难得猜错了。

这一日子夜,杨盈睡得正沉时,外面突然传来一阵兵荒马乱的吵闹声。杨盈从梦中惊醒,匆忙坐起。见如意警惕地站在窗边,她忙问:

"出什么事了？"

外面随即响起敲门声，元禄略有些无奈的声音传来："殿下请出来吧，安国宫中有内监来传旨了。"

杨盈一惊，只能慌乱地穿衣起身。

纵使有如意从旁协助，可当杨盈扶着金冠从屋里走出来时，身上装束还是明显透露着仓促。

她依礼斜站在宣旨内监的侧前方，而使团诸人分列两侧，恭身弯腰听旨。内监瞟了杨盈一眼，见她头上金冠微歪，唇角便轻蔑地勾了勾，宣旨道："奉圣上口谕，宣梧国礼王即刻入宫晋见。"

众人都大为意外。杜长史惊疑地确认道："现在？还不到三更！"

内监翻了个白眼，讥讽道："早朝五更开始，三更就起来候朝的官员多着呢。"

众人都无可奈何。独宁远舟面色平静，对内监道："请示诏书一观。"

"没听清楚吗？圣上口谕，没有圣旨。"内监环视众人，见他们还有不服，便轻蔑道，"不想奉诏是吧？成啊，咱家这就回宫复旨。"

杨盈忙道："等等！孤没说不去，你竟敢当面矫言？"

内监又瞟她一眼，随意地拱了拱手，傲慢道："那咱家就在宫里敬候大驾。"说罢便又如来时一般，带着一群人趾高气扬地转身离去了。

杜长史气得腰都有些直不起来："安国人太过分了，居然用这么不堪的法子磋磨殿下！"

杨盈见众人都担心地望着她，强行按下心中不安，安慰道："来的路上大家不是帮孤演练过好几回了吗？孤早有准备，随时都可以进宫，"她深吸一口气，为自己壮威一般，高声吩咐道，"赶紧把送安帝的礼物拿出来！"

众人立刻端正了神色，各自忙碌起来。

杨盈独自站在远处等待着，虽竭力做出镇定自若的模样，但面色还是微微发白。如意走到她身边，握住她的手，往她衣袖里塞了件东西。杨盈抬起头来，勉强对如意一笑。

马蹄踏在青石路上的声音回荡不绝,声声扰人。

一行人折腾了好一阵子,来到城门楼前,也才四更天。正是黎明前最黑暗的时候,空中星光疏淡,四面寂冷少人,更衬得面前巍峨宫城黑沉如铁。一行人翻身下马,上前向城门守卫禀明身份。正要进入,侍卫们手中的长矛忽地一交,拦住了他们的去路。

侍卫首领面无表情道:"大安有律,凡他国使臣入宫觐见,不得有任何侍卫陪侍。"

于十三欲上前理论,却被宁远舟拦下。

杨盈一指打扮成内监的元禄,道:"他是孤的贴身内侍,"又指了指元禄手上捧着的东西,"这是给贵国圣上的国礼。"

侍卫首领仍是举枪不言,杨盈只能无奈地从元禄手中接过礼盒。

宁远舟拱手相送道:"殿下一路小心。"他目视杨盈的袖子,杨盈微微点头,表示自己明白,便独自转身走向侍卫。侍卫这才让出道来,杨盈捧着礼盒,孤身一人走进了空荡荡的宫门。

宫城城楼内外两道门之间,有一条长长的甬道。甬道内光线昏黑,只点着两支火把照明,火光在甬道壁上投下幢幢的暗影。杨盈孤身一人走入甬道中,脚步声空荡地回响在甬道壁间,身后拖出了长长的黑影。火把噼啪一声爆鸣,身后暗影一跃,杨盈莫名打了个寒战,匆忙加快了脚步。

可突然之间,前方传来一声轻响,杨盈本能地抬头,就见内宫门在她的面前迅速地合上了。

杨盈一惊,掉头就往身后的外宫门跑,可才转过身去,外宫门也被关上了,门外就只传来宁远舟一行人惊怒交加的呼声:"殿下!"

几乎就在同时,门洞内的火把也突然熄灭了,黑暗霎时便将杨盈吞没了。

第二十三章

高塔问帝心

杨盈惊恐万分，仓皇地奔向外门，拍着门喊道："开门！开门！"门外却毫无动静。

杨盈扭头又奔向内门，仓皇中脚下一绊，整个人都扑倒在地。脸贴上冰冷的地面的瞬间，寒意袭来，杨盈脑中霎时清醒过来。她喃喃道："冷静，远舟哥哥再三要你冷静，你忘了吗？"她深吸了一口气，努力思索着，"对，还有火折子，你带了火折子的！"

她摸出火折子轻轻一吹，柔暖的火光亮起，稍稍驱散了她心中的恐惧。她捧着火折子站起身来，大口地吸着气，终于渐渐冷静下来，喃喃自语道："别慌，想想他们为什么要这样做。不是为了杀我，否则会有人向我动手。对，他们只是想吓我，或者关我一晚上，让我又冷又饿，颜面全失。该怎么办呢，怎么办呢……"

火折子的光投射在前方巨大的内门上。杨盈眼中一亮，忙向袖中摸索起来，寻找如意先前给她的东西。

通向皇宫的内门关上之后，几个关门的内监便迫不及待地相互挤眉弄眼起来。他们都望见了适才杨盈惊慌的面孔，心中很是自得。守在门左边那个肥脸圆下巴的捅了捅身旁浓眉细眼的同伴："你猜他能挺多久？"同伴比了比手指，他便嗤笑道："一炷香？我猜最多半炷！"

话音刚落，便听到里面传来惊慌的拍打声。两人相视一笑，都起了兴致，纷纷等着看好戏。

门洞内突然响起一声尖叫，紧接着便是一声沉闷的重响。两人料想是杨盈摔倒在地，都凝神细听，门洞内却忽然归于寂静。两人等了好一会儿，还不见有旁的动静，心中不免有些七上八下，面面相觑起来。

细眼睛的那个忍不住问道："不会出事了吧？"

肥脸的那个趴地从门缝向内望了望，见里面一片漆黑，不由得也有些慌了，忐忑道："这、这……上头只叫我们给礼王弄个下马威，万一……"

细眼睛的看向其余众人，商量道："要不开门看看？"

众人也都不愿担责，纷纷点头同意。

肥脸的那个忙去开锁，一行人七手八脚地推开内宫门，打着火把走进门洞中，却没看见杨盈的身影。那门洞中的甬道足五六丈宽，火把能照到的不过身前一二丈距离，内监们急忙上前去找。

却不料杨盈在他们身后——如意给杨盈的是一枚防身用的爪状飞钩，杨盈正用那飞钩勾着门框，脚踩两枚门钉，趴在半开的内门门板上。

内监们一路向着外门的方向寻去，杨盈便趁着他们不注意，悄悄从门上跳下来，快步走出门洞。

出了门洞，便觉眼前豁然开朗。天色浅淡，启明星悬于东方天际。折腾这么久，竟已将到天明日出的时候了。

杨盈从容整顿好衣冠，这才向着还在门洞里焦急地四处寻找的内监们轻咳了一声。

内监们听到动静回过头来，便见少年亲王一身蟒袍，从容立于晨光之中，尊贵挺拔。

杨盈淡淡地一抬眼，问道："各位在找什么？孤已经等了好一会儿了，还不带路？"

肥脸内监惊疑不定："您是？"

杨盈傲然道："孤乃大梧礼王！"

朝阳自她背后升起，将她整个人映照得光彩夺目，内监们不禁抬起手来遮挡。

一只迷蝶从杨盈身旁飞起，翩然飞过城楼，飞向了城门之外。

城门外，使团众人还在和安国宫门的侍卫推搡争辩。

宁远舟抬头望见有彩蝶蹁跹飞出宫墙，心下安定。他呼哨一声，使团诸人立刻停下动作，齐刷刷退开，站回到一边的角落里，仿佛无事发生一般，继续安静地等待起来，反倒令安国侍卫们有些摸不着头脑。

杜大人疑惑地看着宁远舟，身旁元禄微微近前，低声替杜大人解惑："早就跟殿下约好了，她要是能平安进宫，就会放迷蝶出来。"

宁远舟高声下令道："大家在这里安候殿下出宫。"

众人齐齐应是，昂首挺胸。

于十三看向宫墙，叹息道："希望殿下能顺利见到安帝。"

钱昭也遥望宫墙，宽慰道："第一关已过，往后应该也会顺利的。"

肥脸内监将杨盈一路引入一处偏殿中，便告退离开。

杨盈尽量镇定地在椅子上正襟危坐，用眼角余光打量这座偏殿。殿内寂静，只站着几个手持拂尘的内监，并无其他人出入。

香炉里的香一点点燃烧着，烧完了一根又一根，安帝那边却始终未有传召。杨盈也不焦躁，只眼观鼻鼻观心，静静地坐在那儿等着。

先前引她进殿的内监进屋换了几次香，见杨盈始终一动也不动，仿佛老僧入定了一般，不由得对她越来越好奇。他眼角瞟着她，低声对身旁同伴道："人还没长开，倒是沉得住气。"

外间天光已然大亮，看时辰怕是早朝都已经结束许久了。这内监又一次进屋换香，便上前去鼓动杨盈："殿下不问圣上何时宣召吗？"

杨盈半垂着眼睛，气定神闲道："我摄政王兄日理万机，贵国国主想必也是如此。等他有了空闲，自会与孤相见。孤又何必心急？"

内监一转眼珠，又殷勤地凑上前去给杨盈倒茶："那殿下请用。"

杨盈微微一笑，眼角都不抬一下："不必了，皇兄客居高塔，想必并无如此雅致茶点，孤怎能独享？而且，若用了茶水点心，时间一长，孤若内急，只怕会行事不雅，岂不又如了你们的愿？"

内监被说中盘算，不由得一滞，只好尴尬地退下了。

第二十三章

皇宫正殿里，安帝正在听李同光的奏报。

李同光所奏，自然是北蛮人挖通了密道深入境内一事。他提醒安帝北蛮人此举可能是为了里应外合攻破天门关，又道："臣已带了三具北蛮人的尸首回京，还请圣上……"

安帝却皱着眉头打断了他："你直接交给刑部就是！"说着便气闷地拂袖起身，来回踱步。

果然如李同光所料，比起担忧北蛮人大举入侵，安帝更在意的是："这帮北蛮蠢货，几十年了都不闹幺蛾子，偏偏在朕要打褚国的时候来添乱！朕现在哪有那么多得闲的兵力调去天门关？！"

李同光的手微抓紧了袍服。

这时，肥脸内监趋步走入殿中，俯身向安帝悄悄耳语了些什么。安帝冷笑一声，道："小小年纪，还挺有耐性。那就让他继续等。等朕用完晚膳再宣他也不迟！"

李同光目光一闪，已然猜到他说的是杨盈。

安帝提醒他："继续说。"

李同光道："是。"便接着说道，"还有，第一批袭击臣的刺客，臣疑心是……"他故意一顿，"来自朱衣卫。"

安帝目光一凝："什么？"

"臣原本也不敢相信的，"李同光恭敬地垂着头，"毕竟朱衣卫素来是天子私兵，邓指挥使更是从圣上私邸就……"

"够了，"安帝重新坐下，目光阴沉地看着他，"给朕看证据！"

日影已然西斜，杨盈却依旧在偏殿之中枯坐着。

李同光和安帝议完了事，从正殿出来，路过偏殿门口时，一眼便看到了偏殿里杨盈正襟危坐的身影。和湖阳郡主身边的那个没断奶般，动辄便腻着姐姐撒娇的少年不同，眼前的小亲王身板单薄却镇定，是另一种假模假式。

横竖无论哪种模样，在李同光看来都是碍眼。

他停住脚步，同先前的内监耳语几句，得知杨盈滴水不进坚持至今，不由得露出饶有兴味的神色："一口水食都没沾？"他便替内监出主意，"那你们就都走，看他慌不慌。"

内监有些迟疑。李同光却鼓动道："要是出事了，自有本侯担着。"内监立刻会意，悄然招呼众人退下。

杨盈饥困乏力，抬眼去瞥香炉时，却见炉中线烟已然熄灭多时，却无人前来更换。她一愣，环顾四周，才意识到殿中内监已全都不见了。她终于露出惊愕的神色，不安地站起身来，走到窗边向外窥探。

角落里，李同光瞧见她脸上的慌乱神色，颇有深意地一笑后，转身离开。

杨盈恰在此时抬头，看见李同光离开前半带恶意半带暗示的笑容，随即便明白过来。她再次回头环顾殿内，看向已然烧残却无人前来更换的线香。

殿外日影渐渐落下，殿内斜铺的余晖也移出门外，变作一片暗沉寂冷。杨盈思量许久，终于一咬牙，转身向殿外走去。

她面带怒意，快步走出宫殿。远远地歇在外面的一众内监见她出来，都吃了一惊，连忙追赶上前。先前那肥脸内监一脸焦急地快步绕到她身前，想阻拦她："殿下，殿下，你要去哪里？"

"回驿馆。"杨盈一把拨开他，见他还要上前，眼神一寒，"怎么，你还敢阻止孤不成？"

内侍被她气势慑住，竟愣在了当场，连忙差人回去搬救兵。

杨盈头也不回，任凭身后一众内监追赶规劝，只自顾自地继续前行。待她再次走到城门楼前时，安国鸿胪寺少卿终于匆匆赶到，绕到她面前抱拳行礼，阻拦道："殿下请留步。"

杨盈站定，抬眼上下打量着他，讥讽地一笑："整整一天，大人终于肯出现了？"

少卿自知理亏，面色尴尬至极："下官今日忙着向礼部汇报来路诸事，不意有些耽搁，尚请殿下见谅。"又为难地看向杨盈，道，"但殿下擅自出宫……"

杨盈一挑眉，冷笑道："擅出？贵国国主既政事繁忙，孤现在离开，

第二十三章

明日再来，有何不对？难道贵国待客之道是主人不在，客人连离开都不许了？难道贵国国主不单是有意为难孤，还准备了一场鸿门宴？"

少卿张口结舌，一句也不能作答。杨盈便也不再理会他，径直绕过他，穿过城门楼下门洞，向门外走去。少卿连忙追赶上去。

等候已久的使团众人见杨盈走出，立刻迎上前去。

外门侍卫却也提前得到命令，横枪一架，便拦住了杨盈的去路。

杨盈怒道："让开！"

侍卫们却纹丝不动。宁远舟一使眼色，元禄、钱昭、于十三立刻会意，四人同时出手，几粒小石子轻弹过去，正中侍卫们的腿弯。侍卫们膝下一软，纷纷跪倒在地。

杨盈道一声："何须行如此大礼？"说完，便已走出宫门，直奔宁远舟他们而去。

少卿犹自追在后面苦苦挽留："殿下，下官已让内监加急禀报圣上，还请殿下留步……"

杨盈的手已经扶在了马鞍上，她闻言回过头去，也不生气，目光从容含笑，故作惊诧道："少卿这么担心，难道是担心孤这么一走就不回来了？放心，明日孤还是会再来的。"然而语气一转，便透出些义无再辱的凛然来，"只是事不过三，如果三日之内，孤还没得到贵国国主关于迎帝之事的明确回答，孤便要立刻动身归国了。呵，本来孤这闲散亲王就不想管政事，无论是孤哪位皇兄正位，孤都是铁板钉钉的亲王。哦，少卿最好也不要觉得只要扣住孤，就能白得那十万两黄金。"她眼如寒星，缓缓道，"否则，六道堂散布在贵国国内的上百名死士，也不会闲着的。你们防得了一月半载，还能防得了三年五年？"最后一个字落下，寒星已如冰霜。

她扶着宁远舟的手翻身上马。一扬手，一行人便头也不回地随着她浩浩荡荡而去。

直到回了四夷馆，杨盈一直挺直的脊背才终于松懈下来，然而松到一半，一口气还没喘完，她忽地想到什么，忙再次绷紧腰背站直。

宁远舟知道她的担忧，轻轻一拍她的肩膀，安慰道："没事，附近都清干净了，现在院子里全是自己人。但四夷馆之外还有不少朱衣卫的暗哨，我们和分堂的兄弟们估计得过两天才能联络上。"

杨盈这才骤然瘫软下来，开口便道："孤饿死了，渴死了，救命！"

话音刚落，如意已递上来一只水袋："羊奶，热的。"

杨盈眉开眼笑，感动道："如意姐！"抱起水袋猛灌了几口，腹内饥肠稍得安抚，她便眉飞色舞、迫不及待地向如意炫耀分享起来，"我挺住了，按大家之前说的那样，反将了安国人一军，没丢脸！你不知道，我学你的样子，冲他们一瞪眼，他们就都让开了，我好威风，我……"她说着，突然发现所有人都盯着她，忽地就有些不好意思起来，嘿嘿笑了笑，收了嘴。

宁远舟却微笑着接口道："殿下今天确实是好威风、好气魄，一个人独自在宫中面对一切，还能全身而退，可谓大智大勇。"

杜长史也赞叹不已："进退有度，不堕我大梧风范。"

众人纷纷竖起大拇指："殿下真棒！""殿下太有气势了！"

四面都是笑声和夸赞声，杨盈从来没有得到过这样的肯定，激动地道着谢，眼睛不由得越来越亮，渐渐神采飞扬。但想到自己在安国少卿面前放下的豪言，还是不免有些担心，问道："要是三天时间到了，安国皇帝还不理我们怎么办？难道我们真的走吗？"

如意微笑着安抚她："不会的，圣——安帝待人，向来喜欢一进一退，恩威并用。他今日冷遇了你，碰了钉子，明日八成就会见你，这样才能亲自探探你的虚实。"

杨盈便再次露出了笑容。

杜长史又向杨盈问起她在安国偏殿里的情况，一行人说着便向屋里走去。宁远舟忽地留意到如意手上有一道红色的勒痕，目光不由得一闪。

待夜间众人各自散去之后，宁远舟便敲开了如意的房门。

如意正对着房中朱衣卫官衙的结构图认真思索着，见宁远舟进来，便随口问道："阿盈睡了？"

"嗯，她昨晚三更就起来了，今天在宫里又撑了一天，吃完东西，跟我们说了说宫中的事，就撑不住了。"宁远舟目光便往如意手上投去，问道，"你的手怎么了？"

如意抬手看了看，才留意到手上的红痕。

"啊，白天你们不在的时候，我扮成化人场的车夫去了趟朱衣卫衙门外头打探情况，绑绳子的时候不小心被勒了一下。"

宁远舟取出药膏，走上前来，道："我帮你上药。"

"又没破皮，上什么药啊。"

宁远舟却不由分说地拿过她的手，专心帮她涂抹药膏。这男人总是操心过度，然而垂着眼睛专心涂药的模样，着实温柔隽秀，令人心不由得软下来。

如意轻轻道："你别太担心了，我未必明天就会对朱衣卫动手，毕竟还得先查清害死我义母和玲珑的真凶再说。鹭儿今日进宫，必然会向圣上提到朱衣卫袭击他之事，但朱衣卫却没什么动静。我想邓恢今天多半不在京里，所以安帝才没传召他。这人是你离开六道堂后，这一年才执掌朱衣卫的，连你都不太清楚他的底细，我就更得挑他不在朱衣卫衙里的时候再进衙。"

"好。如果有万一，你一定及时放迷蝶求援。生死关头，就别想什么会不会拖累我了，我会安排好的。"

如意点头。

宁远舟又道："我们这样有商有量的多好。"

"那你以后救皇帝的事也要跟我商量。我做不到背叛我的国家去救你们的皇帝，但至少可以帮你们望望风，在你们救人的时候保证阿盈的安全。"

宁远舟点头，又感慨道："鹭儿，阿盈，这么叫起来，还真对称，只是可惜，一个听话懂事，另一个却是叫人头痛。刚才路上阿盈还说，李同光好像在宫里帮了她一把，但又故意为难了她一把。"

"他们俩又闹上了？"

宁远舟苦笑道："他对所有可能抢走你的人都抱有敌意，在他心里，师父只能是属于他一个人的。"

"这孩子……"如意叹息道，"我不在的这几年，他一定又受了许多苦，再没有遇到过待他好的人。"

而他们口中的李同光正翻身下马，快步走进长庆侯府。

他今日面圣归来，一身繁重礼服，衬得他尊贵华美，然而他面色清冷如冰，黑瞳子里无半点波澜。

他一路上脚步不停，沿途在仆役们的服侍之下脱去披风，取下金冠。待回到房中后，他净手焚香，脱去锦袍，便直奔密室而去。待进入密室里时，他身上多余的装饰已尽数卸去，仅余一身素白单衣。在看到满屋子如意的画像之后，他冰冷的面容终于重新柔和下来。仿佛自如意走后时光再未流淌一般，他重新变回了如意眼前那个单薄无助的少年。

他走到身穿绯衣的假人面前，单膝跪下来，仰头轻轻说道："师父，我回来了。"

假人自然没有任何回应，他却毫无察觉一般，目光映着迷离的烛光，温柔地替假人整理着衣衫，询问着、诉说着："这些天，我不在府里，您一个人还好吗？我遇到了一个很像您的人，她也和您一样对我好，关心我，训斥我，从来不给我好脸色，但我心里快活极了。"

他不由得又想起校场宴席上，如意愤怒地训斥他；想起自己去梧国使团里开条件索要她时，如意勾着他的脸颊训他；想起如意向他索要了青枣，便转身离开。

确实只是像师父而已，但只要能见着那个人，他心里便觉着快活。

李同光低声道："她说我对您怀着不可告人的心思，那会儿我特别羞愧、特别难受。可后来我想通了，您这么好，我为什么不能喜欢您呢？以前是我不配，可现在，鸷儿已经长大了，已经不需要您的保护，已经有资格和您并肩站在一起了。师父，让我喜欢您，可以吗？"

他伸出手想抚摸假人的脸，但在碰到的那一瞬，脑海中忽地闪过如意凌厉地看向他的目光，他触电般退缩了。

李同光抱着膝盖在假人身边坐下，蜷缩成一团，喃喃道："师父，我好想您……对了,今天我去见圣上了,他果然不想在天门关增兵,还说既然已经封住了密道出口,北蛮人就肯定打不过来……师父,要是梧国人也没法让他对北蛮人提高警惕,那该怎么办?我真的不想百姓们再受兵灾了……"

他越说越慢,渐渐地便紧皱着双眉睡着了。

擅自调动天子私兵出京刺杀一事,果然触动了安帝的逆鳞。安帝很快便将邓恢召回了安都,令他入宫奏对。

待邓恢入见时,安帝挥手一盏茶便砸在了他脸上,咆哮道:"解释!"

邓恢头上汤水淋漓,那副仿佛长在脸上的笑容却依旧不变,他亦不抬手去擦,只任由茶水流淌。

入殿前他便已然知晓原委,此刻只斩钉截铁地回禀道:"没有,这事绝非臣所为。但圣上既然派臣执掌朱衣卫,臣没有管束好下属,便是失职。"拱手往地上一跪,便请罪道,"请圣上责罚。"

安帝目光如鹰蛇,阴冷地盯着他,道:"长庆侯死不死,朕没那么关心。但朱衣卫是朕的私兵,哪个胆大包天的狗贼,竟敢在朕的眼皮子底下擅动?要是查不出来,你就跟你那些手下一起以死谢罪!"

邓恢道:"是。"

安帝见他脸上笑容一丝不变,这才怒气稍平,冷哼了一声:"朱衣卫是否与北蛮勾结,也必须查清。虽然李同光多半有些夸大其词,但这件事上,谅他也不敢无中生有!"

邓恢道:"是。但臣以为,朱衣卫中即便有人胆大包天擅自勾结朝臣,也不敢与北蛮……"

两人说着话,便有换茶的宫女悄然离开正殿。

那宫女出殿后,脚步匆匆地穿过宫道,来到一处偏远的宫殿里。她在殿外挂出一只鸟笼,便匆匆离去。

通过鸟笼传递的密信很快便送到了朱衣卫右使迦陵的手中。

送上密信的亲信瑾瑜道:"那位御前宫女的情郎是属下亲信,消息应该可靠。"

迦陵目光扫过密信上的内容，脸色瞬间大变，腾地站了起来："我们的人勾结北蛮人杀长庆侯？这是哪儿跟哪儿？！"

瑾瑜闻言也大惊失色："啊？！"

迦陵焦急地徘徊着。能调动这么多人手，纵使在朱衣卫中，也仅她和左使陈癸两人。她绝对没干，那么肯定就是陈癸做下的了。陈癸也确实有这样的胆量和动机，他最近和河东王走得近，大有可能为了讨好河东王去对付李同光。

但私下派兵去合县的，却不止陈癸一人，她也私下派了几十个人去合县，珠玑一行还全折在了合县刘家庄。若邓恢追查，此事势必瞒不过。纵使能辩白她不曾刺杀李同光，她私下派人去合县的事又怎么解释？一旦安帝怪罪，以邓恢的行事，又会怎么处罚她？

迦陵只觉不寒而栗。她思量半晌，咬了咬牙，终于开口问瑾瑜："御前宫女传出来的消息，除了你，还有谁知道？"

瑾瑜匆匆摇头。

迦陵当即道："那我们马上就走，就说我临时收到珠玑暴亡的消息后，着急出京查问了！"只要避过第一波，等邓恢把火发完了，或是处置了陈癸，她就还有一线生机。作为朱衣卫指挥使，邓恢总不能一下子就把左使和右使全处置了。这便是小人物在朝堂的存活之道。

迦陵带上一众亲信匆匆离开朱衣卫衙门，翻身上马，穿过长街，向着城外奔去。

街边小贩匆匆避让开来，头上斗笠一掀，便露出张和如意有三四分相像的面容——正是如意乔装打扮而成。望见迦陵离去的背影，如意目光不由得一闪，悄然进入了路旁的小巷子里。

不多时如意便从朱衣卫官衙前的路口出来，径直向着衙门口走去。

有巡视归来的朱衣卫回到衙门，正在向门前守卫出示腰牌。如意突然走上前去，化妆过的细长眉眼一扫，便尖着嗓子冷冰冰地说道："只看腰牌，哪个分堂、进去见谁也都不问不查，朱衣卫就是这么办事的？"

第二十三章

守卫见她一副小贩打扮,却有一把内监的嗓音,一时错愕,随即便醒悟过来,忙上前讨好道:"公公误会了,刚才那些人都隶属总堂,进出只需要腰牌即可,分堂和外人进朱衣卫,都是要查问的。不信,您过来一看就知。"他向对面的守卫打了个眼色:"你在这儿看着。"便殷勤地亲自引着如意走进了朱衣卫大门,将出入登记册捧给她看。

如意装模作样地查验着手中册子,眉头稍展:"这还差不多。"

守卫这才轻舒一口气。

如意又一亮手中的玉佩,道:"殿前卫齐公公属下,奉命暗察。"

守卫不由得再次紧张起来,腰背一挺,肃然道:"是!"

"给咱家搞一套朱衣卫的衣裳过来,咱家还得看看里头。"

殿前卫和羽林卫、飞骑营同为安帝亲信禁军,最得安帝信赖,常被委以重任。朱衣卫指挥使邓恢便是从飞骑营中调来。三营中尤以殿前卫最为开罪不得,只因殿前卫里内官最多,常奉命暗中监察各部,最容易上达天听,也最会在安帝面前搬弄口舌。

对面的侍卫自然也明白,连忙收敛了目光,点头应下。

不多时,一身朱衣卫装束的如意从耳房里走了出来。看上去面貌平淡无奇,同寻常朱衣卫并无两样。她从守门的侍卫们面前走过,轻咳一声。两个侍卫忙挺直了腰,目不斜视。

几步之后,如意的身影便悄然汇入了院中往来的朱衣卫人流之中。

果然如如意所说,前一天才将杨盈半夜惊醒、晾在偏殿里等了一整日,第二天安帝的口风便宽厚起来,特地令鸿胪寺少卿传口谕过来:"允梧国礼王即刻至永安寺与梧国国主会面。"

只是这突刺一刀的手法,同昨日也并无太大区别。

杨盈问:"现在?"

少卿笑意和柔,言辞达礼:"正是,圣上昨日繁忙,以致怠慢了殿下,颇感歉疚,因此才额外加恩。贵国国主与殿下兄弟情深,久别数月,今日能得相见,想必也是喜出望外吧?"

杨盈无话可说,只能道:"自然。"

少卿又道："下官这就陪您同去。当然，还和昨日的规矩一样，诸臣只能陪同前往，不得上塔——请。"

杨盈自是不会再如昨日那般仓促无备，当下便道："大人稍候，孤现在只着常服。既然觐见皇兄，必须衣冠整肃，方不违君臣之道。杜大人，宁大人，助孤更衣。"

少卿当然也无话可说。宁远舟和杜长史便随杨盈一道进屋，帮她穿戴礼服。

杜长史焦虑道："昨日如意姑娘说安国国主今日必会退让，老臣还以为只是会宣召您，没想到竟然会让您和圣上会面！"

宁远舟道："用兵之道，在于虚实相交，安国国主既然是马上天子，自然也精于此道。根据金媚娘的消息，安国朝野有不少人怀疑过殿下的身份，认为您这个新封的皇子只是临时推出来的西贝货，或许安帝是想趁此机会试探，也未可知。"

杨盈动作一僵，急道："那怎么办？皇兄以前都没跟我说过几次话，他关在高塔上，也不知道国内的安排，万一认不出我来，岂不是……"

杜长史勉强道："这……圣上英明睿智，既然知道了迎帝使前来的消息，多半早就有所预备，殿下不必太过忧虑。"

"可是……"

宁远舟递给杨盈一枚扳指，道："殿下拿好这个。这是元禄一路赶出来的，如果圣上到时言行有误，你一按这里，就会有小针刺出。圣上被刺后会马上昏迷，到时你就说他兴奋过度，在旁边照料，择机再慢慢跟他解释。"

杜长史一惊，想说些什么。为了蒙混过关不惜刺晕君主，这实在有违人臣之道。但若不如此，万一梧帝言辞中露出破绽，该如何是好？莫非他还能想出更好的办法？他到底还是没有开口。

杨盈接过扳指，手在微微发抖，道："好。但是，我还是怕……"

宁远舟语声平静："殿下，害怕不能解决任何问题，只会让事情变得更糟。昨日你无畏，先机就在你。今日你若能处变不惊，也定能

第二十三章

马到成功。"

杨盈一怔，肃然道："孤明白。"

她回身望向镜中，镜中少年金冠蟒袍，一袭尊贵庄重的亲王打扮，已然装束完毕了。她深吸一口气，镜中少年面色也随之变得肃穆威严起来。她昂首挺胸，一脚踏出了房间。

朱衣卫衙门里，如意小心地回避着人群，抬脚踏入了册令房中。

房中四面无窗，桌椅陈设极其简单，一应杂物皆无，看上去空洞洞的。如意进屋关门后，便径直走到一堵墙前，熟练地在墙上按动隐藏的机关。只听咔的一声，墙上暗门打开，现出另一间密室。

穿过暗门走进去，便见尽头的墙上高挂着"册令房"三字。旁边各有一排书架，一边写着"册"，一边写着"令"。"册"库收录天下朱衣卫的名录，而"令"库则实录所有绯衣使以上的令谕。

如意先去"令"字一排，按照年月找出"绯衣使珠玑"相关的记录，一本本开始翻阅。然而整个六月里，珠玑的记录都是一片空白。

如意想起些什么，摸出银针挑松了册子的缝线，果然在缝隙中找到了一片未撕尽的残纸——珠玑的记录被人抹掉了。

但也并非毫无线索，能对绯衣使下令的，只有指挥使和左、右使三人；珠玑死前曾说不会背叛"尊上"；当日越三娘也说，对梧都分堂下手的，是一位"尊上"。可见必是这三人之一。

邓恢进宫了，迦陵又外出，这三人之中今日她能见到的就只有——

如意目光一闪，放好册子，转身正准备离开，脚下却又一顿。

她想了想，走到"册"字书架前，取下历任上三使的名册，按照年月翻到其中一页，手指在纸张上轻轻寻找着，喃喃念道："指挥使艾狄……右使宣午……"随后手指便停顿下来。"左使"之下的名字和记载，已被人用墨涂去了，只能隐隐看到一个单人旁的"任"字起笔。

如意凝视半响，撕下了那一页，放入怀中。

朱衣卫左使陈癸的心情很糟糕。

刺杀任务失败，李同光平安无事地返回安都，势必会全力追查刺杀自己的幕后主使。一旦被李同光查到是他干的，他的处境可就大为不妙了。

陈癸正皱着眉头与近侍商议对策，忽然有个朱衣卫匆匆闯入。被他的亲信拦下之后，那朱衣卫忙高声说道："尊上！属下是绯衣使珠玑的近侍珍珠，有紧急要事禀报尊上！"——这珍珠，正是如意所假扮。

陈癸一怔，抬手示意亲信住手。

如意忙道："是有关圣上今日宣召邓指挥使进宫的事，"她面带惊惶地看着左右近侍，低声道，"好像是关于长庆侯遇袭……"

陈癸立刻变色，啪啪击了两下掌。所有近侍全数退出房去，替他关上了房门。陈癸起身，示意如意："过来详细禀报。"

"是！"如意走上前去，道，"属下的哥哥是御前内监，他昨日轮值，今日出宫采买，跟属下说昨日长庆侯进宫后，圣上便大发雷……"话音未落，她突然身形暴起，向陈癸发动袭击。

不料陈癸反应迅猛，和她对过几招后，渐渐占了上风。如意步步后退，终于不敌，被他一招制住，扼住了喉咙。

陈癸冷笑道："早就知道你有问题，你主子成天跟着迦陵鞍前马后，你怎么会突然来投靠我？这儿是我的地盘，你居然胆敢行刺，真是狗胆包天！"

不料如意一笑："是吗？"说着脚下便一用力，踏住了地砖花纹的一角。

陈癸还未回过神来，脚下已被一根尖刺穿过，瞬间鲜血淋漓。他抱着脚摔倒在地，不断抽搐，疼得说不出话来。

如意居高临下，半垂着眼睛睥睨着他："可惜，在你之前，这儿也是我的地盘，我早就布下了机关。陈癸，你的脑子真是比你当丹衣使的时候还差，我特意诱你到这儿来动手，你竟然一点也察觉不到？"

陈癸又惊又怒，不顾疼痛抬起头，问道："你是谁？！"

如意不言，踢开几案，转身坐在了陈癸先前所坐的座椅上。

陈癸眸子剧烈收缩，难以置信道："任左使？"他奋力爬到如意脚下,"尊上,您回来了?您当初对属下的恩情,属下从未有一日忘记……"

如意一笑,打断了他:"所以,你就对我唯一的徒弟下手?"

陈癸哑口无言。

如意目光一寒,喝问道:"说,为什么要勾结北蛮人,刺杀长庆侯?为什么为了三千两金子,就要出卖整个梧都分堂?!"

陈癸惊愕不已,分辩道:"属下对这些事一无所知……"

如意手上一弹,银针射出,正中陈癸。陈癸奇痒无比,在地上摩擦低号起来。如意冷冷道:"我一向没耐心,你想痛痒而死吗?"

陈癸挣扎翻滚着:"我说,我说,长庆侯的事,是我干的,可我真的没有勾结什么北蛮人。大皇子给我钱,要我替他除掉长庆侯,嫁祸给二皇子,我不敢不从……"

"不敢不从?你忘了朱衣卫是天子私兵吗?勾结皇子,你想害死你手下所有的人吗?"

陈癸突然爆发,双目赤红地反问道:"我为什么要不从?你忠心耿耿地为朝廷出生入死,又得到了什么?圣上不过是把我们当走狗!就算是你,最后还不是落到身败名裂、尸骨无存的地步!你死之后,我们又换了一任指挥使,两任左、右使,而我——我在这个位置上已经整整一年了!我不想和你们一样,很快因为哪个任务没完成就自杀,更不想成为圣上掩盖某件朝政丑闻的替罪羊!我只能投靠大皇子,如果他能早日登基,我好歹也有个从龙之功!"他痛苦地抠着地面,强忍住痛痒,仰望着如意,"尊上,这种惶恐的滋味,你难道没有过吗?你难道从来没怨过圣上吗?!"却终于忍耐不住,如丧家之犬般翻滚哀号着,"啊,啊,给我,给我一点解药吧,就一点点,一点点也行!"

如意微微动容,低头去怀中拿药瓶,陈癸却趁机偷袭。如意动如闪电,将药瓶射入他咽喉,血柱瞬间喷涌而出。

陈癸呛咳着摔倒在地,如意上前替他止血,逼问道:"快说,出卖梧都分堂的事,是不是你干的?!"

陈癸脸露怪异笑容，似是解脱一般，呢喃道："多谢，尊上给我一个痛快……"说罢便再无气息。

如意看着他的尸身，久久没有动作，最后终是叹息一声，摸出怀中的索命簿，拾起地上的笔，写下了陈癸两字，而后蘸了陈癸的血，在那名字后打了一个血红的钩。

笔尖上血迹犹湿，如意思忖片刻，抬头看向了身后的墙。

出门后，她冲着守在远处、尚在闲聊的两个近侍行了一礼，方才离开。她面色如常，近侍们都没起疑心，聊完了天，才走向陈癸房间。走到门外，望见里面满屋的鲜血，侍从们惊叫一声："尊上！"立刻扑入房中查看。

此刻如意已然转过了走廊。借着拐角处假山石的遮挡，她一抹脸，换了一张人皮面具。朱衣卫们听到警锣声匆匆奔来，所有人的心思都集中在突发的变故上，无人注意有一个朱衣卫逆着人流奔跑的方向，悄然离开了此地。

行至偏僻的角落里，如意跃上房顶，脱掉身上朱衣卫的服饰，反手团成个褴褛模样。待她出现在街道上时，宛然已是一个抱着孩子的妇人，混杂在人流之中，很快便消失不见。

杨盈的车马穿过朱衣卫衙门附近的街口时，衙门前那条长街已然混乱喧嚣起来。朱衣卫正当街抓捕往来的年轻女子，令她们掀开幕篱，一一盘问。

宁远舟闻声望去，见此情形，眼神不由得一凛。于十三悄悄凑上前，向宁远舟耳语道："是朱衣卫的人，美人儿她……"

宁远舟目光坚定道："朱衣卫既然乱了，说明她已经动手了，而且多半已经脱身，不会有事。"虽说着"不会有事"，手上却还是不由自主地用力攥紧了。钱昭瞟他一眼，没有作声。

安国风沙大，不时吹起车上帘子。于十三不禁感慨："安国风沙比江南大，街上姑娘们好多都戴幕篱，倒是别有一番风情。"

杨盈坐在车中，面色紧张，浑身僵直。

向着塔尖的方向再走二三里，便到永安寺。走入寺中，过大雄宝殿，入寺庙后院，眼前便是一片广场，巍峨耸立在前方的永安塔的全貌，便也赫然入目了。

宁远舟不动声色地观察着高台四周的兵力布防。

只见那塔高约七级，前后都是空旷的广场，四周都有侍卫巡逻。塔身四方，下宽而上窄，坐落在一处三面环水的高台上，只有一面有进出的通道。高台四面还各设着一座一人多高的瞭望台，上面布排有火盆和哨兵，塔身上到处都悬挂着警铃。防备得可谓是滴水不漏。

穿过广场，来到唯一的通道面前，鸿胪寺少卿示意一行人留步，便差遣手下向守塔侍卫交去令旨。

那些侍卫佩剑戴甲，肌肉壮硕，个个都是一副孔武有力的模样。核对令旨后，他们侧身让开通道，那通道也堪堪只容两人并行。

鸿胪寺少卿回身对宁远舟一行人道："诸位暂请留步。"又对杨盈道一声："殿下，请。"

杨盈正仰头望着眼前高塔，闻言回过神来，向杜长史、宁远舟等人略一点头，便轻吸一口气，走上前去。

塔中木阶狭窄陡峭，似因年岁久远，已有些老朽，踏上去吱呀吱呀地作响。杨盈一步步地向上攀爬着，距离塔顶越近，她的心跳便越快越响。

透过阶梯的缝隙，可以看到每一层的暗处，都有侍卫的身影，还有无数机关。四下防备严密，一旦出事，她定然逃不出去。

但……真能不出事吗？这一路行来，她心中对梧帝的敬爱仰望之心早已支离破碎——这个男人因无能与刚愎自用，在归德原上葬送了无数忠义志士的性命，致使山河沦丧、百姓流离。谁敢保证今日碰面，他就不会出岔子呢？

杨盈精神渐渐紧绷，只觉呼吸都渐渐困难起来。

塔顶狭小的囚室里，梧帝杨行远正坐立不宁地等待着今日的会面。他一会儿站起来徘徊，一会又对着水盆低头整理头发。突然发现自己鬓发边有了一丛白丝，他不由得一下子呆住。

那阶梯足有百余级,杨盈爬得气喘吁吁,不时便停下来歇一会儿。每次驻足休息,她都不断地转动着手上宁远舟给她的指环。

待终于爬上顶层,出楼梯口,便听塔顶侍卫问道:"谁人上塔?"

少卿道:"奉圣命,允梧国礼王上塔探视梧国国主。"

正对着水镜发呆的梧帝听闻外间对话,终于回过神来。他深吸一口气,尽量整理衣冠,端坐在屏风前的主位上,仿佛自己仍是华贵帝王。只是微微颤抖的手指泄露了他内心不安,他连忙拉下衣袖,将双手遮住。

侍卫们闻声让开出口,用特制的铁条拨开散落在走廊上的铁蒺藜,前方这才现出一条窄窄的通道来。

杨盈正在一旁等待,忽见两个和她身形相似、打扮相近的少年站到了她身侧。她心中猛地一紧,慌忙喝问道:"这是何人?!"

少卿微微一笑,道:"这是礼部送去服侍贵国国主的近侍。难得殿下今日前来,正好一起上塔。殿下为何如此诧异?"

杨盈强忍惊慌,皱眉道:"孤不喜欢他们身上的熏香,让他们离孤远些!"正说着,通道便已清扫出来,杨盈抢先一步,走向囚禁梧帝的房间。

可就在她准备踏入房间的那刻,身后的两个少年突然钻了出来,将她挤到侧边。杨盈好不容易站稳,慌忙行礼:"臣弟参见圣上!"却不料,那两个少年竟然几乎与她同时开口、同时跪下,说的是一模一样的话,行的是一模一样的礼。

杨盈霎时明白了安国人的盘算,心中大惊。然而还不待她开口,另外两个少年已做出震惊的样子指着对方和杨盈:"你是何人,竟敢冒充孤!"

梧帝狐疑的目光在三个少年面上扫了一圈,迟疑道:"盈弟?"

杨盈一咬牙,手中扣紧了宁远舟给她的指环,抢上前一步道:"正是阿盈!"

与此同时,那两名少年也已抢上前,各自应道:"阿弟在!""皇兄!"

一团混乱之中,杨盈伸手扶住被撞歪的发髻。梧帝一眼望去,看

第二十三章

到她发髻上的簪子是自己常见的六道堂样式，便突然大怒道："够了！你们安人实在无聊，竟然弄了一堆假货来试探朕，难道以为朕连自己的弟弟都认不出来吗？"他上前一步，一把抓住了杨盈的手腕，柔声道："阿盈，你长高了。"

杨盈本已提到嗓子眼的心猛然放下，她鼻子一酸，轻声道："皇兄，您瘦了。"

兄妹二人执手相看。片刻后，梧帝恼怒地瞪向安国少卿，喝道："带着这帮假货，滚！"

少卿使了个眼色，便带着两个少年和其他侍卫退出了房间。

梧帝正要开口，杨盈却立刻拉着梧帝起身，道："去屏风后面。"绕过屏风后，杨盈从袖中掏出一只小盒，抬手一摇，盒中的蟋蟀就喧腾地鸣叫起来。她这才松了一口气，低声道："现在可以说话了。"

梧帝颇为震惊，半晌才道："阿盈，你真的长大了。"

杨盈不好意思地一笑："我刚才还担心皇兄认不出我来，还好……"

"还好，朕看见了你头上的发簪。"破解了安国人的诡计，又在受辱这么久之后终于见到了期盼已久的使者，梧帝心中激动，精神已不由自主地亢奋起来，"这是宫里羽林军侍卫统一的制式，朕一眼就认出来了！呵，朕听到迎帝使前来的消息，就已经猜想过无数次礼王到底是谁了。原以为是找了位远支宗室，没想到居然是你！"他拉住杨盈的手，"阿盈，你不愧是朕的亲妹妹，咱们兄妹俩，一样果敢！"

杨盈心中的滋味颇有些难以言表，她语气复杂地道："臣弟不敢当皇兄如此夸奖……"

梧帝却没察觉到她微妙的心情，急切地问道："闲话少说，快告诉朕，那十万两黄金，你带来安国了吗？"

房间外，安国少卿和侍卫把耳朵贴在房门上，竭力想听清屋中两人的对话，却被灌了满耳喧闹的蟋蟀鸣叫声，偶有几句支离破碎的人语混杂其中，却根本就分辨不清说的是什么。

房间内，杨盈也加快了语速，低声向梧帝解释着："五万两黄金实物，还有五万两，宁远舟宁大人做主换成了银票，说以防安国人反悔，要等我们离开安国国境时才交给他们……"

梧帝一喜："宁远舟来了？太好了，有他在，朕定能平安归国！"

"宁大人还是担心安国人会食言，所以，"她将一只盒子悄悄递给梧帝，低声向他耳语了几句，又道，"到时，请皇兄做好准备，我们会全力营救您。"

梧帝长松了一口气，欣慰道："很好，朕在这里日夜煎熬，担心的也无非就是这几件事。"忽地又想起件事来，忙道，"对了，安国的长庆侯李同光，与朕还算有些默契，你们若要行动，不妨试试买通他。"

杨盈点头道："您放心，臣等早有安排。"

正事说完，兄妹二人突然便陷入了一种奇怪的静默。

半晌，梧帝才又开口道："你皇嫂，还有二弟，可还安好？"

杨盈忙道："皇嫂身体尚安康，腹中龙胎也一切正常。丹阳……"

杨盈还没说完，梧帝忽地一惊，喜悦道："龙胎？"随即立刻反应过来，忙压低了声音，急切地问道，"皇后她有孕了？"

杨盈点头道："已经好几个月了。"

梧帝肉眼可见地喜不自胜，竟不自觉地起身，笑着来回走动起来："太好了，太好了！"他搓着手，仿佛自言自语一般，"朕更得平安归国！"

杨盈便也含笑点头，继续说道："丹阳王兄在梧都忙于监国，临行之时，他再三吩咐臣弟务必接回皇兄，一家团圆。"

梧帝忽然变了脸色，回头紧盯着杨盈："那他说过没有，到底是希望朕以什么身份回去呢？皇帝，还是太上皇兄？"

杨盈被他脸上的狠戾之色吓了一跳，忙道："皇兄不必多虑，丹阳王兄勤勉忠义……"

梧帝冷哼一声："这些话，是别人教你说来，好安朕的心的吧？可惜，朕与丹阳王当年争了好些年的太子之位，朕难道还不清楚他是什么样的人？他想必没少派亲信刺客，拦阻你顺利到达安国。只要朕回不去，他就可以名言正顺地占据皇位……"

杨盈忍不住打断了他，沉声道："皇兄，这些事能不能等您平安回到梧国再说？"

梧帝一怔，目光忽地阴鸷起来，恼怒道："你是看朕落难了，竟然敢教训起朕来了？还是丹阳王许诺过你什么，你才来替他当说客，想劝朕认命？！"

杨盈对上他冰冷的目光，身子下意识地一抖，却仍是挺直了腰背，直视着他："臣弟本来不敢，但是皇兄，难道不是您一意孤行，才造成我上千大梧将士战死于天门关吗？"有些话在她胸中已压抑得太久了，她不能不问，"见面这么久，你可有一句悔不当初，可有一句询问过那些为你战死、为你受伤的大梧将士？！"

屋外闷雷滚过，兄妹二人对面站着，身侧是永安塔顶层的石栅窗户，窗外万里江山覆压在沉沉阴云之下。

梧帝怔怔地看着杨盈，脑海中仿佛再次响起刀兵碰撞之声。身前护卫一个接一个地倒下，柴明拼死扑上来为他挡住射来的箭……那些深埋在屈辱心境之下，被他忽视和遗忘了的记忆，如走马灯般一幕幕在他面前闪过。他的身体不由得轻轻颤抖起来。

杨盈目光哀切又赤诚地看着他："况且，比起虚无缥缈的帝位和权力，难道平安回到大梧，见到皇嫂，看到小皇子出生，不是更实在些吗？皇兄，我本来只是后宫里一个什么都不懂的小公主，但我来了，我躲过各路追杀，一路奔波上千里来了，只是因为我想救你回去，只是因为你是我哥哥，我想你好好活着！"

梧帝目光一颤，震撼之下胸中忽地有一捧温热苏醒过来。半晌，两行清泪滚落，他情不自禁地上前抱住了杨盈，哽咽道："阿盈！"

兄妹二人紧紧地拥抱在一起。

梧帝哽咽着："朕一直念着那些战死的英灵，可朕只是害怕，只是羞愧……阿盈，你不知道，朕有多盼着你来，盼到朕头发都白了！你看，朕才二十五岁啊！"

杨盈看着兄长头上的白发，心中也难过不已。

这时，外面有人敲了敲门，安国少卿的催促声传来："天色不早了。"

杨盈忙道："再稍等片刻。"时间紧急，她匆匆对梧帝说道："臣弟还有一事。皇兄，你可曾记得护卫你的六道堂天道侍卫柴明他们？"

梧帝立刻点头："朕自然记得，还有石小鱼、沈嘉彦那几个，他们都是为朕英勇战死的好男儿。"

杨盈大喜，欣慰道："那就好。皇兄，现在大梧境内谣言纷飞，不少人传言，是六道堂天道护卫们军前擅权，出卖军机，才导致了天门关大败……"

梧帝怒道："一派胡言！"

杨盈忙道："那，能不能请皇兄现在立刻手书一封为柴明他们雪冤的诏令，阿盈想等会儿就交给宁大人，如此，也能让使团里的六道堂道众安心为皇兄效力。"

梧帝当即便走到案边："朕这就写。"

杨盈满怀期望。不料，梧帝刚刚提笔，便突然想起什么，警惕地看向杨盈："不对，你自幼长在深宫，多半连六道堂是哪六道都弄不清楚，上塔来见朕这么紧急的当口，怎么会想到给天道侍卫洗冤的事？"

杨盈一怔，连忙解释道："臣弟知道六道堂怎么回事，你忘了，臣弟的女傅是宁远舟之母顾女史啊。"

"宁远舟，果然是他。"梧帝犹豫片刻，到底还是放下了笔，摇头道，"不行，这封雪冤诏，现在朕还不能写。"

杨盈大惊，忙问："为什么？！"

屋外狂风大作，吹得石头栅栏幽咽作响。

安帝皱着眉，猜疑道："刚才朕就觉得不对。朕将宁远舟削职充军，他应该心怀怨恨才对，怎么转眼就心甘情愿地护你入安了？原来是为了他以前的手下，这样便说得通了——"他似是终于想明白了什么，恍然道，"是了，他这人不爱功名利禄，却最重兄弟情谊。出征以来，朕没少听柴明他们提宁远舟……"他说着，眼神忽地一凛，阴鸷地看向杨盈，"呵，难怪你着急要朕写这雪冤诏，是他叫你这么干的对不对？他是不是根本就不想救朕，只想拿了这封诏书给天道的那些人正名？"

"绝对没有，皇兄你误会了！"杨盈正要解释，却被外间敲门催促

第二十三章

235

的声音打断了。

敲门声落下后,梧帝压低嗓音,急促地说道:"回去告诉宁远舟,想拿到这封雪冤诏,得等到他平安救朕离开安都再说,否则,就等着让天道的人背一世的叛徒骂名吧!"

外间忽地划过一道闪电,明光照亮了梧帝狰狞的脸。

杨盈急道:"皇兄,你不能这样,天道的侍卫对你忠心耿耿!你不能这样对他们!"

梧帝掰开她抓着自己的手,目光凶狠又可怜:"朕知道,但朕只能这么做。宁远舟现在是朕唯一的希望了,朕必须得想法子保证他平安送朕回去!"

话音刚落,安国少卿已绕过屏风走了进来,口中唤着:"陛下——"见杨盈还抓着梧帝的手,故作一惊,"哟,失礼,打搅了。"

梧帝道一声:"无妨。"便将杨盈抓着自己的手用力推回,催促道,"快回去吧,朕等着与你在塔下重见的那一日!"

天际闷雷声低低地翻滚着。

杨盈心中又失望又无奈,还有些旁的情绪翻滚在胸口,却一时难以辨明。她目光深沉地注视着梧帝,深深一礼,道:"皇兄善自珍重。"

她转身走出梧帝的房间,步下楼梯前,终是忍不住再一次回头望去。梧帝立于门前,眼巴巴地望着她,神色憔悴。她心境复杂至极,终是快步走下了楼梯。

窗外又是一阵闪电惊雷,那雨渐渐大了,天地间一片苍茫。万籁都淹没在了铺天盖地的沙沙声中。

第二十四章

零蒙细雨话平生

杨盈走到塔下,一眼便望到了正等在雨幕中的使团众人。见她从塔里出来,众人精神都是一振,眼神中有急切、有期盼。杨盈心中疲惫又酸涩,无言以对,虽依旧昂首挺胸不肯露出颓状来,却不由自主地垂了眼。

待她穿过通道,走出环水的高台,杜长史已迫不及待地迎上前来,急切地问道:"圣上如何?"

杨盈淡淡道:"圣躬安,圣上得知诸位忠心赴安,也格外欣慰。"

众人都不由自主地仰头望向塔顶,却见梧帝正从高塔上探出头来。诸人立刻深礼,杜长史更是扑通跪倒在地,含着眼泪高声唤道:"圣上,圣上!老臣不惜一死,也必不辱命,迎您重归大梧!"

宁远舟抬头望向安帝,然而这塔太高了,只望见乌云罩顶之下、高寒塔顶之上一个面目模糊的身影,却是看不清任何表情。

杨盈垂着眼睛,疲惫道:"大家回驿馆吧。"

一行人这才收回目光,往寺外走去。

宁远舟跟在杨盈的身边,低声问道:"东西给圣上了吗?"

杨盈点头,却根本就不敢看宁远舟。

宁远舟似是察觉到了她的情绪,又低声问道:"出什么事了?圣上受了伤吗?"

杨盈含泪摇头道:"远舟哥哥,对不起。"

宁远舟突然明白过来,顿了一顿,问道:"他不肯为天道洗冤?"

杨盈低下头，羞愧又难过地道："他不相信你是真的会救他，他说，要想拿到雪冤诏，除非你先把他救出安都。我已经拼命劝他了，可他还是——"声音一噎，已哽咽起来。

宁远舟轻呼一口气，眼中闪过一丝微不可察的失落，平静道："我知道了，我原本就觉得不会这么顺利。"

杨盈强忍着眼中泪意，垂头道："对不起……我从来没想过，皇兄会变成这样……"

宁远舟却说："他不是变成这样，而是一直都是这样。视他人性命如草芥，己之皮毛逾泰山。看来天门关那一场血雨腥风的惨败，并没有让他改变。"说话间，他们已走到马匹旁，宁远舟顺手将杨盈托上马背，道，"但臣庆幸，殿下并不是这样的人。"他向杨盈欠一欠身，便和诸人一起翻身上马。

杨盈驱马走出寺外，仰头望向天空。细雨铺天盖地，沙沙地落着。两滴水珠从她脸颊上滚落，一时间不知是雨是泪。

雷声翻滚着，狂风吹得松柏林呜咽作响。

如意独自在昭节皇后的陵墓前跪拜着。守陵的士兵和内侍都已被她迷晕放到了别处，今日此地就只有她和昭节皇后两人，不会有旁人前来打扰。

昭节皇后陵前有些荒凉。如意跪拜过后，久久凝视着墓碑，向昭节皇后诉说着："娘娘，阿辛回来了——不，我现在叫如意了。我会按您的愿望，平安如意、幸福自主地活着。"

与昭节皇后相处的点点滴滴浮现在眼前。她犯错受刑时，昭节皇后把她传去自己殿中，殿门一关便拉着她喝酒；为她置办了宅子，温柔地告诉她只要是女孩子家，就得有一座闺房；手拿着书卷，娴静安雅地教她背诵《清静山记》；动辄便带着二皇子给她插满头的花；一本正经地教二皇子背"少小离家老大回，安能辨我是雄雌"……

一切都仿佛就在昨日，谁知竟已过去这么多年了。

她轻轻说道："一别几年，您还好吗？您向来喜欢热闹，守陵的人这么少,您一个人又在泉下这么久,会不会觉得有些冷清?不过,二皇子时常会来陪您吧。"她说着便沉默下来,眼圈渐渐泛红,许久之后,才又道:"娘娘,阿辛很想您。"

风不知何时停了,雨水先是无声无息,继而铺天盖地地落下。

天地苍茫,万籁俱寂,鸟雀不飞,走兽蛰伏。茫茫雨幕之中,就只有一座孤碑,旁边跪着个飘零的孤客。

雨水打湿了她的衣衫,继而打湿了她的脸庞,两行泪水倏然滚落下来。

雨势渐渐大了,路上行人纷纷走避。如意头戴幕篱,快步行走在路上。忽然,她于如烟似雾的雨幕之下、匆匆穿行的人流之中,望见一抹不动的青色。

她心似雨打浮萍,那身形却如砥柱般倏然绊住了她的目光。她掀了幕篱抬头望去,便见宁远舟一身青衫玉立于桥头,手持一把油伞,正静静地等在雨中。

如意静静地站了一刻,终于摘去幕篱,奔向了宁远舟。

宁远舟似也有所察觉,忽然回过头来。望见如意走来,那山色般空蒙的黑眸子里便有明光亮起,他立刻迎上前来。

两人在桥头相聚,宁远舟将伞遮在了如意的头上,默然凝视着她。

如意仰头问道:"来了多久了?"

宁远舟道:"一会儿。"

"不怕被别人发现?"

"朱衣卫被你搞得一团乱,外头的人都撤回总堂去了,没人盯着咱们。"

"怎么知道我在这儿?"

宁远舟便道:"我是想你报完了仇,应该会想去见见昭节皇后。从山陵回四夷馆,这条路最近。"

两人对视着,都看到了对方眼眸里的黯淡。

如意便又问道:"你心情也不好?"

第二十四章

宁远舟神情晦涩，片刻后才轻轻说道："嗯。安帝许阿盈上永安塔去见我们皇帝了，可他说，除非先救他出来，否则他拒绝写雪冤诏。"

如意把手覆在他紧紧握着伞柄的手上，轻轻握住，道："娘娘的陵前有些荒凉，守陵的士兵也只有几个。圣上写了那么多诗文怀念娘娘，却偏偏对她的身后事这么敷衍……"她说不下去了，手也微微抖了起来。

宁远舟便用另一只手又覆上她的手。两人肌肤相贴，互相给对方以安抚，也从对方身上汲取安抚，在雨中默立良久。

后来，宁远舟问："我们一起，走一会儿？"

如意道："好。"

他们便共伞漫步于雨中的安都，时经小路，时经水滨。烟雨中，城池如画，平添几分梦幻，两人却一直沉默不语。

良久之后，他们走到一僻静巷口，再往前去不远，便是四夷馆了。

如意停住脚步，茫然道："我心里还是闷得慌。"

宁远舟想了想，忽地看到远处有一处大门虚掩着的破败宅院，便道："跟我来。"

他拉了如意走过去，伸手推开破旧的大门。院中空无一人，石砖生青草，梁下结蛛网，一眼看去便知已很久都无人居住了。

宁远舟放下伞，回首看向如意，道："我们俩认识这么久，还没怎么正经交过手。不如来两个回合？"

如意略有些意外，道："你的伤势和内力——"

宁远舟已然抱拳请招："任尊上。"

如意便也不再犹豫，回礼道："宁堂主。"

一礼已毕，两人同时出招，交起手来。一时间细雨纷飞，两人拳脚相交，你来我往，好不精彩。

他们心无旁骛地对战着，眼中的郁气渐渐散去，神采重现于眉睫之上。几乎是同时，两人的手刀都横在了对方的脖颈上。如意一挑眉，反手一挥，把明显放水的宁远舟制在了墙上。

宁远舟道："我输了。"

如意眸子一弯，轻轻笑了起来。

二人同时开口。

如意道："心情有没有好一点？"

宁远舟道："我好多了。"

如意看着嘴角含笑的宁远舟，突然间一阵感动涌上心头，轻轻说道："宁远舟，你真好。明明自己也不快活，却总想着让我开心。"

宁远舟微笑道："你也很好啊，陪着我这么痛快地打了一架，一点也没手下留情。"

"万一有一天，我没那么强，也没那么好看了，你会后悔吗？"如意忽地想起什么，问道。

宁远舟正色道："不会。喜欢一个人，本来就是一念起，一生休。茫茫红尘中，我能遇到你，本就已经是上苍垂怜。所以这份幸运，我会紧紧抓住，不管它褪成什么颜色，我都不会放手。"

他握住了如意的手，目光平和而又坚定。

雨不知何时停了，天色一碧如洗。街上房屋杨柳洗去浮尘，泗着水汽，越发显得色彩明艳。

两人踏着雨后的青石路，继续漫步在安都的街巷之间，脸上消沉低落的情绪已全然不见，代之以云开雾散的爽朗。

宁远舟道："陪我去和章崧的人接头吧，该拿这一期的解药了。"

如意点头道："好。"

雨后无云，日光明得耀眼，如意抬手遮了遮，问道："章崧用一旬牵机来控制你，你恨不恨？"

宁远舟道："谈不上恨，毕竟我和他素无交情，只是合作而已。"说着便叹息一声，道，"但对圣上，我是真的很失望。天道的兄弟们几乎全为他浴血战死，可在他眼中，也不过是理所当然而已。"

如意道："朱衣卫也差不多。刚才，我杀了谋害鸳儿的左使，但他死前说的话，却让我觉得很悲凉。他说他投靠大皇子只是为了活下去，因为圣上从来都没相信过朱衣卫，只不过把我们当随时可以扔掉

第二十四章

241

的走狗而已。朱衣卫的高阶卫使，最多也只能坐稳位置两三年，然后就会被替换掉。同样的话，媚娘也曾经说过。"她摸出怀中自己被涂黑的那一页名册，递给宁远舟，道，"算一算，他们说得还真对，我在左使这个位置上，也不过就待了一年多的时间。"

宁远舟接过那页纸，认真地看了看，又交还给如意，道："他们都是同一类人。我们这一位，冲动莽撞地发动关山之役，只是为了跟章崧夺权，向天下证明他是个文武双全的天子。你们这一位呢，根据李同光传来的消息，明知道北蛮人已经混入天门关内，却还想撂开不管，一门心思只想着他再征褚国的大计。"

如意思索着，皱眉道："那我们该怎么做才能阻止他们？要不，我们俩一起潜进塔里，直接逼你们皇帝写雪冤诏和传位诏？阿盈奈何不了他，我们两个肯定没问题。"

宁远舟摇头道："先别急，等阿盈见过安帝，摸清楚他的态度之后再说。永安塔那边守卫森严，要是交了黄金就能直接把人接下塔，咱们也不值得冒这个险。金媚娘那边也已经把该递的消息都递给褚国了，估计过两天，褚国就会发国书过来质问安帝为何不守盟约，听凭天门关兵力空虚，却悄悄在两国边境陈军。偷袭之计一旦落空，安帝多半就能消停一会儿。"

如意想了想，问道："你能安排六道堂的人放个假消息出来吗？就说泄露攻打褚国计划的，是大皇子的人。"

宁远舟看向她："你想替李同光报复他？"

如意淡淡一笑，道："那是自然，陈癸都死了，没道理他还平安无事。我的鸢儿，怎么能随意让人欺负。"

宁远舟便也跟着笑起来，道："有你这么个护短的师父，李同光还真是上辈子烧了高香。走，反正我也是去安都分堂拿解药，你看着我当面安排，应该更放心。"

如意便点了点头，重新戴上幕篱，和宁远舟并肩向安都分堂走去。

宁远舟曾在安都潜伏过，是以纵使赵季上位，也依旧没动摇宁远舟在安都分堂的威信。两人一走入后堂，安都分堂的道众们忙都欣喜地上前参见，起身之后便迫不及待地拥上前和宁远舟说起话来。

见他们如此，宁远舟的心情也不由得轻快起来，他一边向他们询问着安都的情报，一边不时地拍一拍他们的肩膀，以示鼓励。

正聊着，忽然有人想起要紧事，忙郑重地捧出一句牵机的解药，递给宁远舟。宁远舟随手接过解药，便又指着安都的地图，指着四夷馆和永安塔的位置，给手下们讲述起使团后续的行动安排。

他说几句，便看一眼身后戴着幂篱的如意，如意点头，他才继续说。安都分堂的人瞧见这情形，都隐蔽地交换着颇有兴味的眼色。

离开安都分堂后，宁远舟的心情明显已放松下来，忍着笑对如意说道："看看他们那想问你是谁又不敢问的样子，我心里就直乐——"

如意颇有些不赞同，道："干吗不直接告诉他们我是阿盈的教习？"

"偏不，就要让他们猜。"宁远舟难得露出些跳脱的少年脾气，"呵，他们几个，当年我待在安都的时候，就没少取笑过我没女人缘。现在，让他们慢慢羡慕嫉妒去！"

如意却不免好奇起来："自从两国交战，朱衣卫就在安国境内大肆搜捕六道堂，你们安都分堂的所有人都没出事？"

宁远舟点头道："对，都没事。他们几个还算聪明，记得当年我的吩咐，一发现风声不对，没等总堂的命令，就立马自己化整为零，用以前准备好的身份，各自去了近郊躲藏。直到前几天金沙楼放出堂中的暗号，他们才重新过来等候接头——"他笑看着如意，补充道，"还真得谢谢你，金媚娘这个好下属，真是帮了我们的大忙。"

如意忍俊不禁："你呀，一看到兄弟平安，连话都多了不少。"雨后空气清新，风景也美得令人心旷神怡，如意扩了扩胸，展开手臂享受着迎面吹来的清风，感叹道，"人生还真是奇妙，我一个朱衣卫，居然有朝一日会和你这个六道堂一起走在安都的大街上——对了，之前阿盈老问你以前潜伏在安都时是做什么的，你干吗老不说？"

"这个，这个——"宁远舟轻吸一口气，顾左右而言他，"啊，你看，今天的天气真好啊。"

如意一把捏住他的下巴，把他的脸扭回来，笑嗔道："快告诉我。"

第二十四章

243

宁远舟目光飘忽："你说过，每个人都应该有自己的小秘密。"

如意作势拧他，逼问道："你到底说不说？"

宁远舟假装害怕地躲避着，突然，一个诧异的声音从身后响起："古员外？"

宁远舟忙收敛神色回过头去，却是对面商铺的老板站在门前，正诧异地看着他。宁远舟认出是故人，拱手致意道："啊，江老板，上次在宿都一别，已经好多年了，您一切可好？"

江老板见确实是他，立时满脸堆笑，道："都好都好，托福托福，哎呀，您当年的阁子，转出去真是可惜了。"又看向旁边的如意，道，"这，该不会是夫人吧？"

宁远舟飞快地看了一眼如意，微笑道："正是内子。"

江老板忙又向如意行礼致意，随后侧身一让，指向身后的首饰铺子，对二人道："这是我去年新盘下的铺子，刚进了不少时新样式的钗环，您二位要不要进来瞧瞧，顺便品品刚采的秋茶？"

宁远舟忙看向如意，见如意微微点头，才对江老板道："请！"

铺子里布置得很是华美，一眼望去琳琅满目。除了寻常的钗环首饰之外，还有些安国部族特有的饰品，墙壁上就挂着个镶了一小截银角的虎头饰品。

江老板将两人领进去，示意他们随便看看，便去催促伙计："快去沏壶好茶来！"又用手一遮，向伙计低声耳语道，"好东西尽量往夫人那边摆，我刚才一眼就看出来了，古员外就是个惧内的，什么事都得夫人说了算。"

宁远舟和如意耳力极佳，都听到了他的话。宁远舟尴尬地假装看别处，如意忍俊不禁，低声笑问他："古员外，这就是你以前的身份？我以为，员外都应该是肚子长这样，"她在肚子前画了个半圆，又去捋下巴上并不存在的长胡子，"胡子长这样才对。"

她笑得开心，宁远舟也不由得跟着笑起来，无奈地解释道："以前我的身份是珠宝行商，在安都也有过一间阁子，买珠宝的多是达官贵人的女眷,她们口风不紧,时常能收集到一些有用的消息。"

如意问:"阁子叫什么名字?"

宁远舟道:"一念阁。"

如意恍然:"啊,我记起来了,就是那间以俊俏男掌柜闻名的阁子。难怪你只做女眷生意,难怪你不肯告诉阿盈。"

宁远舟急道:"我是东家,不是掌柜!他们说的掌柜是叶光,就是你刚才见过的那个!"

如意意味深长地笑看着他:"哦,是吗?员外——"

宁远舟脸上已有些飞红,揉着额头略作遮挡,咕哝道:"人家叫你夫人,你都觉得没什么,叫我员外,你倒笑了这么久。"

"我以前又不是没扮过别人的夫人,可是员外——"如意没忍住又笑出了声,见宁远舟已有些羞恼了,才赶紧咳了一声压下笑意,安慰道,"在褚国,我还是永平世子的夫人呢——"见宁远舟目光突然危险起来,立刻醒悟,忙道,"不过那个世子坟头的青草,已经有三尺多高了。"

正说着,伙计已经奉上茶水,掌柜的也带着人端了珠宝盘过来。

宁远舟这才目光稍霁,冷哼一声,傲娇道:"我突然有点倦,你自己慢慢挑吧。"

如意随意扫了一眼,道:"不用了,我不喜欢这些又重又累赘的东西。"

掌柜的一僵。宁远舟却比掌柜的反应还快,回身拿起一支金钗,道:"哪里重了?这是累丝的钗子,中空的,最是轻巧。"说着便给如意戴在了头上,云鬓花丝交相映,越发衬得如意肌肤胜雪。

他正欣赏着,突然察觉到如意颇有深意的眼神,不由得一滞。如此娴熟的动作,他这"珠宝铺子里受女眷欢迎的俊俏男掌柜"的身份显然是赖不掉了,便干脆认命,又指着盘中璎珞,道:"还有这个火珊瑚璎珞,也很衬你的肌肤。"

如意笑道:"我不要这个,叮叮当当的,干什么都不方便。"

宁远舟又从盘子里挑出枚耳坠,道:"那这个玉珠耳坠呢?玉料不错，和阗的，既温润又简单……"

老板跟伙计使了个"你看我说得对吧"的眼色，伙计偷偷给他竖了个大拇指。两人便干脆悄悄退到一旁去，让他们自己挑。

如意却有些不耐烦了，拒绝道："一件就好，我不想戴那么多。你要是喜欢，干吗不自己买了戴啊？"

宁远舟微笑道："首饰只能女子戴，现在是我在为你挑，你要是愿意打扮我，我自然也甘之如饴。"

"我挑了你就戴？"

宁远舟觉得不对，对上如意的目光，忙道："戴，当然戴。"口风却又一转，补充道，"不过，得你自己出钱才行。"他笑眯眯地看着如意，"夫人今日出门，好像没带什么银钱吧？"

如意一挑眉，转身比了个手势，向老板微微点头为礼。老板脸色一肃，竟然交叉双手深深地行了一个大礼，尔后毕恭毕敬地走上前来，躬下身听如意说话。

如意跟他耳语两句，从袖中拿出一颗银珠交给他。老板立刻满脸堆笑，恭敬地接过去，点头哈腰道："有眼不识泰山，还请两位贵人移步后园雅阁。您要的东西，小人马上就去安排！"

他躬身导路，腰弯得跟虾米一样。如意起身移步，淡淡地瞟了宁远舟一眼。宁远舟心中惊诧，但他答应在先，也只能硬着头皮跟上去。

出后门便是一道长廊，老板在前面远远地带路。宁远舟追上如意，拱手为礼，低声道："还请夫人解惑。"

如意轻轻一笑，解释道："这铺子里的虎头镶着银角，是沙东部常见的装饰。娘娘是沙东部的王女，之前为了行事方便，便替我安排了一个她侄女的身份，族人相见，做个手势，报个家系，便互相清楚了。至于钱嘛，呵，"她抬眼瞟着宁远舟，笑道，"我是没有，可是媪娘有啊。她担心我来了这边后手头不方便，会被人挤对受闲气，就备了好些银珠，不多，每颗能去金沙楼换上五十两黄金而已。"

宁远舟倒吸一口冷气，恭谨地讨饶道："夫人，小可刚才失言，您千万别往心里去。"

如意挑眉笑看着他，一本正经地演着她尊贵豪富的"夫人"样，道："员外，这安都，毕竟是我的地盘。"

"夫人说的，都是对的。"

说话间，老板已推开雅阁门，行礼延请道："夫人请，员外请。"

宁远舟突然警觉起来，扭头看如意："你不会也要给我挑首饰吧？"

"谁说这儿只有首饰的？老板说，他还有上好的衣料，"如意便学着宁远舟样子，粗声粗气道，"'你要是愿意打扮我，我自然也甘之如饴'——员外，你说话得算话啊。"

宁远舟傻了眼。

雅阁铺子里，如意怡然靠坐在椅子上，脚下搭着脚踏，手上捧着香茶。

一旁的更衣室里宁远舟换好一身新衣，颇有些生无可恋地走出来——这已经是他换的第三套衣服了。他面带询问地看向如意，如意指点着衣上的细节，摇头。

宁远舟无奈又钻回到更衣室里，重新换了一身。这一次如意上下打量一番，终于满意地点了点头。

宁远舟脸上才露出喜色，如意已站起身来，一指身旁伙计手里托着的发冠，招手示意宁远舟过来。

宁远舟无奈地苦笑一声，走上前来。如意从盘子里挑着发冠，依次在宁远舟头上比画着看。宁远舟已然认命，由她打扮着，只眸光含笑地看着她认真思量比较的模样，竟意外觉着这样的时光也多少说得上清闲，有她相伴，一次两次的倒也确实不是不能接受。

待挑选好了，如意抬手一指："这件，这件，这件，还有这件……都给我送到金沙楼去。"执笔画了一个花押，递给江老板，"附上这个，他们自然知道如何处置。"

待从铺子里出来，宁远舟身上不但换了身新衣，还换了玉冠皂靴。他活动着腰肢，长呼一口气："累死我了，真像脱了一层皮。"

"知道累就好。"如意瞥他一眼，淡淡地道，"你们男人，最喜欢带着小娘子逛铺子，看起来是疼她怜她，其实不过是把她当人偶打扮，自己寻开心罢了。今天啊，也让你尝尝这种滋味。"

宁远舟立刻躬身向"夫人"保证："以后我再也不敢了——"说着便一抬眼，"等等，听口气，你好像很有经验？"

"你有意见？"

宁远舟果断摇头："没有。"

如意一哂，反问道："你挑首饰挑得那么熟练，也不是头一回了吧？"

宁远舟笑看着她，道："我熟悉首饰，是因为我要扮好珠宝行商。但给我心爱的女子挑首饰，这辈子还真是第一回。"

如意嘴角微勾，眸子一垂，掩去眼中笑意。

宁远舟扭头看着她，却又有些不自信，认真问道："真不喜欢我给你挑的首饰？"

"废话真多，"如意一指头上的钗子，语气却是含笑的，"不喜欢我干吗戴啊？"

两人手牵着手漫步在安都繁华的街市上。

如意又说起来："对了，我想查查二皇子府的情况，过几日，我想替娘娘去看看他，另外也想提醒他一下大皇子对他的动作。你觉得是通过金沙楼好，还是你们安都分堂好？"

"让我想想……"二人就这么边走边闲聊着。

傍晚的天空剔透如琉璃，一丝云色也无。夕阳西下，路边柳枝低垂，筛落金色的光。

二人回到四夷馆时，于十三慌忙迎上前来："老宁你总算回来了！"然而正事还没说，先察觉到两人身上变化，当下就被转移了注意力，"哈！新的衣裳，新的冠子，新的钗子！你们两个偷偷摸摸地——"对上如意凌厉的眼神，果断直奔宁远舟而去，"不，你偷偷摸摸地拐了美人儿干什么去了？快说！"

宁远舟自然不会乖乖地由他审问，留一句："你看错了！"便径直绕过他，和如意一道进了大门。

于十三还在他们身后追着："别走啊，我眼睛比晚上的狗还亮，啊不，比晚上的鹰还亮，绝不会看错的！"

大门外的阴影处，李同光紧盯着如意与宁远舟亲密的身影。他今日得了闲，便来四夷馆探视如意。尚未来得及入门通报，便望见如意和宁远舟一道从街口走来，他连忙躲藏进一旁的湖石假山后面，却不料竟撞见了这样的情形。

嫉恨如毒蛇吐芯，咬在了他心口上，毒火积在胸口，只是发泄不出。他转过身，抓起朱殷捧着的盒子，一把扔在地上，那盒子被他摔得四分五裂，钗环掉了一地。他狠命地踩着那些精美的首饰，脚下珠玉四溅，心中却是不得稍缓。那些珠宝，分明是他为湖阳郡主用心挑选的装点之物。

朱殷规劝道："主上，您千万要冷静！"

李同光深吸了一口气，强令自己镇定下来，道："我知道，我还得和宁远舟合作。可就算我早就知道他们俩在一起了，亲眼看到的时候，心里还是会像刀绞一样……"他说不下去了，重重地一拳击在墙上，"回府！"

回府的路上，李同光失神地看着自己因为重击而出血的右手，马车却突然一顿。李同光不快地问道："怎么了？"

车外朱殷回道："禀主上，朱衣卫拦住了路，不让过去。"

李同光掀起车帘，打眼一望，只见前方不远处便是朱衣卫衙门的大门，有朱衣卫在路口设人障阻断了长街，拦住过往的行人马车，不耐烦地喝令着："都改道！都改道！不许从这儿走！"周围百姓都敢怒不敢言。

李同光眼中邪光一闪，命令道："闯过去。"

朱殷得令，驱车直闯。不过片刻就被朱衣卫拦下，一众朱衣卫拔刀喝道："何人竟敢擅闯——"

话音未落，李同光已从车中跃出，手中长剑未出鞘，对着领头的朱衣卫就是一阵暴风骤雨似的袭击。朱衣卫们反应不及，不过几招之间便悉数被击倒在地，被他打得牙齿横飞、血流满地。

李同光漂亮地收招，傲然站在那群适才还不可一世的朱衣卫面前。

第二十四章

四周百姓心中一口恶气得出,都纷纷鼓掌欢呼起来。

朱衣卫指挥使邓恢听到声音匆匆出来,出门一见是李同光,脚下不由得顿了一顿。他脸上依旧带着假笑,沉声问躺在地上呻吟的朱衣卫:"怎么回事?"

朱衣卫满口是血,断断续续地回禀道:"属下……奉命设街障……左使陈尊上他……"话未说完便发出一声惨叫,却是李同光提脚踩在了他手上。李同光脚下重碾,眼睛却看着邓恢,目光阴冷道:"邓指挥使,本侯好像说过,在本侯心中,朱衣卫只有一位左使尊上。本侯不希望听到别的姓缀在这个职位前后。"

邓恢眼中寒光一闪,脸上笑容未改,别有深意地看着李同光,道:"长庆侯是想抗旨吗?圣上可是亲口说过,以后满朝上下,都不得提起那个贼子的姓名。"

"我提了吗?邓大人说的乱臣贼子到底是谁,可否明示?"

两人目光在空中交锋,杀气四溢。围观众人都不由得噤声屏气,悄悄退了一步。

却是邓恢先开口,依旧带着那副假笑,语气却已很不客气:"长庆侯,差不多就得了,我劝你见好就收。"

李同光冷笑道:"我今儿就是特意来找你们麻烦的。本侯在合县遇刺,谁是幕后主使,你难道不是心知肚明?"

邓恢脸上的笑容终于沉了下来:"你已经派人杀了幕后主使陈癸,还想怎样?"

李同光一惊:"什么?!"

屋内陈癸的尸首已经被抬至一侧,其余一应物事都还保留着原样。李同光站在房门外,只见屋里鲜血满地,一片狼藉,显然经历过激烈的打斗,一旁的墙上直书着几个血淋淋的大字:"伤长庆侯者,死!"

他怔怔地看着,喜悦和震惊霎时间充满了心头,突然仰天大笑起来:"哈哈哈,哈哈哈!"

邓恢一路留神观察着他的神色,见李同光如此反应,多少已信了凶手不是李同光所指使，却也料知必和李同光有关，便问："不是你让人干的？那是谁？"

李同光已走上前去，掀起尸布查看陈癸的伤口，用手指抹了点血，在鼻端一闻，然后邪邪一笑："你猜。"说罢径直掉头而去，竟无人敢阻拦。

邓恢看着地上的尸首和墙上的字，笑容越发瘆人。

邓恢的亲随孔阳几次欲言又止，终于还是小心翼翼地上前，试探道："尊上，这个刺客能神不知鬼不觉地混入我们朱衣卫总堂，还挑明为长庆侯报仇，而长庆侯又看似全不知情，您说，她会不会就是……"

邓恢没有转身："谁？！"

"就是之前的那位……"

他话还没说完，迦陵便匆匆而来："属下拜见尊上。"说罢目光凌厉地向着孔阳一横。孔阳心中一凛，立刻噤声，不再说下去了。

邓恢却不理会迦陵，只示意孔阳："继续说。"

孔阳忙改了口："是不是就是之前大家一直在传的那些个枉死的白雀的怨灵，"他悄悄看了一眼迦陵，又道，"左使前阵子，处置过不少白雀。"

邓恢一哂，讥讽道："朱衣卫果然蠢货遍地，居然对这些鬼神之说信之凿凿。"他这才转身看向一直恭敬俯身的迦陵，依旧带着那副不知该说是和蔼还是讥讽的笑容，淡淡道："右使终于舍得回来了？"

迦陵心头一颤，忙道："属下……"

邓恢示意她闭嘴，只问："你说说，谁干的？"

迦陵压住心虚，正色道："属下接到通报，马上赶回安都，一路上都在冥思苦想……"

"废话太多。"

迦陵忙道："是。属下觉得，杀死左使的，应该就是左使自己。"

邓恢挑眉："哦？"

迦陵垂着头避开邓恢的目光，脑中急速运转着，道："左使丧心病狂，竟敢勾结北蛮人刺杀长庆侯。见长庆侯平安归来，您又奉旨进

第二十四章

251

宫,他多半已知东窗事发。为了保护幕后主使,索性就用性命演了这么一出戏,重新把祸水引到长庆侯身上。如此既能扰乱视线,也能给圣上一个畏罪自杀的交代。"

邓恢凝视着她,忽地说道:"右使还真是聪明。"

迦陵心胆一颤,屏息道:"属下不敢当。"

"那,就限你七日之内,查出这个幕后主使来。否则——"邓恢盯着她,笑意渐深。

迦陵声音发颤:"是!"

她恭敬退下。邓恢用脚尖挑起尸布,重新给陈癸盖好,淡淡道:"可惜了,朱衣卫里一堆讨厌的女人,就这么一个还算过得去的男人,也没了。"

迦陵尚未走远,闻言身体不由得一僵。

迦陵脚上一路不停,偶有朱衣卫上前向她行礼,她却仿佛失魂一般眼都不抬一下,只快步向着右使房她自己的地盘去。待进了右使房中,一直紧追在她身后的亲信瑾瑜连忙关上房门。迦陵却是丝毫都没流露出安心的神色,面色反而越发惨白起来。

她脚下一软,扶着柱子,如受火灼一般急道:"怎么办,怎么办?"

瑾瑜上前扶住她,安抚道:"尊上还请镇定,至少现在指挥使还没有怀疑起越三娘的事,刺杀长庆侯的事,本来就和咱们无关。"

迦陵用力地推开她,目光惊恐得近乎发疯:"不,你根本就不明白。那个刺客,只可能是她!"

瑾瑜被推倒在地,不解地问道:"谁?"

迦陵抱着手臂,强忍着心中恐惧,声音颤抖道:"前任朱衣卫左使,任辛。"

听到这个名字,瑾瑜也大惊失色:"啊?!不可能!"

迦陵喃喃道:"我早该想到了,那个如意就是她。除了她,谁还能知道那么多的朱衣卫内情?谁还能神不知鬼不觉地避开一路的追杀,直入朱衣卫总堂如入无人之境?其实很多人都猜到了,她一辈子独来独往，只对李同光这一个徒弟尽心尽力……"

瑾瑜语声都在发抖，压低了嗓音道："可是任左使早就死了啊！您说过，您亲自检查过她的尸体。"

迦陵绝望地怒吼道："那尸体是烧焦了的，她都能骗过圣上，自然也能骗过我！一片树叶，要藏在哪里才最不容易让人发现？藏在树叶堆里！所以她索性去了梧国做白雀，所以她才会一直抓着梧都分堂的灭门案不放！"

瑾瑜已经面如死灰，却仍自我安慰道："可就算如此，我们也还是有法子对付她啊。她毕竟只有一个人——"

迦陵如疯兽般在屋里徘徊着，闻言突然一凛，似是抓住了什么救命稻草般，喃喃道："对，她毕竟只有一个人，而我现在已经是右使了！"

她脑中飞速运转着，突然，她的眼中寒光一闪。

长庆侯府院中，李同光眼中同样寒光闪烁。

从朱衣卫官衙离开后，他便一直保持着一种怪异的安静。一路上他似乎都在专注地思索着，又似乎是从一开始便得到了答案。目光炯然，却又时而一寒，时而疯狂，时而又归于落寞。

朱殷不敢问，心知唯有涉及任尊上的事，李同光才会如此，生怕一问，就又勾起他的痴性。他只是服侍着李同光更换衣袍，告诉李同光府上有客人来了。

李同光这才回过神来，目光立时便冷起来，问道："谁来了？"

朱殷道："金明郡主，属下不敢阻拦，只能请她在客室奉茶。"

李同光抬眼看向客室，便见透窗而过的夕辉映着初月的身影，落在了门扇上。

会客室里，初月一身女装端坐在椅上，等着李同光回来。大漠风沙粗粝，沙西部贵女的服饰也不比安都这边的广袖长衫雍容华贵，却别有一股俏皮利落的秀丽。只是从日过中天等到斜阳入户，初月已略微有些不耐烦了，便催促侍女小星替她前去探看。

然而小星还没来得及动作，客室的门便被唰的一声拉开，李同光已面无表情地走了进来。

初月被开门声吓了一跳，下意识地抬头望去，见李同光回来，面上立刻显露喜色。她正要开口，李同光已然一礼，客套又疏远地道："不知郡主驾临，有失远迎。郡主此来，有何贵干？"

初月脸上的喜色立刻便冷了下来，公事公办地回应道："听说你平安回京，父亲命我带些礼物来探望你。"

李同光又对着礼物一礼，致谢道："沙西王体贴备至，本侯感激至极。请上告王爷，本侯择日必将亲至贵府，登门拜谢。"

初月道："侯爷不必客气。"

说完之后，两人便陷入了沉默。

对于这种尴尬的静默，李同光适应良好，完全无动于衷。半晌，终是初月打破了僵局，开口问道："你在合县，真是受了北蛮人的袭击？"

李同光惜字如金道："是。"

初月有些不快："多说两个字不行吗？我是替父王问，又不是自己想知道。"

李同光又何尝受得了她骄纵的态度，语气生硬道："过两日我自会写一封书信，详细地将事情经过上禀沙西王。"

初月在他面前几番遭受冷落，难得今日她曲意示好，亲自登门来问，李同光却还是这种态度。初月心中委屈，终于有些忍无可忍："李同光，你差不多得了！上回你口出狂言，说从来也没瞧上我，我都没跟你计较。今天我主动换了女装过来，已经很给你面子了。要不是父王成天念叨，说什么既然赐婚已成定局，认命好好相处才是长久之计，我才不……"

李同光也忍不下去了，冷冷地打断了她，讽刺道："郡主放心，晚一点我会去沙西王府回拜，到那时，我们再在沙西王面前上演相敬如宾也不迟。"

初月气坏了，腾地站起来，怒道："李同光，你要是还想和我们沙西王府合作，最好对我客气点！"

李同光一怔，想到宁远舟的话，终是压下了火气，道："对不起，我刚才在外面遇到了一点事，心情不好。"

初月却越说越来气："心情不好就跟我发火，你当我是什么人？我才懒得陪你演戏呢，我现在就回去告诉父王，说你欺负我！"她转身就要走。

李同光皱眉道："给你台阶下，你还不要是吧？"他回过头去，冷冷地看着初月，道，"你去啊，但你别忘了，你已经二十了，一直拖着没出嫁，不是因为你目光高，而是因为你喜欢舞刀弄剑，你父王根本找不到一个不会让圣上猜疑、身份又合适的男人把你嫁出去。"

初月猛地停住了脚步，难以置信地回过头去，看向李同光。

李同光却上前一步，目光嘲讽地看着她："你以为你永远是沙西王的掌上明珠？可惜，你哥哥不会喜欢一个总是想和自己争夺部中势力的妹妹。你想一直赖在沙西王府，让你父亲年复一年地为你的婚事担忧吗？"

初月面色渐渐变得雪白，手也难以抑制地颤抖了起来。

李同光见状，情知自己的话说得太重了些，便放柔了语气，诚恳道："郡主，我无意为难你，只要你能在沙西王面前和我扮演好恩爱夫妻，成亲之后，我保证让你手握侯府中馈之余，绝不干涉你的自由。"

初月被他说到了痛处，又惊怒又难受，一时应激，不及思索便脱口而出："什么自由？养个面首，再生一个生父不详的私生子的自由？"

李同光的脸瞬间冷若冰霜，良久，他一笑，淡淡道："郡主要是愿意，别说一个，养十个八个都不成问题。以后，为夫自会慢慢帮你挑选，保证都是最好的。送客。"他语声轻柔，一指门外。

初月僵在当场，眼中水光微微颤动，然而对上李同光冷漠的目光，终还是昂起头，骄傲地走了出去。

李同光看都没有看她一眼，转身奔向了密室。

直到进入密室，看到椅子上绯衣的假人，李同光眼中才重新染上些暖光。他走上前去，一如往昔每一次那般，轻轻地帮假人整理着衣衫，向"她"诉说着："师父，她的话真难听，但宁远舟说得对，只要我能忍，只要我继续韬光养晦，终有一天，我就无须再忍。"

第二十四章

待做完了一切后,他向着假人深深一礼,道:"谢谢您帮我报仇,我就知道,在您心里,我一直是最重要的那个人。"

可再抬起头后,他看向假人的眼神又变得迷茫起来。最终,他伸出手,小心翼翼地抚上了假人的脸,轻轻问道:"可您怎么能和那个宁远舟那么亲热呢?那些钗环,鹭儿认认真真地替您挑了好久,可是您却戴着他送您的钗子。师父,那究竟是不是您?您告诉我啊,告诉我,好不好?"

自然是没有得到任何回应。

李同光终于忍耐不住,一把紧紧地抱住了假人:"师父,您别离开鹭儿,别不要我……就这样,让我抱一会儿,就一会儿……"

烛火静静地燃烧着,橘色的暖光笼罩着密室里的一切,他一人背光而立,身前投下大片的暗影。

夕阳斜铺在长街上,映照着迦陵阴沉的面容。她正仰着头,看着斜对面的酒阁。酒阁上正有女子探出身来,往阁楼檐角上悬挂灯笼。那灯笼三红一白,依次间隔排列着。女子做完这些后,便向着迦陵这边轻轻点了点头。

身旁瑾瑜上前回禀道:"尊上,另一处暗号也已就绪。"

迦陵点头:"好。"目光中却尽是寒意。

四夷馆宁远舟的房间里。

宁远舟正和如意、于十三等人对照着永安塔周边的地形图,商议着后续行动安排。突然孙朗匆匆推门进来,道:"如意姐!金沙帮的人突然联络我们外围的游哨,带了一句话,让您上楼往西南方向看!"

话音未落,如意已一个飞身,跃出了窗子。

她脚尖在各处轻点借力,身姿轻盈如飞燕,片刻之间便已跃上了院中阁子的最高处。站稳之后,她向着西南方向举目望去。夜色之中,西南方大片房屋的暗影沉沉在下,唯远方一处酒阁高耸独出,檐角上三红一白的灯笼格外醒目。

如意不由得微微眯起双目,正思索着,宁远舟也已飞身而上,站到了她身旁，问道："出什么事了？"

如意道："朱衣卫的传信暗记。"她转身看向另一个方向，很快便找到另一处高阁，阁楼檐角上挂着几串红绿、黄白相间的小灯笼。如意的目光从上而下依次扫过小灯笼，道："有人约我，明晚子时，在城南土地庙相见。"

宁远舟目光微动，问她："蛇出洞了？"

如意点头道："自然，我特意在朱衣卫墙上留下那句话，就是为了引出真凶。看样子，不是邓恢，而是迦陵。"见宁远舟似有不解，如意便告诉他，"这种暗记，只有我们当年那批白雀用过。"

第二十四章

第二十五章

机关算尽万事空

子时,城南土地庙。正是月上中天的时候,清辉洒落一地。

如意落足在土地庙前,直接推门进去,只见庭中空空如也,迦陵独自一人身穿寻常女子服饰,背对着她立在庭中。听到声音,迦陵蓦然回头,看清来者确实是如意后,她的眼神混杂着惊喜与恐惧,道:"果然是你,任左使。不,阿辛,你还活着,我真开心。"

如意审视着她。

迦陵道:"你不认得我了?我是林己啊,当年和你一起在白雀申字第五期,总睡你对面的那个。"她神色忽地黯然起来,道,"你当左使的时候,我才是一个小小的紫衣使,难怪你不记得我。"勉强笑了笑,才又道,"不过我现在也做了右使啦,改名叫迦陵,因为我再也不想被人用天干地支的代号去称呼了。"

如意自认同她没什么交情,甚至还有当初邀月楼上围攻之仇。听迦陵句句点情,却也没有戳破,只冷冷地打断她:"特意约我来,只是想叙旧?"打量了一下周边,直言道,"埋伏在哪儿,都出来吧。"

迦陵苦笑道:"以你的耳力,难道还不知道这里没有第三人?"她深吸一口气,正色看向如意,道,"尊上,我孤身前来,除了表明诚意,还想跟您坦承一件事——"她蓦地跪下,低头道,"向六道堂出卖梧都分堂的命令,确实出自我手!"

她坦白得太过容易,一目了然地别有隐情,只等如意去问。如意便随势问道:"为何?"

迦陵道:"上峰有令,不得不从。"

如意讥讽地看着她,道:"你以为把罪过全推到指挥使身上,我就会相信?"

迦陵抬起头,恳切地望着她:"信不信由你。可是阿辛,我是真的想活下去,才不得不听邓恢之命行事。"说着,两行清泪便从她眼中落下,她黯然道,"这叫投名状,如果我不做这样自绝后路的事,邓恢就不会相信我已经真正臣服于他。你查过他的履历吧?他父亲死在白雀手里,所以他恨毒了朱衣卫。被圣上派来整肃朱衣卫后没多久,他就在卫中大肆排斥异己,不单逼得老指挥使自裁,当时的左、右使也被他罗织罪名,扔进了毒蝎池……所以,当他暗示我把收买胡内监的钱截留上交,并且出卖梧都分堂顶罪的时候,我不敢不从。要是以前,我还是孤零零一个人,豁出命去也就罢了。可是……"她低下头去,摸着自己微凸的小腹,面色变得柔和起来。

如意面色微变:"你怀孕了?!"

迦陵的脸上满是做母亲的幸福,说道:"才四个月不到。卫中禁止女子有私情,我只能勒着肚子尽量瞒着。等过阵子找个外出公干的机会,悄悄地把他生下来。"她忽地一抖,脸上露出喜色,"啊,看,他踢我了。"她抬头看向如意,对上如意的目光,她脸上的笑容渐渐消失了,她轻轻问道,"可是,你还是想杀了我,替梧都分堂那些人报仇,对吗?"

如意没有回答。

迦陵惨笑着,低下头去:"我就知道。看到陈癸的尸首之时,我就已经有了这样的觉悟。我不该为了孩子、为了自己,背弃手下;更不该为了苟活,就被邓恢胁迫……我狠毒、我自私、我杀人如麻……"她说着便渐渐激动起来,"可是,这不就是我们打小做白雀时就学的东西吗?这不是我们朱衣卫一直在干的事吗?我只是想活下去啊,凭什么,凭什么就该是我死?!"

她伏在地上,失声痛哭起来。很久以后,她才扬起修长的脖颈,对如意道:"你动手吧,只求你别折磨我,快一点,我怕疼。"泪水再

第二十五章

次滚落下来,她说,"你知道的,以前我们一起做白雀的时候,我就最怕疼了,管教妈妈一拿鞭子打我,我就从了。"

如意一直沉默着,冷眼看着她情绪丰沛的表演,此时方道:"行了,你说这些,无非就是想打动我而已。你知道我以前就不杀有孕的女子。"

迦陵有些尴尬,但很快便又道:"如果我只是为了活命,大可以学你假死躲起来,天下之大,你未必就能找得到我。"

如意不置可否,只姑且顺着她问了句:"那你为了什么?"

迦陵再次激动起来,慷慨道:"为了整个朱衣卫!阿辛,邓恢他就是恨我们,恨朱衣卫的每一个女人,必须有人去阻止她,否则威名赫赫几十年的朱衣卫,还有那么多的朱衣卫姐妹,都会被彻底毁掉的!"

如意冷眼看着她:"你想挑动我去杀他?"

迦陵忙道:"当然不是。"盘算接二连三地被如意拆穿,她精神已经紧绷到了极点,脑中飞速转动着,忽地想到些什么,再次抬眼看向如意,问道,"阿辛,你知道为什么圣上一直认定是你杀了先皇后吗?"

如意的眸子猛地一缩。

迦陵察觉到她情绪终于有所波动,心下稍安,立刻向前膝行一步,紧盯着如意,道:"是邓恢,那会儿他是圣上的飞骑营首领,是他串通先皇后的贴身宫女阿碧,说你给先皇后出了歪主意,要她以死相逼,让圣上立二皇子做太子,所以娘娘才上了邀月楼,最后不幸亡故。圣上恨你挑拨事端,染指国器,所以才不由分说地将你打入死牢,否则,他无论如何也应该听你分辩一回的!"

如意的手不由得攥紧了,眼中是灼灼恨意,却犹然道:"不可能,我不信!"

迦陵道:"我以我腹中的孩子发誓,绝无一字虚言!"如意依旧不信,迦陵一咬牙,道,"那我们一起到圣上那里,当面跟他对质!阿辛,今晚圣上在宫外进香,防务也有一部分是朱衣卫在负责。你愿不愿意和我一起去揭发邓恢,洗去你身上的冤屈?以往我一个人不敢,可今天,我豁出去了!否则就算你今天放了我,我迟早也会死在邓恢手上！"

如意立刻有了决定，道："圣上在哪里进香？"

迦陵一指外面："南大寺。"

迦陵和如意奔驰在道路上，马蹄声踏破沉沉暗夜。行至半途，如意突然一勒马缰，指着另一条路："走这条路。"

迦陵微微一愕，苦笑道："你还是不信我，觉得我会在路上设埋伏？行，听你的。"她便拨转马头，随如意奔向另一条道路。

道旁房屋俨然，民居庭院多植花树，不时便有花枝从墙头探出挡住视线。两人一步也不肯慢，果断地挥剑将花枝削断，继续奔驰。

空中阴云渐渐聚起，越压越低。如意抬头望了一眼，只见花枝之上，月已半遮。

穿过长巷，沿河前行不久，便是一座石桥，桥下丛生大片的芦苇。迦陵一指远方夜幕之下的高塔，道："那边就是南大寺。"如意点头。两人一道拍马奔上石桥。马蹄踏在石板上的嗒嗒声回荡在寂静的夜间，分外清脆。

就在两人奔上桥头的一刹那，如意突然出手，撒出一把银针射向与自己并骑的迦陵。迦陵反应迅速，在马上使了一个铁板桥躲避。银针刺中她的小腹，几团飞絮顿时飞散出来。

等到迦陵落地之时，如意已经仗剑杀到，迦陵匆忙拔剑抵御。如意手中剑光如疾风骤雨一般扑面而来，迦陵被逼得步步后退，渐渐抵御不住。眼见着剑光冲破防御，迎面劈来，关键时刻，迦陵的手下终于赶到，及时出手帮她阻住如意的攻击。

三对一，局面一时陷入僵持。迦陵终于得以缓一口气，扯去缠在腹部的假肚子，问道："你怎么看出破绽的？"

如意手上剑气一荡，震得两个朱衣卫同时后退。她目光专注在战局之上，杀气四溢，随口道："第一，刚才我带你走的那条路，旁边开的全是夹竹桃花，孕妇最怕这个，可是你连避让的动作都没有，只能说明你根本没有怀孕。"

第二十五章

如意再次攻上前去，刺中其中一人，一脚将他踢开，道："第二，你刚才说得那么凄惨，可惜，如果你只是被逼对梧都分堂的人下手，根本用不着一路追杀我，最后甚至动用了亲信珠玑。"说话间她已刺倒了第二人，道，"第三，当初邀月楼下，是你带着人围攻我，而我从来不会轻信自己的敌人。"

　　眼前就只剩迦陵一人，如意已是游刃有余。她一边提剑进攻着，一边说道："刚才你虽然同意选择另一条路，但这座桥是去南大寺的必经之路，在这桥下设伏，最是合适。"话音落下时，已然将迦陵逼到死角，她冷冷地看着迦陵，道，"你果然还是和以前一样蠢，设个陷阱都没点新意。"

　　迦陵有片刻慌乱，却突然一笑，阴森地看向如意，道："可我有一点和以前不一样了。"如意一挑眉，迦陵便道，"我现在是右使，而你，只有一个人。"言毕，她蓦地飞出，在空中发出一声长啸。

　　只见桥下的芦苇丛中，桥边的草丛、树丛、大石后，黑影接连不断地现身——竟是早已埋伏在此的朱衣卫。等迦陵落地时，一众朱衣卫已将她团团拱卫起来。石桥两端的出口，也已被朱衣卫重重包围。

　　迦陵目光阴寒地看着如意，冷笑道："就算你是朱衣卫有史以来最好的刺客，今天我也能把你耗光了！大伙儿听着，伤她者，赏金二十；杀她者，赏金一百！"

　　如意退后一步，目光警惕地打量着步步逼上前的一众朱衣卫。突然间，她耳朵微微一动，随即便缓缓笑了。

　　迦陵立时紧张起来，狐疑地问道："你笑什么？"

　　"她笑你猜错了，她不是一个人。"

　　清朗的声音响起的同时，一个男人从芦苇丛中飞起，落足在如意面前。看到如意脸上的血迹时，他微微皱起眉，伸手轻轻地帮如意抹干净。如意任他动作，只含笑看着他。两人坦荡地对视着，视一众朱衣卫如无物。

　　迦陵错愕地向那人来的方向望去，只见底下芦苇丛凌乱倒伏，原本埋伏在那边的朱衣卫早已横七竖八地躺了一地。不过咫尺距离，她竟丝毫没察觉到那人究竟是何时动的手。

迦陵大惊失色:"你是谁?"

男人淡淡地道:"六道堂,宁远舟……"说话间,迦陵身旁的瑾瑜已悄悄摸出暗器,准备趁机偷袭。如意眼都没抬一下,手中银光一闪,已射出一枚暗器将瑾瑜反杀。与此同时,宁远舟从容拱手,将话说完:"幸会。"

朱衣卫中一片惊乱,迦陵眼眸急剧收缩,看着如意,难以置信地问道:"你找六道堂的堂主当你帮手?任辛,你不是从来都不相信任何人,只会独来独往的吗?!"

如意看向宁远舟,淡淡道:"人是会变的,你不一样了,我自然也不一样了。"

她原本确实是打算独自赴约的,可这一次跟宁远舟打过招呼,离开四夷馆时,她走着走着,却忽然停住了脚步。

思索片刻之后,她终于下定了决心,转过身去,对宁远舟道:"你总说我喜欢独自行动,这一回你陪我去,好吗?"

宁远舟原本正在回廊下默默地目送着她,闻言一怔,随即舒心地笑了:"任君差遣。"

两人一道去了土地庙,料想迦陵不会明目张胆地在那里设伏,便由如意带上迷蝶前去赴约,宁远舟在外围随时接应。

路上如意见迦陵对夹竹桃花枝不闪不避,知她怀孕是假,便削断沿路墙边伸出的花枝,趁着花枝飘散之时,放出迷蝶,联络宁远舟。宁远舟便跟着迷蝶,一路追来此地,发现迦陵唤来帮手,便现身接应。

迦陵见二人相互信任,全无隔阂,只能一咬牙,号令:"上!"

朱衣卫们一拥而上,向着两人杀去。如意与宁远舟联手应敌,二人都是绝顶高手,此时淋漓尽致地施展开来,双剑合璧,攻防之间配合得默契无隙,宛若合为一体,朱衣卫们如何能敌?不过几个来回,就有七八个朱衣卫受伤倒下。

空中隐隐有闷雷响起,天地一片肃杀。

迦陵心中已生出惧意,却仍是垂死挣扎着,冷笑道:"可惜就算你们是神仙下凡，也抵不过枪林箭雨！"她一弹指，向空中发出了鸣镝，狰狞地盯着如意，道，"一炷香之内，在附近驻守的羽林卫必会赶到！你们有本事在一炷香之内杀光我们所有人吗？"

宁远舟长叹一声，道："唉，知道我是怎么坐上六道堂堂主的位置的吗？不是凭这个，"他扬了扬手中的剑，"而是凭这个。"他指了指自己的脑子。

言毕他挥手掷出一颗弹丸，朱衣卫们忙挥剑去挡，弹丸却在空中爆开，陡然炸出一团烟雾，将站在最前面的迦陵等人呛得咳嗽不止。

宁远舟反手执剑而立，扬声道："朱衣卫的人都听着！迦陵是杀了你们陈左使和梧都分堂卫众的真凶！现在，我们在为他们报仇！她的性命，我们一定会取！而你们可以选择：要么，留下来，在羽林卫来之前，有六成的可能死于我们手中；要么，现在就走，就当今晚没来过这里，什么也没看到。否则，就算你们今晚能活下来，明天也会被邓指挥使当作迦陵的同党治罪！"

迦陵惊怒万分，忙吼叫："别听他的！"但她声音已被呛得嘶哑，根本就传不出去。她捂着喉咙，惊恐地后退了一步。

而宁远舟的话，已令朱衣卫中不少人心生动摇，开始犹豫。

如意立时便领会了宁远舟的用意，目光巡视一圈，扬声道："珊瑚！卢庚！"

闻声，朱衣卫中有一男一女下意识地一震，女子已脱口应道："属下在！"

如意看着二人，问道："你们还认得我吗？"

两个朱衣卫犹豫了一下，都点了点头。

如意便怒声道："回答我，我任辛自入朱衣卫，是不是一言既出，驷马难追？"

两名朱衣卫被她目光一慑，立刻齐声应道："是！"

说话间，迦陵的亲信已回过神来，悄悄移到如意身侧，趁她不备，疯狂地挥剑扑上去。如意身如鬼魅，旋身避开几人的攻击。手中长剑顺势一送，其中一人已被她穿胸刺死。

如意目光看向其他人，道："我知道你们都追随迦陵，但从此刻起，我只诛首恶，绝不再寻你们的麻烦——"她拔出剑来，那人的尸体滑倒在地。如意一横剑锋，此时恰有闪电划破天际，银光照亮了剑锋上的血迹，也照亮了如意决绝的面容，她冷冷说道："以此为誓！"

雷声轰隆隆地滚地而来。朱衣卫们心中震撼，无不呆立当场。

宁远舟见状，高声鼓动道："你们加入朱衣卫的时候没的选，但现在，你们还可以选！"

迦陵此时终于缓了过来，带着剩余的手下疯狂地挥剑攻向二人，边打边吼道："你们别听他的！听到马蹄声了吗？羽林卫的人已来了！"

朱衣卫们犹豫不决，不知究竟该帮哪边。

宁远舟一手负于身后，单手持剑与迦陵交锋，游刃有余道："那你发出鸣镝之前，有没有想过，现在的羽林卫将军是谁？"

珊瑚突然醒悟，眼前一亮，高声应道："长庆侯李同光！任左使的徒弟！"

迦陵一怔，面色唰地变为雪白。就在这电光石火之间，如意干掉了迦陵另一亲信，反手一剑刺入迦陵小腹。迦陵捂住小腹，踉跄着向后退去。她还想再喊帮手，举目望去，却见不知是谁带头，朱衣卫们都不约而同地掉头向桥下奔逃，纵使负伤之人也强忍着疼痛，踉跄而去。她被抛下了。

迦陵不可置信地伸出手去，徒劳地吼着："别走！回来！"但无人回应她，很快，所有人就都消失不见了。现在，就只剩她孤身一人了。

失去帮手之后，迦陵所有的底气和胆量都在一瞬间瓦解殆尽。见如意向她走来，她惊恐地后退着。不料石桥栏杆在刚才的打斗中已然断裂，迦陵向后一靠，整个身体就和栏杆一起坠入了水中。她坠落时的惨叫声从黑暗的桥下飞出，划破了整个夜空。

李同光率众纵马赶到河边，正听到迦陵的尖叫声和紧随其后的落水声，立刻拍马赶上前去。

第二十五章

等他赶到石桥边时，桥上已是一片寂静。如果不是还有几具尸首横在桥上，几乎看不出来这里发生过一场血案。李同光率众下马，手下们各自四散开去，搜查线索。

李同光站在桥上，目光扫视着四周。忽地一道闪电亮起，将桥面照得雪白。暗处似有亮光一闪，正落入李同光眼中。李同光走到石桥缝边，果然在石缝里找到一枚银针。他将银针拾了起来，细细观看着，不知认出了什么，他眸中忽有星光一闪而过。

朱殷上前回禀道："大人，那边有带血的足迹……"

李同光一抬手，示意他闭嘴。众人也都立刻噤声。

李同光站起身来，面上淡淡的，却颇有闲情地环顾了一眼四周，道："这儿风景倒是不错，看这天气，是要下雨了。"

众人都不解其意。

李同光又道："既然下雨，就会冲走很多东西。"

朱殷已然会意，忙道："是！"

李同光道："记——子时三刻，羽林卫得鸣镝报警，至清溪桥桥头，见朱衣卫三女一男横尸，别无痕迹，疑内斗而死。"

众人这才明白过来，忙齐声道："是！"

李同光看向桥下河流。不知何时起了风，滩上芦苇低伏，蓬絮轻摇，原本平阔无波的河面，波澜渐渐涌起。纵使先前曾有人来往躲藏，也早已寻不见痕迹。但那些总是似有若无地缭绕在李同光眼中的疯劲，却似是已得了安抚，悄然化作一片烟云。

黑暗中，水流潺湲。迦陵的"尸首"仰面朝天，僵硬地在河中漂流着。但若近前细看，便可发现那"尸首"正睁着眼睛紧张地观望着四方。

待她终于顺着水流漂到了一处桥洞下，她忙借着桥下阴影的遮蔽，迅速翻过身子，灵活地为自己裹伤敷药。确定四周无人后，她眼中闪过一丝狠厉和冷酷，向着河岸游去。

可就在她接近河岸的一刹那，岸边停靠着的一艘画舫上突然亮起了灯。黑暗中，那灯光刺眼至极。迦陵下意识地抬手挡住眼睛，便听到一个令她心胆俱裂的声音："你又猜对了，她果然没有死。"——是宁远舟。

迦陵惊惧至极，正欲游走，一根削尖了的青竹已迎面袭来。水中动作迟缓，她躲闪不及，只勉强避开了头脸，肩头已然被青竹刺穿。而后不及有所应对，肩头已有剧痛袭来。迦陵模糊地看到船上的如意执着青竹的另一头高高一扬，自己的身体便被挑飞出去，片刻之后，便重重地摔在了甲板上。

那根青竹依旧穿在迦陵肩头上。如意扭动青竹，迦陵登时便疼得抽搐起来。如意这才停下手来，站在迦陵面前，居高临下地看着她，冷冷地道："虽然我问过很多人，但我还是想听你亲口说一次，为什么要出卖整个朱衣卫梧都分堂？就为了贪墨收买胡内监的那三千两金子？"

迦陵笑着，喘着粗气："不然呢？你以为我还能像陈癸那样，投靠皇子？我们是女人，朱衣卫里的女人，没有明天，也没有人会真正信任我们。我不想被邓恢除掉，不想步你的后尘，我得为自己安排后路，所以我需要钱，很多很多的钱。"

如意一时默然，又问："我义母，还有玲珑的家人，也是你下令杀的？"

迦陵冷笑着："事到如今，这些还重要吗？"

"重要，"如意道，"他们都是活生生的人命。"

迦陵讥讽地笑了："那我们不是命？那你之前杀的那些人，不是命？你能活到现在，还不是踩着别人的尸骨上来的。我今天栽在你手里，不过是运气不好，不代表着你就是正义的！"她强忍疼痛，喘着粗气看向宁远舟，恶毒地说道："宁堂主，你被她迷住了吧？我告诉你，她全是装的，她和我一样，都是最卑贱的白雀出身，天天在男人的身边出卖色相，不管多恶心的事都干过，她没有一句话是真的！"

如意身子一僵。宁远舟握住了如意的手，淡漠地看着迦陵，道："你错了，不管她做过什么，她都和你不一样。她手辣，我心狠，正好天生一对，地配一双。"

迦陵愣住了。随即，她哈哈大笑起来，越笑越是凄凉，最终笑声变为抽泣："凭什么？"她满脸是泪，仰着头，嫉恨，却更多是不甘地质问着如意，"凭什么你就运气这么好？我费尽了全身的劲，坐到现在的位置，可还是只会被他们骗，被他们骂！"

如意无动于衷地看着她，待她哭够了，便又问道："圣上认定我是刺杀娘娘的凶手，当真是因为邓恢？"

"我说了，你会让我痛快地死吗？"

如意点头。

迦陵却又道："我还有一个要求，答应了我才会告诉你。"

"说。"

迦陵道："把我的尸身伪装成是力战北蛮间客不敌而死的。"

如意大为意外："为什么？"

宁远舟却明白了过来，叹息了一声，道："她想学陈癸，死后算殉职，这样朝廷会有追封。"

迦陵笑了："不错。因我而死的人，我用命去还。可我不想像其他卫众那样死得没声没息，只变成册令房中一个被涂黑的名字。我要我哥哥知道，我不是一个只会出卖色相的贱人，我配得上朝廷香火，不会让家里蒙羞……"她喘着气，艰难地撑着身子，仰头看向如意，"你不答应，我就咬舌自尽，这个秘密，你，就永远都不可能知道了。"

如意点头道："我答应。"

迦陵盯着她的眼睛："以昭节皇后之灵为誓。"

如意道："以昭节皇后之灵为誓。"

迦陵这才信了："好，我告诉你，"她盯着如意，眼中忽就亮起些恶意的光，道，"不是邓恢。"

如意一惊："那杀了娘娘的是谁？！"

迦陵哈哈大笑起来："任辛啊任辛，你到现在还不明白吗？为什么你去邀月楼救皇后，皇后却不肯走？谁会让你家娘娘心甘情愿地死？"她被血呛到，剧烈地咳嗽起来。

如意猛地意识到了什么，却不肯相信。她拉起迦陵，撕着她的衣领逼问："你说清楚，是谁?！到底是谁?！"

伴随着一声巨大的雷鸣，大雨终于铺天盖地地落了下来。

迦陵不断地喘着粗气，目光涣散地催促道："我喘不过气来，你快动手，快，我不想被憋死！"她剧烈地喘息着，"快，快！轻一点，我真的怕疼……"话音未尽，她的身体便瘫软了下去。

如意心神已乱，犹自摇动着她："你说啊，说啊！"

宁远舟上前探了探迦陵的呼吸，叹息道："这次是真死了。"

如意还在疯狂地拍打迦陵："你醒醒！我不许你死！"她猛地抬头看向宁远舟，急切地问道："你有没有带什么药？给我！我要救活她，我必须知道全部答案！"

宁远舟捉住了她的手，想让她冷静下来："其实你心里已经猜到了，但是你不敢相信，对不对？"

如意甩开他："我没有！我什么都不知道！"她神色癫狂地指着迦陵，"她故意那么说的，她从来都满口谎话！圣上和娘娘是结发夫妻，伉俪二十年，就算这些年对后陵没那么上心，也不可能是害死她的凶手！"

宁远舟扶住她的肩膀，强迫她面对现实："那你想过没有，按旧例，元后本应与皇帝合葬，为什么安帝却匆匆给昭节皇后单起了后陵？难道不是因为他心中有愧，怕九泉之下无颜面对吗？"

如意震惊地摇着头，步步后退着："不可能！我不信！我绝对不……"她竟然一脚踩空，跌落进了水里。

宁远舟大惊，忙跃入水中去救她。

如意在水中不停地下坠着。四面一片昏黑，意识昏沉之中，她恍惚又看到了昭节皇后的身影。邀月楼上大火肆虐，皇后眼中含着泪光，却还是微笑着，用力推她离开火场。如意伸出手去想要拉住昭节皇后，可手臂重逾千斤，难以抬起。她张口想大喊"娘娘"却发不出声，水从四面八方灌入她口中，将肺里的空气挤出。

如意痛苦、困顿地挣扎着，迦陵、陈癸、越三娘、玲珑、义母……

所有死在她手中、所有因她而死的人的面容全都浮现在她的面前。他们的身体苍白而恐怖,将她团团围住。如意挣扎着想要突破包围,却望见安帝玄衣冕冠,阴鸷地立在远方。

如意终于力竭,向着水底沉沉坠落下去。昏迷之前,她隐约望见头顶有一线光芒射入,宁远舟自那光芒中奋力游下,伸手拉住了她。

大雨铺天盖地地落着。宁远舟抱着半昏迷的如意浮出水面,用力将她托上甲板,为她控水。如意吐水出来,却依旧没有苏醒。

宁远舟一摸她的额头,只觉滚烫至极,心中暗叫不妙。他忙用外袍将她包起,抱起她飞身奔入暗夜之中。

大雨下了一夜,邻近天明时才淅淅沥沥地停了下来。

又不知过了多久,外间天光转亮,有啁啾鸟鸣声传来。

如意依旧没醒。她烧得满脸通红,昏昏沉沉地躺在榻上。钱昭在一旁给她扎针,元禄看护着她。天亮后宁远舟得护送杨盈入宫面见安帝、递交国书,两人都不能久留。此刻他们更衣准备完毕,临走前再次来到如意房中。杨盈上前为如意擦去额上汗水,宁远舟轻轻拍了拍元禄的肩膀:"帮我照顾好她。"

元禄郑重地点了点头。

天亮后,朱衣卫的人终于在画舫的甲板上找到了迦陵的尸体,也看到了尸体旁边的血色狼头印。

尸首送回朱衣卫总堂后,邓恢看着面前左、右使的两具尸体,脸上面具似的笑容终于一点点消失了。

朝阳初起,群殿巍峨。

杨盈穿过宫门,在杜长史、宁远舟和于十三的拱卫下,一级级走上台阶,向着太极正殿走去。

殿外,内监已高声唱报:"宣,梧国礼王觐见——"

宁远舟低声对杨盈道:"刚才在宫门口,李同光的人送来密报,说安帝已经接到了褚国质问的国书,褚国已在边境陈兵一万。他偷袭褚国的计划破灭,今日又突然召见我们,只怕会借题发挥。待会儿殿下务必小心。"

杨盈心中一凛,轻轻点头,然后昂首正色,走入了大殿之中。

安帝高踞龙座之上,神色晦暗。

这大殿宏阔,本是文武百官朝会之所。虽四面都是朱漆雕花的窗子,阳光却也无法照透整个殿堂,纵使在白日里,也点着花树灯台。若有百官列队在前,自是煌煌赫赫、威严壮丽。

但今日安帝传杨盈入见,却未有百官在场,只命李同光伴驾在侧,四周肃然而立的,都是些执枪的侍卫。殿内空旷,便更显得高大森寂、深不可测,天然已是一道威压。

杨盈踏着金砖,一步步走上前去,却未流露出丝毫怯意。近前之后,她便同杜长史一道躬身大礼,嗓音洪亮道:"陛下万安。"

龙座之上久久没有传来允他们"平身"的声音,安帝阴鸷地凝视着她。半晌之后,他才微微抬了抬手。杨盈直起身,便也不卑不亢地抬起头,同安帝对视着。

安帝依旧不语,只是目光中的威压越来越大。杨盈却始终挺直了腰,脸上带着恰到好处的微笑,看着安帝。

安帝终于开口,说的却是:"你皇兄尚在狱中受苦,你怎么还笑得出来?"

杨盈道:"陛下圣明,许小王迎回皇兄,兄弟不日即可携手归家,是以小王自然心中欢悦。"

安帝眼皮一耷,露出些嘲讽之意:"黄毛小儿,巧言令色。"

杨盈微笑道:"小王是真的开心,如果不是陛下有好生之德,许小王迎帝而归,小王说不定一辈子都只能做个没有实封的闲散亲王。陛下送小王这泼天的功劳,小王岂有不开心之理?"

安帝有些意外,打量着他,似是有了些兴味:"你倒是不忌讳自己的出身。"

杨盈依旧微笑着:"人固有自知之明。"

安帝终于开口说起正事,问道:"赎金带来了吗?"

杨盈应道:"带来了,五万两黄金现在宫门外,另外五万两折为

第二十五章

271

银票，等皇兄踏入梧国国境之时，即刻交纳。"

安帝阴冷地一笑："还敢跟朕玩这一套？"便瞥了眼李同光，道："你去收了黄金。"

李同光道一声"遵命"，便上前接了簿册，呈给安帝。

杨盈见交接已毕，便询问道："那陛下，小王何时能接皇兄出塔？"

安帝却淡淡地道："朕最近忙着别的事务，过一阵子再说吧。"

杨盈却也记挂着该如何向安帝提及北蛮入侵一事，见有时机，连忙问道："是北蛮南侵的事吗？陛下，我大梧六道堂探知，北蛮人正暗自在天门关外集结，并挖掘了山中密道，进入合县。昔日三国先帝曾有盟誓共镇天门山，严防北蛮再度南侵，孤想请陛——"

话音未落，安帝已皱眉打断她，冷冷道："朕之国事，你也要来插嘴？"不悦地抬手示意内监。

内监上前对杨盈道："殿下，请——"便要送杨盈一行离开。

杜长史急了，上前理论道："就算不提北蛮之事，陛下也不能出尔反尔，拿了金子，却继续羁留我国圣上啊！"

话音未落，杜长史就被两个侍卫拦住。他言辞不逊，举止亦有冲撞之意，侍卫们得安帝目光示意，正要强行拖走他，宁远舟和于十三已一左一右同时上前，轻轻两记动作，便将侍卫弹开。

宁远舟阻住侍卫，使了记眼色给杜长史。杜长史深吸一口气，强忍怒意向安帝行了个大礼，便自行退出了正殿。

安帝皱眉，瞟了一眼宁远舟，看着内监，又对杨盈扬了扬下巴。

眼见内侍又要催她离开，杨盈深吸一口气，看向安帝，正色道："陛下，小王深知我兄弟二人的性命，其实都在您的掌握之中，但请容小王说完最后一句。"

安帝眼也不抬："说。"

杨盈昂首道："陛下若志在逐鹿，送皇兄及小王归梧，才是正途！"

安帝一震，随即慢慢抬起头来，审视着杨盈。

杨盈道："陛下为何明明在天门关大胜我国，却不乘胜追击？那是因为我杨氏世踞江南，此次虽然战败，但实力仍存，贵国若继续强攻，却攻不下天星峡一带的天险，最后只会落得两败俱伤的结局。我皇兄已成陛下阶下之囚，陛下为何没有取他性命，却许小王带金入安赎人？那是因为这一仗，也耗干了陛下的国库。陛下希望尽快对更容易夺取的褚国苍、润等州出手，所以还需要我大梧的黄金充作下一场大战的军饷。可陛下，黄金虽重，但能重于帝王之信否？小王入安之事天下皆知，若不能及时迎帝归梧，他日圣上再战，哪一位守将还肯信您'献城不杀'的承诺呢？是以，小王请陛下三思！"

安帝颇有兴味地看着她，问道："可你怎么能保证，放了你们回去，那五万两黄金的银票就能到朕手中呢？"

杨盈道："如今，我国乃丹阳王摄政，圣上若归，兄弟争位，梧国必会内乱纷起。陛下，五万两黄金买我梧国的内乱，值与不值？"

安帝一愕，走下丹陛，来到杨盈身边，审视着她："可到时梧国内乱，你又如何自处？"

杨盈一时哑然，不知该如何作答。

宁远舟扬声道："陛下，当猎物被猎户发现，只要能顺利逃走一回，便已经是幸运至极。这时候，它眼中最重要的东西，是能回到草场再吃几天草，而不是猎户下次还会不会放过它。"

安帝目光一闪，审视地看向宁远舟："你是谁？"

宁远舟拱手道："小人是乃大梧前龙骧骑火头军，如今暂在殿下身侧任侍卫之职。"

"火头军？"安帝似是一笑，再次看向杨盈，道，"你们俩都比朕以为的要聪明些。"

"陛下过誉，其实这些话，都是刚才您让人叉出去的杜长史教我们的。他耳提面命了好几十回，小王才能勉强记住。"她说着，便又挂上了那种自幼欠缺眼界和教养、但胜在率直胆大的微笑，"所以，要是刚才哪儿说得不对，还请陛下多多包涵。反正，意思差不多就行了。"

安帝一怔，随即哈哈大笑起来："有意思，有意思！"

杨盈一礼，恰到好处地微笑着："能让圣上展颜，小王已然功德圆满。小王告退。"

安帝对内侍招手，吩咐道："替朕好好送礼王出宫，赐宴，对了，也给永安塔送上一份！"

一直到出了宫门，重新上了马车，杨盈脸上那几乎僵硬了的笑容才骤然消失，她轻轻呼了一口气。

此行姑且算是顺利，但实际上只交了黄金，确定了安帝李隼确实是个心机深沉之人罢了。其余不必说何时换回梧帝，就连能否换回，都还是未可知之事。回四夷馆的路上，一行人都沉默无言。

待回到四夷馆，却见四夷馆正堂里已然摆好了满桌的佳肴。钱昭迎上前来，道是："安国人动作很快，殿下还没进四夷馆，这桌赐宴便已经送到了。"杨盈和杜长史不由得心情复杂地对视一眼。

宁远舟道："安帝无非是想借此暗示我们，只要我们身在安国，一举一动都尽在他掌握中。"

两人也都心有戚戚。

杨盈道："刚才最后那会儿，孤都快顶不住了，还好有远舟哥哥救场。"

杜长史也目光沉重，问道："宁大人，你觉得安帝放我们走的可能性有几成？"

宁远舟道："五成。安帝现在是把无法突然向褚国出兵的火，发在我们身上了。他今日虽没有特别为难殿下，但也会故意扣留我们在此一段时间，又或是刻意提高赎金，如此才能挽回他在褚国那边失去的面子。"他面容平静，目光里却已是有所决断了，道，"所以我们不能这么被动地等下去。从今日起，我们要立刻展开攻塔救人的乙方案。钱昭、十三、元禄，按计划行事。"

三人立刻应道："是！"

杜长史却忧心忡忡，迟疑道："可是一旦不成功，陛下和殿下只怕都……"

杨盈却目光坚定地看着他，接口道："与其相信敌人的善意，自己手中的剑，还是更可靠一些。"

杜长史一凛，忙正色道："老臣狭隘了，殿下自来安都，可谓一日千里。"

宁远舟见众人都无异议了，便道："那殿下和杜长史就先用膳吧，我暂时告退。"说完向杨盈和杜长史点头致意，便匆匆离开了房间。

杜长史奇道："宁大人为何不——"

杨盈连忙拉住杜长史，小声提醒道："如意姐还没有醒。远舟哥哥一直担心不已。"

杜长史恍然，随即也露出些担忧的神色，道："如意姑娘怎么突然病得这么重？臣也略通一点医理，要不要——"说着便意识到什么，一拍脑袋，"唉，论医术，臣哪比得上钱都尉？"

说到钱昭，在去如意房中的路上，他便已向宁远舟说起了如意的状况："没有外伤，但高热始终不退，黄连、石膏、羚羊角、银环蛇胆，该上的都上了，但还是——"

于十三叹了口气："肯定是伤心过度，打击过大才……唉，美人儿这样的人，平常身子比一般人强健，但一旦触到了伤心处，就会瞬间土崩石塌。"

钱昭忧虑道："可我只会医病，不会医心。表妹的身子之前就受过好几回伤到根本的大伤，"说着便想起许城的围攻，懊悔地给了自己一巴掌，"上一回，还怨我。今儿这一关要是过不了，只怕……"

元禄闻言一惊，马上慌乱起来："不至于这么严重吧？宁头儿，怎么办？要不要请外面的大夫来试一试？"

宁远舟紧皱着眉头，摇头道："不行，请外面的大夫风险太大了。"他轻呼了一口气，不知是说给自己听，还是说给这三人听，"别慌，我自有办法。"低头沉思了片刻，旋即问道，"赐宴里面有参汤对吧？"

元禄马上道："有，我去！"说着便已回身飞奔向正堂，去端参汤。

宁远舟又对于十三道："替我去买一样东西，要……"

于十三附耳去听，待听清他要的是什么，错愕地看向他："什么？！你疯了吧！"

宁远舟闭了眼睛，轻轻道："险中方能得求生机。"

第二十五章

屏风后，几盆冰块被哗哗地倒入浴桶中，桶中立刻升腾起白雾。

于十三看着寒意逼人的浴桶，犹豫再三，忍不住还是再一次问宁远舟："你确定？冰啊，这些都是冰啊！美人儿现在的身子，受得住吗？"

"她告诉我当年做绯衣使时，在寒泉受过整整六个时辰的冰刑。她当年受得住，现在也应该能熬得过去。"

"给自己的女人上冰刑？宁远舟，你真够可以的。"

"你就别管了，"宁远舟强行将他推出门外，"她如果清醒，也会选择这么做的。退热，这是最快的法子。好了，你先出去吧。"

关上门后，宁远舟回到床前，俯身抱起床上烧得满脸通红的如意，走向屏风后。他小心地抱着如意走入全是冰块的浴桶。针刺一样的剧痛瞬间传来，如意无意识地抽搐了一下。

宁远舟抱着她，在她耳边轻声道："如意，从你的世界里回来吧。我知道在那边，你家娘娘一定待你很好，你一定很开心。可我更需要你。阿盈、元禄、十三，还有整个使团的人，都需要你……"

如意说过，是使团里的温暖让她体会到红尘况味，爱上了人间的热闹。她会和他一道在街头共伞漫步，会带一把枣子给杨盈吃，会在元禄病榻的枕畔放一朵小花。她会和于十三比武，当她一掌将于十三掀翻在地后，于十三夸张地喊痛，元禄拍手喝彩，使团众人都哈哈大笑看热闹，连钱昭也忍不住眼露笑意，每到这时，如意也会抿唇微笑起来。

宁远舟知道他在如意心中的分量不能和昭节皇后相比，可使团里不单有他，还有许多如意喜爱的同伴。他知道如意是惦念他们的。

但如意依旧一动不动。

宁远舟的声音惶急了起来，他喃喃说着："如意，求你快醒吧。这是我能想到的唯一法子了，我心里其实很慌，我根本不像在他们面前那样成竹在胸，我只敢赌这一回……"

如意却依旧没有反应。

宁远舟的嘴唇已冻得发抖，他深吸一口气，强迫让自己冷静下来，思索着如意此刻心中最迫切、最放不下的事，在如意耳边低语道："任如意！我们不是说好了，要一起去安都分堂的密档库查看害死你家娘娘的真凶吗？你只想着你家娘娘，为什么不想想她留下来的二皇子？还有李同光呢，他是你最心爱的徒弟，你就丢下他不管了？！"

如意终于微动了一下。宁远舟惊喜地摇动她："如意！如意！"但如意很快又没了反应。

宁远舟心一横，执起如意的手，在她指尖重重咬了下去。

如意吃痛，身体一震，猛地睁开了眼睛。她的眼神一瞬间就由迷茫变得敏锐，她紧盯着宁远舟，道："密档，你刚才说，你要带我去看六道堂安都分堂的密档！"

宁远舟一探她额头，终于长舒了一口气，道："是，但那处宅子现在被安国人占了，分堂的兄弟们得过上一阵，才能把宅子弄回来。"

宁远舟将如意抱回到床上，一面为如意擦去发上的水渍，一面细细地同如意说起这一夜一日之间发生的事。

"所以，我决定不管安帝，自己先着手攻塔救人。"

如意点了点头，又问："那迦陵呢？"

"已经按她所愿，安排好了。"

如意轻轻道："谢谢。"

宁远舟却又道："但她多半得不到她想要的朝廷追封。今天我陪阿盈晋见安帝时，安帝神情还算平和，多半邓恢还没有将昨夜的事上报。"

如意闭上眼睛，静静地思索着，问道："如果你和邓恢易地而处，你会怎么做？"

宁远舟想了想，道："说迦陵就是与北蛮人勾结、刺杀李同光的真凶，左使陈癸也是死于她手中。多亏自己指挥得当，手下暗卫终于亲手将迦陵诱杀于画舫。这样，既能向安帝交代过去，又能达成他在朱衣卫内排除异己的目标，一石二鸟。"

如意静默了片刻，才道："所以，迦陵的最后一个心愿，也成了泡影。"她突然探身拉住宁远舟的衣领，仰头问道，"朝中政事，当真都是这么指鹿为马、颠倒黑白吗？"

宁远舟点了点头："这就是我当初想要假死远离朝堂的原因。"

如意沉默下来，宁远舟拉开她的手，见她头发已经干了，便静静地为她梳头。

过了很久，如意才再次开口："迦陵的话，你觉得有几分可信？"

宁远舟轻声说道："我只能告诉你，五年之前，森罗殿截获过一条重要的密报：安国曾与褚国商议辰阳公主的亲事。而辰阳公主当时二十岁，安国大皇子十六岁，二皇子只有十三岁。"

如意一震，猛地抬起头来："你在暗示我，圣上有意纳辰阳公主为妃，而娘娘是出于嫉妒，才和圣上反目？"

"我不敢作此定论，"宁远舟轻柔地帮她梳着头发，道，"因为不久之后，辰阳公主就守了母孝，是以这桩婚事至今未成。公主也在出孝后另招了驸马。"

如意微微眯起眼睛，淡淡地说道："我会全部查清楚的，如果真是他害了娘娘，管他是谁，我都会杀了他！"

数日后，四夷馆。

天高气爽，院中八角亭外，一树夹竹桃花开得绚烂。八角亭中，如意和金媚娘正对坐石桌旁说话。石桌上放着一只瓷瓶，瓷瓶旁搁着如意的索命簿，迦陵的名字上已画了醒目的红钩。

"迦陵在卫内猎场被暴尸三日，尸身当众焚毁，"金媚娘目光看向桌上的瓷瓶，道，"我手下能捡到的遗骨，也就这么些。"

如意拿起瓷瓶，心中不知是何滋味："那么一个人，最后只剩下这么一点点。"她停顿了一下，叹息道，"媚娘，你觉不觉得奇怪？虽然之前我恨毒了那个害死我义母和玲珑的幕后真凶，但现在看着这个，我只觉得可怜和悲凉。"

金媚娘垂眸道："其实迦陵待我不坏。我当了金沙帮的帮主后，和卫中旧人多有接触，她多半已经猜到我的身份，却一直没有揭破，反而这些年，还送了不少被逐出卫中的卫众到金沙楼。"

"她在金沙楼存了钱吗？"

金媚娘点点头:"三千一百两。"

如意叹息道:"她从收买胡内监的钱里贪了三千两,还得分给手下;越三娘出卖梧都分堂的钱,也来不及运给她。也就是说,她在朱衣卫做了十多年,已经是一人之下、万人之上,但所有的身家,也就几百两金,在安都连一所大宅都买不到。"说着便又摇头笑了笑,"其实她比我有钱多了,我从邀月楼假死的时候,全副身家才五十两。"

金媚娘道:"卫里一直说,只要我们勤勉为国,老了之后自有卫中负责养老。但我们那时太年轻,根本就不知道,除了那几个充场面的老人,大部分人,根本就没有老的机会。"

两人沉默下来,望着亭边盛放如烂漫晚霞的花树,久久没有作声。

后来如意起身走到树下,媚娘会意,拿起花锄在树下挖了个坑。如意打开瓷瓶,将骨灰倒入坑中,媚娘便将骨灰掩埋起来。如意看着树下新土,想起迦陵死前惦念之事,便对着花树轻声说道:"你等不来朝廷的追封和香火,但只要这棵花树不死,就一直有人照顾你。"

两人一道在树下静立了片刻,这位朱衣卫右使的葬仪,便这么草草结束了。了却此事,如意便转身对金媚娘道:"陈癸死了,大皇子河东王那边,一定很是慌乱。我想借机去二皇子府里看一看。"

金媚娘眉心微微一动,却随即掩住了表情,平静道:"洛西王府在宣康坊。"

如意点头,又问:"他这些年过得怎么样?"

金媚娘言辞隐晦,只道:"一个没了娘的孩子,自然只能去努力争取原本应该属于他的东西。属下没资格评判。"

如意却戳破了她的用意,道:"你不用那么婉转,我去看过娘娘的陵,不说杂草丛生,也颇为凄凉。六道堂安都分堂的人说,二皇子除了每年娘娘冥寿时会去致祭,平时难见踪影。"

金媚娘垂了眼睛,没有作声。如意目光越过院墙,看向墙外繁茂摇曳着的树冠,道:"但就算这样,我还是想去看一看,毕竟,他是娘娘唯一的骨血。"她说着便流露出些怀念来,"他小时候,我还抱他上树捉过鸟玩呢。"

第二十六章

故人故心皆不再

安都宣康坊，洛西王府。

夜色幽寂，树影纷拂。如意藏身在院墙外的大树上，俯视着王府前院。

前院里，二皇子身后跟着两个提灯侍从，正在同一个高大的中年男人道别。五年不见，昔日那个亦步亦趋地追在母亲身后的孩子已经长大成人，模样上虽依稀还能寻出些与昭节皇后的肖似之处，但性情上显然并未学得母亲的沉稳聪慧，反而透出些长戚戚之人所特有的浮躁难安。

"舅舅回去路上小心，千万别被大哥或是父皇的人发现了。"送自己的舅舅出门时，他先是多忧地叮嘱了一句，而后便突然哈哈大笑起来，"呵，孤怎么忘了，他们多半因为朱衣卫的事正焦头烂额，没余力多管闲事吧。"言辞间有幸灾乐祸，却更多是对自己不受重用的怨怼讥讽。

他的舅舅，自然便是昭节皇后的弟弟，安国当今的沙东王。沙东王听他言语不谨，皱起眉头，低声规劝了他几句。二皇子忙端正了神色，点头受教。然而送沙东王离开后，府门一关上，二皇子立刻嫌弃地用手扫了扫沙东王碰过的地方。亲信见状，只得出言规劝。

二皇子却不悦道："孤就是讨厌他，不行吗？母后都死了多久了，还天天摆出个舅舅的样子来教训孤。笑话，老大只差没踩在我这个元后嫡子脸上来了！"他愤愤不平地穿过院子，甩袖进了房门，"要是孤真的什么都不做，只怕也跟朱衣卫那对左、右使一样，凉透了！"

院子里很快便安静下来。如意跃下树来，望着二皇子消失在门内的背影，不由得眉头深锁。

然而看到二皇子，便不由得想起当年在宫中和昭节皇后一起生活的点点滴滴。那会儿二皇子才七八岁，抱了满捧的花儿坐在昭节皇后怀中，一脸懵懂地被抱到自己面前。

"来来来，你任姐姐不肯戴花，我们偏要给她戴！"昭节皇后微笑道。

于是如意便一脸无奈地被插了满头的花。插完花，昭节皇后使一个眼色，二皇子便上前吧唧一声在如意脸上亲了一口。如意被吓得一步跳开，昭节皇后便促狭地大笑起来。二皇子莫名其妙，但挠了挠头后，也咧开缺了牙的嘴笑了起来。

如意看着窗上映出的二皇子的剪影，到底还是叹息了一声，轻轻地跃上房顶。

书房里，二皇子正在和亲信交谈着。他验看了一下桌上的珠宝箱，点头道："这一批珠子不错，还有这些南海的瓜果，全都给贵妃姨母送过去。"

亲信迟疑道："会不会太打眼了一点？"

"孤跟父皇说，孤打小没了母后，贵妃姨母现在就是孤的亲娘。既然都过了明路了，孤自然得名正言顺地孝敬她。"二皇子说着，便走到房中挂着的观音画像前，拈了炷香，叹息道，"唉，这些年，要不是靠着她的枕头风，孤的日子只怕更难过。"

如意已悄然潜入书房梁上，闻言不由得一愣，露出了难以置信的神色。

亲信见他望着观音画像，目光落寞，便又问："既然这些瓜果难得，那娘娘的陵前，要不要也……"

二皇子却厉声打断了他："说过多少次了，父皇不喜欢我经常去拜祭母后！她都已经不在了，还供什么瓜果！滚！"

亲信只能唯唯退下。

第二十六章

如意的手紧紧抠住了房梁,她冲动地想要跃下去,但最终还是忍住了。她深吸一口气,正准备离开,却忽听梁下的二皇子对着观音像说道:"母后,其实您也未必想受儿臣的祭拜吧。您原谅儿臣好不好,儿臣当时年纪小,不知道那样会害死您……"

如意瞳孔猛地一缩,连忙回身,想再从二皇子的只言片语里听到些什么,二皇子却不再说话了。

如意正焦急不已,便听门外传来侍女的声音:"殿下,环姐姐已经在西厢等您多时了。"

二皇子应了一声,擦去眼角的泪水,收拾好表情,离开了书房。

如意伏在屋顶上,眼看着二皇子从回廊上走过。她紧扣手中的匕首,几次想要扑下制住二皇子问个究竟,但终究还是忍住了冲动,几个起跃,消失在夜色中。

四夷馆。

钱昭正注视着手中的堂徽,忽见如意从窗子跃进来,连忙收起手中之物,抬头看去,便见如意头戴斗笠、身穿夜行衣,一副外出遇事匆匆折回的模样。钱昭正觉着诧异,如意已扭头看过来,目光阴骘地问道:"我想要一味服下后神思涣散、极易听从别人指令的药,你能帮我配一些吗?"

"不用配,我这里有曼陀丹。"钱昭也不问她要此物作何用,直接翻出个小瓶递给她,"殿下指环上浸的就是这玩意儿,本来是准备给我们圣上用的。不过服用之人,药力过后,多半会记不清曾经发生过什么。"

如意接过瓶子,道一声"很好,多谢",回身一跃,便又消失在了窗外。

行动之日临近,这几天杨盈一直心事重重,不能安枕。这一夜她也是辗转反侧难以入睡,便干脆起身,去院子里走走。出门恰望见如意身影一晃而过,已然消失在屋顶上,她下意识地追出去几步,却见宁远舟就在她身前不远处,也正望向如意消失的方向,便道:"远舟哥哥——"

宁远舟却知道杨盈想说什么,只道:"放心,她不会有事的。"

"你不陪着她去吗?"

宁远舟摇了摇头:"事涉安国皇室秘辛,她若不主动邀我,我只需要等她回来就行。"

"可是……"

宁远舟叹了口气,回头看向杨盈:"阿盈,有时候不去帮别人,对别人反而是一种尊重。"

杨盈如有所悟,默默思索着,良久之后,才又看向宁远舟:"远舟哥哥,有件事,我想找你商量商量,你陪我走一走吧。"

两人一道在月色之下的庭院里散着步。夜凉如水,有秋风迎面拂过,杨盈却是毫无所觉。不知过了多久,她才忧心忡忡地问道:"你们准备什么时候强攻永安塔?"

宁远舟道:"还在准备,大约十天吧,这件事,必须一次成功,我们没有退路。"

杨盈停住了脚步,问道:"救回皇兄的希望,大吗?"

宁远舟想了想,道:"四五成吧。"

"一旦不成功,会折损多少人呢?"

宁远舟沉默了片刻,道:"以前像这样的任务,我会准备一半人以上的抚恤银。"

杨盈的声音颤抖起来,她抬头望向宁远舟:"所以,元禄、十三哥、钱大哥、孙朗他们,可能只能回来一半?"

宁远舟没有正面回答,只注视着杨盈,轻轻说道:"殿下,其实一旦任务失败,最危险的人是你。我和如意已经商量好了,她不方便一起去救圣上,但她会尽量把你带到安全的地方。如果我们都回不来……你就听她安排吧,她会好好照顾你的。"

杨盈闭了闭眼睛:"这两天,我其实一直在犹豫一件事。但刚才,我终于下定决心了。"她终于睁开眼睛,望向宁远舟,正色道,"宁大人。"

宁远舟一怔,肃然行礼:"臣在。"

杨盈看着他，字字掷地有声："孤命令你，永安塔之事，以六道堂众人平安为重，其他，你可便宜行事。"

宁远舟不解，一时没有应答。杨盈便轻呼一口气，道："孤的意思是，皇兄能救就救，救不回来，你逼他写一份雪冤诏带回来就好。那天在塔上，孤逼不了他，但是你可以。"

宁远舟一震，难以置信地看向她。杨盈的目光却如磐石般坚定不移："孤知道你们多半也这么想过，但未必敢做，那就由孤来当这个恶人。皇兄心胸狭窄，自私无能。柴明为他而死，皇兄却还把为他们雪冤当作交易。他是一国之君，固然不得不救，但若是救不出来，那便是天意。孤绝不能让大家再为了他做无谓的牺牲。"

宁远舟道："可你承担不起。丹阳王若要治你的罪，你该如何脱身？"

杨盈平静道："皇兄回不了国，皇位自然是丹阳王兄的，孤便算有了从龙之功。他若是真敢对孤如何，只怕那把龙椅也坐不稳。要是真有什么万一，孤就把这身蟒袍一脱，"她轻轻一笑，"反正他们要抓的是礼王，与我这个公主何干？"

宁远舟的眼中也露出了笑意，他向杨盈深深地一礼："谨遵殿下吩咐。"待站直身子后，他凝视着杨盈，唤道，"阿盈……"

杨盈却一怔，喃喃道："你好久没这么叫过我了。"

宁远舟微笑道："阿盈，你是个好妹子、好姑娘，好公主、好礼王。你如今既有主见，又有心胸，还很聪慧。你母妃和我娘在九泉之下有灵，一定会很欣慰的。"

杨盈目光一颤，眼中不觉已涌上泪水，却不由自主地绽开了笑容："谢谢远舟哥哥！"

宁远舟微笑道："那我先去安排其他的事了。"

杨盈连忙点头，目送着宁远舟离开。

这时，屋顶上忽有一颗东西落下来，杨盈侧身避开，头顶便传来元禄的叫嚷声："喂！那可是我刚买的松子！"

杨盈抬头望去，才发现原来元禄正坐在屋顶上。

"你不让我们去送死，我本来想谢谢你的，结果你还不领情。"元禄口中抱怨着，眼睛却笑盈盈地看着她。

杨盈一抹眼泪："请人吃松子，也不诚心点！"便向元禄伸出手，"拉我上去。"

元禄抛下一根绳子："嘿，抓稳了。"杨盈一借力，便被元禄拉上了屋顶。屋顶月色正好，明如白霜，同年少时在母亲怀中所见也并无不同。然而想来在梧都时她从未爬过屋顶，所以或许今夜所见的月亮比当日的更近、更明亮吧。

杨盈便在元禄身旁坐下，拿起元禄怀中的松子袋便吃了起来。吃着吃着，眼中泪水忽就滚落下来，她便抬了袖子去擦。

元禄有些蒙："哭什么啊，刚才宁头儿不是夸你了吗？"

杨盈抽了抽鼻子，道："没什么，就是想哭。"

元禄想了想，叹了口气，问道："想你娘了吧？"

杨盈的眼圈一下红了，她无声地落着泪："嗯。杜大人、皇兄他们一直都说，我越来越能干了，真不愧继承了父皇的血脉。可是，我也是我娘的女儿啊。就因为她出身不够高，所以她就不配被人记得吗？只有远舟哥哥还念着她。"

元禄又道："而且宁头儿夸的是殿下你自己，而不是因为你是谁的女儿。"

杨盈一怔，重重地点了点头，眼神再度明亮自豪起来："没错。"

元禄见她破涕为笑，得意地扔出颗糖丸在半空中，用嘴接住。

杨盈眨了眨眼睛，好奇道："什么糖？我总看你吃，也给我一颗。"

元禄解释道："这是我的药，很苦的。"他嘎巴嘎巴地嚼着，脸上带着笑。

杨盈不解道："既然苦，你为什么还能吃得那么开心啊？"

"因为我能吃药，就证明我还活着，当然该开心啊。"他笑盈盈地看着杨盈，"要不刚才我为什么要谢你。"

杨盈想了想，又问道："你怕吗？"

"怕什么？"

杨盈看着他，轻轻道："死。"

"当然，我还有那么多好玩的、好看的没经历呢，凭什么就该活不长啊。"元禄说着，目光里便又流露出些落寞来，"但是我不想宁头儿担心。好多次，他以为我睡着了，半夜过来瞧我，给我把脉，然后叹气。所以我才尽量装成没心没肺的样子。"

杨盈眼圈又红了："其实我也怕。我见安帝的时候，腿都在衣裳下发抖，如果不是如意姐事先帮我在腿弯和腰后绑了牛骨，我根本就站不直。我也怕，如果远舟哥哥救皇兄失败，安国人会不会扣住我，你们会不会丢下我管……可是，我也不敢说。"她说着，便抽泣起来。

元禄叹了口气，拍拍肩膀："来吧，元小哥的肩膀借你靠靠。"

杨盈还有点迟疑，元禄便笑道："放心好了，我这种短命鬼，没有做驸马的运气。"

杨盈连忙道："呸呸呸，大吉利是。"说完便靠在了元禄肩头。

屋顶上风清且凉爽，空中无云，月光皎洁，万里明澈。杨盈依偎在元禄肩头，只觉安稳，数日间烦忧难解的心情，终于缓缓平稳下来。

元禄笑着拿出片叶子，含在口中吹了起来。杨盈听着悠悠的曲子，望着今晚的月色，一时失神，忽就问道："元禄，你有喜欢的人吗？"

元禄一怔，口中的曲子停了下来，半晌之后，他看着前方缓缓道："算有吧。但她永远也不可能喜欢我，所以，我准备永远也不让她知道。"说完，眼神有些落寞。

杨盈喃喃道："以后谁会喜欢我呢，我又会选个什么样的驸马呢？"

元禄轻轻说道："选个对你好的？"

"可是，当我经历了这么多之后，我还能回到大梧，做一个平平凡凡的、只要驸马对我好就心满意足的公主吗？那些世家子弟，如果知道我女扮男装出使过安国，还敢娶我吗？安帝都想再打褚国了，大梧将来如果又遇兵灾，我真的能做一个一世平安、老丁后宅的贵妇人吗？"

元禄想了一会儿，忽地想到："那——你可以像前朝的那位镇国公主一样，做个能掌权、能保大梧平安的皇妹啊！"他兴致勃勃地看着杨盈，"哎，要不你来当六道堂的堂主吧！"

杨盈一惊："别异想天开了。"

"我们现在坐在这儿瞎聊天,异想天开又怎么了?"元禄笑盈盈地畅想着,"反正以前又不是没有亲王执掌过六道堂,反正宁头儿干完这一趟就要归隐了,反正你现在对六道堂也熟,以皇妹之身执掌六道堂,多带劲啊!"

杨盈也不由得来了兴趣,黑眼睛炯炯发亮:"有意思。那,如果你那时候还活着,也没人敢做我的驸马,咱们俩就在一起呗?反正都是熟人,你死了之后,还能有个香火祭奠。"

元禄连忙抱胸往后一仰:"喂,你别事事都跟如意姐学啊,"屁股赶紧挪远些,还打了个寒战,"动不动就强抢民男,还要孩子……"

杨盈气坏了,攥了拳头去捶他:"你少瞎想,我说的是义子!我从宗室里收一个过来当义子不行吗?"

元禄作势还手,两人便如猫儿对挠般在屋顶上扭打起来。

屋内,孙朗正在专心致志地给一只猫梳毛,忽听头顶响声不断,眉头一皱,马上就想出去。旁边正在试穿新衣的于十三拦住他,眼神向上一瞟,笑道:"不用去,是猫在打架。"

孙朗看看头顶,再看看自己手中的猫,一脸迷惑,但最终还是坐了下来。于十三换好新衣,手持折扇一摇:"如何?我这身打扮去永安塔,像不像一个为求来年中举,到寺中借宿苦读的翩翩俏书生?"

孙朗道:"像。"一顿,又小声嘀咕,"就是稍微老了点。"

于十三大怒,一脚踹了过去,孙朗立刻还手,两人也扭打了起来。

屋顶上,元禄和杨盈打得满头是汗,都有些脱力。元禄收了手,喘息道:"不打了,我错了,总行了吧?"

杨盈傲娇地一扭头:"谁要你认错了,我就说句笑话,你还当真啊。"

元禄却忽然收起嬉笑之意,正色看向杨盈,说道:"殿下,如果大梧没人敢娶你,你就应该把目光放远一点。以你现在的魄力和眼界,给谁当皇后都够了,天下那么大,总有合适你的郎君。"

杨盈一怔,缓缓点了点头。她静静地看了元禄许久,才认真说道:"元禄,我们都要好好的,等这边的事了了,我们一起去闹远舟哥哥和如意姐的洞房。"她伸出掌去,"一言为定。"

元禄便抬掌和她一击，微笑道："一言为定。"

洛西王府，二皇子卧室中。

一只手将药丸掐成一半的一半，投入茶水中。药丸坠入杯底，很快消融无形。

二皇子办完了事，餍足地从屏风后走出来，半耷着眼皮，懒懒地伸手："水。"那只手奉上茶盏，二皇子接过去一饮而尽，正要回房再战，然而没走几步就站立不稳，晃了晃身子，砰的一声倒在地上。

内中女子听到他摔倒的声音，惊道："殿——"

一句"殿下"还没说完，适才奉上茶水还未起身的如意已抬手一挥，一颗石子击出，正中那女子的穴道，女子随即安静下来。

如意走到二皇子身边，看着迷迷糊糊倒在地上的二皇子，一指按向他的眉心，暗施内力，缓缓道："李镇业，你才十三岁，你母后很疼爱你，你是大安独一无二的嫡皇子……好，动动左手。"

二皇子受了暗示，抬了抬左手。

如意道："坐起来。"二皇子依命坐了起来。

如意又道："睁开眼睛。"二皇子依命睁眼。

如意回身拿起旁边花瓶里的一枝花，递给了他，模仿着昭节皇后的声音说道："过来，你任姐姐不肯戴花，我们偏要给她戴！"

在二皇子尚不清醒的头脑中，如意变成了模糊不清的昭节皇后，他下意识地接过了花，喃喃道："母后……"

如意微笑着牵起他的手，却突然一变脸，呵斥道："镇业，你怎么不听话了？你为什么要惹母后生气？跪下！"

二皇子一凛，下意识地跪了下来。

如意在他耳边柔声道："告诉母后，母后待你这么好，你为什么要害母后？"

二皇子忽地露出惊恐的神色，瑟瑟发抖起来。

如意轻声诱导着："你说了，母后就不生气；要是不说，"她声音一厉，"母后就让任姐姐把你丢到朱衣卫的水牢里去！"

二皇子一凛，声音里已带上了哭腔："我说，我说！"

那是五年之前，宫中盛传安帝为了征伐他国，欲与褚国联姻借兵，所以要废掉发妻昭节皇后，另立褚国辰阳公主为新后的流言。彼时年方十三岁的二皇子从身边人口中听闻流言，心不自安，便亲自去安帝面前，跪求安帝不要废后。

安帝和蔼地将他扶起来，询问他是从何处听得这些流言的。

二皇子道："外祖……还有伴读，都这么说。"

安帝便道："父皇向你母后许诺过，此生绝不废后。"

二皇子松了口气，正要说什么，却见父亲目光如蛇一般凝视着他，缓缓说道："但若是你可以劝说你母后自行请辞后位，朕许你太子之位。"二皇子猛地一震，心中立时动荡起来。

他最终还是没能抵抗得住太子之位的诱惑，嗫嚅着向母亲提出了请求。

彼时昭节皇后紧紧抓着身上翟衣，失望却平静地看着他："业儿，这些话，都是你的真心话吗？"

少年二皇子胆怯，却仍是点头道："嗯。儿臣是真心的。母后，您既然与父皇是结发夫妻，就理应以夫为天，不要霸着后位，让他为难。"

"可是你知道，如果我辞去后位，你就再也不能叫我'母后'了吗？"

二皇子挺了挺胸膛，向母亲保证道："母后放心，父皇已经许我太子之位，您不过暂避凤位，等他百年之后，儿臣就尊您为太后。"

"所以，为了你的太子之位，你就要求娘自请下堂？"

二皇子定了定神，再一次说道："夫为妻纲，子为母纲，这是天地伦常啊。一个皇子最大的成功，就是顺利接位；一个母亲最大的荣耀，就是儿子成为九五至尊。"

昭节皇后却摇了摇头，目光中终于流露出些更为激烈的情绪："不。我不单是你父皇的妻子、你的母后，我还是一个人。我凭什么要为了你们的私欲而牺牲自己？业儿，我对你很失望。我生你教你十余年,一直把你捧在手掌心,怎么放你到上书房念了一年的书,你就变成了这副模样?无耻、贪婪、卑劣、算计……我简直不相信,你居然是我的亲生儿子!"

二皇子震惊又羞愧,强梗着脖子顶撞道:"那我也不想做你的儿子!我只想做太子!你不听父皇的话,也不听我的话,那才是不守女德……"

昭节皇后甩手便打了他一耳光。

二皇子捂着自己的脸,难以置信地看着昭节皇后:"打我,母后你居然打我?!"他掉头跑了。

昭节皇后望着他的身影,泪水滚滚而下。

暮色四合,群殿巍峨。二皇子高冠大履,正装来到太极正殿之下,手持奏表准备向安帝求见。

亲信申屠青紧张地确认道:"殿下,这样真的妥当吗?"

少年二皇子心虚地看着手中的奏表,给自己壮胆道:"没什么不妥当的,女子素不干涉国政,孤代母后向父皇呈上辞去后位的奏章,天经地义,顺理成章。"

申屠青迟疑道:"可是,娘娘要是知道了……臣怕娘娘会想不开啊……"

少年二皇子一惊,却仍是自我宽解道:"不会的,母后最懂享受了,她喜欢吃并州的橙子,喝崇州的好酒,看安都的灯火,她才不会想不开呢。再说了,孤毕竟是母后唯一的儿子,她生上几个月的气就会明白,孤是她以后唯一的依靠,现在吃点亏,以后就——"

话音未落,忽听四面的宫人奔跑道:"不好了,邀月楼走水啦!"

"快去救火!"

申屠青惊慌起来,二皇子却不屑道:"失个火而已,别一惊一乍的。"他深吸了一口气,走上阶梯,眼中燃着希望的火光,"孤马上就要做太子了,你也要学会处变不惊……"

申屠青却觉得不妙,拉住一个宫人,问道:"怎么回事?"

宫人焦急道:"皇后娘娘在楼上!"

二皇子大惊，手中奏表跌落于地。他抬眼向宫殿一角望去，只见烈焰冲天而起，烧穿了邀月楼之上的暮色。

此时此刻，二皇子扑到如意膝前，哭诉道："母后，儿臣真的没有害您，我不知道您会想不开，我真的不知道！"他忽地想起什么，悲愤道："父皇他也骗了我，他后来根本不承认立我当太子的事，还纵着老大跟我斗！为什么啊？我才是元后嫡子，这天下本来就应该是我的啊！"说着，号啕大哭起来。

如意眼中全是冷与恨，她提起手对准了二皇子，手指上已戴了杀人用的铁指套。铁指套上尖锐的刃尖在烛光下一闪，耀花了二皇子的眼睛。二皇子被刺激了一下，意识渐转清明，他眨了眨眼睛，隐约认出了如意，不由得一惊："任姐姐？"

这青年唯独在面对利益和危险时是敏捷的，察觉到如意的意图，立刻惧怕地抱住如意的腿，哭号道："任姐姐，你别杀我，我不是有意的！是父皇逼我这么做的！"他涕泗横流地哭诉着，"我不想害母后伤心，可父皇的兄弟没一个能活下来的。生在大安，坐不上皇位的皇子，就只有死路一条……任姐姐，你以前抱过我的，你别杀我好不好？母后毕竟只有我一个儿子……"

如意任由二皇子抱着，脑海中不由得再次闪过昭节皇后抱着年幼的二皇子，同她嬉戏时的景象。那个给她插了满头花，亲了她一口，而后傻乎乎地露出缺了一颗牙的笑容的幼童，到底还是长大成一个懦弱无能偏又贪婪无耻，伙同父亲一道逼死母亲的青年。

如意闭了闭眼，一记手刀砍翻了二皇子，往他嘴里塞了另外半颗药——醒来后，二皇子便应该什么都记不得了。而后她转身离开。

如意从洛西王府的墙头跃下，没走几步，便有蒙面人自暗处手持利刃袭来。如意虽猝不及防，但仍是敏捷地避开，交手不过几个回合，已轻松制住了那人的喉咙。

那人的眼睛眨也不眨地盯着如意，渐渐盈满了泪水。他压低嗓音，却难掩喜悦地说："辛夷夺命手，师父，果然是您。"

如意一怔，手上力道已缓缓松懈了。那人已拉下面巾，果然是李同光。

他含泪凝视着如意："看到陈癸和石桥上的朱衣卫尸首上的伤，我就隐约猜到了。求您别再否认，除了您，没人还会去祭昭节皇后的陵，没人还会替我报仇，天下也只有您一个人会使辛夷夺命手！我就猜到您一定会来找二皇子，师父，我终于找到您了。"他紧紧地抱住了如意，哽咽道，"您说话啊，您别不理我。求求您认了我好不好，师父，我真的想您想到心都快碎了！"

如意先只是任他抱着，听到这里，终于无奈地叹了一口气，抚上了他的发顶："鹫儿。"

李同光大震，眼泪终于滚落下来："师父！"

如意跟着李同光走进了他的书房。李同光慌乱地收拾出椅子，请如意坐下，又连忙去取下小火炉上的铜壶，回头小心地看着她，问道："您爱喝什么？"

如意只是打量着书房，不言不语。

李同光醒悟过来，忙道："啊，您不必担心下人们，我以军法治府，不该看的他们从来不看，也不会多嘴乱传。"

如意道："随便。"

李同光半晌才反应过来她是说水，忙喜不自胜地去找杯盏，半路又想起什么，捧着壶水急急奔回来，小心翼翼地给她倒了一杯，忐忑道："这是刚熬的枣汤，您尝尝，酸不酸？"

如意看着他忙乱小心的样子，也推了一只杯子过去道："你也喝。"

李同光大喜，给自己也倒了一杯，一口喝干，而后眼巴巴地看着如意，小心道："师父，鹫儿不是想逼您。鹫儿知道您之前隐瞒身份，一定有自己的考虑。以后，无论您选择什么样的身份，鹫儿都愿意，只要您别离开我，一直在我身边就好……"

如意没理会他的痴妄，只道："我跟你过来，只是想找个安全的地方问你几件事。"

"师父请吩咐!"

如意便问:"先皇后娘娘,到底为何自绝于邀月楼?我之前问过金沙帮和六道堂,但都没有回音。你这些年一直跟着圣上,又常出入宫廷,应该有所耳闻。"

李同光有些迟疑:"师父……"

如意声音变冷:"别逼我挑破,就算你之前不知道,初贵妃也肯定知道。"

李同光一凛,忙道:"是。娘娘她,是不愿意交还后位,这才想不开的。"

"是因为褚国的辰阳公主吗?"

李同光点了点头:"是。圣上当年想向褚国借兵三万攻打宿国,提出的条件是立辰阳公主为后。但圣上又向先皇后许诺过永不废后,所以,他便希望娘娘自行辞退后位,或出家修道,或退居妃位……"

如意皱了皱眉头:"他不怕沙东部造反?"

"圣上许了沙东部族长三千匹良马。如果沙东部不从,就要治娘娘的两个弟弟抢夺沙中部草场的死罪。"

"抢夺草场,死罪?是谁陷害的?"

李同光摇了摇头:"刚才那些,我也是一年前才得知大概,枝节之处并未完全清晰。总之,圣上自知理亏,一直不敢直面娘娘,娘娘便在邀月楼上设茶,要圣上务必亲至面谈,但等了整整三个时辰,圣上都没有去。这时候,她又知道了二皇子要代她上书辞去后位的事,所以就……"他停下来,忐忑地看着如意。

如意目光冰寒,却远比他想象中要平静。她只冷冷地道:"所以,为了三万兵马、一个立太子的承诺、三千匹马,娘娘的丈夫、儿子和父亲,一起联手卖了她。"

李同光垂了眼睛,不敢说话。

"娘娘最在意的,不是区区一枚凤印,而是至亲至爱的背叛。"如意目光轻颤,仿佛再一次回到了那一夜的火场,喃喃自语着,"难怪我怎么劝她,她都不想逃。不是难过,不是羞愤,而是绝望。所以她宁肯自己放火烧了邀月楼，她要堂堂正正地以大安皇后的身份，选择自己最后的归宿。"

李同光叹息道："是。"

如意深吸一口气，平复下心中的愤怒与悲戚，面容重新归于淡漠。她起身道："我都知道了，我要走了。"

李同光大急，连忙哀求道："师父您别走！您别丢下鹫儿！"

如意目光却又一冷，抬头看向他："丢下鹫儿的不是我，是你自己。"

李同光心中迷惑。如意手一扬，香炉中的线香已到了她手中。香烟袅袅，向着下风处飘去。如意顺着烟去的方向，抬手一掌劈出，密室的门应声而开。李同光来不及有所反应，如意就已进了密室。

密室中挂满了如意的画像，画幅大小不一，画中人神色各异，环绕在四面八方。而密室中央，早先做绯衣使打扮的假人已换上了一身郡主装束，被摆出端庄的姿势立于台上。

只踏入一步，密室主人对画中人的怀念与痴妄便已扑面而来。

李同光大急："师父，您听我解释——"

如意目光淡漠地扫过满屋子的画像，道："我从来不爱听解释。"她径直走到自己的假人面前，拨弄了一下假人头上的钗环，取下假人手中的马鞭，见所有装饰与自己先前所用几乎分毫不差，冷笑道，"郡主的装束，你换得够快的。她没有骗我，你果然弄了这么一间密室。"

李同光无言以对，心中羞愧不已。

如意回头看向他，冷冷道："跪下。"

李同光立刻跪下。

"看着我。"

李同光下意识地抬头。

如意拿马鞭抬起他的下巴，雪肤红唇，瑰姿艳质，黑瞳子里映着山巅雪月般冰寒的光，又冷又艳地看着他，缓缓道："现在我真人就在这里，我给你一次机会说清楚，你现在对我，到底存着什么心思？"

李同光颤抖着，几次张口却说不出来。

如意果断地转身就走。李同光猛地抱住了她的腿："别走，师父你别走！我喜欢你，不，我爱你！"那些压抑在心的情思一旦宣之于口，便如决堤之水般汹涌而出，他不顾一切地抱紧如意向她诉说着，"我对你的心思，是一个男人对一个女的心思，你就是我的魔咒、我的死穴……只要你别离开我，我为你做什么都可以，哪怕上天入地！"

却听如意淡淡地道："好，你马上上表辞官！"

李同光猛地一怔，抬头看向如意。

如意凝视着他的眼睛，继续道："再交出你手中的羽林卫，放弃你现在最引以为傲的国姓。"

李同光目光一震，张了张嘴，却没说出话。

"再帮我找几个俊俏的面首来服侍。"如意又道。

李同光剧烈颤抖起来，难以置信地看着她："师父！"

"怎么，做不到吗？"如意眼睫一垂，眸光如丝，轻柔道，"可是只要你答应了，我就不会离开你呀。"

李同光眼中渐渐聚起泪水，身体颤抖着，却一句话也说不出来。

如意恢复了淡漠的神色，她深知，少年与自己的羁绊实在太深，如果此刻不能挥剑斩情丝，他便永远不能成为一只他自幼便想成为的雄鹰。她只能冷着心肠步步紧逼道："长庆侯，你已经不是小孩子了，别许那些你做不到的愿。少年时候的你，或许对我有着那么一点朦胧的好感，但那只是自幼不得母亲怜惜的一种填补而已。可现在你长大了，你的目标也不再是拥有一个不被人耻笑的姓，你想做重臣，你想权倾天下。这样的你，不能有魔咒，也不可以有死穴。好好地去和初国府的郡主白头偕老，才是你最好的选择。任辛已经死了，湖阳郡主也是个假身份，你都忘了吧。"

李同光拼命摇头："不是的，不行的，师父，我……"

"还要我说得更清楚吗？"如意的眼圈红了，刚才在二皇子府上强忍下的愤恨尽数涌了出来，"全天下人，没有谁比你更明白娘娘对我意味着什么，可这么多年，你从没有想过替她报仇，也没有去祭拜过她！你忘了当初你娘不要你的时候，是她把你接进宫，是她让我做了你的师父！李同光，知道我为什么说是你自己丢下的鸳儿吗？因为你

第二十六章

不愧有李家的血脉，你们一样凉薄，一样绝情！"

李同光如遭雷击，一时只愣怔地看着她。而如意此时也才意识到，原来自己对于鸯儿，委实寄予了太多她不会寄予别人的期望。

"我现在叫如意，娘娘的仇，我自己会报，"如意的声音放柔了一些，"之后，我就会离开安都。毕竟师徒一场，以后，你我各自安好。"

李同光绝望地道："师父，别丢下我一个人，我会疯的！"

"好好地待在这里，不许追出来。听到了吗？"如意转身离去。临出门的一刹那，她一掌挥出，那个假人被凌空劈得粉碎，掌风过处，墙上的画像也尽数被带起，拍得粉碎。

画像残片漫天飞舞，像是一场盛大的送葬。李同光长跪在其中，徒劳地仰头伸出手去，却也只接住了一张残片。望见那画像残片上如意的一丝笑颜，李同光将那一丝微笑抱进怀中，泪水终于滑过他年轻俊俏的面容。

回到四夷馆自己的房间里，如意关好门后，脱力地靠在了房门上，却忽听敲门声响起。

她提了提精神，拉开房门，却见门外站的是宁远舟。在这种时候望见宁远舟那双平静如海的眼睛，疲惫的心仿佛被轻轻地托起了一般，终于有一瞬间安稳，却也不由得愣了一愣："都三更了，你怎么还没睡？"

宁远舟提起手中的食盒，微笑道："给你送夜宵过来啊。"

屋内灯火昏黄，两人在桌前对坐着。宁远舟从食盒中取出一碗馄饨和一碟饼，絮絮说着："鸡汤馄饨，听到你进院子的声音就下了锅，现在吃正好。还有一口酥，在外头买的，我尝了一个，虽然不是张记的，味道也很好。"灯火在他柔黑的眸子里投下一脉暖光。

如意接过他递来的筷子，看着眼前热气腾腾的馄饨，一时又感动，又不知如何开口。

宁远舟见如意不吃，便又把东西往她面前推了推，微笑道："以后你要闯荡江湖，我自然得劈柴做饭。早点习惯就好。"

如意心下一暖，垂着眸子点了点头："嗯。"她掰开一只一口酥，递了一半给宁远舟，"你也吃。"

两人便在灯下对坐着吃东西，无须说话，心中已是一片安然。

待如意放下筷子，宁远舟便道："吃饱了？那就和我去一个地方吧。"

如意略有些意外，却也随即猜到："安都分堂的密档室？"

宁远舟点头："今天晚上，他们刚把那间宅子清理出来。"

密档室在一间地下密室里，宁远舟提着灯笼，和如意一道走下台阶。地下潮湿，台阶上生了青苔，宁远舟不时提醒如意小心地滑，又道："这里靠着河道，一旦暴露了，他们就会炸开石闸，让水倒灌进来，销毁掉所有的东西。"

"那你怎么保证密档不生霉生虫？"

说话间便已下了台阶，只见面前整整齐齐两排落地顶天的高大书架，如松林石碑一般贯通前后。宁远舟带着如意走到其中一排书架前，一指架上的各色牛皮袋，道："每一只牛皮袋都扎紧了，里面放着生石灰。"

如意望着眼前景象，不由得感叹道："只有亲眼看见，才能相信你们六道堂居然在朱衣卫的眼皮子底下，弄出了这么大一番事业。"

宁远舟道："春兰秋菊，各擅胜场，我们在刺杀和收买方面，也远远不如你们。东西在这里。"他打开一只牛皮袋，取出里面的卷宗，递给如意，"这是光佑元年，也就是五年前，关于昭节皇后的所有记录，旁边是我刚才整理出来的节略，这样你能看得快一些。"

如意又道："我要看弹劾沙东部两位王子占用草场的奏章。"

宁远舟翻开另外一本卷册，扫了眼题头，递给如意："在这里，是吏部侍郎陶谓上书的。"

如意接到手里，喃喃读着："皇后纵容外戚，强征横掳，其德可鄙，不堪凤位？！"她心中怒气骤升，手上一用力，那卷册已被撕为两半。

宁远舟接过卷册重新放好，又取出另一张错综复杂的关系图，道："据我们查证，陶谓的妻族，和大皇子河东王的岳父汪国公有关联。"

第二十六章

如意声音中带着寒意："五年前，大皇子刚与汪家独女订下婚约。如果皇后被废，那二皇子就不再是嫡子，他这个长子，自然就有机会问鼎龙位了！"

宁远舟点了点头——无疑正是大皇子伙同汪国公一道谋划了此事，指使陶谓上表弹劾昭节皇后。他随即又感慨道："你家娘娘崩逝后，褚国的辰阳公主突逢母丧，联姻之事，便从此搁置。但依我刚才和十三他们的推算，辰阳公主之母本就不想嫁女，在看到你家娘娘突然崩逝后，唯恐自己的爱女步了后尘，这才……"他没继续说下去，只叹息一声。

如意闭了闭眼睛，合上卷宗，道："我们走吧。"

宁远舟微怔，但还是道："好。"

夜色已深，四面都不见人烟，只听见潺潺的水流声从黑暗中传来。宁远舟和如意并肩走在河岸上，如意始终没有说话。宁远舟能觉出她心事重重，便问道："刚才为什么不看了？你从二皇子那儿……"

如意缓缓点了点头，道："我已经知道绝大部分的真相了。我刚才，还去了一趟长庆侯府，问到了些东西。"她顿了一顿，又道，"对了，李同光也知道我的身份了。"

宁远舟一愕，停下脚步，握住了如意的手。

如意叹息道："你说得对，其实这些年，对于娘娘真正的死因，我心里早就有过答案。只是安帝始终不立新后，又常写悼亡诗怀念娘娘，我才一直不愿去相信那个不堪的真相。"

宁远舟轻轻说道："在你心里，昭节皇后几乎是一个完人。你会下意识地拒绝相信她所托非人。"

如意闭了闭眼，遮住眼中水光。半晌，她才轻轻地舒了口气，继续向前走去，又问道："娘娘的死，和初贵妃有关系吗？"

"应该没有，"宁远舟道，"初贵妃是两年前才进的宫，而且进宫时，你们皇帝就声称他与昭节皇后故剑情深，此生永不立后。"

如意讽刺地一笑："他还说过此生永不负娘娘，此生绝不废后呢。"

娘娘与他少年夫妻，结发合髻，若不是有娘娘全力扶助，他绝对不可能以皇五子的身份被先帝选中立为太子。我现在才明白娘娘为什么选择在邀月楼自焚，因为，那是当年她与安帝的初见之地。"她悲凉一笑，"可惜，她等了三个时辰，也没等来她的良人，只等到了她的儿子要上书废掉她的消息。难怪大理寺那么快就把我定成了刺杀娘娘的凶手，难怪他一直把我关在天牢，不肯听我申辩，原来，他心虚了。"

说话间，两人已经接近了四夷馆，都默契地停住脚步，同时隐身在了院墙的角落里。

宁远舟学了几声鸟叫，见围墙上有镜子反射的光，知道是一直隐在暗处监视着四周的孙朗发回的信号，便道："安全，进去吧。"两人快步接近四夷馆，飞身跃入院中。

落地后，宁远舟又问："对了，二皇子还活着吗？"

如意叹了口气，道："他怎么也是娘娘最后的骨血，我下不了手。娘娘的父亲，沙东部的老族长，三年前也已经死了。"

宁远舟点了点头，又道："而且光佑元年他才十三四岁，一个少年，很容易就受了身边人的蛊惑。"

"但大皇子那年已经成年了，还有他的岳父，我都不会放过。"如意目光冰寒，取出索命簿，坐在院中的石桌上，写下了"河东王"和"汪国公"两个名字，合好簿子又放回怀中。

宁远舟又问："那他呢？"

如意一怔："谁？"

宁远舟抬头望向东北方，那是安国皇宫的方向。

夜色之下，巍峨的皇宫宛若一只低伏的巨兽。

如意猛然间醒悟，愕然站起身来，看向宁远舟："你要我去对付安帝？"

"我并不是要你真的对他做什么，"宁远舟安然凝视着她，轻轻说道，"我甚至希望你能谨遵昭节皇后的遗言，永远放弃为她复仇。但是你想过吗？害死你家娘娘的罪魁祸首，其实是他。"

如意一下子怔住了，喃喃道："我是想过，可他毕竟是一国之君！

第二十六章

我们在朱衣卫的时候,天天都要背诵'雷霆雨露,莫非天恩'……"

宁远舟叹了口气,道:"你口口声声说任辛已经死了,可在你内心深处,还依然背着朱衣卫的枷锁吧?连阿盈今晚都跟我说,她皇兄自私寡恩,为了保护大家,攻塔若是伤亡太大,要我放弃救人,直接逼他写雪冤诏即可。你虽然是她的师父,可这一次,你输给她了。"

如意深受震撼,喃喃道:"我脑子有点乱。"

宁远舟执住她的手,轻轻握了一握,声音温柔却有力:"我再说一次,我绝不是劝你对他做什么,否则他若是有个万一,安国也会陷入大乱。只是这几日,我心中总有个模糊的想法:你收拾了大皇子和他的岳父,昭节皇后就真的能够在九泉下瞑目吗?我们这一次虽然会尽全力阻止安帝再征褚国,但这样,就能彻底改掉他好战的天性吗?圣上如果平安回到梧都,梧国会不会像杜长史说的那样,再因兄弟争位而起内乱兵灾?我们得找一个法子让他们真正醒悟,只有这样,才会给两国百姓带来真正的安宁。"

如意一凛,良久之后,才道:"你说得对。不过,我得再想一想到底该怎么办。"

屋内一灯如豆,如意盘膝打坐,盯着自己面前的那张被涂黑了的"任辛"档案页,如同一尊凝住的雕像。

直到晨光入户,继而天光大亮,如意仍是一动不动地陷在冥想之中。

晌午时分,马车停在了安国工部尚书府邸外。钱昭去给门房递上拜帖时,杨盈扶着元禄的手从马车上走了下来。这是这一日他们拜访的第三位安国重臣。

距离攻塔还有十日。在行动之前,杨盈打算把安国所有有实权的重臣全都拜访一遍,尽可能地打通关节,请他们劝说安帝释放梧帝。如果能侥幸成功,那么宁远舟他们也就不必冒着性命风险去攻塔救人了。

等在门外时,杨盈指了指街角的方向,小声对元禄道:"我刚才在车里看到,那儿有人在卖枣子,你去帮我买一点吧。如意姐好像喜欢吃这个。"她稍微有些担心,"她又把自己关屋子里了,动都不动。"

元禄点头："我马上去。"又悄悄叮嘱道，"待会儿回去了，你也别去打扰如意姐。宁头儿说，她在想一件大事，需要一个人静一静。"

正说着，钱昭已走了回来。两人忙都肃整了表情。杨盈整顿衣冠，重新摆好了少年亲王应有的仪态，微笑着走向前来迎接的官员："有劳尚书亲自相迎，小王惶恐……"

永安寺外，宁远舟和于十三扮作书生，正在附近一家书坊里挑选着书籍。书坊对面就是永安寺后院的围墙，越过朱红色的围墙，正可望见后院里那座高高矗立的永安塔。天晴时，连高塔檐角上悬挂的警铃都看得一清二楚。

两人挑了一会儿书，便离开书坊，继续沿永安寺外的长街闲逛。他们一边闲适地聊着天，一边指点着永安寺的风景，不时还停住脚步，在空白卷册上疾笔对几句诗。

永安寺是安都名刹，寺中常有士子结伴同游，吟咏对句。安国百姓早习以为常，并不觉得这两人与其余游寺题诗的书生有什么不同，最多因这两人生得俊俏，回头多看一眼罢了。唯有两人自己清楚，他们是在用脚步丈量附近布局，题在卷册上的诗句隐含数字，正是各处关卡的距离。

待晌午两人来到一家可以俯瞰永安寺的酒楼，在楼上临窗的雅座入座时，两人面前的卷册上，已然绘出了一张粗略的地图。

宁远舟指着地图上的一处道："这里至少要安排三个人才够。"

于十三点头，又道："从今天早上开始，四夷馆外面的朱衣卫暗哨又多了起来。"

宁远舟倒也并不意外："死的毕竟是左、右使，邓恢这会儿也应该回过神来了。他若想跟安帝交代好这件事，就非得再立些说得过去的功绩不可。而且我已经在安帝面前现过身了，邓恢只要留心查，就一定会查到我的身份。我们救皇帝，文的不成就会来武的，他肯定也想得到。"

于十三略一思索，问道："要不要找点别的事，让他忙一忙？"

宁远舟抿唇一笑："安都分堂的兄弟们已经在做了，很快就会有言官上书,要朱衣卫交代清楚左、右使之死以及和北蛮勾结的真相之余,顺便再拱出几件其他的好事。邓恢再怎么是安帝亲信,以安帝多疑的性子……"确实够邓恢交代忙碌上一阵子了。

于十三忍不住大力拍了拍宁远舟的肩膀:"老宁我太喜欢你了,心够黑。"

"滚!"

于十三又感叹道:"我更喜欢美人儿,手够辣,就两天工夫啊,朱衣卫一个左使一个右使就没了。哎,你得谢谢老天没让你几年前遇到她,要不然,六道堂第二俊俏之人的位子,就要换一个人来坐了。"

宁远舟随口问道:"谁是第一?"

于十三自得地一捋额发。

宁远舟一哂,重新看向地图:"说正事。撤退的路线,你觉得至少要安排几条?"

　　四夷馆内,如意仍在打坐冥想。

她在迷雾之中四处寻找着昭节皇后的身影,大声喊着:"娘娘,娘娘!你在哪里?"可不论她如何呼唤,昭节皇后始终没有像以前一般出现。

她失落地停住脚步,喃喃道:"我找您好久了……以前我无论遇到什么,您总是在这里。可为什么整整一天,您都不回应我了呢?我需要您告诉我,我到底是谁,我该怎么办,娘娘,娘娘?!"

黑雾却越来越浓,渐渐将她整个人笼罩在其中。

耳中突然传来物体落地的声响,如意立刻警觉地睁开眼睛,脱离了冥想。却是外间起了风,风吹开窗子,将桌上的东西吹到了地上。

如意起身将掉落的东西捡起来,忽见阳光下有什么东西被风掀起一角,她扭头望去,见那张自己的名字和履历被涂抹掉的档案页也掉在了地上。她上前捡拾,那档案页离开地面的瞬间,明媚的阳光穿透了纸面,被墨涂掉的"任辛"二字,便突然出现在了她的眼前。

如意怔了一怔,手指抚上那两个字,一时间感慨万千,心潮起伏。

耳边却忽地传来昭节皇后的声音："如意。"如意猛地回过头去，身后却是空无一人。然而随即又一声"如意"响起，昭节皇后的声音自四面八方传来："如意，如意，如意……"那声音环绕在她的身边，久久不散。

如意愣怔许久，突然醒悟过来："这是您第一回叫我如意。我明白了，我明白了，不管叫什么名字，我就是我，初心不改，永为始终。您要我尽情地去做我想做的事。唯有这样，才不负我现在的名字，不负我一直以来身为刺客的骄傲。"

如意推开门，院中夕阳洒金，鸟语花香，风光正好。她展开手臂深深地吸了一口气，只觉沁人心脾，整个人从未如此舒爽快意。

院中石桌上放着小酒坛，如意拿起酒坛，拍开泥封，畅饮了几口，不由得笑了起来。她趁着微微的醉意，又走到花枝边，见那花开得正热烈，想了想，便摘了一朵簪在发间，对着池水端详着，心想：原来偶尔做做这些之前从来不会做的事情，也挺快活。

她正在整理发髻，突听有人声传来。她一时摘不下头上的花，情急之下，连忙躲到了暗处，便见孙朗和丁辉从院子那边走过来。

孙朗问道："殿下还没回来？"

丁辉道："宁头儿和十三哥他们也没回来呢。"

孙朗叹道："我倒是不担心宁头儿，就怕殿下那边出事，今天他们分开行动了。宁头儿去勘察永安塔，殿下去许国公府送礼说项。那个长庆侯，之前在宫里就对殿下……"

两人说着，便已走远。如意心里却一凛，不由得记起在那间密室里，李同光绝望地凝望着她，说："师父，别丢下我一个人，我会疯的！"

她神色大变，立时翻出院墙，向许国公府的方向飞身而去。

街道上，元禄和钱昭护送着杨盈的马车，一路前行。行经一处安静无人的十字路口，突然有一队黑衣人从天而降，向着马车杀了过来。元禄、钱昭和随行护卫立刻迎上前去阻拦。

就在两队人马缠斗之时，李同光忽地从黑衣人队伍之末杀了出来，目光如寒冰一般，举剑直刺马车。

马车中传来杨盈的惊呼声。元禄和钱昭心中一急，齐声喊道："殿下！"

李同光手中长剑半入车帘，威胁道："滚出来，跟我走，我就不杀你。"

车帘掀开了，探出的却是于十三的脸。

他学着杨盈的腔调，娇滴滴地说道："不行，你伤了人家如花似玉的脸，人家要杀了你！"

李同光脸色大变，连忙后退，却已是来不及。于十三已飞身杀出，同他缠斗在了一处。李同光苦战良久，仍然处于下风。于十三游刃有余，还不时故意做出女子的动作来戏弄他。

李同光久战不果，突然间心一横，故意卖了个破绽，让于十三制住自己。而后他便挥剑直向自己腰间刺去，那架势，分明是要和于十三同归于尽。